ullstein

JULIA ROGASCH, geboren 1983, wohnt mit ihrem Ehemann und ihren Töchtern in Hannover. Inspiriert vom Leben als Mama mit Job sowie ihrer großen Leidenschaft für Sylt und emotionale Romane, griff sie vor einigen Jahren ihren Kindheitstraum vom Schreiben wieder auf, und das erste Buch entstand. Es folgten weitere Sylt-Romane über die Liebe, das Glück, Schicksal, Familie und Freundschaft.

Von Julia Rogasch sind in unserem Hause außerdem erschienen:

Winterzauber in der kleinen Teestube am Meer

Der kleine Wintermarkt am Meer

Winterträume in der kleinen Manufaktur am Meer

JULIA ROGASCH

Herzklopfen im *kleinen Bonbonladen* am Meer

Roman

Ullstein

Besuchen Sie uns im Internet:
www.ullstein.de

Wir verpflichten uns zu Nachhaltigkeit
- Papiere aus nachhaltiger Waldwirtschaft und anderen kontrollierten Quellen
- Druckfarben auf pflanzlicher Basis
- ullstein.de/nachhaltigkeit

MIX
Papier
FSC FSC® C083411

Originalausgabe im Ullstein Taschenbuch
1. Auflage April 2024

Umschlaggestaltung: zero-media.net, München
Titelabbildung: © FinePic®, München
Gesetzt aus der Quadraat Pro powered by *pepyrus*
Druck und Bindearbeiten: CPI books GmbH, Leck
ISBN 978-3-548-06827-5

Meinen Herzensmenschen.
Meinen wundervollen Leserinnen und Lesern.
All denen, die an ihre Träume glauben.
Dir, denn mein Traum lebt durch dich.

Prolog

Ein letzter Gang durch die Reihen weiß getünchter Regale meines geliebten Ladens. Er blieb heute geschlossen. Es war so leise. So ungewohnt still. Ich dachte an den Klang der zarten Türglocke, die jeden Besucher freundlich in Empfang nahm, und fühlte die Wärme des Sonnenlichts, welches den gesamten Vormittag über den Verkaufsraum so wunderbar leicht und hell in goldenes Licht tauchte. Meine Fingerspitzen wanderten über das weiche Holz des Verkaufstresens. Ein wehmütiger Blick durch die große Schaufensterfront, hin zum Café, wo man bereits erste Tische gedeckt hatte. Das so vertraute Bild des Kuchenlieferanten und der Blumenfrau, die morgens immer frische Waren lieferten und auf einen kleinen Klönschnack noch eine Tasse Espresso in der Sonne genossen, bevor es zum nächsten Kunden ging.

Manchmal war ich schnell hinübergelaufen, um auch einen frischen Strauß zu ergattern, den ich mir in den Laden stellte. Mein Blick fiel auf die Ecke des Tresens, wo sonst die Blumen standen. Die Cafébesitzerin hatte mir heute früh eine ihrer Tassen zum Abschied geschenkt, die nun den Platz der Blumenvase einnahm. Als Erinnerung daran, wie auch ich jeden Tag bei ihr meinen Kaffee genossen hatte, an unseren täglichen Plausch zwischendurch. Dann hatten wir uns schnell voneinander verabschiedet, bevor es zu sentimental wurde. Gerade sah ich sie, wie sie andere Stammkunden begrüßte, als ihr Blick in meine Richtung ging. Sie hob die Hand, zog die Mundwinkel nach unten und fächelte sich direkt symbolisch die Tränen weg. Ich tat es ihr gleich, und wir lächelten. Ihr Lächeln war bedauernd herzlich. Ich würde sie vermissen, hoffte, auf Sylt ebenso liebenswerten Menschen zu begegnen.

Mein Blick wanderte über die geschwungenen Holzregale an der Wand, wo bisher Kerzen und Vasen, Bücher und Geschenkartikel gestanden hatten, die ich dort liebevoll arrangiert hatte. Ich erinnerte mich daran, wie meine Mutter und ich die Bretter angebracht hatten. Wir hatten trotz kräftezehrender Arbeit so viel gelacht. Handwerklich waren wir topfit und schafften alles. Ich war so stolz. Mein erster eigener Laden. So viele erste Erfahrungen und besondere Begegnungen. So viele durchwachte Nächte, Arbeit und das unbezahlbare Gefühl, das zu tun, was ich liebte. Die Angebotstafeln trugen meine Handschrift.

Vom im Vintage-Look gebeizten Regal über die handgeschriebenen Schilder bis hin zu den Körben und Holzkisten für Ware, die ich immer wieder so gerne arrangiert hatte, übergab ich heute mit Herzklopfen mein bisheriges Lebenswerk an die neue Eigentümerin.

Ich seufzte, übermannt von meinen Emotionen, spürte aber gleichzeitig eine unbändige Vorfreude auf all das, was uns auf Sylt erwarten würde. Es würde sich lohnen, für unseren Traum das, was mir hier so sehr ans Herz gewachsen war, aufzugeben, um auf Sylt neu zu beginnen. Die Tür öffnete sich, das Glöckchen läutete, und das hoffnungsvoll nervöse Gesicht der neuen Eigentümerin und ihr Leuchten in den Augen bestätigten mir, dass ich das Richtige tat. Hier in meinen Spuren begann nun der Traum einer anderen Frau, während ich neue Wege ging.

Mich wunderte, dass mein Freund Johann noch immer nicht

hier war. Eigentlich hatte er dabei sein wollen in diesem so bewegenden Moment, dem ersten Schritt in unsere neue Zukunft. Offenbar war irgendwas dazwischengekommen, denn ich erreichte ihn nicht.

1.

Das Licht an diesem Sommermorgen fiel zart flimmernd in das gemütliche Wohnzimmer der Wohnung meines Freundes im Hamburger Treppenviertel. Ich klappte den letzten Karton zu, schrieb groß »Erinnerungen« darauf und schob ihn zu den anderen. So viele Abschiede. Auch der von dieser wunderschönen Wohnung fiel mir nicht leicht. Die Schatten der Bäume neben dem Haus tanzten auf dem alten Parkett, welches knarzend jeden meiner Schritte beantwortete, als ich zum Balkon ging. Ich öffnete die Tür, und der leichte, cremefarbene Vorhang hob sich, vom Luftstoß erfasst. Die Vögel zwitscherten idyllisch, und die Blätter eines Ahorns wehten im Wind. Es sah aus, als winkten sie mir zum Abschied. Ich war unter der Woche selten um diese Zeit hier, weil ich sonst vormittags immer im Laden stand. Die sommerliche Atmosphäre der Ruhe mit diesem wunderschönen Ausblick über Blankenese täuschte eine freundliche Sorglosigkeit vor. Dabei ging es mir alles andere als gut. Denn all meine Gedanken drehten sich um die Frage, was mit Johann geschehen war. Auch zwei Tage nach der Übergabe meines Ladens, wo ich vergeblich auf ihn gewartet hatte, hatte ich nichts von ihm gehört. Dabei sollte es bald für uns losgehen nach Sylt.

Mein Puls raste, als ich zum gefühlt hundertsten Mal seine Nummer wählte.

»Derzeit bin ich leider nicht persönlich zu erreichen. Hinterlassen Sie gerne eine Nachricht, und ich melde mich. Danke.« Die fröhlich-lockere Ansage auf Johanns Anrufbeantworter machte mich wahnsinnig. Obwohl ich bereits zigmal aufs Band gesprochen hatte, hatte er nicht zurückgerufen. Mehrfach hatte ich ihm geschrieben. Die Nachrichten waren bei ihm angekommen, und er hatte sie gelesen. Eine Antwort kam nicht. Entweder hatte er kalte Füße bekommen und war untergetaucht, oder aber es war ihm etwas Schlimmes passiert.

»Johann, es reicht mir langsam«, wetterte ich mit zorniger Stimme nach dem Piepton auf das Band. »Ich fasse es nicht, dass du mich mit dem ganzen Stress jetzt hier einfach so allein lässt. Solltest du dich nicht heute noch bei mir melden, gehe ich davon aus, dass die Sache für dich eine Nummer zu groß war und du dich feige aus dem Staub machst. Wie widerlich dein Verhalten ist. Erst recht, wo du meine Geschichte kennst.« Schäumend vor Wut legte ich auf.

In den letzten Stunden hatte ich wie ferngesteuert weiterhin unseren Umzug vorbereitet, als liefe alles wie geplant. Ich stand völlig neben mir. Als wollte ich nicht wahrhaben, dass irgendwas gründlich schieflief. Vielleicht, weil ich nicht fassen konnte, dass auch mir das geschah, was ich Jahre zuvor aus nächster Nähe miterlebt hatte.

Auf meiner Suche nach einigen Unterlagen, die ich noch benötigte, war ich auf die Erinnerungskiste gestoßen, aus der ich ein Notizbuch herausgenommen hatte.

Mein lieber Schatz,
kleines Wunder,
ein Traum wird wahr: dein Papa, du und ich auf unserer Insel. Ich bin so voller Vorfreude und kann es kaum erwarten, die Augen deines Papas zu

sehen, wenn er von dir erfährt. Die Nachricht von deiner Ankunft ist das schönste Geburtstagsgeschenk für mich. Wie schade, dass dein Papa nicht bei mir sein kann. Von dir muss er unbedingt persönlich erfahren. Und welcher Tag eignet sich besser als sein Geburtstag? Morgen werde ich es ihm erzählen.
Happy birthday to me! Wir feiern heute das Leben und die Liebe – nur wir zwei. Von nun an für immer zusammen, ich liebe dich unendlich, deine Mama.

Die Worte, die auf der ersten Seite des rosafarbenen Notizbuches standen, ließen sich mein Herz schmerzhaft zusammenziehen. Meine Mutter hatte am Tag, an dem sie von meiner Ankunft erfuhr, ein Tagebuch für mich begonnen. Der Eintrag am 31. August vor dreiunddreißig Jahren, ihrem Geburtstag, blieb der einzige in diesem Büchlein. Wenige Monate, bevor ich zur Welt kam und sie nach Sylt gehen wollten. Die Insel ihrer Träume, die Insel großen Kummers. Träume, denn sie lernte dort meinen Vater kennen, zu dem sie an die Nordsee ziehen wollte. Kummer, denn mein Vater tauchte einfach ab, verschwand, noch bevor wir eine Familie wurden. Doch obwohl das die Insel für immer mit einem dunklen Schleier aus Enttäuschung und Traurigkeit überschattete, verlor sie für uns nie ihren Zauber und ihre große Anziehungskraft.

Und jetzt? Jetzt war, auf dem Wege zu einem Leben auf Sylt, auch meine Planung zwischen großen Träumen und ratlosem Kummer in Seenot geraten, und mein Glück und all meine Herzenswünsche drohten über Bord zu gehen. Schiffbruch, so kurz vorm Ziel. Mein Traum vom eigenen Laden auf Sylt war so nah, da schien mein Freund es sich anders überlegt zu haben und ließ verzweifelte Ratlosigkeit bei mir zurück.

In dem unvollendeten Tagebuch lag auch ein Foto meiner Mutter. Ich strich sanft über das matte Papier. Es war unscharf, leicht vergilbt, aber dennoch so voller Glück. Der kugelrunde Babybauch, auf dem stolz ihre Hände ruhten.

»Ach, Mamilein. Du wunderschöner, starker Mensch«, flüsterte ich. Rund um mein Herz breitete sich eine große Wärme aus. Meine Mutter war auf dem Bild schon hochschwanger. Zu diesem Zeitpunkt längst verlassen worden von meinem Vater. Alleingelassen mit mir, dem winzig kleinen und gleichzeitig riesengroßen Abenteuer, welches sie stolz unter ihrem gebrochenen Herzen trug. Und dennoch strahlte sie, und aus dem Lächeln in ihren Augen sprühte so viel Vorfreude und Liebe. Eine hübsche junge Frau. Mit meisterlicher Würde verbarg sie hinter der strahlenden Fassade ihre geplatzten Träume von einem Leben auf Sylt mit ihrer großen Liebe, dem Vater ihres Wunschkindes. Sie verstand es, die von nun an für immer bleibende Enttäuschung darüber, dass mein Vater einfach gegangen war, hinter ihrem Lachen zu verstecken.

Er verschwand, ohne Erklärung, ob es ihm zu viel geworden war, der Gedanke an ein Kind ihm Angst machte, es jemand anderen gab in seinem Leben oder er sie einfach nie wirklich geliebt hatte. Er blieb für mich ohne Gesicht. Es gab keine Bilder. Das hatte meine Mutter so entschieden. Vielleicht war es besser so, leichter für meine Mutter, die es schwer genug hatte. Ohne Großeltern oder familiäre Unterstützung war sie rund um die Uhr gefordert gewesen.

»Du wohntest direkt unter meinem Herzen und hast alle Scherben eingesammelt, mein Schatz. Dann tat es mir weniger weh«, hatte sie oft gesagt, wenn ich sie fragte, wie sie all das ausgehalten und geschafft hatte. Dabei hatte sie dankbar gelächelt.

Schon vor meiner Geburt war klar, dass wir ein Team waren. Unzertrennlich, uns gegenseitig unerschütterlichen Halt gebend. Sie machte für mich weiter, ließ den Kopf nicht hängen. Und ich gab ihr die Kraft, weil sie wusste, wofür sie durchhielt und nicht aufgab. All das war lange her.

Gerade schwebte sie endlich wieder auf Wolke sieben, war verliebt wie ein Teenager. Sie bereiste mit ihrer neuen Liebe die Welt. Mit einem geliehenen Camper ging es per Fähre über die Meere bis ans andere Ende der Erde und zurück. Es war, als könne sie endlich dort anknüpfen, wo es kurz vor meiner Geburt vorbei gewesen war. Nur noch freier. Nicht mehr der Plan vom Leben auf dem Campingplatz auf Sylt war das Ziel, sondern die ganze Welt. Sie hatte den Menschen gefunden, mit dem sie ihren Lebensweg von nun an gemeinsam gehen wollte und der ähnliche Träume hatte. Sie wollten ihre Wohnung in Hamburg behalten und von dort aus die Welt bereisen. Erst ein paar Wochen waren sie zusammen. Ich hatte ihn noch nicht kennenlernen dürfen, weil sie seitdem ständig in der Weltgeschichte unterwegs waren. Sobald sie wieder in Deutschland waren, wollte sie uns einander vorstellen.

Das Verrückte war, dass sie diesem Mann ausgerechnet auf Sylt begegnet war. Die Insel, die wir so liebten und auf der wir etliche Urlaube verbracht hatten, hatte ihr doch noch das Glück geschenkt.

Ihre große Syltliebe hatte sie an mich weitergegeben. Und doch schien sich vor allem der Syltfluch gerade in meinem Leben fortzusetzen. Ich hatte meine Mutter, nachdem sie mit unserem Herzensort wieder so viel Positives verbinden durfte, damit überraschen wollen, dass mein Freund Johann und ich ihren Traum von damals in die Tat umsetzen und nach Sylt ziehen wollten. Es ging nur noch darum, vor Ort den Vertrag für unser kleines Lädchen mit angeschlossener Wohnung zu unterschreiben. Erst wenn alles sicher in trockenen Tüchern war, hatte ich ihr davon erzählen wollen. Nicht, dass irgendwas schiefging und bei ihr alte Wunden aufriss. Aber aktuell würde ich ihr nur von meinen Sorgen berichten können, die wie ihre eigenen vor dreiunddreißig Jahren klangen. Mein Freund war wie vom Erdboden verschluckt.

Ich schob das Notizbuch mit dem Foto in den Karton mit den Erinnerungen zurück und packte die Mappe mit Familien-Unterlagen und Dokumenten für unser Projekt ein. Jetzt hatte ich alles, was wir benötigten, zusammen. Fehlte nur noch mein Freund.

Ich griff erneut zum Handy, um seine Eltern und seine Freunde anzurufen. Erst hatte ich damit noch gewartet, aber jetzt wollte ich sie fragen, ob sie eine Ahnung hatten, was mit ihrem Sohn und Freund los war. Was, wenn ich ihm unrecht tat und er einen Unfall gehabt hatte?

Wenige Minuten später war ich jedoch genauso klug wie vorher, nur dass ich endgültig wütend war. Wenn es auch nur scherzhaft gemeint war, warfen sie mir indirekt vor, Johann zu sehr unter Druck gesetzt zu haben mit meinen Plänen für unseren »Kramsladen«, die vor allem seine Eltern sowieso nicht unterstützten. Als sie mutmaßten, er habe Panik bekommen, wie er das finanzielle Risiko auffangen sollte, falls unser Konzept schiefging, hatte ich die Gespräche beendet. Tränen der Enttäuschung rannen mir jetzt die Wangen hinunter, weil ich mir genau diese Gedanken auch schon gemacht hatte. Ohne es zu wissen, hatten sie den Finger genau in die Wunde gelegt.

Dabei hatte vor allem doch *ich* meine Existenz aufgegeben, um diesen Traum umzusetzen. Unseren gemeinsamen Traum. Auch wenn nicht allzu viel Geld dabei herumgekommen war, als ich meinen Laden verkaufte – es war ein allererstes Startkapital für eine Ladenmiete und -ausstattung. Auf Sylt würde das Ladenlokal nur gemietet sein. Mein bisheriges Geschäft hatte ich vom Erbe meiner Großeltern, von dem meine Mutter einen Teil für mich zurückgelegt hatte, angezahlt, den Rest finanziert. In der Region, am Rande von Hamburg, in einem der kleinen Vororte, wo auch die Wohnung meiner Mutter lag, war so was bezahlbar. Ich konnte gut davon leben und liebte die Arbeit darin.

Von einem Laden auf Sylt erhofften wir uns ebenso diese Freude und dabei noch viel mehr Erfolg. Es klang für uns fantastisch. Oder waren all das nur *meine* Träume, und ich hatte mich getäuscht, hatte nicht gesehen, dass es überhaupt kein »wir« gab? Hatte ich Johann mit meinen Wünschen überfahren und nicht bemerkt, wie wenig es die seinen waren?

Die Vorstellung, meinen Laden womöglich umsonst aufgegeben zu haben und nun ohne Perspektive dazustehen, schnürte mir beinahe die Luft ab.

Ich trat auf den Balkon von Johanns Wohnung, mit dem wundervollen Blick über Blankenese, und sog die laue Sommerluft tief ein. Für den Moment tat das gut, konnte mein Gedankenkarussell aber nicht stoppen. Mir ging durch den Kopf, dass Johanns derzeitiges Verhalten dazu passen würde, dass er so sehr darauf gedrängt hatte, seinen Job nicht zu kündigen. Als habe er sich insgeheim bis zuletzt diese Hintertür offen gehalten, um jetzt dadurch zu verschwinden.

Er hatte mir das nur ganz anders verkauft. Er wollte seinen Beruf in der ersten Zeit als Back-up behalten, falls unser Vorhaben floppte. Also hatten wir vereinbart, dass ich zunächst im Laden stehen würde, während er weiterhin seine Termine absolvierte und parallel den Aufbau des Ladens unterstützte, wann immer ich ihn brauchte. Unsere finanzielle Sicherheit für die ersten Monate, bis alles anlaufen würde, wäre damit gewährleistet, schließlich verdiente Johann in seinem Job als Projektberater für Inneneinrichtung gut. Weil sein Gebiet sich auf Schleswig-Holstein beschränkte, waren all seine Kunden auch von der Insel aus erreichbar. Ich fand das vorausschauend und umsichtig von ihm. Schätzte seine Weitsicht. Jeder brachte seinen Anteil mit ein. Wir waren schließlich ein Team. Auch wenn ich finanziell längst nicht so viel beisteuern konnte, so würde ich zu jeder Zeit all meine Arbeitskraft und mein Herzblut in unseren Traum stecken.

Der Plan, dass ich alles ganz allein startete, war jedoch zu keiner Zeit eine Option gewesen. Weder emotional noch finanziell. Mein Magen krampfte zusammen.

Ich griff nach meiner Sonnenbrille, die meine vom Weinen roten Augen verstecken sollte, steckte mein Handy ein und verließ die Wohnung. Ich musste raus ans Wasser. Laufen, den Kopf freibekommen und überlegen, was ich nun tun würde. Ein Weg an der sonnigen Elbe tat mir immer gut. Sommer-Sonnengefühle, die wieder Leichtigkeit in mein Herz zaubern würden. Darauf hoffte ich auch jetzt.

Mit schnellen Schritten ging ich die Treppenstufen hinunter Richtung Elbstrand. Malerisch lagen die einzigartigen Häuser am Hang, wie eingelassen in ihren Standort. Als gehörten sie ganz genau an dieses Fleckchen Erde. Jede Schräge, jede Tür war auf die unebene Basis angepasst, die die Häuser hier im Hamburger Treppenviertel hatten. Johann hatte großes Glück, hier eine Wohnung bewohnen zu dürfen, die seiner Familie gehörte. Nach unserem Auszug wollten seine Eltern sie vermieten, aber vielleicht fiel ihm der Abschied von hier plötzlich doch zu schwer.

Man lebte hier beinahe dörflich und dennoch nah an der großen Stadt. Hügelig, mit einem fantastischen Blick, dabei nah am Wasser, wo wuchtige Elbkähne mit dröhnenden Sirenen entlangschipperten und maritimes Flair und den Duft nach der weiten Welt mit sich brachten. So schnupperte auch meine Mutter, wann immer sie uns besuchte, die Luft von Abenteuer und Ferne. Die Wohnung, in der sie lebte, war nicht weit entfernt, und wir sahen uns oft.

Ich dachte an ein Lied, das davon erzählte, dass jemand die

Papiere, ein wenig Geld und sonst nicht viel bei sich hatte und darüber nachdachte, einfach wegzugehen an einen anderen Ort. Irgendwohin, wo es schön war und die Sorgen weit weg. Womöglich hatte mein Freund dies umgesetzt. Wo auch immer er nun war.

Doch wo würde ich hingehen? Blankenese liebte ich. Nichts aber kam für mich an den Ort heran, der mein Herzensort war. Meine Lieblingsinsel Sylt. Umgeben vom einerseits stürmischen und andererseits beruhigend sanften Meer, zwischen Stränden voller Natur, Weite und Ursprünglichkeit, empfing Sylt mich, seit ich denken konnte, mit einer rauen Herzlichkeit, die unvergleichlich war. Das ruhige Watt mit seiner Stille, die einen wie eine heile Welt aus dem Bilderbuch umarmte. Die bewegte Seite zur offenen See, die auch mal aufbrausende Wellen und tosenden Wind mit sich brachte, sich aber dennoch nicht weniger malerisch präsentierte als die Wattseite.

Hier waren die Träume entstanden, in denen meine Mutter sich ihr Leben ausgemalt hatte. Und trotz der Enttäuschung über die Trennung von meinem Vater, die auch ich stets gespürt hatte, wenn wir da gewesen waren, hatte auch mein Herz dort ein Zuhause gefunden. Hier war ich als Kind barfuß am Strand gelaufen und hatte Muscheln und Seeglas gesammelt. Ich hatte Krebse in die Hand genommen, Quallen gerettet und wieder ins Meer geworfen. Ehrfürchtig hatte ich mit meiner Mutter den Kutterfahrten mit Fang beigewohnt und mich zwischen Schaudern und Faszination ob der gefangenen Meeresbewohner, vom Seestern über die Garnele bis hin zum riesigen Krebs, an sie gekuschelt. Ihr im Wind flatterndes, buntes Cape über uns beide gelegt, fühlte ich mich geborgen. Gestrandete Robben hatte ich immer nur von Weitem beobachtet, um sie bloß nicht zu verängstigen oder ihre Muttertiere auf Abstand zu halten.

Ich war am Abend im leichten Sommerkleid vom obersten Punkt der Holztreppe bis hin zum Meeresrand gerannt, als könne ich die untergehende Sonne im letzten Moment noch einfangen und umarmen. Meine Mutter kam lächelnd hinterher, setzte sich in einen der Strandkörbe mit Blick aufs Meer, und wir genossen das leckerste Picknick, das ich mir vorstellen konnte. Und das, obwohl es aus trockenen Brötchen und Saft bestand. Aneinandergekuschelt und stark, beide ergriffen von der Schönheit am Himmel über der Nordsee.

Am Ufer der Elbe angekommen, wo auch ein kleiner Strand lag, atmete ich durch. Einige Hundert Meter entfernt sah ich ein Schiff. Aus der Ferne hörte ich das Hupen eines mächtigen Signalhorns. Ein Geräusch, das für mich Heimat bedeutete und doch so viele Geschichten von der weiten Welt erzählte, nach der auch meine Mutter sich so sehnte. Ich sah uns am Wasser sitzen und träumen.

Ich blieb einen Moment lang stehen, schaute dem Schiff zu, wie es immer größer zu werden schien, je näher es kam, und ließ den Blick schweifen über die glitzernde Wasseroberfläche, auf der die Sonnenstrahlen wie Tausende kleiner Funkelkristalle tanzten. Es sah aus, als seien Sonnenspäne vom Himmel in den Fluss gerieselt. Sie tauchten ihn in goldfarben schimmerndes Licht.

Sand unter den Füßen und einen leichten Wind im Haar, für mich so wertvolle Gefühle, die ich an Sylt so schätzte, die fand ich auch hier. Etliche Spaziergänger waren unterwegs und genossen wie ich dieses Kleinod in der Nähe der trubeligen Großstadt. Obwohl es sehr warm war und überall Leute auf Handtüchern in der Sonne lagen, war hier niemand im Wasser. Das war an dieser Stelle aufgrund der immensen Strömungen, die der rege Schiffsverkehr noch verstärkte, zu gefährlich.

Aber allein schon am Wasser zu sein und den Blick, die Luft und die Weite zu genießen tat gut.

Ich dachte an die Abende im Sommer, an denen Johann und ich abends noch die Terrassen der Restaurants hier an der Straße am Elbstrand besuchten und uns für anstrengende Arbeitstage gerne mit einem leckeren Essen belohnten.

Wut kroch erneut in mir hoch, gemischt mit unsicherer Sorge, dass ihm doch etwas passiert war. Wahrscheinlicher aber schien mir mittlerweile, er wollte wirklich untertauchen und sich still und leise aus dem Staub machen. So, wie manche Menschen es taten, wenn etwas ernst wurde. Mein Herz krampfte zusammen, weil ich wieder an meinen Vater denken musste.

Sosehr ich meine Mutter gerade brauchte, weil sie es war, die sich am besten in mich hineinversetzen könnte, so ungern wollte ich sie anrufen. Noch wollte ich an das Wunder glauben, sie bald mit einem Leben auf Sylt zu überraschen.

Ich fühlte mich hilflos und wusste nicht, was ich tun sollte, um herauszufinden, was los war. Zu Hause war er jetzt länger nicht mehr gewesen. Während ich alles gepackt hatte, stand von ihm noch etliches umher, was längst in Kartons hätte sein sollen. Ich fragte mich, wo er war. Er musste ja auch irgendwo schlafen. Er hatte keine Tasche dabei, seine Kosmetik stand im Bad seiner Wohnung. Er hatte sich eigentlich Urlaub genommen, weil wir diesen für den Umzug brauchten. Ein mulmiges Gefühl kroch drückend in mir hoch.

In wenigen Tagen hatten wir den Termin für den Mietvertrag auf Sylt. Der Makler hatte uns bereits alles geschickt, und die Tickets für den Autozug waren schon gebucht.

Alles in mir sträubte sich gegen den Gedanken, dass unser Plan nicht wahr werden sollte. Hatte Johann etwa wirklich kurz vor der Ziellinie Angst bekommen und sich umentschieden? Aber warum war er nicht ehrlich zu mir? Wie konnte er mir das antun, nachdem ich so viel für diesen Traum aufgegeben hatte? All meine Ersparnisse der letzten Jahre und das, was nach dem Verkauf und der Ablöse bei der Bank für mich übrig geblieben war, wollte ich in den Laden auf Sylt stecken. Nachts war ich seit seinem Verschwinden in die Wohnung meiner Mutter gezogen. Es hatte mich erdrückt, allein in seiner Wohnung zu warten. Die Wohnung, die meine Mutter von ihren Eltern nach dem Tod meiner Oma geerbt hatte, war schon immer so etwas wie der Fels in der Brandung für sie und auch für mich. Ich hatte meine Großeltern gar nicht mehr kennengelernt und mir immer so sehr eine Oma gewünscht. Die Wohnung verband ich mit ihnen. Womöglich würde ich hier nun wieder auf Dauer einziehen und mich auf Jobsuche begeben können. Nur gab es da ja nun auch diesen Mann, mit dem meine Mutter sie jetzt nutzen wollte. Panik kroch in mir hoch, und alles drehte sich.

Kurzerhand legte ich mich mit dem Blick in den Himmel in den Sand. Wolken flogen vorbei, zeichneten Bilder, die sich immer wieder veränderten. Die Formationen beruhigten mich. Es fühlte sich ein bisschen an wie zu schweben. Schon als Kind hatte ich mich in den Sand gelegt und zum Himmel geschaut. Der Wind ließ es wirken, als fliege man durch die Wolken, dabei waren sie es, die sich am Himmel bewegten, und man selbst war in Wirklichkeit geerdeter denn je. Manchmal erkannte ich Figuren im Wolkenspiel, Herzen und Tiere, Fabelwesen und Formen. Vor allem auf Sylt machte das Spaß, denn dort beschleunigte der Wind den Flug der Fantasiegebilde am Himmel noch mehr.

Ich setzte mich wieder auf und rief meine Freundin Insa an. Sie lebte auf Sylt und betrieb dort einen Haus-Service. Ihr Unternehmen hatte sich darauf spezialisiert, die Sylt-Aufenthalte ihrer zumeist wohlhabenden Klienten so angenehm wie möglich zu gestalten. Vom Füllen des Kühlschranks vor Anreise oder der Entgegennahme des bereits vorab gesendeten Gepäcks, über Reservierungen vor Ort bis hin zu regelmäßigen Kontrollen des Anwesens, wenn gerade niemand da war, bot sie jeglichen Service. Insas Kunden konnten sich sicher sein, dass bei der Ankunft bereits ein duftender Strauß ihrer Lieblingsblumen auf dem Tisch stand und auch der Termin mit dem Personal Trainer am nächsten Morgen längst gebucht war. Insa hatte stets ein waches Auge auf die Refugien ihrer Auftraggeber und sorgte für ein wenig Leben in den Häusern, schaute nach dem Rechten oder koordinierte Handwerker- und Gärtnerarbeiten. Ich ging so weit, zu behaupten, dass Insa für einige Menschen, die ein Anwesen auf Sylt besaßen, eine der wichtigsten Personen der Insel war. Und sie ging voll in ihrem Job auf und liebte ihre Arbeit.

Dass ich bald immer in ihrer Nähe sein sollte, war auch für mich eins der größten Geschenke, die unsere Entscheidung für einen Umzug nach Sylt mit sich gebracht hatte.

»Moin, Marla! Wie geht es dir? Hat sich dein Liebster nun endlich wieder gemeldet? Wolltet ihr nicht schon übermorgen hier sein?«

»Hey, Insa«, begrüßte ich sie müde. »Ja, eigentlich hatten wir das vor.«

»Er hat sich nicht gemeldet?«, kam es entsetzt. »Noch immer nicht?« Nun überschlug sich Insas Stimme beinahe.

»Noch immer nicht, leider.«

»Ist ihm was passiert?«

»Ich denke nicht. Bei mir hat niemand angerufen. Und seine Mutter hat auch keine Idee, was los sein könnte, und macht nur mir Vorwürfe. Außerdem liest er seine Nachrichten – er antwortet nur nicht.«

»Ach, Mensch, Liebes! Entweder, es gibt irgendeine Erklärung für Johanns Verschwinden, und er taucht wieder auf, oder eure Pläne fallen ins Wasser. Und wenn das seine Art ist, das einzuleiten, sorry, aber dann lohnt sich keine einzige Träne für ihn.«

Ich seufzte und murmelte irgendwas zwischen Zustimmung und Verzweiflung.

»Aber eigentlich gibt es nur eine Lösung: Pack deine Koffer, komm nach Sylt und schau, was passiert. Was hast du zu verlieren?«

»Viel hält mich hier in Hamburg gerade nicht, das stimmt«, sagte ich.

»Du hast den Vorteil, dass deine weltallerbeste Freundin vor Ort ist und dir schon jetzt verspricht, dass sie immer ein Bett für dich freihält!«

»Danke, Insa! Das weiß ich sehr zu schätzen.« Ich seufzte. »Aber wo soll ich langfristig wohnen und arbeiten? Ich muss ja schauen, dass ich mich von dem Geld für meinen Laden dann erst mal über Wasser halte. Du weißt selbst, dass in erster Linie Johanns Geld und sein regelmäßiges Einkommen unsere Sicherheit waren. Ich hab vor allem meine ganze Arbeitskraft investieren wollen. Bezahlbarer Wohnraum auf Sylt ist schwer zu finden. Was, wenn Johann echt verschollen bleibt? Was soll ich dann auf Sylt starten? Ich hab einfach Angst, dass der Degener-Fluch sich gerade fortsetzt. Erst das Drama mit meiner Mama und meinem abtrünnigen Dad. Nun Johanns Verschwinden. Vielleicht sollten wir Degeners uns Sylt einfach aus dem Kopf schlagen – jedenfalls als festen Wohnort.«

»Liebes, nun mal nicht so schwarzmalerisch, bitte. Außerdem ist das ja nur die halbe Wahrheit. Sagtest du nicht, die neue Liebe deiner Mutter, die für mich eher wie die ganz große Liebe klingt, hat sie auf Sylt getroffen? Könnte es nicht auch sein, dass sich das für dich wiederholt, und auch du findest deinen Mr Right hier oben?«

Ich lachte matt. »Du Träumerin.«

»Nee, ganz ehrlich! Warum nicht? Worauf wartest du? Darauf, dass dein Freund wieder einen klaren Kopf bekommt? Sorry, ja! Aber dann kann er sich direkt ins Auto setzen und hinterherkommen. Seine Aktion ist schon bis hierher an Dreistigkeit kaum zu überbieten, wie ich finde. Kalte Füße zu bekommen und seine Meinung zu ändern ist keine Schande. Man kann über alles reden. Aber einfach zu verschwinden und sich nicht mehr zu melden, das geht einfach gar nicht! Soll er doch sehen, wo er bleibt, wenn du hier deinen Traum lebst und am Ende sogar hier auf Mr Right triffst. Er hatte seine Chance.«

»Insa«, sagte ich matt lachend. »Mein Traum ist es aber nicht, mutterseelenallein einen Neustart auf Sylt zu wagen. Mr Right hin oder her. Angenommen, ich unterzeichne den Mietvertrag wie geplant. Dann stehe ich mit meinen Kosten und all der Verantwortung allein da. Das packe ich nicht, Insa!«

»Was willst du in Hamburg ohne Job mit 'nem Freund, der untergetaucht ist, immer vor Augen, dass du deinen ersten großen Traum gerade aufgegeben hast, nur um am nächsten zu scheitern? Dann doch lieber hier bei mir sein, und wir suchen hier dein Glück. Es wäre doch gelacht, wenn du deine Zukunft von den Launen deines Freundes abhängig machen würdest. Das hat er offenbar nicht verdient.«

»Du hast recht.« Mit einem Mal verwandelten Insas Worte meine Verzweiflung in eine unbändige Energie. »Ich komme zu dir.« Mein Herz pochte aufgeregt.

Insa jubelte. »Ich kann es kaum erwarten, dich zu sehen!« Sie lachte.

Als wir aufgelegt hatten, wuchs meine Nervosität sekündlich, aber endlich hatte ich wieder Auftrieb. Ich wusste, was zu tun war. Das Zimmer, welches ich mit Johann rund um den Termin bewohnen wollte, würde ich absagen. Das Geld konnte ich mir sparen. Solange ich nicht wusste, wie es weiterging, musste ich haushalten mit meinen Talern. Zunächst konnte ich bei Insa wohnen. Sollte Johann doch auftauchen, würden wir spontan noch eine Pension suchen. Ich rief im Hotel an. Auch wenn es Johann war, der im Zweifel dafür die Rechnung erhalten würde, dass wir nicht angereist waren, erschien es mir nur fair dem Hotel gegenüber.

Der Anruf endete allerdings mit einem weiteren Schlag in die Magengrube und einer Peinlichkeit für mich: Johann hatte nämlich gar keine Übernachtung auf unsere Namen gebucht. Ich war entsetzt über diese Information, und in meinem Kopf fügte sich ein hässliches Puzzle zu einem immer vollständigeren, scheußlichen Bild. Offenbar hatte er sein Abtauchen längst geplant. Umso richtiger fühlte es sich an, jetzt zu Insa zu fahren.

Meine Koffer waren schnell gepackt. Das, was ich direkt zu Beginn mitnehmen wollte, hatte ich ja bereits weitestgehend zusammengestellt. Weil für die nächsten Wochen sommerliches Wetter angesagt war, verzichtete ich auf dicke Jacken und Wollpullover. Einzig zwei Capes, die ich mir abends überwerfen könnte, sowie eine dünne Daunenjacke hatte ich dabei.

Der Rest war sowieso schon in Kartons und Kisten verpackt, bereit zur Abholung in wenigen Wochen. Alle Möbel, die wir nicht mitnehmen würden, wollten wir für einen guten Zweck spenden. Das waren die meisten. Eine Abholung durch eine Wohltätigkeitsorganisation war längst vereinbart. Zu dem Termin wollten Johanns Eltern anwesend sein und für uns die Übergabe machen.

Ich blickte mich in der Wohnung um, aus der wir in den nächsten Tagen gemeinsam hatten ausziehen wollen. Noch immer konnte ich es kaum fassen, dass ich nun schon jetzt und allein

Abschied nehmen würde. Alle Unterlagen, die wir für den Termin mit dem Makler vor Ort benötigten, hatte ich bereits in meine Tasche gepackt. Dann schaute ich noch einmal durch die Räume. Tatsächlich sah es nicht danach aus, als wollten wir ausziehen. Vielmehr wirkte es, als ob nur ich hier alles vorbereitet hatte, um die Wohnung zu verlassen. Fast wie bei einer Trennung, bei der der eine Part seine Sachen packte und ging. Von Johann stand noch so viel an dem Platz, wo es immer schon gestanden hatte. War das, was ich da gerade realisierte, das, was nun passierte? Johann blieb hier, ich ging?

Ich seufzte, zog den Reißverschluss des Koffers zu und trug ihn zur Wohnungstür.

Ein Blick aufs Handy zeigte weiterhin keinen Anruf oder eine Nachricht von Johann. Ernüchtert zog ich die Tür mit dem Schloss, das ich durch meinen Fingerabdruck hatte öffnen können, hinter mir zu, ging zum Auto und verstaute mein Gepäck im Kofferraum. Ich schaute an der Fassade des weißen Hauses empor, blickte über die malerischen Gebäude, die sich teilweise wie Puppenhäuser in die Umgebung schmiegten, stieg ins Auto und fuhr los. Irgendwas fühlte sich heute anders an, als ich die Straße entlangfuhr. Ich konnte nicht sagen, was es war, aber dieser Schritt, vielleicht ein erster kleiner Abschied von unseren Plänen, kam mir vor, als sei ich danach ein wenig leichter. Wie befreit von der Schwere, die mich während der letzten Tage des Wartens auf Johann erdrückt hatte.

Auf der Fahrt rief meine Mutter an. Sie sprudelte nur so über vor lauter Fröhlichkeit bei ihren Erzählungen über ihre Urlaubsreise. Ich freute mich für sie. Viele Jahre hatte sie keinen neuen Partner gefunden. Immer mal hatte es jemanden gegeben, nie jedoch klang es so wie jetzt. Sie war bis über beide Ohren verliebt. Ich war wirklich gespannt, den Mann bald auch einmal kennenzulernen. Es war besonders, was diese Liebe mit meiner Mutter machte.

Ich selbst verschwieg weiterhin, wohin ich unterwegs war. Da meine Mutter allerdings auch schon wieder auf dem Sprung war, fiel ihr das gar nicht auf, stellte ich mit einer gewissen Erleichterung fest.

2.

Die Autobahn war voll. Die Sommerferien hatten in einigen Bundesländern begonnen, was deutlich zu spüren war. Bis unters Dach voll gepackte Fahrzeuge schoben sich in Blechschlangen gen Norden. Die Strecke von der Autobahnabfahrt bis zur Verladestation zog sich ewig hin. Weil ich im letzten Dorf vor Niebüll ungeduldig wurde, hatte ich einen besonders langsamen Fahrer vor mir irgendwann überholt, mit dem Erfolg, mit dieser Aktion direkt in einen mobilen Blitzer zu rauschen. Und das, obwohl ich wusste, dass diese Strecke fürs Blitzen bekannt war. Auch direkt am Zug staute sich der Verkehr. Ich war genervt, auch wenn meine Ungeduld natürlich nichts an der Situation änderte.

Und dann kam endlich eine Nachricht von Johann, die mich vor Wut beinahe platzen ließ. Es war keine Entschuldigung und nicht die Versicherung, dass alles gut war und schier unerfindliche Umstände dazu geführt hatten, dass er sich nicht gemeldet hatte, er jetzt aber sofort mit dem Packen beginnen und nachkommen würde. Ja, ich musste zugeben, dass ein Teil von mir noch immer auf diese Antwort gehofft hatte. Nein. Er schrieb, er wolle mir nur sagen, dass es ihm gut gehe – na immerhin lag er nirgendwo im Krankenhaus oder war verschleppt worden. Leider seien die Dinge anders gekommen, und er brauche eine Auszeit.

Ich lachte hysterisch und rief ihn an. Erstaunlicherweise ging er diesmal sogar ans Handy.

»Eine Auszeit?« Meine Stimme klang grell. Diese Formulierung war die Höhe. Hätte er vorher darum gebeten, mit mir geredet, wäre es zwar auch ein denkbar ungünstiger Zeitpunkt gewesen für eine Auszeit. Diese sich aber zuerst zu nehmen, um dann nach Tagen rückwirkend die Erklärung dafür zu liefern, war widerlich. »Ich fasse es nicht, Johann, und finde keine Worte dafür, wie ich mich gerade fühle.«

»Ich weiß, dass das unglücklich gelaufen ist«, stammelte er.

»Unglücklich? Ja, ein wenig.« Ich presste die Worte hervor.

»Ich dachte mir, es ist vielleicht besser, wenn du für einige Zeit die Wohnung von deiner Mutter und dir wieder nutzt«, schlug er vor, und mir blieb weiterhin die Sprache weg.

»Keine Sorge, Johann. In deiner Wohnung wirst du mich bis auf Weiteres nicht antreffen. Und wo ich meine Zeit verbringe, da mach dir in deiner *Auszeit* mal so gar keine Gedanken. So weit, das zu organisieren, war ich bereits vor dieser infantilen Nachricht. Es wäre nett, wenn du *meine* bereits gepackten Kartons dann einfach wie geplant dem Umzugsunternehmen übergeben könntest. Ich kläre dann mit der Firma, an welche Adresse sie geliefert werden sollen. Tschüss.« Ich legte auf, ohne eine weitere Antwort abzuwarten.

Wenigstens war es vor diesem Hintergrund erst recht die beste Entscheidung, zu Insa gefahren zu sein. Sogar die Wohnung meiner Mutter wäre mir in diesem Moment von der Entfernung her nicht weit genug von Johann weg gewesen. Noch dazu, weil ich dort allein gewesen wäre. Dennoch machten sich neben der Wut große Verzweiflung und Enttäuschung breit.

In dieses Gefühlswirrwarr hinein klingelte mein Handy. Es war der Makler, der sich von mir den Termin bestätigen lassen wollte. Ich fühlte mich in die Ecke gedrängt und versuchte, ihn zu vertrösten, bat ihn um noch ein wenig Geduld. Ich würde mich am kommenden Tag im Laufe des Vormittags melden, versprach ich. Darauf ließ er sich erst einmal ein. Auch wenn ich gerade keine Chance sah, allein alles wie geplant in die Wege zu leiten, wollte ich meinen Traum noch nicht vorschnell begraben.

Ich stieg aus, um mir in dem Shop an der Verladerampe einen Kaffee zu holen. Leider vergaß ich dabei, dass neben der Autotür ein Betonklotz als Begrenzung der Spur in den Boden eingelassen war. Ein dumpfer Ton erinnerte mich unsanft daran, als meine Tür dagegenstieß. Sofort inspizierte ich die Stelle: Ein kleines Stück Lack war abgesplittert. Ich fluchte, gab Johann die Schuld dafür, dass ich so fahrig war und eilte mit eingezogenem Kopf in den kleinen Laden.

Druck stieg in mir auf, als sich eine ältere Dame unhöflich vordrängelte und ein Kind ausgerechnet hinter mir in der Schlange zum Bezahlen den Wutausbruch seines Lebens bekam. Als dann der Coffee to go, den ich mir geholt hatte, beim Einsteigen ins Auto kippte, woraufhin mir der Schaum des Milchkaffees über die Hand, in meinen Ausschnitt und in meinen Ärmel schwappte, kochte ich innerlich. Wenigstens wurde endlich grünes Licht für die Auffahrt auf den Zug angezeigt. Ich tupfte die Schaumreste unbeholfen weg, als es auch schon losging. Hektisch lenkte ich mein Auto, steuerte die Auffahrt an und merkte zu spät, dass mein Außenspiegel dem Geländer gefährlich nahe kam. Ein knarzendes Geräusch wies mich darauf hin, dass der Abstand offensichtlich zu gering gewesen war. Statt erneut in eine Schimpftirade auszubrechen, konzentrierte ich mich aufs Atmen, bevor womöglich sonst noch mehr Unfälle geschehen würden.

Zwei Kratzer am Auto innerhalb von zehn Minuten – großartige Leistung!

Dankbar, dass ich auf das obere Deck gelotst worden war, versuchte ich, mich einfach nur auf den schönen Ausblick zu freuen, und fuhr hinter einem schwarzen Kombi her. Ich war ohne Touchieren der Seiten recht weit bis nach vorne durchgefahren. Hinter mir schob sich eine lange Schlange anderer Autos auf den Zug. Ich schaute auf den Wagen vor mir – ebenfalls ein Hamburger, wie mir das Kennzeichen mitteilte. Als dieser plötzlich vollkommen unerwartet stehen blieb, wäre es beinahe zum dritten Unfall gekommen. Nur eine Vollbremsung meinerseits verhinderte, dass ich ihm direkt ins Heck rauschte. Ein umsichtiger Hintermann sorgte dafür, dass auch mein Auto unversehrt blieb. Ich sah dem Fahrer seinen Schreck jedoch deutlich an, als ich in den Rückspiegel blickte.

Es verging eine Zeit, in der ich abwartend auf das Auto vor mir starrte. Ich fixierte den Aufdruck auf der Heckklappe. *Peer Petersen, IT-Beratung*. Darunter eine Handynummer. Ob ich ihn mal anrufen sollte, um zu fragen, was los war? Die Nervosität wuchs, ich spürte förmlich die ungeduldig fragenden Blicke des Fahrers hinter mir, der sich bereits hektisch reckte, um zu sehen, warum es nicht weiterging. Angespannt trommelte ich mit den Fingern aufs Lenkrad. Der Mann hinterm Steuer des Fahrzeugs vor mir schien zu telefonieren. Irgendwann legte er das Handy beiseite, hob ein Kind vom Sitz auf der Rückbank nach vorne ins Auto und nahm es auf den Schoß. Dann kletterte es auf den Beifahrersitz. Kurz wartete ich, ob er sich wieder in Bewegung setzte, aber nichts dergleichen geschah.

Stattdessen öffnete sich ein Schiebedach, und der Mann schaute heraus. Weil es auf dem Zug so eng war, konnte man nicht die Autotür öffnen oder gar aussteigen. Ich reckte mangels Schiebedach in meinem Wagen den Kopf seitlich aus dem Fenster.

»Moin«, sagte er völlig entspannt.

»Moin.« Ich musste mich bemühen, ihn nicht direkt anzublaffen, warum er nicht weiterfuhr, schließlich konnte ich deutlich sehen, dass die Lücke zu seinem Vordermann sich immer mehr vergrößerte. Meine eher ungünstig verklemmte Körperhaltung machte es mir jedoch schwer, selbstbewusst aufzutreten, so sauer ich auch war.

»Sorry, leider tut sich nichts mehr. Der Motor hat plötzlich gestottert und ist dann ausgegangen, und das war's.« Er hob bedauernd die Schultern und klopfte aufs Fahrzeugdach. »Ein denkbar schlechter Ort für ein streikendes Auto. Ich weiß.«

Na super, auch das noch. Er trödelte nicht, er war liegen geblieben.

»Und nun?«

»Ich fürchte, es muss jemand schauen, was mit dem Wagen ist. Es tut mir sehr leid. Aber die paar Plätze vor mir bleiben nun einfach leer. Ich hab grad mit dem Bahnpersonal telefoniert. Der Zug kann plangemäß starten. Allerdings wird die Abfahrt vom Zug in Westerland sich verzögern. Es sei denn, Sie und der Rest der Leute rollen rückwärts wieder herunter oder schieben mich vom Zug.« Er machte ein zerknirschtes Gesicht.

»Na, da beginnt doch der Urlaub ganz wundervoll«, erkannte ich.

»Es tut mir sehr leid. Vielleicht kriegen sie es schnell wieder in den Griff.«

»Mhm. Dann hoffen wir das mal. Können Sie ja nichts für.«

»Ich schlage vor, solange genießen wir die wundervolle Aussicht und denken positiv.«

Ich grinste sarkastisch. »Ein toller Plan. Danke! Eine wirklich fantastische Aussicht!« Ich deutete über das Gelände des unspektakulär farblosen Verladebahnhofs von Niebüll, der allenfalls Hinterhof-Charme hatte, lachte ironisch und lehnte mich wieder in meinen Sitz zurück.

»Gleich wird es schön, versprochen«, hörte ich ihn noch rufen. Er hatte ja recht, aber dennoch war ich sauer. Auf jeden, auf alles!

»Ach, Mensch. So ein blöder Mist«, schimpfte ich und schlug mit der flachen Hand auf das Lenkrad. Meine Handfläche schmerzte. »Scheiße! Das hat mir gerade noch gefehlt.« Ertappt zuckte ich zusammen. Offenbar hatte ich zu laut gemotzt.

»Bitte seien Sie mir nicht böse. Vielleicht darf ich Sie als Entschuldigung auf einen Kaffee einladen?« Er rief die Worte, während er noch immer den Kopf durch das Schiebedach streckte, und ich schaute wieder aus dem Fenster.

»Danke, aber das Wichtigste wäre mir, hier schnell wieder runterzukommen.«

»Mir doch auch«, gab er zu. Neben ihm kam ein blonder Haarschopf zum Vorschein. »Und dieser kleinen Dame erst.« Eine Kinderhand winkte neben dem Blondschopf. Bemüht rang ich mir ein freundliches Lächeln ab. Ich war mir sicher, es wirkte dennoch gequält, was mir unangenehm war, aber zu mehr war ich heute nicht fähig. Das niedliche Kind konnte ja nun erst recht nichts dafür, dass der Wagen seines Vaters hier alles blockierte. Ich rollte die Augen und zog den Kopf zurück.

»Wie dreist muss man sein. Fährt mit seiner Tochter nach Sylt und gräbt erst mal die nächstbeste Frau auf dem Autozug an«, murmelte ich und schüttelte den Kopf.

Ich ließ mich erschöpft in den Autositz sinken und schloss die Augen. Noch nicht einmal angekommen, stresste mich dieser Aufenthalt schon. Ich zweifelte daran, ob die Idee, hierherzukommen, so gut gewesen war. Meine Laune war unterirdisch, eine Aussicht auf Besserung nicht in Sicht. Doch dann dachte ich daran, dass nicht nur Insa auf Sylt auf mich warten würde, sondern die Insel an sich mit all ihrer Zauberkraft und Magie. So oft hatte sich ein Aufenthalt hier an der Nordsee angefühlt, als lade ich alle Akkus wieder auf. Und selten hatte ich das so nötig gebraucht wie jetzt gerade.

Der Zug setzte sich in Bewegung und ruckelte sanft in Richtung Sylt. Mit jedem Kilometer, den ich meiner Herzensinsel näher kam, beruhigte ich mich wieder. Diese tiefenentspannte Art des Fahrers des Autos vor mir hatte mich im ersten Moment zwar beinahe endgültig zur Weißglut gebracht, mir andererseits aber auch gefallen. Je länger ich darüber nachdachte, desto mehr spürte ich, wie sehr mich das in meiner Wut besänftigt hatte.

Ich musste einfach Ruhe bewahren, auch wenn es bei der Ankunft in Westerland nicht gleich weitergehen würde. Es war nicht zu ändern, auch nicht durch ärgerliches Toben. Und wenn ich ehrlich war, bestand doch auch gar kein Grund zur Eile. Ich wusste nicht, wie es weitergehen sollte, und daran würde auch ein möglichst schnelles Verlassen des Zuges nichts ändern.

Also folgte ich dem Rat des entspannten Peer Petersen und schaute auf die Schäfchenwolken am blauen Himmel, sah das Wasser, welches im Sonnenlicht glitzerte und das hier, mitten auf dem Hindenburgdamm, wirkte, als umgebe es mich unendlich weit in beide Richtungen. Der Zug schaukelte, über das Wasser flogen einige Möwen, und die Aussicht auf Insa, Spaziergänge am Meer, leckeres Essen und bis in die Nacht auf Insas gemütlicher Terrasse zu sitzen und zu quatschen, ließ mich sanft lächeln. Zwar piksten da noch immer die Bauchschmerzen, wenn ich an den Termin mit dem Makler dachte und an die Situation rund um Johann. Aber ich hoffte darauf, dass sich bald ein Sinn zeigen würde, warum das gerade alles geschah.

Auf der Suche nach einem Brillenputztuch entdeckte ich in der

Autotür ein Prospekt. Wir hatten uns bei einem dänischen Lieferanten informiert, der unser Lädchen auf Sylt mit seinen Produkten beliefern wollte. Ich schlug das Heft wehmütig auf. Wunderschöne kleine Geschenkideen, von handgemachter Seife über selbst gezogene Kerzen bis zu Artikeln aus Treibholz war alles dabei. Das Sortiment war angelehnt an den dänischen Stil. Farblich waren die Produkte in hellen Beige- und Grautönen perfekt abgestimmt auf die Inneneinrichtung unseres Ladens, die wir in pastellfarbenen Tönen geplant hatten.

Der Wunsch danach, auf Sylt etwas Eigenes aufzubauen, war so groß, dass gleichzeitig nun die Angst, dass alles platzen könnte, übermächtig wurde und mich beinahe durchdrehen ließ. Einfach, weil die Fallhöhe so hoch war, nachdem mein Traum endlich greifbar gewesen war. Ich musste jetzt überlegen, wie es für mich weitergehen könnte, und hoffte, den Termin mit dem Makler bis dahin hinauszuzögern.

Mein Pulsschlag wurde schneller, als es auf Westerland zuging. Ich sah, wie mein Vordermann sich immer mal umdrehte, als wolle er checken, wie die Laune hinter ihm im Fahrzeug war. Ich verbarg meine Sorgenfalte zwischen den Augen hinter einer überdimensionalen Sonnenbrille. Der Typ tat mir irgendwie auch leid. Ich stellte mir vor, in seiner Situation zu sein, und fand es schrecklich unangenehm. Außer mir und dem Fahrer hinter mir ahnte ja vermutlich noch niemand, dass wir womöglich noch einige Zeit länger auf dem Zug bleiben müssten als erwartet. Wahrscheinlich würde gleich ein wildes Hupkonzert ertönen, oder das Zugpersonal war schlau genug, rechtzeitig eine Ansage zu tätigen, die die Passagiere über das Dilemma informierte.

Doch stattdessen bahnten sich, kurz nachdem wir in den Bahnhof eingefahren waren, zwei Männer in Warnwesten den

Weg zum liegen gebliebenen Auto. Einer der beiden kam nach einem kurzen Wortwechsel mit meinem Vordermann auf mich zu, während der andere die Motorhaube des Fahrzeugs öffnete und dahinter verschwand. Ich hörte schon, wie ein paar Fahrzeuge hinter mir das Hupen einsetzte.

»Wir haben hier vorne eine Panne. Ein Mechaniker wird sich das Problem ansehen, und wir hoffen, dass es sich nur um wenige Minuten handeln wird, bis es hier wieder vorangeht. Bevor wir Sie alle rückwärts vom Zug lotsen oder Sie schieben helfen müssen, probieren wir erst einmal, das Auto wieder in Gang zu bringen.«

»Danke«, sagte ich matt. Der arme Mann wirkte bemüht und ebenso angespannt. Ich war mir sicher, er tat sein Bestes. Er lief weiter die Autos entlang, setzte offenbar auf persönliche Ansprache zur Deeskalation. Offenbar erfolgreich, denn das Hupen verstummte.

Ich schrieb Insa eine Nachricht, was hier los war und dass es später werden würde. Zur Überbrückung aß ich alle Snacks, die ich mir für die Fahrt eingepackt hatte. Die vorwiegend zuckerhaltigen Leckereien hoben meine Laune und besänftigten meine Nerven. Trotzdem kam mir die Zeit endlos vor, bis am Auto vor mir endlich die Motorhaube geschlossen wurde und der Mechaniker einige Schritte zurücktrat, dem Fahrer andeutete, den Motor zu starten, und sich dann erleichtert durch das verschwitzte Haar fuhr.

Doch dann rollten wir endlich alle vom Zug. Auch ich erreichte ohne weitere Karambolagen die Straße. Die Ampel an der Kreuzung, an der man Richtung Keitum fahren konnte, wechselte auf Rot. Der Typ aus dem Wagen vor mir stieg aus dem Auto und kam an mein Fenster. In der Hand hielt er ein kleines Glas. Kurz legte ich meinen Schal hektisch über die Stelle, an der sich Kaffee über mich ergossen hatte. Es gelang mir nur ansatzweise, da war er schon da.

»Darf ich mich nun noch einmal in aller Ruhe vorstellen, und ohne dass Sie sich den Hals verrenken müssen? Ich bin Peer, hi. Meine Tochter Levke sitzt im Auto.« Er deutete hinter sich und wirkte mit einem Mal ganz schüchtern, was bei seiner sonst sehr großen und kräftigen Statur sympathisch menschlich wirkte. »Sie gab mir den Tipp, Ihnen als kleine Entschuldigung ein Glas ihrer Lieblingsbonbons zu schenken. Die sind das beste Geschenk, sagt Levke. Und sie ist sicher, dass Sie danach eigentlich gar nicht mehr böse sein können.« Er streckte mir seine Hand mit dem Gläschen voll bunter Bonbons und einem rosafarbenen Aufkleber entgegen. »Danke für Ihre Geduld. Es tut mir aufrichtig leid, Ihre Nerven strapaziert zu haben. Die Anreise nach Sylt soll ja eigentlich etwas Schönes sein.« Hilflos zuckte er die Schultern.

Ich blickte gerührt vom Glas in Richtung des Autos, wo eine kleine Kinderhand winkte, und wieder zu Peer.

»Oh, das ist sehr lieb, Peer! Ich bin Marla. Danke auch an Levke. Und es ist alles okay. Kannst du ja nichts für, dass dein Auto schlappgemacht hat.« Ich fand die Geste wirklich süß und ging, weil er mir so sympathisch war und locker wirkte, wie selbstverständlich zum Du über. »Richte das Levke bitte auch aus. Ich freue mich sehr!«

»Schön. Original Sylter Bonbons. Handgemacht von meiner Großmutter in ihrem Bonbonladen ganz in der Nähe.« Er deutete in Richtung Keitum.

»Oh, wow!« Ich drehte das Glas in meinen Händen. »Da werde ich auf jeden Fall einmal vorbeischauen.«

Mittlerweile hatte hinter uns bereits wieder ein Auto gehupt, was ihn aber wenig interessierte. »Das würde uns freuen! Das *Zuckerhüs* ist unbedingt einen Besuch wert.« Er lächelte, und seine Mimik war so sympathisch, dass mir kurz ganz warm ums Herz wurde. »Ich muss dann mal wieder los. Levke kann es kaum erwarten, endlich die Uroma zu treffen.« Er hob entschuldigend die Handflächen. »Wir sehen uns dann in der Bonbonmanufaktur!« Wieder war da dieses Lächeln.

»Bestimmt. Und alles Gute mit dem Auto!«

»Danke!« Er lachte, drehte sich um und winkte noch einmal über die Schulter. Mit lässigen Schritten ging er zurück zur Fahrertür, ignorierte dabei das mahnende Hupen eines genervten Sportwagen-Fahrers, der schon auf dem Zug hinter mir gestanden hatte, winkte auch dem noch einmal zu und kletterte ins Auto, um vollkommen tiefenentspannt loszufahren. Ich schaffte es gerade noch, ihm zu folgen, bevor die Ampel offenbar schon wieder auf Rot sprang. Ich ahnte, dass der aufgebrachte Fahrer hinter mir mittlerweile vor Wut schäumte.

Durch die Heckscheibe von Peers Wagen sah ich, dass das Kind sich zu mir umdrehte und seinem Vater dann auf die Schulter klopfte, und ich musste schmunzeln.

Ich entschied, erst einmal zu dem Laden zu fahren, den wir mieten wollten. So viele Stunden in den letzten Wochen hatte ich mich in Gedanken bereits damit beschäftigt, wie wir ihn einrichten würden und wie alles aussehen könnte. Bisher kannte ich ihn nur von Fotos und Videos, aber jetzt wollte ich mir wenigstens von außen einmal ein echtes Bild machen.

Peer bog ebenso Richtung Keitum ab, ich folgte ihm.

Mit der Ankunft auf der Insel und jedem Atemzug, mit dem ich die Seeluft einsog, die durch das geöffnete Autofenster strömte, wurde mein Körper geflutet von einer Welle aus Endorphinen und Motivation. Auch eine neue Art der Zuversicht breitete sich aus, denn ich hatte das Gefühl, dass es nicht nur diese eine Tür gab, durch die ich hier gehen könnte. Sollten wirklich all unsere Pläne platzen, so war die Insel es dennoch wert, neue

Pläne zu schmieden, die eine Zukunft hier generierten, auch wenn es kompliziert und steinig werden würde – ich würde es schaffen!

Durch meinen Lieblingsort Keitum hindurch fuhr ich weiter hinter Peer her, bis dieser ins Ortsinnere abbog, während ich noch ein wenig weiterfahren musste, weil ich nach Archsum wollte. Hier lag das Ladenlokal mit angeschlossener Wohnung.

Mein Blick fiel auf das Bonbonglas, welches ich in die Mittelkonsole gestellt hatte.

Irgendwie kam mir das Logo bekannt vor. Dabei war ich mir sicher, noch nie in dem Laden auf Sylt gewesen zu sein. Vielleicht war ich schon einmal dort vorbeispaziert, fragte mich aber gerade, wie es sein konnte, dass ich dann nicht auch hineingegangen war. Wahrscheinlicher war, dass ich nur in irgendeinem Supermarkt mal ein Produkt aus dem Laden gesehen hatte.

Weiter über die Landstraße, die sich durch die grünen Wiesen schlängelte, fuhr ich gen Archsum. Die Sonne stand am Himmel, der blau und mit wenigen weißen Schäfchenwolken versehen über den Feldern lag. Ich kam in Archsum an und bestaunte die malerischen Anwesen, die hier lagen. Ich mochte diesen Ort, in dem viele Bauernhöfe und alte Friesenhäuser standen. In einer Kurve mitten im Ort befand sich das Objekt meiner Begierde.

Mein Auto konnte ich direkt vor dem Ladenlokal abstellen. Hier kennzeichneten Parkplatzschilder, dass diese Plätze zum Geschäft gehörten. Ich stieg aus, ging zum Schaufenster und blickte hinein. Im Innern des Hauses war es aufgeräumt und hell.

Weiter ging ich zur Haustür und schaute an der weiß gestrichenen Fassade entlang nach oben bis zum Schieferdach, unter dem sich die Wohnung befand. Die Fotos, die der Makler uns geschickt hatte, hatten gezeigt, dass sie nicht modern und eher einfach ausgestattet war. Für uns waren jedoch die Lage und die unmittelbare Nähe zu unserem Geschäft am wichtigsten gewesen.

Die Wohnung wollten wir uns dann so schön machen wie irgendwie möglich.

Von außen gefiel mir das Haus gut. Es war nichts Besonderes, keins der außergewöhnlich schönen Reetdachhäuser, sondern eher schlicht und normal. Aber das war in Ordnung für mich. Alles andere hier war unbezahlbar.

Vor allem die Möglichkeit, vor dem Laden zu parken und durch die zentrale Lage mitten im Ort an der Hauptstraße auch Laufkundschaft zu gewinnen, gefiel mir gut. Ich konnte mir alles wunderbar vorstellen. Ich sah die Regale mit bunten Artikeln verschiedenster Art, roch den Duft der Kerzen, die das Sortiment abrundeten, und hörte Stimmengewirr und zufriedene Gespräche im Laden. Vor dem Haus würden wir eine Holzbank aufstellen, sodass dort der wartende Partner ein angenehmes Plätzchen finden würde. Da direkt nebenan eine Eisdiele war, würde sich das ganz wunderbar ergänzen.

Noch hing ein Schild *zu vermieten* im Fenster. Bis es zur Unterschrift gekommen war, wollte der Makler auf Nummer sicher gehen, was ich verstand. Vor allem, wenn ich mir den Stand der Dinge innerhalb meiner Beziehung so anschaute. Im Kopf hatte ich in den letzten Stunden schon mehrmals durchgerechnet, wie ich auch allein das Projekt stemmen könnte, war aber immer wieder an dem finanziellen Aufwand gescheitert.

Das Konzept schien mir eher wackelig und wenig attraktiv. Das, in dem mein offenbar sehr wankelmütiger Freund neben mir die Hauptrolle spielte, war jedoch auch nicht wirklich die Option, auf die ich bauen konnte und wollte.

Mit einem Mal drängten sich all die ernüchternden Wahrheiten wieder in den Vordergrund, und mir kam es vor, als habe jemand mich aus meinem Tagtraum geweckt und einfach rigoros den Stecker gezogen. Ich fragte mich, was ich hier eigentlich tat, seufzte und machte mich auf den Weg zu Insa. Sie wohnte in Morsum, einem Ort, der ganz in der Nähe von Archsum lag.

Insa war sechs Jahre älter als ich. Ich hatte sie vor vielen Jahren in Hamburg kennengelernt. Wir hatten beide an einem Workshop für DIY-Projekte teilgenommen. Während Insa nur so sprudelte vor Ideen, was man alles herstellen konnte, ihr dabei aber die nötige Handwerkskunstfertigkeit fehlte, konnten meine bastlerischen Fähigkeiten zwar überzeugen, allerdings stand ich den angebotenen Materialien oft rat- und kreativlos gegenüber. Kurzerhand hatten wir uns zusammengetan und gemeinsam wunderschöne Traumfänger, Kerzenhalter und Schlüsselanhänger gefertigt. Wir hatten uns so gut verstanden, dass wir auch den Abend gemeinsam verbrachten und in eine Bar gingen.

Das war mittlerweile über zehn Jahre her, noch ehe ich Johann kennengelernt hatte. Ich hatte sie häufig auf Sylt besucht, und sie war immer mal in Hamburg gewesen. Unsere Freundschaft wurde schnell zur besten, die ich je hatte. Wir waren zwar in vielen Dingen sehr verschieden, aber unsere Werte waren dieselben. Da, wo die eine haderte und Schwierigkeiten hatte, ergänzte die andere durch genau die fehlenden Eigenschaften. Insa sagte immer, wir seien wie Yin und Yang. Und sie hatte recht.

Ohne Insa wäre ich nur halb. Erst wenn wir zusammen waren, konnte ein Ganzes entstehen. Da änderte auch die bisherige Entfernung nichts dran. Wenn ich Kummer hatte oder Insa, waren wir immer füreinander da und verstanden ohne Worte, was die andere gerade brauchte. Das bedeutete manchmal, dass man sich gegenseitig aus dem Loch zog und voranschubste, wenn man sich selbst nicht daraus befreien konnte. Aber ebenso half es eben auch, einfach nur nebeneinanderzusitzen und zu schweigen. Egal welchen Kummer man gerade aushielt, man fühlte sich niemals allein.

3.

»Marla!« Ich hatte Insa übers Telefon mitgeteilt, dass ich in wenigen Minuten da sein würde, und so nahm sie mich bereits vor dem Haus in Empfang. Fröhlich lief sie auf mich zu und breitete die Arme aus. Ihr knallpinker Sommerschal flatterte im Wind. Die hellblonden Haare hatte sie zu einem lockeren Dutt hochgesteckt. Ein lässiges Maxikleid in Orange umspielte ihre zierliche Figur, und die Füße in Flip-Flops untermalten den Beach-Look.

»Insa, wie sehr ich mich freue, bei dir zu sein«, sagte ich und ließ mich in ihre offenen Arme fallen. Wir drückten uns gegenseitig, und ich spürte sofort die wohltuende Wärme der Gegenwart meiner Freundin. Ihr dezenter Duft nach Rosen, der in ihrem Parfüm enthalten war, war mir vertraut und bedeutete Urlaub für mich.

»Bist du am Laden vorbeigefahren?« Insa schaute mich mit besorgtem Blick an.

Sie kannte mich gut. »Ja. Er gefällt mir weiterhin super«, gestand ich.

»Warte mal ab, was sich so ergibt. Noch würde ich nicht aufgeben.« Ich hob vielsagend die Augenbrauen und zuckte die Schultern, sodass Insa den Arm um mich legte und mich sanft in Richtung Haustür schob. »Lass uns doch erst mal gemeinsam einen

Kaffee trinken, oder hast du einen Termin? Ich muss erst später noch mal los.«

»Gerne, und nein, ich habe heute keine Termine mehr. Den Makler habe ich vorerst hoffentlich erfolgreich vertröstet. Vielleicht geschieht ja doch noch ein Wunder.«

»Irgendeins bestimmt, Liebes. Alles wird gut!«

Ich informierte Insa kurz über Johanns Anruf, und sie war ebenso perplex und irritiert über den zeitlichen Ablauf.

»Hier bei mir bist du also genau richtig, Liebes«, erkannte sie und deutete durch den Raum. Matt nickte ich.

In Insas Wohnung duftete es nach frischen Blumen und Tee. Sie hatte überall verschiedene Heilsteine, Buddhafiguren und Klangschalen aufgestellt. Einige Lichtfang-Ornamente aus Kristallglas hingen in den Fenstern. Sie zauberten bunte Regenbögen an die Wände, die sich laufend veränderten, je nachdem wie das Licht einfiel oder der Wind durch den Fensterschlitz wehte und sie zum Tanzen brachte. Auch ein Mobile aus vom Meer geschliffenem Seeglas zierte das Fenster zur Terrasse. Die kleinen Scherben klangen sanft aneinander, wenn der Wind durch den Raum ging. Duftkerzen verschiedener Arten, die sie am liebsten in der kleinen Kerzenmanufaktur *Dünenglanz* in Braderup kaufte, machten das leicht verzauberte Ambiente komplett. All diese Besonderheiten schufen eine Atmosphäre in Insas Wohnung, die einmalig war. Ich würde diesen Ort mit verbundenen Augen erkennen, so viele Sinne wurden hier angesprochen. Der Wechsel aus hell und dunkel, der im Sommer blumig süße und im Herbst oder Winter cremig würzige Duft und leise Chill-out-Musik, die Insa meistens laufen ließ, waren unverwechselbar.

Die Kanne mit dem dampfenden Kaffee stand schon auf der Terrasse. Insa hatte sogar für uns gebacken. Zusätzlich zu all den anderen Aromen zog mir auch der Duft von Käsekuchen verführerisch in die Nase.

»Ooh, Insa! Du bist ein Schatz. Was für ein Empfang. Mein Lieblingskuchen!«

»Nur das Beste für dich. Und die guten Geister habe ich auch schon gerufen.« Sie kicherte.

»Ach, Insa! Ich wünschte, die Geister hätten wirklich die Fähigkeit, irgendwas in die richtige Bahn zu lenken.«

»Die haben sie! Wenn man allerdings so wenig an sie glaubt, wird das eine schwierige Nummer!« Mahnend hob sie den Zeigefinger. Sie war immer ein wenig verschnupft, sobald ich ihre Leidenschaft für das Esoterische in irgendeiner Form belächelte. Aber sie wusste, dass ich es nicht böse meinte. Ich war in dieser Hinsicht eben eher realistisch veranlagt und vertraute dem Wissen oder meinen Augen, während sie das Übersinnliche in den Mittelpunkt stellte und all ihre Hoffnung dorthinein legte. Aber gerade war es mir nur recht, dass ich jemanden hatte, der daran glaubte, dass ein Wunder geschah. Eine andere Lösung fand ich selbst nämlich nicht.

Würde Johann nun noch hier aufkreuzen, brauchte er wirklich eine verdammt gute Entschuldigung für sein wortloses Verschwinden mit darauffolgender Bitte um eine Auszeit, damit unsere Beziehung und auch unsere beruflichen Pläne noch eine Chance bekämen. Aber eigentlich waren für diese Lösung längst alle Türen zugefallen. Und würde er weiterhin unsichtbar bleiben, stand ich sowieso eher ratlos da. Ein Wunder war womöglich die einzige Option.

Als wir uns gerade an den Tisch gesetzt hatten, klingelte wieder mein Handy. Diesmal war es nicht Johann, sondern der Makler. Mir stockte der Atem.

»Oh Mann! Was will der denn nun schon wieder?«

»Lass mich mal machen«, schlug Insa vor und nahm das Telefonat an.

»Ja, bitte?« Am anderen Ende sprach jemand. »Frau Degener ist gerade im Gespräch. Darf ich etwas ausrichten?« Insa lauschte, hob die Augenbrauen und kniff die Lippen aufeinander. »Wissen Sie, wenn Sie da Interessenten haben, die *so* konkretes Interesse äußern, sollten Sie wohl keine Zeit verlieren.«

Mein Herz überschlug sich fast vor Panik. Lautlos formte ich mit den Lippen ein »Nein!« und schüttelte den Kopf. Sie hob beschwichtigend eine Hand.

»Wir können Ihnen anbieten, einen Termin für den kommenden Montag zu vereinbaren.« Insa hörte sich an, was er sagte. »Wenn es sein soll, finden wir zusammen. Wenn nicht, soll es nicht sein. Ich gehe davon aus, dass Sie sich dann Montag mit meiner Chefin treffen.«

Kurze Antwort auf der anderen Seite, dann verabschiedeten sie sich.

»Bist du wahnsinnig?«, meckerte ich. Das Herz schlug mir bis zum Hals.

»Glaub mir. Er will nur Druck aufbauen. Der hat niemand anderen. Das spüre ich!«

»Das spürst du also ...«, murmelte ich.

»Und Druck von diesem Typen ist für dich jetzt total kontraproduktiv. Wart's mal ab! Wir haben den Ball zunächst zurückgespielt. Der Anruf, dass sein angeblicher Interessent leider abgesprungen ist, wird kommen.« Sie nickte mit wichtiger Miene. »Und bis Montag haben wir erst mal Zeit gewonnen.«

»Du bist echt ein Phänomen.« Ich horchte in mich. Tatsächlich nahm mir der Gedanke, dass der Makler nicht ständig wieder anrufen würde, um auf den Termin zu drängen, auch etwas von dem Stress, eine Lösung zu finden. Dieses Gefühl tat mir gut und ließ mich freier nach vorn blicken. Wir quatschten kurz und tranken unseren Kaffee.

»Willst du nicht erst mal eine Runde spazieren gehen? Ich wollte dich eigentlich nicht gleich allein lassen. Aber ich müsste jetzt noch zu einem Kunden. Am Abend bin ich wieder hier. Lass uns doch dann was essen gehen.«

»Gerne! Ich freue mich. Und ich fahre definitiv zum Strand. Das ist ein guter Tipp.«

»Danach wird es dir schon viel besser gehen.« Sanft lächelte sie, legte den Arm um meine Schultern und drückte mich an sich. Ihre bunten Armbänder mit den vielen glitzernden Anhängern daran, von denen jeder eine Bedeutung hatte, funkelten im Sonnenschein.

»Das stimmt. Das Meer hilft immer!« Ich schlüpfte in ein leichtes Sommerkleid und setzte mich wieder ins Auto.

Schon während der Fahrt freute ich mich darauf, Sonnen-Glückshormone zu tanken und den Wind den Ärger und die vielen Gedanken aus meinem Kopf pusten zu lassen.

Kaum war ich am Parkplatz vorm Kampener Strand aus dem Auto gestiegen, zerzauste sofort eine kräftige Böe mein Haar und verwirbelte es in alle Richtungen. Mein Kopf kam mir direkt leichter vor, als hätte der Wind einen Teil meines Grübelsmogs mit sich genommen. Das Herz ging mir auf, als mein Blick über die Dünenlandschaft unter knallblauem, wolkenleerem Himmel wanderte. Die Sonne schien, und die Atmosphäre war herrlich sommerlich.

Ich lief den Weg Richtung Strand entlang, vorbei am Häuschen für die Kurabgabe, welche ich bezahlte, und setzte meinen Weg fort. Ich kaufte einen der bemalten Steine, die vorm Übergang zum Strand ausgestellt waren, dazu ein Armband mit bunten

Perlen. Das legte ich direkt an. Ich strich über die rosafarbenen und hellgrünen Perlen, die im Sonnenlicht glänzten. Auf dem Stein stand in sorgfältigen Buchstaben *Syltliebe*.

Ich steckte ihn in meine Tasche. Wehmütig dachte ich daran, dass ich Bilder mit derlei Motiven auf einem neuen Social-Media-Account hatte sammeln wollen, wo ich einzelne Produkte von uns in maritimer Umgebung ablichten und bewerben wollte. Diese Idee schien nun meilenweit entfernt.

Zunächst ging ich zu einem der Strandkörbe auf der Holzplattform oberhalb des Strandes. Ich sah, dass rundherum alle Körbe mit Blick zum Wasser besetzt waren. Dieser hier stand leicht seitlich gedreht. Vorsichtig schaute ich hinein und zuckte erschrocken zusammen, als ein Kind in dem Moment daraus hervorsprang.

»Moin!« Aus stahlblauen, kugelrunden Augen strahlte mich ein niedliches Mädchen im Kindergartenalter an. Kurz darauf lugte auch der Vater um die Ecke. Mir war schon am Zug aufgefallen, dass auch Peer bemerkenswert blaue Augen hatte. Nun wusste ich, dass er diese an sein Kind weitervererbt hatte.

»Marla! So schnell sieht man sich wieder.« Er schien erfreut.

»Oh ja! Hallo, Peer. Das freut mich«, erwiderte ich.

»Darf ich vorstellen? Jetzt so richtig: Levke, das ist Marla. Die Dame, die hinter uns auf dem Autozug stehen musste. Marla, das ist meine Tochter Levke.«

»Levke, hallo! Du hast mir diese wunderschönen Bonbons geschenkt, hab ich recht?«

Stolz nickte der kleine Lockenkopf und strahlte über das ganze Gesicht.

»Sind von Ama«, sagte sie mit niedlicher Kinderstimme und deutete hinter sich in den Strandkorb.

»Moin«, begrüßte ich nun auch die ältere Dame, die im Strandkorb saß.

»Und das ist meine Oma Alva Petersen«, fuhr Peer fort. »Für Levke die ›Ama‹. Alva und Oma sozusagen in einem Wort.«

Alva lächelte. »Moin! Freut mich, dass dir die Bonbons gefallen. Hast du denn auch schon gekostet?«

Mir gefiel, wie unkompliziert auch die ältere Dame direkt zum Du überging. »Oh, nein! Leider noch nicht! Aber sie sehen schon so zauberhaft aus – ich mag sie kaum öffnen!« Ich lachte.

»Na unbedingt! Das Leben ist zum Leben da«, sagte Alva und winkte ab. »Man sollte nichts verschieben! Glaub mir. In meinem Alter kann ich das beurteilen. Und das sage ich nicht nur, weil die Zeit knapp wird für mich, all das noch zu genießen.« Sie lachte leise.

»Du hast so recht. Man vergisst das im Alltag viel zu oft«, stimmte ich ihr zu.

»Daran, nicht immerzu ›irgendwann‹ zu sagen, müssen wir vernünftigen Erwachsenen uns zwischendurch hin und wieder erinnern. Und frag mal Levke. Die würde nicht ein einziges Bonbon jemals ›für gut‹ aufbewahren!« Alva lachte. Es klang rau, aber herzlich. »Die Kleine zeigt, worauf es ankommt im Leben. Jeder Genussmoment sollte direkt genutzt werden.« Sie hob den Zeigefinger und drohte gespielt. »Keiner weiß, ob er je wiederkommt!«

»Eine sehr gesunde Einstellung«, bestätigte ich sie.

»Nicht immer geht das so einfach. Das ist mir klar. So wie das Wetter hier heute! Es ist ein Traum. Ich bin ein wenig müde von der Arbeit. Aber eigentlich sollte man eine Runde am Wasser entlanglaufen«, erkannte die alte Dame mit wehmütigem Blick. »Früher, als ich noch jünger war, hätte ich das sofort genutzt. Aber ich komme schon wieder ins Plaudern.« Gespielt verschämt legte sie sich die Hand vor den Mund und erntete einen liebevollen Blick ihres Enkels.

»Darum bin ich hier. Es ist einfach traumhaft schön!«

»Peer, wolltest du nicht auch ein paar Meter gehen? Ich passe hier auf Levke auf. Wir wollten doch nach diesen zauberhaften Bändern und den Steinen schauen, was meinst du?«

Das Mädchen strahlte übers ganze Gesicht und nickte verträumt. Dann deutete sie auf das Band an meinem Handgelenk.

»Das ist toll!«

Ein wenig überrumpelt davon, dass Alva Peer so direkt gefragt hatte, ob er mich nicht eine Runde bei einem Spaziergang am Meer begleiten wollte, antwortete ich zunächst nicht, als ich den begeisterten Blick des kleinen Mädchens sah. »Oh, ja. Das habe ich auch eben erst dort oben gekauft. Das findest du schön?«, fragte ich. Sie nickte, und ihre zarten Löckchen wippten. »Ich schenke es dir, wenn du magst.« Ich nahm das Band ab und hielt es ihr hin. »Als Dank für das tolle Bonbongeschenk vorhin!« Ein unsicherer Blick ging zu ihrem Papa, der bestätigend nickte, als ihre kleine Hand nach dem Armband griff.

»Danke.« Das Leuchten in ihren Augen war zuckersüß.

»Gerne. Du hast mir mit den Bonbons auch eine große Freude gemacht.«

Sie lächelte schüchtern, kletterte wieder in den Strandkorb und legte das Armband an. Immer wieder strich sie darüber und strahlte, als sei es das schönste Geschenk, was sie je bekommen hatte.

»Das ist wirklich großartig! Danke, Marla.« Peer krempelte seinen Ärmel um, und zu meiner Überraschung trug auch er ein Armband. Zwar nicht in Rosa mit bunten Perlen, aber es wirkte ganz ähnlich wie die, die hier verkauft wurden. Nur war ein Anker als Anhänger daran und das Band aus Leder. Insgesamt passte es kaum zu seinem eher klassischen Stil, war viel zu verspielt. Ich ging davon aus, dass seine Tochter es ihm geschenkt hatte.

»Hey, wie cool! Da gehen dein Papa und du wohl im Partnerlook.«

»Mein Glücksbringer«, erklärte Peer.

»Und das ist jetzt meiner«, sagte Levke und tippte auf das Band. Peer wuschelte ihr durch das Haar.

»Ich würde tatsächlich ein paar Schritte gehen. Hast du Lust, mitzukommen?« Peer lächelte mich an.

»Nun, also, eigentlich …« Ich freute mich über das Angebot, war dennoch nervös.

»Ich möchte mich nicht aufdrängen«, ruderte er zurück.

»Nein, gerne! Lass uns starten! Ich möchte nur euren Familientag nicht stören.« Ich lächelte unsicher unter seinen Blicken. Seine Augen leuchteten, und die Farbe harmonierte mit dem stahlblauen Himmel. Er schüttelte den Kopf. »Keine Sorge. Also, Alva, lieben Dank! Dann drehen wir eine Runde!«

»Macht das mal! Levke und ich machen es uns vielleicht gleich bei einer Schale Pommes oben am Lokal gemütlich, oder was meinst du?«

Die Kleine nickte mit einem breiten Grinsen.

»Da kannst du uns ja nachher am Spielplatz vorm Restaurant wieder einsammeln«, schlug Peers Oma ihm vor.

»Abgemacht. Bis gleich, ihr beiden!«

Peer und ich gingen über die Holztreppe hinunter an den Strand.

»Gen Norden?«, fragte er und deutete in die Richtung.

»Perfekt!« Meine Schuhe hatte ich ausgezogen und trug sie in einer Hand, wie Peer auch. Der Sand war warm, bis wir ans Meer kamen, wo das kühle Wasser der ankommenden Wellen sofort angenehm erfrischend wirkte. Mein Kleid wehte im leichten

Wind, und das Wasser spritzte mir prickelnd bis zu den Kniekehlen. Peer, der Shorts trug, lief neben mir.

»Es geht doch nichts über einen Spaziergang am Meer«, stellte ich fest und sog die salzige Meeresluft genießerisch ein. »Für den Kopf, den Körper und für die Seele – einfach rundherum wertvoll«, schwärmte ich.

»Da bin ich voll bei dir! Es ist traumhaft hier. Zu jeder Jahreszeit. Aber jetzt im Sommer natürlich ganz besonders. Levke wäre am liebsten den ganzen Tag im Wasser, wenn wir meine Oma besuchen.«

»Verständlich. Gehst du auch oft ins Meer?«, erkundigte ich mich. Ich fragte mich, ob es auch eine Frau an seiner Seite, die Mutter zu dem Mädchen, gab. Es wirkte bisher nicht so, als sei sie auch auf der Insel.

»Sooft es geht, ja! Ich liebe es.« Er strahlte. »Am liebsten allerdings morgens ganz früh, wenn es hier noch leer ist. Das hat eine unschlagbare Magie für mich. Wellen, Weite und vor allem Stille. Bis auf die Meer-Strand-Geräusche Rauschen, Wind, Möwen – es gibt nichts Besseres!«

»Wow, da muss man aber auch echt tapfer sein, oder? Stelle ich mir kalt vor und als ob da eine gewisse Überwindung nötig ist.«

Er grinste. »Schon, wobei sich das schnell in eine Sucht umwandelt, muss ich gestehen.«

»Verstehe!«

»Sag nicht, dass du das noch nie ausprobiert hast?«

»Nee, in der Tat nicht. Obwohl ich das Meer so sehr liebe.«

»Unglaublich! Also *das* solltest du ganz dringend auf deine To-do-Liste setzen für deine Zeit hier.«

»Okay. Das mache ich. Ein bisschen Platz ist noch.« Ich grinste schief.

»Was steht denn so alles drauf? Bist du beruflich hier, oder machst du Urlaub?« Interessiert schaute Peer mich an.

»So halb, halb, würde ich sagen.«

»Interessant.«

»Eher ein wenig verwirrend, wenn ich ehrlich bin. Aber dafür, sich wieder zu sortieren, ist Sylt unwahrscheinlich gut geeignet.« Unsicher blickte ich aufs Meer.

»Absolut! Ich finde, man fährt auf den Autozug, und es geht einem sofort besser, egal was grad so im Kopf los war. Also bis der Wagen des Vordermanns liegen bleibt und es einem direkt die Laune verhagelt.«

Ich lachte. »Ach.« Kurz atmete ich tief ein. »Eigentlich ist das so, ja. Entschuldige, dass ich am Zug erst so unwirsch reagiert habe. Ich war etwas angespannt. Auf dem Weg zur Verladung wurde ich geblitzt, hatte mir dann schon vor der Auffahrt auf den Zug eine Delle ins Auto gehauen und später eine Macke in den Spiegel gefahren, mir den Kaffee über den Ärmel gekippt und überhaupt. Es war kein guter Tag für mich. Mein Nervenkostüm war ein wenig angeschlagen.«

»Kein Thema. Ich hab das nicht persönlich genommen. Alles gut!«

Mir war klar, dass er das höflichkeitshalber sagte. Er wirkte aber sehr charmant dabei.

»Ich muss aber ehrlich sagen, dass *du* mir extrem tiefenentspannt vorkamst, als dein Auto liegen blieb. Die hupende Sylt-Fangemeinde im Rücken lässt ja doch ziemlich den Puls hochschnellen, oder nicht?«

Peer lachte. »Als Vater einer Fünfjährigen, die man phasenweise weitestgehend allein großzieht, wächst man, auch was die Nerven angeht, mit seinen Aufgaben.«

Offenbar lebte er von der Mutter von Levke getrennt.

»Okay. Das glaube ich. Wobei sie so zuckersüß ist und wirkt, als sei sie ein wandelnder kleiner Sonnenschein.«

»Das ist sie! Ein großer Schatz! Aber nicht selten ziehen auch beim Sonnenschein so finstere Gewitterwolken auf, dass man meint, sie ist innerhalb von Sekunden auf eine Größe von zwei Metern und Kampfgewicht angewachsen.«

Wir lachten.

»Da bringt mich ein liegen bleibendes Fahrzeug jedenfalls nur dann aus der Ruhe, wenn die Prinzessin parallel einen Wutausbruch hat. Dem war glücklicherweise nicht so. Die Vorfreude auf Ama war einfach zu groß.«

»Wie schön! Das klingt toll!«

»Sie liebt Alva sehr. Umgekehrt genauso. Die beiden tun sich gegenseitig gut.«

»Alva macht auch auf mich einen sehr sympathischen Eindruck. Sie kümmert sich so liebevoll um Levke. Und ist dabei so fit und rüstig. Wie alt ist sie?«

»Sie ist im letzten Jahr sechsundsiebzig geworden.«

»Wow! Das sieht man ihr echt nicht an. Und sie steht noch im Laden und verkauft?«

»Sie fertigt sogar an, ja.« Peer lächelte mit Stolz im Blick, wirkte dabei aber nachdenklich.

»Irre, dass sie das noch tut. Vielleicht ist das auch das Rezept dafür, dass es ihr so gut geht und sie so fit bleibt.«

»Kann auch sein, ja.« Nun senkte er den Blick.

»Ich möchte die Manufaktur supergerne mal kennenlernen«, sagte ich, und Peer nickte.

»Klar.«

Wir waren schon einige Hundert Meter gelaufen. Das Meer schlug sanft, aber unermüdlich in schäumenden Wellen an Land. Unser Weg war gesäumt von wunderschönen Muscheln und Steinen und dem stets prickelnd kühlen Gefühl des Sandes am Meeresrand. Hin und wieder hob ich eine Muschel oder ein geschliffenes Glas auf und steckte es in die Tasche.

»Ich könnte noch Stunden weiterlaufen. Ich meine aber, allzu lange solltest du deine Oma und Levke nicht warten lassen, oder?«

»Ich müsste bald leider umdrehen, ja.«

»Lass uns zurückgehen. Dann haben sie noch eine gute Viertelstunde gemeinsam, und die Portion Pommes passt genau da hinein.« Ich lächelte. Dann überlegte ich, wie mein weiterer Tag aussehen würde. Ich hing leider ein wenig in der Luft.

In den letzten Minuten hatte ich meinen Kummer rund um meinen Freund und unsere Pläne hier vollkommen verdrängt. Vielleicht war es das Meer, vielleicht die Gesellschaft von Peer. Jedenfalls fühlte sich mein Kopf wieder freier und mein Herz leichter an. Nun, wo ich aber plötzlich wieder daran gedacht hatte, war ich mit diesen trüben Gedanken sofort abgelenkt von der Schönheit der Natur und unserer Unterhaltung.

Einige Meter liefen wir schweigend nebeneinanderher.

»Wie sieht dein weiterer Plan für heute aus?«, fragte Peer plötzlich.

»Ich wohne bei meiner besten Freundin. Sie arbeitet noch, und dann wollen wir was essen gehen.«

»Das klingt super!« Er lächelte. »Da war ich wohl zu langsam.«

Irritiert schaute ich ihn an.

»Nun, ich hätte dir sonst als kleine Wiedergutmachung für den Stress auf dem Zug ein Essen ausgeben wollen. Hatte ich ja versprochen.«

»Oh, das ist lieb.« Ich spürte Röte meinen Hals emporklettern. »Aber wirklich nicht notwendig. Wie gesagt ...«

»Ich würde mich ja auch darüber freuen.«

»Ich auch, also, versteh mich nicht falsch ...«, stammelte ich.

Nun war die rote Farbe überall in meinem Gesicht angelangt, da war ich mir sehr sicher. Die kribbelnde Hitze auf meinen Wangen sprach Bände.

»Aber vielleicht bekomme ich ein andermal die Chance?«

»Peer, also …«, stammelte ich. Er war so freundlich, dass es mir nicht leichtfiel, ihm einen Korb zu geben. Aber auch wenn mein Freund sich derzeit eher wenig loyal mir gegenüber zeigte und vielleicht schon als Ex-Freund zu bezeichnen war, so war ich gerade noch vor wenigen Stunden in einer Beziehung gewesen. Oder nicht? Hatte er mich längst verlassen, und ich war nur die Letzte, die das endlich bemerkte? Ich wollte nicht unfair sein. Weniger Johann gegenüber als Peer. Ich seufzte.

Besorgt hob Peer die Augenbrauen und schaute theatralisch an sich herunter. »So schlimm? Entschuldige!«

»Oh, nein! Sorry, das verstehst du falsch. Ich meine nur, dass es keinesfalls sein muss, dass du mich zum Essen einlädst.«

Ich ärgerte mich über mich selbst, dass ich so rumeierte mit meiner Aussage. Es war nur nett von ihm gemeint, aufmerksam. Und ich wiederholte immer wieder diesen unverbindlichen Standardsatz. Aber er blieb ganz freundlich und lief, den Blick übers Meer gerichtet, weiter. Auf dem Rückweg ging er an der Seite zum Wasser. Der Wind, der vom Meer zu uns wehte, trug den Duft seines angenehmen Parfüms zu mir, und ich ertappte mich dabei, wie ich ihn genießerisch einsog.

»Und du besuchst hier also deine Oma?«

»Ja, ich unterstütze sie hier in einigen Angelegenheiten«, sagte er.

»Lebt sie schon immer hier? Eine Oma auf Sylt ist ja wohl der Hammer.« Ich lachte.

»Das stimmt wohl. Alva lebt hier schon immer, ist hier aufgewachsen und sogar geboren.« Er lächelte liebevoll. »Eine echte

Sylterin. Etwas, das es heutzutage mangels einer Geburtenstation hier vor Ort kaum mehr gibt.«

»Davon habe ich gehört. Traurig, ja. Aber wie schön, dass es noch ein paar der ›Ur-Sylter‹ gibt.«

Peer lachte. »Und es hätte sie auch niemand von hier wegbekommen all die Jahre. Das betont sie immer wieder.«

»Das wäre auch wirklich schade. Einen schöneren und sicher auch gesünderen Ort zum Leben als hier gibt es doch wohl kaum, oder?«

Er hob die Schultern. »Was die Luft und das Wohlbefinden angeht, bestimmt.«

»Und wenn man hier schon ewig lebt, ist es wahrscheinlich auch all das Drumherum, was guttut. Die Gemeinschaft, Freunde, die Wurzeln. Meinst du nicht?«

Diesmal beließ Peer es beim Hochziehen der Augenbrauen und antwortete nicht. Das wunderte mich und beunruhigte mich auch ein Stück weit. Stellte er etwa infrage, dass Sylt seine Oma gesund halten würde?

Wir kamen wieder am Übergang zum Strand an. Es war verhältnismäßig warm, und der Aufstieg zum gepflasterten Weg durch den tiefen Sand war anstrengend, und ich kam außer Puste.

Peer deutete in Richtung des Restaurants. »Dann werde ich meine Mädels mal wieder einsammeln.«

»Ich wünsche euch noch einen gemütlichen Abend! Grüß die beiden ganz lieb und danke für den schönen Spaziergang.«

»Ich bedanke mich auch.« Ein Lächeln folgte, was mich ein klein wenig nervös machte.

Kurz hatte ich den Eindruck, er wollte noch etwas sagen. Dann aber hob er eine Hand zum Gruß und ging mit lässigen Schritten hoch zum Restaurant. Dort sah ich auf einem Auto auf dem Spielplatz bereits die kleine Levke, die mit beiden Armen ruderte und ihren Papa herbeilotste. Es war ein fröhliches Bild.

Obwohl sich an den bedrückenden Umständen, was mein Privatleben anging, gar nichts geändert hatte, ging es mir nach diesem Spaziergang besser. Ich konnte es kaum erwarten, den Tag damit abzurunden, dass Insa und ich etwas Leckeres essen gehen würden. Durch die Bewegung an der frischen Luft hatte ich großen Hunger bekommen.

Als ich mein Smartphone aus der Tasche holte, um auf die Uhr zu sehen, bemerkte ich, dass Insa mir geschrieben hatte, sie habe einen Tisch in einem ihrer Lieblingsrestaurants reserviert. Sie hatte mir bodenständige Küche in entspannter Atmosphäre versprochen. Das war genau das, was mir heute guttun würde.

In Insas Wohnung angekommen, erreichte mich allerdings eine Sprachnachricht von ihr, die meine Vorfreude auf den Abend trübte.

»Liebes, die Eigentümer eins der größten Objekte, die ich betreue, wollen spontan morgen anreisen. Ich hab zwar nachmittags jetzt noch einiges deichseln können, muss aber für Blumen, Einkäufe und die Abholung des Gepäcks vom Flughafen noch einige Stunden ackern. Es wird leider nichts mit unserem Essen. Tut mir sooo leid, aber die Kunden betreue ich seit Jahren. Ich will sie nicht verärgern. Wir holen das nach! Ich hab den Tisch jetzt noch nicht abgesagt, falls du auch allein was essen magst. Bis später! Sei mir bitte nicht böse.«

Ich war enttäuscht, auch wenn Insas Job natürlich vorging. Mein knurrender Magen jedoch bat mich eindringlich, die Reservierung dennoch wahrzunehmen.

Kurzerhand zog ich mich um, legte ein dezentes Make-up auf und fuhr trotzdem zu dem Lokal. Es war mein erster Abend auf

Sylt, und ein leckeres Essen würde meiner Seele auf jeden Fall guttun. Auch wenn es ungewohnt für mich war, ohne Begleitung auszugehen, so fühlte es sich dennoch heute genau richtig an. Kurz dachte ich daran, dass ich es bedauerte, die Einladung von Peer nicht doch angenommen zu haben.

Aber es war die Zeit der Veränderung. Wege mussten allein beschritten werden, Feste so gefeiert werden, wie sie fielen.

Das Restaurant war gut besucht, aber nicht überfüllt, doch ich konnte auf vielen leeren Tischen bereits *Reserviert*-Schildchen erkennen. Die meisten Gäste würden erst später kommen, sodass man mir anbot, mir den schönsten Platz auszusuchen.

Weil die warmen Sommertemperaturen es zuließen, dass man bis in die späten Abendstunden draußen saß, entschied ich mich für einen Tisch auf der mit bunten Sonnenschirmen gemütlich gestalteten Terrasse, nah an der Backsteinmauer des reetgedeckten Friesenhauses mit Blick auf den Garten. Von hier aus konnte ich außerdem durch die Tür, im Stil eines Scheunentores, in den Gastraum schauen.

Ich bestellte mir eine Rhabarbersaftschorle und blätterte in der Karte. Ein Lachsgericht weckte mein Interesse. Vorweg orderte ich einen kleinen Salat und freute mich auf das Essen.

Dann ließ ich meinen Blick schweifen. Schaute durch den Garten und das Lokal im gemütlich-ursprünglichen Stil, ließ die ruhige Atmosphäre aus leisem Gemurmel, vereinzeltem Lachen und entferntem Tellerklappern aus der Küche auf mich wirken. Es war ein Wohlfühlort. Inmitten hoher Hecken der Sylter Rose auf malerischen Friesenwällen, die das Grundstück umfriedeten, fügten sich die schweren Holztische und Bänke mit dicken hellen Kissen wunderbar ein. Für die Abendstunden hatten sie an jedem Tisch kuschelige Decken ausgelegt, damit die Gäste auch den kühleren Temperaturen trotzen könnten. Außerdem entdeckte ich Strahler am Fuß der Büsche, die mit ihrem Licht in der Dämmerung sicher ein wunderschönes Ambiente schaffen würden.

Als mein Essen kam, fühlte ich mich beinahe ausgehungert, und es schmeckte köstlich. Gerne hätte ich diesen Genuss mit jemandem geteilt. Dennoch ging es mir gut an diesem Abend. Ich fühlte mich deutlich weniger fehl am Platz, als ich es erwartet hatte. Überhaupt genoss ich jede Sekunde dieses Abends so sehr, wie ich es, in Anbetracht meiner verfahrenen Lage und der Tatsache, dass ich allein hier war, nicht für möglich gehalten hätte.

Mein Handy schwieg noch immer, Johann trat bis auf Weiteres nicht in Erscheinung. Doch ich spürte, dass ich auch allein meinen Weg gehen würde und glücklich sein könnte. Diese Momente heute Abend bewiesen es.

Ich schaute mich gerade nach der Kellnerin um, um zu bezahlen, da lief am Eingangstor des Restaurants Peer vorbei. Er war allein und sah mich auch sofort.

Überrascht hob er die Hand. »Ich wünsche euch einen schönen Abend! Gute Wahl!« Er deutete auf das Gebäude. Unsere Entfernung voneinander war so, dass man noch nicht rufen musste.

»Kannst du mir einen Drink nach dem Essen oder ein Dessert empfehlen?«, fragte ich in der Hoffnung, er würde in meine Richtung kommen. Bisher ging er ja davon aus, dass ich in Begleitung unterwegs war, und würde sicher einfach weitergehen.

Er deutete auf sich, dann zu mir und setzte einen fragenden Blick auf. Ich nickte lächelnd und winkte ihn zu mir.

Mit einem unsicheren Grinsen auf den Lippen kam er auf mich zu. »Ich möchte euren Mädelsabend keinesfalls stören. Aber Erik, der Inhaber hier, ist ein guter Freund. Ich kann eigentlich alles, was er mit seiner Crew zaubert, uneingeschränkt empfehlen.«

»Wie gut, dass ich dann trotz der spontanen Absage meiner Freundin hierhergekommen bin. Bisher kann ich nur bestätigen, was du sagst. Das Essen war einfach köstlich und der Service perfekt. Aber bevor ich aufbreche, kam mir nun, als ich dich sah, die Idee, dich direkt nach einem Tipp zu fragen.«

»Das freut mich! Aber heißt das, dass du ganz allein hier bist?«

Ich nickte.

»Ach so, ich dachte, du wartest grad vielleicht noch auf deine Freundin. Auf die Gefahr hin, dass ich mich ziemlich dreist aufdränge – darf ich meine Chance nutzen und dich auf ein Dessert und ein Getränk einladen?« Er breitete die Arme aus. Ich spürte ein Kribbeln wie von Tausenden von perlenden Champagnerbläschen in meinem Bauch. »Dass wir uns an einem Abend, an dem wir beide allein unterwegs sind, bei den zig Lokalen auf der Insel ausgerechnet *hier* über den Weg laufen, ist ja wohl ein Zeichen, oder was meinst du?«

»Sehr gerne. Ich freue mich. Und ja, das ist schon ein besonderer Zufall. Schon das dritte Mal heute, dass wir uns zufällig begegnen.« Ich schmunzelte und machte eine einladende Handbewegung. Peer setzte sich.

Nervös rang ich die Hände.

»Du hast also ganz allein gegessen?«

Ich nickte unsicher lächelnd.

»Wie schade, dass ich dann nicht viel eher hier vorbeigekommen bin.« Ein langer Blick traf mich, der tief und aufrichtig war. Schüchtern wich ich ihm aus.

»Stimmt.«

»Was hast du denn gegessen?«, erkundigte er sich, und ich berichtete von meiner vorzüglichen Wahl. Eine junge Frau, die mich vorher bereits bedient hatte, kam an den Tisch. Als sie Peer sah, lächelte sie noch ein wenig strahlender.

»Peer!«, empfing sie ihn.

Er stand auf und umarmte sie zur Begrüßung. »Elisa, schön, dich zu sehen!«

»Bist du schon lange hier?«

»Heute angekommen«, antwortete er.

»Okay! Ich wollte grad meckern, warum du nicht sofort Bescheid gesagt hast!« Sie lachte. »Wie immer?«

Peer nickte, dann wandte er sich mir zu. »Was darf es für dich sein? Ich kann die Pannacotta sehr empfehlen.«

»Gerne, da bin ich dabei. Und dazu trinke ich noch eine Rhabarbersaftschorle.«

»Okay!« Peer grinste. »Dann zweimal bitte noch die Pannacotta und die Schorle«, bestellte er bei Elisa unsere Wahl.

»Ist notiert! Erik wird sich freuen, dass du auf Sylt bist. Leider ist er heute Abend unterwegs.«

»Ich komme wieder, keine Sorge! Alva hat schon angekündigt, dass sie sich unbedingt öfter exklusiv um Levke kümmern möchte und ich gerne abends mal unterwegs sein darf.« Er lächelte, und ich ertappte mich dabei, wie mein Blick einen Hauch zu lange auf seinen geschwungenen Lippen lag.

4.

»Hast du denn schon was gegessen?«, erkundigte ich mich.

»Ja. Eigentlich wollten wir auch in ein Restaurant gehen. Levke hatte dann aber keine Lust darauf, und Alva hat für uns drei fantastisch gekocht. Ich wollte nur noch mal eine Runde durch den Ort drehen, bei Erik vorbeischauen und hier vielleicht noch was trinken. Umso schöner, dass ich dabei jetzt Gesellschaft habe.«

»Schicksal, würde meine Freundin Insa sagen.«

»Wo sie recht hat …«

»Ich brauchte heute Abend auch unbedingt ein leckeres Essen und einen Ort zum Wohlfühlen. Da war das hier genau das Richtige. Insa arbeitet doch noch länger, und allein zu Hause zu sitzen erschien mir nicht so attraktiv.«

»Deine Freundin lebt hier auf Sylt? Was macht sie denn beruflich?«

Ich nickte. »Ja, sie kümmert sich um alle Dinge, die wohlhabende Eigentümer hier rund um ihre Pracht-Anwesen erledigt haben wollen, wenn sie hier anreisen.«

»Spannend! Sie ist also House-Keeperin?«

»Genau. Ihren Job finde ich auch immer wieder interessant. Aber kaum planbar. Mitunter dreht sich dann alles um die oftmals spontanen und sehr exklusiven Wünsche der wohlsituierten

Leute. Da ist manchmal eben ’ne Nachtschicht nötig, und die beste Freundin muss warten.« Ich hob die Handflächen.

»Mein Glück!« In dem Moment wurden die Getränke gebracht, und Peer hob das Glas. Ich tat es ihm gleich und lachte schüchtern.

»Auf die wohlhabenden Luxus-Eigentümer, die uns quasi heute zusammengebracht haben!« Er hob einen Mundwinkel. »Hast du mit dem Business deiner Freundin denn auch zu tun, oder was machst du beruflich?«

Peers Frage ließ meinen Herzschlag rasen. Wie sollte ich erklären, was ich hier auf Sylt machte, ohne dabei über Johann zu sprechen? Er war schließlich bis vor Kurzem noch mein Freund und Geschäftspartner in spe. Und nur gerade, mit der Bitte um eine Auszeit, kurzerhand aus unserem gemeinsamen Leben verschwunden. Das war schon etwas, was man zur Erklärung meiner Situation durchaus anmerken könnte. Dennoch hielt ich es für keinen guten Einstieg in ein Kennenlernen, über Probleme mit dem Freund oder eher Ex-Freund zu palavern.

»Es ist kompliziert.«

»Oha. In Filmen heißt das auf den ersten Blick nichts Gutes. Meist sind das aber auch die Filme, die dann ganz wundervoll enden.«

Nun mussten wir beide lachen. »Na hoffentlich gibt es da Parallelen im dramaturgischen Aufbau.« Ich grinste schief. »Allerdings hab ich da eher wenig Hoffnung auf die positive Wendung, wenn ich ehrlich bin.«

Peer zog Luft durch die Lippen ein. »Oh, das tut mir leid.«

»Danke.« Müde lachte ich auf. »Es ist nicht so aufbauend, sich mit mir zu unterhalten, fürchte ich. Sorry!«

»Ich habe ja gefragt. Schon okay!«

Wir waren beide ganz dankbar, dass das Dessert als kleine Auflockerung in dem Moment serviert wurde.

»Danke für den tollen Tipp! Es schmeckt ausgezeichnet«, schwärmte ich.

»Das freut mich sehr.« Peer lächelte.

»Grad herrscht ein wenig Chaos in meinem Leben – nicht nur wegen einer Delle in der Autotür. Deshalb war ich auf dem Zug auch kurz davor, endgültig die Nerven zu verlieren. Eigentlich hätte ich mit jemandem zusammen einen Termin mit einem Makler hier auf Sylt gehabt, zu dem ich jetzt allein anreisen musste statt wie geplant zu zweit. Das heißt, eigentlich sollte ich den Termin absagen.«

»Oha. Das klingt in der Tat nicht unbedingt nach einem Lauf.«

»Geht so!« Ich lächelte matt.

»Also wolltest du in nächster Zeit hierherziehen?«

»Ja.« Ich geriet ins Stocken, weil sich ein schwerer Kloß im Hals ausbreitete. »Ich wollte schon immer gerne hier auf Sylt leben. Wir hatten geplant, einen kleinen Laden für besondere Souvenirs und Geschenkartikel zu eröffnen, uns hier bereits eine Immobilie dafür ausgesucht. Aber jetzt, wo es konkret wurde, hat es sich mein Lebensgefährte offenbar anders überlegt. Also heißt es nun: Planänderung. Es sieht danach aus, als wolle er den Weg an die Nordsee nicht weiter mit mir gehen. Was in mir inzwischen das Gefühl wachsen lässt, dass ich ebenfalls gar nicht mehr möchte, dass er an meiner Seite ist, wenn ich ehrlich bin. Gerade verarbeite ich also das Schleudern und Bremsenquietschen einer Vollbremsung auf der Zielgeraden bei Gewitter und Sturm. Und so wie es aussieht, hatte ich wohl vergessen, den Sicherheitsgurt anzulegen, weshalb ich heftig aus der Bahn geworfen wurde. Damit umzugehen ist nicht ganz leicht. Aber ich bin trotzdem nach Sylt gekommen, um mich hier einmal neu zu sortieren.« Dass ich ihm das einfach so erzählte, kam mir selbst unheimlich vor, aber es fiel mir ungewöhnlich leicht.

»Muss dein Traum vom Leben auf Sylt denn eingestampft werden, oder siehst du auch allein eine Chance, ihn wahr werden zu lassen?«

Ich hob die Schultern. »Im Moment weiß ich gar nichts. Schon zu zweit hatten wir eine ordentliche Portion Respekt mit im Gepäck, als wir begannen, unser bisheriges Leben zu verändern und das alles zu organisieren. Das Netz, dass uns Sicherheit geben sollte, bestand nur aus einem ›wir‹. Allein ist mir das alles viel zu heikel. Es ist einfach auch eine Frage der Finanzen. Hier mal eben einen Neustart zu wagen geht eigentlich nur, wenn man viele, viele Rücklagen hat. Allein habe ich die leider nicht in dem Maße, in dem ich sie bräuchte. So werde ich mich hier zunächst um einen Job kümmern und Schritt für Schritt herausfinden, wie der nächste aussehen wird. Wenn ich überhaupt hierbleibe.« Ich wollte den Gedanken, Sylt bald wieder zu verlassen, gar nicht weiterdenken.

»Wo ist denn eigentlich die Manufaktur deiner Oma?«, wechselte ich das Thema.

»Das *Zuckerhüs* ist hier in Keitum. Meine Oma lebt direkt über dem Laden. Das Haus, in dem die Manufaktur ist, ist so richtig ursprünglich friesisch und niedlich. Wie man sich das hier so vorstellt.«

»Traumhaft! Eine Bonbonmanufaktur in einem historischen Friesenhaus. Besser geht es doch wohl kaum, oder? Hätte ich Verwandtschaft mit diesen Attributen hier, mich hielte nichts mehr irgendwo anders.« Noch während ich das sagte, bereute ich es, denn es kam mir übergriffig vor, das so zu behaupten und in den Raum zu stellen.

»Das stimmt schon. Wenn da nur nicht so viel wäre, was einen an die alte Heimat bindet.« Nachdenklich legte er die Stirn in Falten. Ich bohrte nicht weiter nach, stimmte aber auch nicht zu, weil es mir gerade so anders ging. Mich persönlich erwartete nun eigentlich gar nichts mehr in meiner Heimatstadt. Meine Sachen müssten nur so, wie sie in Kartons gepackt waren, an mich gesendet werden. Seine Wohnung könnte Johann dann weiterhin allein bewohnen und behalten, genau wie seinen Job. Was offenbar ja eh längst von ihm so geplant war.

»Die Interessen und Ziele im Leben müssen einfach auch übereinstimmen. Nicht für jeden ist es das Richtige, hier auf Sylt einen Laden wie das *Zuckerhüs* zu betreiben«, stellte Peer fest, und ich nickte. Dann schaute er mich lange an. »Aber du solltest unbedingt mal vorbeischauen«, sagte er dann.

»Auf jeden Fall! Das mache ich.« Ich freute mich schon jetzt darauf.

Die Unterhaltung mit Peer fühlte sich so vertraut an, dass ich fast vergaß, dass wir uns heute erst auf dem Autozug kennengelernt hatten.

Sicher war auch für ihn die Situation nicht so leicht einzuordnen, schließlich hatte ich immer wieder von meinem Freund erzählt, mit dem ich gerade noch recht umfangreiche Zukunftspläne gehabt hatte, mit denen ich auch nicht hinterm Berg gehalten hatte.

Er erzählte mir von seiner Kindheit hier auf der Insel, die er zu großen Teilen im *Zuckerhüs* verbracht hatte. »Mein Zahnarzt profitiert noch heute davon«, scherzte er. Er sehe heute Parallelen bei Levke nach jedem Aufenthalt hier, weil er selbst nach den Ferien bei Oma für Jubel und Begeisterung bei all seinen Freunden gesorgt hatte, wenn er mit Taschen voller Bonbons und Schaumgummi zurückgekehrt war. Diese Tradition habe Levke übernommen, und es gehe ihm jedes Mal das Herz auf, wenn er die leuchtenden Kinderaugen sehe. Mir gefiel sein Humor.

Peer und ich unterhielten uns so gut, dass wir gar nicht merkten, dass wir irgendwann als Letzte im mittlerweile dezent erleuchteten Garten des Restaurants saßen.

»Ich fürchte, wir müssen uns langsam auf den Weg machen«, stellte Peer fest.

»Oh! Du hast recht.« Erst jetzt fiel mir auf, dass das Personal bereits aufräumte, schon die Kissen der anderen Plätze in einem reetgedeckten Schuppen verstaut, die Kerzen an den Nachbartischen gelöscht hatte und nun im Innenraum die Tische für den nächsten Tag eindeckte.

Leises Plaudern verriet, dass sie sich darauf freuten, die Beine hochzulegen und ihren wohlverdienten Feierabend einzuläuten, uns aber nicht hinauswerfen wollten.

Peer rief Elisa zu sich und übernahm die Rechnung. Zu meinem Essen waren einige Getränke und die Desserts dazugekommen.

»Herzlichen Dank«, freute ich mich.

»Der Abend war sehr schön.« Wir waren aufgestanden, hatten uns von Elisa verabschiedet und waren auf den Fußweg vor dem Lokal getreten.

»Am liebsten würde ich noch eine Runde durch den Ort drehen. Aber Alva hat mir geschrieben, dass meine Tochter nicht eher schlafen will, bis sie weiß, dass ich wieder zu Hause bin.« Er rollte mit einem Lächeln die Augen.

»Alles gut! Was für ein lieber Gedanke von Levke.« Ich lachte. »Ich wundere mich, dass Insa sich noch gar keine Sorgen gemacht hat, wo ich bleibe. Wahrscheinlich dekoriert sie noch irgendeinen Frühstücks- oder Geburtstagstisch und ist selbst noch unterwegs.«

»Möchtest du mir vielleicht Bescheid sagen, wenn du mal in der Nähe des *Zuckerhüs* bist? Dann bin ich auch da.« Er grinste breit und zog sein Handy aus der Hosentasche.

»Klar doch.« Auch ich zückte mein Smartphone, und er nannte mir seine Nummer.

Das Display zeigte mehrere Anrufe und zwei Nachrichten. Eine war von meiner Mutter. Ein Foto mit Blick auf eine Schaukel über einem karibischen Meer, darunter zwei Herzen. Die Anrufe und die andere Nachricht kamen von Insa. Ich bekam einen Schreck. Leider hatte ich nicht bemerkt, dass ich das Telefon lautlos gestellt hatte. Auch die Vibration hatte ich in meiner Handtasche nicht mitbekommen.

Dass ein Gespräch mich so lange davon abhielt, immer mal zwischendurch auf das Handy zu schauen, war selten. Ich würde sie sofort zurückrufen.

»Eine gute Nacht.«

»Ebenso! Und bis bald!« Peers Blick machte mich nervös. Außerdem die Art, wie er sich, auch ein klein wenig schüchtern, durch das dichte Haar fuhr. Er war groß, nicht riesig, aber so, dass man sich anlehnen konnte. Einen Teil seiner Körpergröße machte aus, dass er eine wahnsinnig gerade Haltung hatte, die ihn mindestens fünf Zentimeter größer erscheinen ließ.

Ich drehte um und machte mich auf den Weg zu meinem Auto. Dabei spürte ich, dass die erneute Begegnung mit Peer mich glücklich machte. Als sei jeder meiner Schritte wie getragen von einer kleinen Schar Schmetterlinge, die mich schweben ließ.

Kurz blitzte der Gedanke auf, dass ich offiziell ja noch in einer Beziehung steckte. Gleich schob ich diesen aber wieder beiseite. Ich hatte nichts Verwerfliches getan, außer einen schönen Abend mit einem sympathischen Mann verbracht, nachdem mein Freund sich absolut schäbig benommen und mich im Stich gelassen hatte. Denn bei seinem Partner meldete man sich, besprach Bedenken, Ängste und Zweifel, vor allem, wenn man plante, so wichtige neue Schritte im Leben zu gehen. Man nahm sich nicht unkommentiert eine tagelange Auszeit und ließ den anderen im Regen stehen.

Nein, ich musste es erkennen und akzeptieren: Unsere Beziehung war zu Ende. Johann hatte es mir mit diesem Verhalten auch noch erschreckend leicht gemacht, weil ich jetzt weniger mit Wehmut als vielmehr mit Wut an unsere Zeit zurückdachte. Nun musste ich mich freischwimmen von diesen Gefühlen, von der Angst vor dem Alleingang, und herausfinden, was ich tun könnte, um auch ohne ihn hier auf Sylt meinen Weg zu finden.

Ich stellte fest, dass mir das emotional deutlich leichter fallen würde als finanziell. Das war zwar eine bittere Erkenntnis, aber eine, bei der ich das Gefühl hatte, es dann zumindest selbst in der Hand zu haben.

Ich schaute mich nach einigen Metern noch einmal um und merkte, dass Peer noch immer vor dem Restaurant stand und mir hinterherblickte. Zögerlich hob er die Hand, machte dann aber auch kehrt und bog in eine Gasse ein.

Am Auto angekommen, wählte ich sofort Insas Nummer.

»Marla! Was bin ich froh! Bist ja schon groß, aber ein wenig Sorgen hab ich mir doch gemacht. Wo bist du denn?«

»Sorry, Insa! Ich bin trotzdem essen gegangen und hab mich ein wenig verquatscht. So sehr, dass ich das Handy überhört habe.«

»Das klingt wunderbar! Also bist du jetzt auf dem Weg nach Hause?«

»Ja. Ich bin in zehn Minuten da!«

»Perfekt! Na, da bin ich beruhigt, dass du nicht einsam und traurig am Strand saßest. Dann würde ich eine Flasche Prosecco und Knabbereien auf der Terrasse bereitstellen, und wir nutzen noch diesen traumhaften Abend, und du erzählst mir, mit wem du dich so gut unterhalten hast. Oder was meinst du?«

»Der Plan ist Weltklasse! Ich freue mich auf dich. Bis gleich!«

Der Friesenwall, der die kleine Terrasse hinter Insas Haus umrahmte, sorgte für kuschelige Wärme im Strandkorb, den Insa dennoch fürsorglich mit Decken und Kissen ausgestattet hatte.

Ein Windlicht gab flackerndes Licht ab, weitere Lampen standen rund um die Terrasse und strahlten ein sommerliches Leuchten aus. Sie waren solarbetrieben und hatten tagsüber reichlich Sonne getankt, deren Licht sie nun in den Abend trugen.

»Ach, Liebes, was hast du es schön hier!«

»Wir, Marla! *Wir* haben es schön hier! Du bist jetzt bei mir, und wir lassen es uns nun gemeinsam gut gehen.«

Ich lehnte meinen Kopf an Insa, die wunderbar nach Rosen duftete. Seit ich sie kannte, benutzte sie dieses eine Parfüm, was mich immer ein wenig an meine geliebten Sylter Heckenrosen erinnerte, mit denen ich Freiheit, Sorglosigkeit und Urlaub verband.

»Hast du denn alles geschafft?«

Insa nickte. »Ich kenne den Kunden schon ewig und weiß, was zu tun ist. Aber es war viel Arbeit. Normalerweise meldet er sich einige Tage vorher. Dass er nun so spontan anreist, ist ungewöhnlich. Aber dank der Routine hat alles perfekt geklappt!« Insa strahlte. »Jetzt erzähl aber mal, wen du getroffen hast, dass du so lange unterwegs warst und dein Handy ganz vergessen hast!« Insa grinste und hob neugierig eine Augenbraue.

»Ich wundere mich selbst darüber, wenn ich ehrlich bin«, gestand ich und spürte, dass ich rot wurde und meine Verlegenheit nicht verbergen konnte.

»Auf dem Zug habe ich doch diesen Typen kennengelernt,

dessen Auto liegen geblieben ist. Den habe ich später beim Spaziergang und dann doch tatsächlich auch am Abend wiedergetroffen.«

»Okay«, sagte Insa gedehnt. »Sylt ist zwar überschaubar, aber so viele zufällige Begegnungen – das ist ja ganz nach meinem Geschmack. Die guten Geister und so! Scheinen meine Wünsche ja bekommen zu haben.« Sie rieb sich die Hände und zwinkerte.

Ich berichtete Insa von Peer und unserem Gespräch.

»Es war ein supernetter Abend. Ich fühle mich selbst noch ganz überrumpelt davon. Ist schon ein wenig komisch, zumal ich eigentlich gerade eben noch ganz andere Pläne hier auf Sylt hatte, die mit Johann zu tun hatten. Da rede ich plötzlich stundenlang vertraut mit einem anderen Mann. Müsste ich nicht traurig, niedergeschlagen und verzweifelt sein?«

»Wenn du mich fragst, hat Johann jede Chance und jedes Recht auf deine Trauer vertan, und es ist nur klug und gesund, dass du sofort wieder an dich denkst und schaust, wie es weitergehen kann. Worauf sollst du denn warten? Sollst du jetzt eine Trauerphase einlegen, nach der womöglich der potenzielle Traumprinz wieder abgereist ist?« Sie schüttelte den Kopf. »Das halte ich für äußerst unklug!«

»So gesehen hast du ja recht. Johann hat es mir auch echt leicht gemacht, mich überhaupt auf das Gespräch einzulassen. Es ist, als ob jedes Gefühl für Johann wie weggeblasen ist. Als sei mein Herz ihm gegenüber wie versteinert.«

»Und deshalb ist es vielleicht dankbar, wenn jemand kommt und es direkt wieder berührt und schlagen lässt. Magisch!« Insa legte die Handflächen aneinander und blickte in den klaren Himmel, an dem sich erste Sterne zeigten.

Ich lächelte. »So ist es ein bisschen, ja.«

»Und du sagtest, der Typ hat eine Tochter? Hast du zu der Mutter denn auch irgendwas in Erfahrung bringen können?«

»Nur, dass sie offenbar getrennt leben. Er sprach davon, dass er das Kind weitestgehend allein großzieht.«

»Das ist ja auf jeden Fall schon einmal eine der wichtigsten Meldungen, wie ich finde.«

»Auch wieder richtig.«

»Und wie geht es nun weiter mit euch?«

»Ich hoffe, wir laufen uns in Keitum mal über den Weg. Die Oma von Peer führt hier das *Zuckerhüs*.«

»Nein! Echt? Ich liebe diesen Laden! Dann kenne ich die Frau auch. Alva ist der Knaller! Und ihr Laden ein absoluter Traum.« Insa lachte.

»Ich hab sie auch kurz kennengelernt. Sie wirkte supersympathisch. Und gar nicht wie sechsundsiebzig.«

»Sie ist sechsundsiebzig Jahre alt?« Erstaunen zeigte sich auf Insas Gesicht. »Das habe ich nicht vermutet.«

»Ja, das hat mich auch gewundert.« Ich nippte an meinem Getränk. Ein angenehmes, leicht schwindeliges Gefühl flimmerte in meinem Kopf, und das tat mir gerade gut. Es wirbelte die Sorgen beiseite, zerstreute sie und brachte die Glücksgefühle wieder zum Vorschein, die ich im Gespräch mit Peer gespürt hatte.

Ich betrachtete das Windlicht, welches aus bunten Glassplittern gestaltet war und ein mystisches Lichtspiel auf den Tisch zauberte. Mein Blick versank in der Flamme der Kerze, als Insa mich hochschrecken ließ.

»Wichtig ist, dass du den positiven Blick behältst und das, was du dir wünschst, immer wieder visualisierst. Stell dir genau das vor, was das Schönste wäre, das passiert. Visualisieren ist das Geheimrezept. Immer wieder. In den buntesten Farben.« Insa wirkte wie auf einer Theaterbühne und versank selbst ganz in dem, was sie sagte.

»Dann visualisiere ich am besten zuallererst mal einen Lotteriegewinn«, spottete ich und erntete einen bösen Blick von Insa.

»Ich würde vorschlagen, wir schauen uns gemeinsam mal das Lädchen von Alva an. Nicht nur, weil ich dann diesen Peer auch kennenlerne. Schon dieser Laden ist zuckersüß, im wahrsten Sinne des Wortes. Den musst du sehen. Ich frage mich gerade, warum wir eigentlich noch nie gemeinsam dort waren.« Insa grinste und hob die Handflächen.

Wir ließen diesen sommerlichen Abend entspannt ausklingen, an dem der Himmel bis spätnachts dunkelblau leuchtete und ein Sternenzelt zeigte, welches seinesgleichen suchte. Als unsere Augenlider immer schwerer wurden, räumten wir noch den Tisch ab und gingen ins Bett.

Insa hatte einen Raum in ihrer Wohnung, den sie gleichzeitig als Büro und Gästezimmer nutzte. Hier schlief ich. Dieses Zimmer mochte ich sehr, weil es einen herrlichen Blick in den Garten bot und durch die Lage nach hinten raus besonders ruhig war. An diesem Tag wäre ich aber wohl auch bei schwerem Gewitter und Sturm samt Baumaschinenlärm vorm Fenster eingeschlafen, so viel war passiert, und so müde war ich. Noch nicht einmal ein paar Seiten in meinem aktuellen Buch zu lesen war noch drin. Ich wollte nur noch schlafen.

5.

Als ich die Küche am nächsten Morgen betrat, duftete es noch nach frischen Aufbackbrötchen, und auf dem Tisch stand meine Lieblingsmarmelade. Von Insa war weit und breit jedoch keine Spur. Stattdessen lag ein Zettel auf einem Teller.

Lass es dir schmecken! Die Pflicht rief schon wieder ... Bin um elf Uhr zurück. Dann können wir doch eine Runde durch Keitum laufen? Bis dann! Liebe dich.

Ich freute mich, kochte mir einen Kaffee und setzte mich an den mit viel Liebe gedeckten Tisch. Insa verstand es wirklich, mir hier ein Gefühl von Zuhause zu geben.

Diese kleine Stärkung tat gut, und ich beschloss, mich vor dem Spaziergang durch Keitum mit einer weiteren Tasse Kaffee auf die Terrasse zu setzen und die aktuellen Jobangebote auf der Insel zu durchforsten.

Mir fiel es schwer, meine Zeit hier auf Sylt zu genießen, solange ich noch nicht wusste, wohin für mich die Reise gehen würde. Eine Basis, an die ich aber immer wieder zurückkehren konnte, war Insas Wohnung. Das war schon einmal viel wert. Sie, die Gespräche und die Zeit mit Insa würden mir aufzeigen, warum ich hier war und wo es für mich weitergehen würde, da war ich mir sicher.

Im Internet fand ich einige Stellenangebote. Es waren Tätigkeiten in Geschäften auf Sylt. Nichts Besonderes, aber eine solide Grundlage, damit ich erst einmal Geld verdienen konnte. Im Gegensatz zu den meisten Bewerbern hatte ich das große Glück, dass ich bereits eine Unterkunft hatte und nicht, wie so viele, vom Festland aus pendeln musste oder auf Mitarbeiterwohnungen der Unternehmen angewiesen war. Ich würde Insa zwar das Zimmer langfristig ebenso bezahlen, was aber längst nicht so teuer war wie eine eigene Unterkunft hier.

Bei einem Geschäft konnte ich mich gleich online bewerben, was ich direkt tat. Auch ein Kaufhaus war dabei, welches meine Daten ebenso mittels eines Kontaktformulars entgegennahm und mir in einer automatisierten Mail versprach, dass man sich bei mir melden würde.

Dass in vielen Läden hier händeringend Personal gesucht wurde, beruhigte mich. Zwar waren diese Aufgaben in keiner Form vergleichbar mit dem, was wir hier ursprünglich geplant hatten, würden mir aber zumindest so viel Perspektive bieten, dass ich auf der Insel bleiben konnte.

Die Zeit verflog, und nachdem ich noch ein wenig Sonne im Strandkorb getankt hatte, stand Insa auch schon wieder in der Tür.

»So, heute bin ich extra früh aufgestanden, damit ich schon eine ganze Menge erledigen kann und wir ein bisschen gemeinsame Zeit genießen können. Alles Weitere kann warten.«

»Danke für den wunderbaren Start in den Morgen«, sagte ich, stand auf und umarmte Insa. »Das Frühstück war köstlich!«

»Da nich für!« Sie lächelte. »Wollen wir zur Bonbonmanufaktur starten?«

»Möchtest du dich nicht ein wenig ausruhen?«

»Nein, dann werde ich nur müde. Von mir aus kann es direkt weitergehen.«

»Du hast echt Power für zwei«, stellte ich anerkennend fest und ging noch einmal ins Bad, um einen Blick in den Spiegel zu werfen. Für den Fall, dass Peer da war, wollte ich kurz checken, ob ich gut aussah.

Dabei fiel mir ein, dass er ja gesagt hatte, ich möge ihm schreiben, wenn ich vorhatte, vorbeizukommen. Kurz tippte ich eine Nachricht.

Meine Freundin Insa und ich wollen mal eine Runde durch Keitum spazieren. Falls wir zufällig am Zuckerhüs vorbeikommen, freue ich mich, wenn wir uns dort sehen.

Perfekt! Ich habe heute einen Termin dort. Wir sind auf jeden Fall da. Ich freue mich.

»Na, macht sich jemand besonders hübsch für den Fall, dass wir einem smarten jungen Mann mit süßem Kind und rüstiger Oma begegnen?« Insas Kopf lugte durch den Türrahmen zum Bad, und ich zuckte ertappt zusammen.

»Ach!« Ich tat beiläufig und winkte ab. »Darf ich nicht noch mal in den Spiegel schauen, wenn wir hier gemeinsam auf der schicksten Insel Deutschlands unterwegs sind?« Empört stemmte ich die Hände in die Hüfte. »So ganz ohne Hintergedanken?«

»Klar. So ganz ohne Hintergedanken …« Sie grinste und verschwand wieder im Flur.

Wenig später saßen wir in meinem Auto und fuhren nach Keitum, um uns das *Zuckerhüs* anzuschauen.

»Die Manufaktur liegt in einer Parallelstraße zur Hauptstraße

Richtung Watt«, erklärte Insa. »Wir sollten rechtzeitig nach einem Parkplatz Ausschau halten. Das ist an so einem traumhaften Sommertag nicht ganz einfach hier. Außerdem lohnt sich ein Weg durch Keitum zu Fuß sowieso immer!«

»Da hast du recht. Ein so wunderschöner Ort. Jedes Mal entdeckt man etwas Neues und sieht kleine schöne Details. Ich liebe dieses Dorf!«

Ich parkte am Parkplatz auf Höhe des ehemaligen Schwimmbad-Geländes, des heutigen *Helhoog*. Von dort aus spazierten wir, an Cafés und Läden sowie einer bezaubernden kleinen Buchhandlung vorbei, in Richtung des Ortskerns, wo auch das *Zuckerhüs* liegen sollte.

Dort angekommen, blieb ich staunend vor dem weiß gestrichenen Friesenhaus mit Reetdach stehen. Die hellblauen Fensterrahmen wirkten einladend. Eine weiße Holzbank neben der ebenso blauen Eingangstür lud zum Verweilen ein. Durch eine weiße Holzpforte im Friesenwall, dessen Syltrose in voller pinker Blüte mit dem rosafarbenen Schriftzug *Zuckerhüs* und der rosaweiß gestreiften Markise um die Wette strahlte, gelangte man zum Eingang der Bonbonmanufaktur. Ich konnte bereits vor der Tür den Duft der süßen Leckereien riechen.

Eine holzumrandete Schiefertafel nahm uns mit einem Herz und dem handschriftlich gemalten Schriftzug des Ladens sowie Kreidezeichnungen von rosafarbenen Bonbons und rosa-weiß geringelten Lollis vor der Tür in Empfang. Die bunte Wimpelkette unter dem Dachgiebel-Fenster flatterte fröhlich im Wind. Es sah aus, als würden die Fähnchen uns hereinwinken. Direkt neben der Tür befand sich eine zweite Tafel. Darauf stand: *Wir sind für Euch da!*

Vor diesem Laden zu stehen war für mich wie Liebe auf den ersten Blick. Als hätte ich jemandem genau geschildert, wie ich mir einen Bonbonladen vorstellte, er hätte daraus etwas konzipiert, und das war daraus entstanden. Er war traumhaft.

Eine Holzschütte in Form eines Futtertroges war unterhalb der Fenster neben der Eingangstür platziert. Darin lagen verschiedenfarbige Bonbongläser in Pastelltönen zum Verkauf, in denen man später die ausgewählten Kostbarkeiten luftdicht lagern konnte. Außerdem ein paar Schälchen aus Porzellan zum Servieren.

Insa deutete auf den Eingang. »Weil es in diesem Sommer teilweise ungewöhnlich warm war, bleibt die Tür tagsüber geschlossen. Alva hat mir mal erklärt, dass die Wärme sonst sofort den Bonbons schadet.«

»Okay«, sagte ich. »Das kann man sich ja auch gut vorstellen.«

Noch ehe ich die Tür geöffnet hatte, entdeckte ich durchs Fenster Alva hinterm Tresen. Mit einem herzlichen Lächeln auf den Lippen bediente sie gerade eine Familie, die ihre Errungenschaften bezahlte.

»Der Laden ist wunderschön, schon von außen«, staunte ich, und Insa nickte.

»Dann lass uns mal sehen, wie es dir drinnen gefällt.«

Wir traten ein, und eine leise Glocke an der Tür läutete. Während ich mich schon vollkommen von den Eindrücken gefangen nehmen ließ, hielt Insa der Familie die Tür auf und schloss sie hinter ihnen wieder.

Ein süßer Duft nach Kindheitsträumen aus Zucker und Glück umgab uns und ließ mir sofort das Wasser im Mund zusammenlaufen.

»Marla, ach, wie schön!« Alva kam um den Tresen herum und riss mich aus meiner ersten Verzückung.

»Hallo, Alva! Ich freue mich auch. Und das ist meine Freundin Insa.«

»Wir haben uns hier schon ein paarmal gesehen, meine ich«, stellte Alva, an Insa gewandt, fest.

»Ja, ich bin so gerne hier! Als Marla das *Zuckerhüs* kennenlernen wollte, war ich natürlich sofort dabei.«

Alva lächelte matt. »Schaut euch doch einmal um. Gerne zeige ich euch auch alles.« Ich hatte den Eindruck, dass sie traurig wirkte, war mir aber nicht sicher, ob ich es mir nur einbildete. Ich dachte daran, dass Peer von einem Termin geschrieben hatte, und schluckte. Hoffentlich hatte der nichts damit zu tun, dass Alva schlecht drauf war. Peer hatte irgendwie angedeutet, dass Alva langfristig nicht wie gewohnt weitermachen konnte.

»Danke!« Ich ließ den Blick über die pastellfarbene, bunte Auslage schweifen. »Ich kann mich kaum sattsehen«, bemerkte ich. »Und dieser zuckrig süße Duft – einfach ein Gedicht! Das weckt wunderschöne Kindheitserinnerungen. Früher stand man mit großen Augen vor solchen Regalen. Und heute darf man hier nach Herzenslust einkaufen! Wie fantastisch ist das bitte?« Ich rieb mir die Hände und fuhr mir mit der Zunge über die Lippen.

Alva lachte. »Es freut mich sehr, dass es dir so gut gefällt.«

Insa und ich schlenderten durch den Laden. In der Mitte des Verkaufsraumes stand ein großes, weißes Holzregal mit mehreren kleinen Schütten auf beiden Seiten, in denen lose Bonbons, Wein- und Schaumgummi angeboten wurden.

Gläser mit Blechdeckeln und dem Logo des Ladens als Aufkleber darauf standen für die individuelle Zusammenstellung bereit. Es gab Zangen, mit denen man die Köstlichkeiten einzeln auswählen konnte.

Das Regal ließ sich einmal umrunden, und man fand bei jedem Schritt neue Leckereien. Für jeden Geschmack war etwas dabei. Es waren einige weitere Kunden im Laden. Ich beobachtete ein kleines Mädchen mit roten Wangen, welches sich immer wieder voller Vorfreude mit der Zunge um den Mund fuhr und sorgfältig jedes einzelne Teilchen aus den Schütten angelte.

Dem Regal gegenüber an der Fensterseite standen deckenhohe, offene Schränke, über und über mit bunten Bonbons, Lollis und Schaumgummi aufgefüllt. In einer Ecke des Raumes entdeckte ich zwei Tische mit Stühlen, die zum Verweilen einluden. Dort konnten direkt einige der Köstlichkeiten probiert werden.

Auf dem liebevoll dekorierten Tisch entdeckte ich ein Schild, auf dem stand, dass man auf Wunsch auch eine heiße Schokolade mit Sahne und schaumigem Marshmallow-Sahnehäubchen bekommen konnte. Eine schöne Idee. Ich stellte mir vor, dass es sich anbieten würde, auch vor oder hinter dem Haus ein, zwei Tische aufzustellen, an denen die Leute sitzen könnten, wo man vielleicht auch ein paar Spielzeuge aufstellen könnte für all die kleinen Besucher. Sie fühlten sich hier ohnehin schon wohl, würden ihre Eltern dann aber sicherlich erst recht so oft wie möglich Richtung *Zuckerhüs* lotsen, was dem Geschäft sicherlich zuträglich wäre.

Mein Blick ging weiter über die bunten Regale. Es gab verschiedene Gläser, die nach Themenbereichen und Größen sortiert waren. Vom *Sommerzauber* über *Liebesglück*, *Meeresfrische* und *Sahnige Teezeit* bis hin zur *Syltliebe* war alles dabei. Ich entdeckte kleine Muschel-Motive, Anker und Herzen, die in die Bonbons eingearbeitet waren. Ob zum Valentinstag, als Mitbringsel für jeden Sylt-Liebhaber, ein Genuss für zwischendurch als Ergänzung zum Tee, als Gastgeschenk zur Hochzeit oder einfach nur zum sofortigen Genuss für zwischendurch – hier wurde jeder fündig. Ich fühlte mich wie in einer Traumwelt.

»Alva, es ist zauberhaft, was du hier erschaffen hast«, staunte ich.

»Es freut mich sehr, dass dir unser kleines Zuckerparadies so gut gefällt«, sagte Alva und lächelte.

»Und diese Bonbons, die fertigt ihr wirklich alle von Hand?« Ich ließ den Blick schweifen über die vielen Sorten und Motive. Die bunte Vielfalt aus traumhaften Farben und Duftnoten überwältigte mich.

»Schon immer, ja. Unsere kleinen Wunder sind handgemacht. Da gehen uns die Ideen niemals aus. Ich kann mir kein Leben ohne sie vorstellen.« Alva nickte stolz. »Sie *sind* mein Leben.«

»Fantastisch!«

Alva reichte uns beiden je eine Tüte. »Meine neue Kreation. *Inselweh*. Testet doch mal und sagt mir dann Bescheid, ob sie euch geschmeckt haben.«

»Oh, gerne! Danke!« Wir freuten uns über die liebe Geste, stellten uns selbst auch jeweils ein Gläschen zusammen und bezahlten. Ich schaute mich um. Peer war bisher nicht aufgetaucht.

»Ist Peer unterwegs?«, erkundigte sich Insa frech und erntete, von Alva unbemerkt, einen sanften Schubser von mir.

»Nee, der ist im Büro. Hat Besuch bekommen. Ich schaue mal nach ihm«, bot Alva an.

»Das ist doch nicht nötig«, erklärte ich. Da war Alva aber bereits verschwunden. Kurz darauf kam sie schon wieder zurück und zuckte die Schultern. »Dauert wohl leider noch ein wenig.«

»Alles gut. Wir kommen auf jeden Fall wieder.«

»Das wäre mir eine große Freude.« Alva lächelte und schaute Insa an. »Und du lebst hier auf Sylt?« Diese nickte.

»Ich bin die gute Fee für Hauseigentümer auf Sylt. Sie können mir vor ihrer Anreise mitteilen, was sie sich für ihren Aufenthalt so wünschen, und ich bereite alles für den Traumurlaub hier auf unserer Insel vor. Wenn sie anreisen, stehen die Lieblingsblumen auf dem Tisch, die Zeitung liegt bereit, und auch für das passende

Getränk zum entspannten Anstoßen auf die Auszeit am Meer ist gesorgt.«

»Na, das klingt großartig. Ich bin mir sicher, da weiß so mancher Gast deine Dienste sehr zu schätzen. Das ist es, was die Leute lieben und brauchen: absolute Sorglosigkeit.« Wissend nickte Alva.

»So ist es. Und die kleinen Feinheiten im Detail sind es ebenso, die meine Kunden schätzen.« Insa machte eine ausschweifende Handbewegung. »Ich könnte mir vorstellen, dass man bei Ankunft meiner Gäste neben Blumen, gefüllter Minibar und Co. auch eine Variation deiner zauberhaften Bonbons als kleinen Willkommensgruß ganz wunderbar installieren könnte«, erklärte Insa. »Sowohl bei Klein als auch bei Groß würde das für staunende Blicke sorgen und ganz schnell zum festen Ritual werden. Und ein Besuch hier im *Zuckerhüs* ist nebenbei auch garantiert.«

Alva nickte. »Eine schöne Idee, ja!« Etwas an ihrer Aussage klang nach einem Aber.

Ich trat an eine Glasscheibe, hinter der eine Art Küche lag. Eine große, glänzende Fläche bildete das Zentrum und war von hier aus direkt einsehbar. Auch von draußen konnte man durch das Butzenfenster die Arbeitsplatte sehen und die Bonbonherstellung bestaunen. Ich entdeckte Töpfe, einen massiven Haken an der Wand, dessen Sinn sich mir nicht sofort erschloss, und etliche Gefäße.

»Hier entstehen meine Bonbons«, erklärte Alva stolz. »Aus körperlichen Gründen habe ich mir Hilfe geholt. Ich bin ein wenig langsamer geworden.« Sie lachte matt. »Flora hilft mir. Sie ist deutlich fitter als ich und formt mit mir nach meiner Anleitung viele unserer Bonbonsorten. Sie ist mein Engel.« Ihr Lächeln war sanft und auch ein klein wenig wehmütig. Ich war mir sicher, dass irgendetwas sie heute betrübte. Zwar kannte ich sie kaum, dennoch fehlte das fröhliche Leuchten in ihren Augen, das mich bei unserer Begegnung am Strand sofort für sie eingenommen hatte. Sie wirkte nachdenklich. Die liebe alte Dame tat mir leid.

Ich seufzte und schürzte anerkennend die Lippen. »Einfach wundervoll! Eine kleine Traumwerkstatt, die du hier hast.«

Alva lachte leise. »Wenn du magst, komm doch mal vorbei, und ich zeig dir, wie das geht mit den Bonbons«, bot Alva an. »Du natürlich auch!« Sie blickte zu Insa.

»Oh, wow! Supergerne! Da komme ich auf jeden Fall drauf zurück.« Ich lächelte. »Alva, grüß doch Peer bitte von mir! Wir kommen ein andermal wieder. Dir erst einmal einen erfolgreichen Tag und zunächst eine erholsame Mittagspause.«

»Danke euch für den Besuch! Ich lege nun ein wenig die Beine hoch und schaue nach Levke. Meine Mitarbeiterin hat heute Vormittag mal kurz den Babysitterdienst übernommen, weil es hier so ruhig war und die Lütte sich im Laden gelangweilt hat.« Sanft lächelte sie.

»Bis bald, Alva!«

»Bis bald! Ich freue mich!«

Wir verließen den Laden und traten auf die Straße.

»Das *Zuckerhüs* ist ein Traum«, stellte ich fest.

»Absolut! Hast du das Leuchten in ihren Augen gesehen, wenn sie von ihrem Laden spricht?«

»Schon. Aber ich meine, sie wirkte heute auch traurig«, sagte ich.

»Das kam mir auch so vor. Hat Peer etwas erzählt, was los sein könnte?«

»Nicht wirklich. Wobei er komische Andeutungen gemacht hat, was Alvas Zukunft hier auf Sylt angeht. Ganz schlau bin ich daraus aber nicht geworden. Jedenfalls sagte er, dass er sie bei irgendwelchen Angelegenheiten unterstützt.«

Wir liefen gerade an einem der Nachbarhäuser vorbei, da entdeckte ich ein Auto des Maklers, mit dem auch Johann und ich den Vertrag hatten machen wollen. Ich schluckte.

»Das ist der Makler, bei dem wir unser Geschäft gefunden haben«, erklärte ich Insa und deutete auf den mit Werbung bedruckten, wuchtigen Geländewagen.

»Echt? Na, dieses Auto demonstriert ja gleich, dass hier so einiges gedreht wird. Sonst könnte man sich wohl kaum diese Luxuskarre leisten.« Insa stieß Luft durch die Lippen aus und rollte mit den Augen. In dem Moment kam ein Mann aus der Seitentür der Bonbonmanufaktur, verabschiedete sich von irgendjemandem und ging auf das Auto zu. Ich erschrak.

»Meinst du, er war bei Alva?«

»Ach so«, murmelte Insa und schien zu überlegen. »Du meinst, das ist der Besuch, den Peer grad empfangen hat?«

Ich nickte. »Und der Grund dafür, warum Alva so traurig wirkte. Das sind bestimmt die Angelegenheiten.« Magenschmerzen machten sich breit. »Die arme Frau. Sie leidet. Sag, dass es nicht wahr sein kann, dass sie das *Zuckerhüs* verkaufen muss!«

»Liebes, das kann gut sein, aber ohne dir zu nahe treten zu wollen, ist das ja nichts, was du ändern kannst. Eigentlich können wir es auch nicht beurteilen, wenn du mich fragst. Vielleicht wird es ihr alles zu viel, was man ihr mit sechsundsiebzig Jahren auch nicht verübeln könnte.«

Ich hob ratlos die Schultern. »Abgesehen davon, dass ich keine Ahnung vom Bonbonfertigen habe, würde ich alles geben für einen solchen Laden. Wenn das *Zuckerhüs* erst einmal in den Händen dieser gierigen Haie ist, wird der Preis allerdings so hoch sein, dass nur noch irgendwelche schnöseligen Investoren sich dieses Juwel leisten können und daraus Luxuswohnungen machen. Es ist eine Schande!«

»Da hast du wohl leider recht«, stimmte Insa mir zu. »Hier hat oft derjenige den längsten Atem, der das meiste Kapital zur Verfügung hat. So bitter das ist.« Dann zog sie mich sanft am Ärmel. »Aber all das reimst du dir gerade zusammen. Wir wissen doch gar nicht, was Peer vorhat. Nun lass uns erst mal weitergehen und den Kopf wieder freibekommen. Was meinst du? Eine Runde zum Watt?«

»Super Idee! Das hat schon immer geholfen!« Ich lächelte wieder.

Wir liefen durch die malerischen Gassen, vorbei an duftenden Heckenrosen auf Friesenwällen, die die reetgedeckten Häuser, die wie aus einem Märchenland entsprungen wirkten, umfriedeten. Die vielen Bäume hier im Ort warfen herrlich kühlen Schatten auf unseren Weg, sodass es sich angenehm spazieren ließ.

In manchen Gärten spielten Kinder, anderswo saßen Leute in Strandkörben und genossen die Sonne. Es war eine friedliche, sommerliche Stimmung.

An einem kleinen Atelier für Schmuck vorbei, gingen wir einen Weg hinunter ans Watt. Vor uns lag die grüne Landschaft aus Schilfgras und einigen hohen Bäumen, deren Zweige sanft im Wind schaukelten und die Schatten spendeten. Sogar der Wind kam mir heute warm vor und kühlte kaum. Eine Bank stand am Fuße des Weges. Sie war unbesetzt. »Wollen wir uns hier kurz hinsetzen?«, schlug ich Insa vor.

»Gerne! Wenn du magst, lade ich dich noch auf einen Kaffee dort oben ein.« Sie zeigte zum Café, welches oberhalb des grünen Kliffs lag und einen fantastischen Blick übers Watt bot.

»Eine super Idee. Aber lass uns kurz noch hier unten bleiben, okay? Diese Ruhe ist so herrlich!« Insa und ich setzten uns, und wie gestern lehnte ich meinen Kopf an ihre Schulter.

»Ach, Marla«, seufzte Insa. »Es ist so schön, dass du hier bist. Ich lass dich nicht wieder gehen!«

Ich lachte. »Am liebsten will ich auch gar nicht wieder weg von hier.«

»Bleib einfach! Wir finden schon deinen Traumjob, und dann geht alles bergauf.« Insa nickte energisch.

Ich erzählte ihr von den Stellenangeboten, auf die ich mich beworben hatte. Auch sie war der Meinung, dass diese eine erste Lösung sein könnten.

»Musst du heute noch arbeiten?«

Insa nickte. »Am späten Nachmittag muss ich noch mal los. Aber vorher trinken wir einen Kaffee und essen ein Stück Friesentorte, schlage ich vor. Statt Mittagessen.« Sie stand auf und ich tat es ihr gleich.

Wir liefen zum Café und nahmen an einem der freien Tische auf der Terrasse Platz. Hier war der Blick ebenso schön wie unten auf der Bank. Die Aussicht auf ein köstliches Stück Kuchen war besonders reizvoll. Wir bestellten, und schon wenige Minuten später stand vor jeder von uns ein riesiges Stück typisch norddeutsche Sahnecreme-Torte. Sie war ein Hochgenuss.

Während wir im Café saßen, parkte der Wagen des Maklers vor dem Haus. Ein Typ stieg aus, holte sich beim angeschlossenen Bäcker etwas zu essen und fuhr davon. Nachdenklich hatte ich die Szene verfolgt.

»Hey, Marla, alles wird gut.« Insa legte ihre Hand auf meine und blickte dem Auto des Maklers ebenfalls hinterher. Müde nickte ich und aß meinen Kuchen weiter. Insa erzählte von ihrem Job und plauderte mit der Bedienung, die sie offenbar kannte. Trotz der so entspannten Atmosphäre wanderten meine Gedanken nun immer wieder zu unserem Termin mit dem Makler. Das Aufschieben war zwar erst mal eine Lösung, um Zeit zu gewinnen, half mir aber langfristig nicht weiter. Vielmehr schien die Bürde der Entscheidung, die ich treffen musste, wie ein Berg unerledigter Dinge von Minute zu Minute immer größer zu werden.

»Insa, ich sage dem Makler ab«, erklärte ich ohne Umschweife, und schon während ich es aussprach, spürte ich Erleichterung. Bei aller Enttäuschung, die ich ebenso empfand, bei dem Gedanken, einen endgültigen Schlussstrich unter diesen Plan zu ziehen, fühlte es sich gut an. Es gab keine Alternative.

»Ich kann dich verstehen«, sagte Insa. »Auch wenn du dir noch ein paar Tage Zeit lassen könntest. Wenn du aber jetzt schon so weit bist, das abzuhaken, dann ist das genau richtig so.«

Ich nickte. »Es war ein schöner Traum, aber ich habe ihn mit Johann geträumt, und er hat ihn fallen und zerbersten lassen. Allein werde ich ihn so nicht umsetzen können. Also muss ich jetzt vernünftig sein und ihn begraben. Ich hab das Gefühl, daran festzuhalten blockiert mich gedanklich. Ich muss frei sein für andere Ideen und neue Träume.« Entschlossen rührte ich in meinem Kaffee. Dann griff ich nach meinem Handy. »Ich rufe direkt an.« Insa schwieg, schaute mich nur mit großen Augen an.

»Guten Tag, Marla Degener. Mein Freund Johann Wolters und ich wollten uns mit Ihnen treffen, um den Mietvertrag für das Objekt *Meerstrandläufer* zu unterzeichnen. Leider hat sich zwischenzeitlich eine Veränderung ergeben, sodass wir von einem Mietvertrag Abstand nehmen müssen.« Sobald sich am anderen Ende jemand meldete, ratterte ich die Sätze hinunter, aus Angst, sonst doch noch einen Rückzieher zu machen. Eine Pause am anderen Ende der Leitung entstand.

»Das kommt jetzt überraschend«, entgegnete der Makler, der

offenbar nicht fassen konnte, dass wir dieses einmalige Objekt nun doch nicht mieten würden.

»Ich bin mir sicher, einer Ihrer weiteren Interessenten wird sofort seine Chance nutzen.«

»Wie bitte?« Der Makler klang verwirrt.

»Sie erzählten doch, es gebe weitere Interessenten«, half ich ihm auf die Sprünge. »Er wird dankbar sein, besser früher als später von Ihnen zu hören.«

»Ach so, ja, ähm, da bin ich mir auch ganz sicher, ja.«

Ich schüttelte grinsend den Kopf. Insa hatte bestimmt recht, und es gab gar keinen Käufer.

»Also Sie sind sich sicher?«

Kurz stockte ich, aber weniger aus Zweifel, als um meiner Entscheidung Nachdruck zu verleihen. Dann antwortete ich: »Absolut!«

Er versuchte, professionell zu bleiben, und wünschte mir für die weitere Suche alles Gute. Wir verabschiedeten uns. Und obwohl es eigentlich so traurig war, dass ich diesen Anruf hatte tätigen müssen, so war ich dennoch erleichtert, und ohne es beeinflussen zu können, legte sich ein Lächeln auf meine Lippen.

Insa griff wieder nach meiner Hand und drückte sie sanft.

»Jeder Schritt bringt dich in irgendeine Richtung. Auch wenn du den Weg vielleicht noch nicht genau kennst. Sei dir sicher, dass ich immer für dich da bin und wir ihn gemeinsam finden, damit du hier glücklich wirst.«

»Das weiß ich, und ich bin sehr froh, dass ich dich hab, Insa!«

Sie streichelte über meinen Handrücken und zog die Hand dann sanft wieder zurück. »Ich muss leider noch mal los zum Arbeiten. Was willst du noch machen heute?«

»Ich denke, ich werde noch ein wenig spazieren gehen. Kopf

freibekommen und gar nicht viel herumsitzen. Dann dreht das Gedankenkarussell doch nur wieder frei.«

»Ein guter Plan! Ich bin auch nicht ewig weg. Denke, zum Abendessen bin ich wieder da. Ich schreib dir noch mal, wenn ich mehr weiß.«

Wir saßen noch einige Zeit da, genossen den Ausblick und schlenderten dann wieder, am Watt entlang, zum Auto. Ich setzte Insa an ihrem Zuhause ab, von wo aus ich weiterfuhr und mich auf den Weg nach List machte. Das sonnige Wetter wollte ich nutzen, um einen meiner Lieblingsorte auf Sylt zu besuchen. Den Ellenbogen. Bis zum Abend war noch Zeit, und ich könnte in aller Ruhe eine Runde drehen.

Kurz machte ich halt in Kampen, wo ich aber nur ein Mal die Prachtstraße in Wattnähe auf und ab lief, an der sich ein Millionenobjekt ans nächste reihte. Ich liebte es, diese Anwesen zu bestaunen. Davon konnte ich nie genug bekommen und hatte bei jedem Spaziergang das Gefühl, nun ein besonders außergewöhnliches Haus entdeckt zu haben. Dabei war ich ein und denselben Weg schon so oft gegangen, dass ich beinahe jeden Pflasterstein kennen müsste. Irgendwie entfalteten diese Häuser jedoch bei jedem Betrachten einen neuen, einzigartigen und nie vorher da gewesenen Zauber für mich. Überall entdeckte ich kleine Neuigkeiten, zu jeder Jahreszeit sah es hier auf seine Art einmalig aus. Jetzt war alles grün, in einigen Gärten, die naturbelassen waren, blühte die Heide, deren Duft auch von den weitläufigen Heidegrasflächen rund um Kampen über den Ort zog.

Ich ging die Straße, von der aus man bis ans Watt herunterblicken konnte, wieder zu meinem Auto zurück, das ich vor sorgfältig gemähten Rasenflächen und einer wunderschön geschnittenen Hecke geparkt hatte, die keinen einzigen Blick auf das Prachtgebäude zuließ, das ich auf der anderen Seite vermutete.

Gegenüber stand ein Haus, dessen Anblick in dieser Straße eher ungewöhnlich war. Es war ein seit Jahren leer stehendes Reetdachhaus, welches schon an einigen Ecken dem Verfall zum Opfer gefallen war. Schilder, die deutlich darauf hinwiesen, dass der Zutritt verboten war und man von Kaufanfragen absehen möge, erzählten davon, dass hinter den Kulissen wahrscheinlich ein Streit um ein Erbe ablief.

Ich blickte an dem Haus entlang, sah neben dem Gartentor eine Schubkarre stehen, ein alter Besen lehnte an der Hauswand. Mich berührten derlei Bilder immer, weil ich mir vorstellte, wie diese Dinge vom ehemaligen Bewohner des Hauses hier abgestellt worden waren und ihn nun weit überdauerten. Ich dachte an Alva und daran, was irgendwann in ein paar Jahren wohl aus ihrem Haus werden würde. Ich seufzte. Am schönsten war es, wenn solche Immobilien von Generation zu Generation weitergegeben und gepflegt wurden. Aber ich verstand die Schwierigkeit dahinter. Schließlich war die Bereitschaft, für ein Haus wie Alvas ein kleines Vermögen zu zahlen, mittlerweile riesig.

Kurz bevor ich meinen Wagen erreichte, klingelte mein Handy. Es war Peers Nummer. Dass er anrief, machte mich nervös, und mit zittrigen Händen nahm ich das Telefonat an.

»Hi, Marla«, hörte ich seine sympathische Stimme.

»Hi, Peer, wie schön, dass du dich meldest. Wir waren vorhin im *Zuckerhüs*. Da warst du grad im Gespräch. Wir wollten nicht stören. Alva hat uns alles gezeigt.«

»Das hörte ich bereits. Es tut mir leid, dass ich nicht dazukommen konnte.«

»Alles gut. Alva sagte, du hättest einen wichtigen Termin.« Ich wartete, ob er genauer darauf einging.

»Meine Oma ist ganz verzaubert von euch.« Er lachte leise und murmelte noch irgendwas. Ich verstand es nicht genau, meinte aber, dass es so viel hieß wie: was ich verstehen kann. Ich lächelte verträumt.

»Und wir von ihr. Und ihrem Laden. Der ist ja wirklich ganz traumhaft!«

Peer antwortete nicht sofort, es entstand eine kleine Pause.

»Ja, sie hat das alles wunderschön gestaltet und gibt sich viel Mühe mit den Bonbons. Das muss man ihr lassen. Weshalb ich eigentlich anrufe: Hast du Lust auf eine Abschiedsrunde am Meer?«

Mein Herz stockte kurz, als schien es zu überlegen, ob es lachen oder weinen sollte.

»Auf eine Runde am Meer immer. Aber was heißt Abschied?«

Ich bemühte mich um eine betont lockere Tonlage, dabei war ich wirklich traurig, wenn das bedeutete, dass er Sylt schon wieder verlassen würde.

»Ich hab ein wenig Stress zu Hause und muss erst mal wieder abreisen. Auch hier läuft es gerade nicht so recht nach Plan, sodass ich mich für den Moment noch mal neu sortieren muss.«

»Okay, das klingt nicht so gut.«

»Nein, leider nicht. Aber weil ich erst gegen Abend fahren will und meine Kleine einen Oma-Tag geplant hat, hab ich Leerlauf, und eine Runde am Meer wäre großartig.«

»Ich hatte ehrlich gesagt sowieso vor, an den Strand zu fahren. Vielleicht ist mein Plan aber etwas zu weit – ich wollte zum Ellenbogen.«

»Perfekt! Mein Lieblingsort. Genau das Richtige an so einem Tag. Bist du noch in Archsum?«

»Nein, in Kampen und träume mich in die Luxusvillen hier. Ich liebe das! Am liebsten würde ich mich hinter Insa in all die Prachthäuser schmuggeln und sie mir von innen anschauen.« Ich lachte. »Da bin ich sehr neugierig, muss ich gestehen.«

»Das kann ich gut verstehen! Kampen eignet sich zum Träumen ganz hervorragend. Da bin ich voll bei dir. Ich bin in Westerland unterwegs. Soll ich dich in Kampen einsammeln, und wir fahren weiter?«

Der Gedanke, mit ihm im Auto bis nach List zu fahren und dann einen Weg an diesem einmaligen Strand zu gehen, machte mich sofort noch nervöser. Es war aber eine freudige Nervosität, die sich kribbelnd gut wie Brausepulver im Bauch anfühlte. Trotz des offenbar bevorstehenden Abschieds.

»Super! Ich schlage vor, ich parke mein Auto am Parkplatz im Ort und warte da auf dich. Dann musst du dich hier nicht durch die Straßen schlängeln.«

»Alles klar. Ich bin so in zehn Minuten da.«

»Ich freue mich.«

6.

Mit klopfendem Herzen fuhr ich zum Treffpunkt. Konzentriert darauf, nicht vor lauter Aufregung wieder irgendwo anzuecken, parkte ich ein. Doch meine Sorge war unbegründet. Meine alte Souveränität beim Autofahren war zurück. Im Rückblick kam es mir so vor, als habe diese ganze unsichere Situation mit der Miete des Ladens und Johanns Abtauchen auf der Hinfahrt dazu geführt, dass ich so fahrig war. Ich fühlte mich, zumindest davon, befreit. Das Geld, das ich für den Verkauf meines Geschäfts bekommen hatte und das ich jetzt nicht in eine Kaution oder Miete stecken, sondern das mir als Notgroschen erhalten bleiben würde, beruhigte mich ein Stück weit. Es würde erst mal irgendwie weitergehen.

Kurz nachdem ich mein Auto abgeschlossen hatte, sah ich schon Peers Wagen.

Er hielt neben mir, und ich öffnete die Beifahrertür.

»Schön, dass wir uns noch mal sehen«, begrüßte Peer mich und blickte mir dabei so tief in die Augen, dass mir ganz warm wurde und ich mich für wenige Sekunden in diesem hellen Blau verlor.

»Ich freue mich auch.« Schnell stieg ich ein, schnallte mich an und schaute aus dem Fenster. Gerade flanierte eine Dame in kunterbunten Designerklamotten und mit einer überdimensionalen

Tasche in Pink an uns vorbei. In dem teuren Accessoire saß ein ebenso in eine pinke Decke eingekuschelter Minihund. Peer und ich hoben synchron die Augenbrauen und konnten uns ein Grinsen nicht verkneifen, als plötzlich ihre männliche Begleitung aus dem Laden stolperte. Dass er zu ihr gehörte, konnte man daran erkennen, dass er nicht weniger bunt gekleidet war, wenn auch ohne Tasche, dafür mit einer absolut schlecht sitzenden, viel zu kleinen Designermütze.

»Kampen hat einfach sehr viel zu bieten«, stellte Peer nüchtern fest, und wir bogen auf die Landstraße gen Norden.

»Traumhafte Anwesen, in denen teilweise offenbar regelrechte Paradiesvögel residieren. Würdest du Insa fragen, kennt sie wahrscheinlich einen Großteil der Leute hier. So merkwürdig und skurril ich die Leute auch manchmal finde, unterhaltsam sind sie ja«, stellte ich fest. »Dennoch ist mir der menschenleere Ellenbogen ohne dieses ganze Drumherum aus teuren Taschen und Klunkern so viel lieber.«

»Mir auch, absolut«, stimmte Peer zu. Auch wenn Peer freundlich war, kam er mir heute angeschlagen vor. Die Situation, die er eben im Telefonat angerissen hatte, bedrückte ihn sichtlich. Den Eindruck, dass etwas im Argen lag, hatte ich ja bereits bei Alva gehabt. Ich war mir sicher, dass sie eine Sorge teilten, die sie beide betraf.

Ich genoss die Fahrt über die Landstraße gen Norden. Der Blick über das Watt auf der rechten Seite, hohe Dünenberge, die hinter sich die stürmische Westseite der Insel verbargen, auf der linken. Inmitten der Dünen lagen, kurz vor List, vereinzelt Reetdachhäuser. Es musste ganz besonders sein, in einem dieser Häuser aufzuwachen, am offenen Fenster zu stehen, das Rauschen des Meeres in den Ohren, den Wind schon am frühen Morgen in den Haaren. Und, egal wohin man schaute, dieser Blick. An wenigen

Orten der Insel konnte man die Kraft der Naturgewalten so unmittelbar spüren und miterleben wie am Dünenkamm am offenen Meer.

»Wie schön es sein muss, hier zu wohnen, oder?«, fragte ich Peer. »Ich könnte mir vorstellen, dass man anders lebt, wenn das hier Alltag ist.«

»Absolut. Wobei es ja leider immer weniger dieser echten Insulaner gibt, für die das Alltag ist. Die meisten dieser Häuser sind inzwischen wahrscheinlich im Besitz von Menschen, die einfach genug Geld haben, sich diesen Traum zu erfüllen, ohne diesen Ort wirklich zu nutzen.«

»Der Kreis derer, die schon immer hier leben, wird immer kleiner und weicht dem Geld. Traurig«, stellte ich fest. »Aber zum Glück gibt es sie noch. Wie deine Oma. Sie ist so süß. Du kannst sehr stolz auf sie sein«, stellte ich anerkennend fest. Er lächelte liebevoll.

»Danke, ja. Sie ist toll. Besonders mit Levke ist sie so herzlich und die Omi, die sich jedes Kind wünscht.«

»Und noch dazu eine mit einem Bonbonladen! Das klingt fast nach Schlaraffenland.«

»Ja.« Er lachte leise. »Die Kleine liebt natürlich Süßes. Und auch das Bunte und Märchenhafte ist voll ihr Ding!«

Wir bogen von der Landstraße ab und folgten der holprigen Strecke Richtung Ellenbogen.

»Und jetzt ist Levke mit im Laden? Geht das denn? Es ist doch sicher gut zu tun, oder?«

»Heute stand auf jeden Fall erst mal Oma-Zeit an. Alva hat eine Mitarbeiterin und daher Unterstützung im *Zuckerhüs*. Sie ist heute auch da, sodass Alva sich jederzeit ausklinken kann. Levke will unbedingt bei ihr bleiben, solange ich noch mal nach Hamburg fahre.« Peer lächelte liebevoll.

»Ach, klasse. Toll, dass deine Tochter so entspannt hier auf Sylt bleibt, wenn du wegfährst. Ich hab zwar selbst keine Kinder, aber selbstverständlich ist das ja nicht, oder?«

»Sie ist tough. Schon immer gewesen. Außerdem liebt sie Alva so sehr. Das hier ist wie ihr zweites Zuhause.«

»Schön. Ein großes Glück.«

»Die Kleine tut Alva gut und umgekehrt.« Irgendwas an der Art, wie er das sagte, wirkte, als mache er sich Sorgen um seine Oma. Es erschien mir aber indiskret, danach zu fragen.

Mittlerweile hatten wir das Häuschen passiert, an dem man eine Gebühr für diesen Bereich am nördlichsten Punkt Deutschlands bezahlte, und fuhren auf den Parkplatz zu, der ganz am Ende der Straße lag. Kurz mussten wir warten, weil zwei Schafe in aller Gemächlichkeit die Straße überquerten. Sie trotteten langsam in die Mitte der Fahrbahn, hielten an, um uns mit einem stoischen Blick zu mustern, und taperten dann erst weiter in Richtung der Landschaft zur Wattseite hin. Es war ein beruhigend idyllisches Bild, und Peer rang sich ein Lächeln ab beim Anblick der Tiere, bevor er mit nachdenklicher Miene seinen Weg fortsetzte.

Ganz am Ende der Straße parkte Peer den Wagen, und wir stiegen aus.

Wir liefen hinunter zum Wasser. Unseren Spaziergang starteten wir auf der Wattseite, um von dort aus über die Spitze der Insel zur Westseite und dort, am Strand entlang, wieder zurück zum Parkplatz zu laufen.

»Alles okay bei dir?«, fragte ich, als Peer lange nichts gesagt hatte. »Du wirkst sehr nachdenklich, willst abreisen ...«

»Das stimmt.« Er seufzte, als koste es ihn Überwindung, die folgenden Worte auszusprechen. »Leider sieht es danach aus, als müsste das *Zuckerhüs* in absehbarer Zeit schließen. Ich suche im Moment nach einem anderen Weg, aber so leicht ist es leider nicht. Alva ist nicht mehr die Jüngste, ich habe meine Tochter in Hamburg. So gerne ich einfach hierherziehen würde, um für Alva da zu sein und sie im Zweifel im Laden zu unterstützen, weiß ich nicht, wie ich das umsetzen sollte.«

Ich war schockiert, dass meine Befürchtungen stimmten.

»Ich muss einfach zu Hause auch einiges regeln. Und nicht alle Entscheidungen treffe ich ganz allein. Deshalb fahre ich auch jetzt noch mal nach Hamburg.« Peers Ausführungen blieben vage.

»Das klingt nach Stress.«

»Im Moment ist es viel, das stimmt. Aber lass uns über was anderes reden. Was ist mit dir? Wie geht es für dich weiter?«

»Mein Traum hier auf der Insel ist vorerst geplatzt. Den Makler habe ich bereits informiert, dass es nicht zum Termin kommt.«

»Auch kein leichter Anruf bestimmt, oder?«

»Es ging. Irgendwie hat es mich ziemlich angestrengt, nicht zu wissen, wohin die Reise geht, und zwischen Hoffnung und Ernüchterung zu schwanken. Da war es sogar eher befreiend, dass ich nun eine Entscheidung getroffen habe.« Ich schaute über das Meer, was hier ruhig und unaufgeregt in seichten Wellen an Land plätscherte. Meine Augen folgten einer Fähre, die Richtung Dänemark steuerte. »Meine Freundin Insa hilft mir sehr. Sie hat irgendwie immer eine Lösung. In ihren Augen liegt in allem, was nicht rundläuft, eine Chance. Alles soll so kommen, wie es kommt. Und das ist ja wirklich unheimlich beruhigend. Es gibt mir auch das Gefühl, dass ich es selbst in der Hand habe und agieren muss, um die Dinge in eine bestimmte Richtung zu lenken – richtig gegen falsch abzuwägen. Mit dem Maklertermin im Hinterkopf war das nicht so. Dadurch hatte ich das Gefühl, in der Luft zu hängen, zwischen den Plänen mit meinem Ex und dem, was ohne ihn sein könnte. Ich sollte offenbar hierherkommen, um zu erkennen, dass mein Ex tatsächlich keinerlei Pläne mit mir hatte, die er wirklich umsetzen wollte«, erkannte ich. Ich lachte und merkte, es klang kehlig vor lauter Sarkasmus. »Nun bin ich hier und hoffe darauf, dass sich an diesem zauberhaften Ort dennoch eine Tür öffnet, die ich vielleicht sonst gar nicht entdeckt hätte.«

»Du bist ein sehr positiver Mensch, Marla.« Anerkennend lächelte Peer mich an, und ich erwiderte sein Lächeln, dankbar, dass der leichte Wind die Röte in meinem Gesicht gleich ein wenig herunterzukühlen schien.

Es fühlte sich gut an, hier so neben diesem Mann am Wasser entlangzulaufen. Nur wenige andere Leute gingen gerade spazieren, was ich bei diesem traumhaften Wetter kaum verstand.

»Ich freue mich, dass wir uns noch getroffen haben«, fuhr er fort. »Schön, dass du so spontan Zeit hattest.«

»Das passte super! Ehrlich gesagt, finde ich es sehr schade, dass du wieder abreist. Ich hatte gehofft, euch im *Zuckerhüs* demnächst öfter besuchen zu kommen. Süßes soll ja gut sein gegen Kummer und Stress. Und auf den ersten Blick schien deine Oma da etliche passende Gegenmittel bereitzuhalten.«

»Ich hoffe, dass ich bald wieder hier sein werde. Und Alva freut sich jederzeit, wenn du vorbeikommst. Da kannst du dir sehr sicher sein!«

»Das mache ich auf jeden Fall!« Es war so traurig, was er über die Bonbonmanufaktur gesagt hatte. Aber mir stand es nicht zu, als Außenstehende seine Entscheidungen zu beurteilen.

Je näher wir dem Ellenbogen kamen, desto stärker spürte ich den Wind im Gesicht. Er war nicht kühl oder störend, weil die Sonne parallel unermüdlich schien. Eher tat der erfrischende Luftzug als kleine Abkühlung gut.

»Vielleicht haben wir Glück und sehen einen Seehund«, überlegte Peer.

An der Spitze blieben wir stehen und ließen das Rauschen des

Meeres, welches hier deutlich unruhiger war als bisher auf unserem Spaziergang, auf uns wirken. Sonnenstrahlen zauberten ein glänzendes Lichtspiel auf das Wasser. Als tanzten Tausende kleiner Diamanten über das Meer. Der Anblick war eine Wohltat für die Seele. Weit und breit konnte ich jedoch keinen Seehund entdecken.

»Kein Seehund und keine Robbe in Sicht«, stellte ich fest, nachdem ich die funkelnde Wasseroberfläche mit Blicken abgesucht hatte.

»Lass uns weitergehen, manchmal sind sie auch hier an der offenen Seeseite unterwegs«, schlug Peer vor. Schon wenige Meter weiter erkannten wir, dass er tatsächlich recht behalten sollte. An einer Stelle wurden wir durch ein dickes Tau ausgebremst, welches wie ein Zaun über einen Strandabschnitt gespannt war. Auf einem Schild, das an einem Pfosten angebracht war, war ein Seehund abgebildet. Darüber stand: *Achtung, rastende Robbe!*. Es bat die Spaziergänger mit Nachdruck, Abstand zu dem Seehund zu halten und auch die Hunde anzuleinen, damit das Tier nicht gestört wurde. Ebenso sollte dies auch die Hunde vor Gefahren schützen. Der Biss eines Seehundes konnte Krankheiten übertragen. Außerdem war eine Rufnummer notiert, die man wählen sollte, wenn man vermutete, dass ein Tier Hilfe benötigte.

»Ich dachte, dass diese Rücksichtnahme selbstverständlich wäre«, sagte ich. »Ist hier am Ellenbogen nicht sowieso überall Leinenzwang? Schon allein wegen der vielen Schafe?«

Peer nickte und zog die Schultern hoch. »Da dieses Schild hier steht, sind derlei Hinweise offenbar notwendig«, mutmaßte er. »Es wird wohl einige Vorfälle im Jahr geben, in denen die Hunde hier freidrehen. Oder die Menschen.« Er grinste bedauernd.

»Schön, dass die Robben hier am Ellenbogen ein eigenes kleines Refugium haben, um Kraft zu tanken. Das gefällt mir.«

»Absolut. Ein Wohlfühlort. Offenbar auch für die Tiere. Mir geht's hier auch gleich viel besser.« Peer lächelte und schaute mich an. Seine dunkelbraunen Haare wehten im Wind und umspielten sein attraktives Profil. Er sah wirklich sehr gut aus. Ich konnte nicht genau sagen, was es war. Irgendwas an seinem Ausdruck sprach von Abenteuer und Unerschrockenheit. Irgendwie ernsthaft, aber dabei auch ganz liebevoll, was untermalt wurde durch sympathische Lachfältchen rund um Mund und Augen. Die aktuell eher wilde Frisur, die das Gel kaum noch bändigen konnte, gab seiner Mimik etwas leicht Verträumtes, fast schon Melancholisches.

Kaum waren wir um die Spitze der Insel gebogen, spürte man sofort den stärkeren Wind der offenen See. Durch das gute Wetter konnte man weit sehen. In einiger Entfernung erkannte ich sich drehende Windräder eines Windparks. Hier auf dieser Seite begegneten wir niemandem mehr. Die Stimmung war besonders.

»Da mag man gar nicht abreisen«, bemerkte Peer mit Blick über den Strand und das Wasser.

»Aber es klang so, als würdest du bald wiederkommen.«

»Ja, das ist mein Plan. Hier gibt es auch einiges zu besprechen und zu regeln. Das ist wichtig. Außerdem lasse ich Levke ja auch hier und muss sie irgendwann wieder abholen.«

»Das freut mich. Also, dass du bald wieder auf Sylt bist.« Ich spürte, wie Peer mich von der Seite anschaute, und suchte schüchtern einen Punkt in der Ferne.

»Ich freue mich auch. Und die Themen liegen mir auch sehr am Herzen. Also sei dir sicher: Ich bin so schnell wie möglich zurück.«

Wir setzten unseren Weg in Richtung Auto fort, dabei wäre ich am liebsten noch kilometerweit neben Peer hergelaufen. Seine Gesellschaft tat mir gut, und unsere Gespräche waren so voller

Respekt und aufrichtigem Interesse, dass ich sie sehr genoss. Doch er hatte vor seiner Abreise noch einiges zu erledigen und wollte Levke und Alva auch nicht zu lang allein lassen – dazu hatten sie in den nächsten Tagen ja noch genug Zeit.

Wir klopften am Parkplatz den Sand von unseren Füßen ab, kamen am Auto an und stiegen ein.

»Kennst du die wohl schönste Aussichtsplattform der Insel?«, fragte mich Peer, und ich hob die Schultern.

»Die Uwe-Düne?«, war meine erste Assoziation.

»Die ist auch wunderschön, das stimmt. Aber die meine ich nicht. Ganz hier in der Nähe, kurz vorm Ortseingang von List, gibt es den sogenannten *Dünenbalkon*.«

Irritiert schüttelte ich den Kopf. »Nein, das sagt mir in der Tat nichts.«

»Wenn du die halbe Stunde noch hast, zeig ich ihn dir. Wir müssen nur einen kleinen Schlenker über List fahren und vorm Ort einmal kurz haltmachen und einige Treppenstufen hinaufkraxeln. Aber ich verspreche dir, das lohnt sich.«

»Da bin ich mir sicher. Klar hab ich die Zeit noch! Ich bin gespannt. Aber wolltest du nicht bald schon losfahren?«

»Alva hat noch Abendbrot vorbereitet, das will ich noch mit den beiden essen, und dann starte ich. Abends sind die Züge auch relativ leer – und hoffentlich auch die Straßen.«

»Ich hab mir überlegt, noch was zum Abendessen zu kaufen und dann auf Insas Terrasse mit ihr den Abend ausklingen zu lassen. Ein bisschen Brot, ein paar Dips oder Salate. Es ist so schön sommerlich, da geht das gut, und ich freue mich richtig drauf.«

»Hast du bestimmte Ideen? Hier am Lister Hafen gibt's so feine Dinge. Da kaufe ich so was gerne ein. Wenn wir eh noch zum *Dünenbalkon* wollen, ist das kein Umweg.«

»Gute Idee!« Peer lächelte, und ich freute mich, noch einen

kleinen Umweg mit ihm zu fahren und mehr Zeit gemeinsam zu verbringen.

Peer suchte kurz hinter dem Ortsschild von List, Sylts nördlichstem Ort, der unweit des Ellenbogens lag, einen Parkplatz und wurde schnell fündig.

Wir stiegen wieder aus und liefen einige Meter den Fußweg entlang bis zu einer Holztreppe.

»Ich hoffe, du bist noch nicht allzu k. o.? Ein paar Stufen sind es schon bis zum atemberaubenden Ausblick über die Dünenlandschaft.«

»Wo denkst du hin! Das lasse ich mir nicht entgehen«, erwiderte ich lachend und trat mit energischem Schritt voran. Der Anstieg war nach der Runde am Ellenbogen zwar in meinen Beinen spürbar, bot aber schon auf den kleinen Zwischenstationen so viele wundervolle Aussichten, dass sich jeder Schritt lohnte.

Wir liefen den hölzernen Steg entlang, bis sich uns, einige Stufen hinab, eine Aussichtsplattform mit Bänken präsentierte. Wir traten hinunter und genossen den unvergleichlichen Blick über die Weite des Listlandes.

Peer zeigte in eine Richtung. »Hier kannst du, wenn das Wetter so klar ist wie heute, bis zum Ellenbogen schauen, wo wir gerade waren. Manchmal sieht man sogar Rømø am Horizont.« Dann drehte er sich wieder zurück. »Aber mich persönlich fasziniert diese Aussicht – das grandiose Panorama der Dünenlandschaft.«

»Da stimme ich dir uneingeschränkt zu! Danke, dass du mir diesen Ort gezeigt hast. Hier werde ich heute nicht das letzte Mal gewesen sein! Wow! Einfach stark! Und diese Farben!«

»Wir haben mit unserem Besuch hier wohl eine der schönsten Zeiten abgepasst. Gerade blüht die Heide und taucht die Landschaft in ein fantastisches Lila.«

Peer schloss die Augen und sog die Luft tief ein. »Dieser Duft! Ich wünschte, ich könnte ihn mit nach Hause nehmen.«

»Absolut«, gab ich ihm recht, und wir standen eine Weile einfach so da und bestaunten die überwältigende Natur um uns herum.

»Lass uns mal weiterfahren«, schlug ich irgendwann vor. »Auch wenn es mir schwerfällt. Aber du sollst keinen Stress mit der Zeit bekommen, und der Stopp am Hafen wird ja auch noch ein paar Minuten in Anspruch nehmen.«

»Ich hoffe, wir bekommen noch Gelegenheiten, unseren Weg auszudehnen. Ich habe noch so viele Traumorte in petto, die ich dir zeigen könnte«, sagte Peer, und ich nickte nur lächelnd. Ich war mir sicher, er sah mir mein Herzklopfen an.

Kurz darauf, vorbei an der Eismanufaktur, an der ich zu gerne ebenso noch angehalten hätte, waren wir bereits an unserem nächsten Zwischenziel angekommen.

Peer parkte den Wagen auf dem großen Parkplatz am Lister Hafen, und wir gingen zur Bootshalle, wo uns eine geschäftige Atmosphäre und der Duft vielfältiger Köstlichkeiten aus dem kleinen Grillwagen empfing, der davor stand und in dem Garnelen zubereitet wurden. Mir lief direkt das Wasser im Mund zusammen.

Peer kannte sich sehr gut aus mit verschiedenen Arten von Zubereitungen diverser Soßen oder Fisch-Salate. Es klang, als sei er ein guter Koch.

»Du sprichst wie ein Vollprofi«, stellte ich anerkennend fest. »Kochst du viel?«

»Viel und gerne, ja. Eine kleine Leidenschaft von mir«, gab er zu.

»Das ist toll! Ich esse viel und gerne – wie passend!« Wir lachten.

Als ich die kleine Auswahl, die wir gemeinsam zusammengestellt hatten, bezahlte, kaufte Peer noch eine Flasche Prosecco.

Wir schlenderten noch eine Runde durch die Ladenzeile der Bootshalle, wo ich einen Blick in die Buchhandlung warf, bevor wir dann wieder zum Auto gingen. Zu lange sollten die Salate bei diesem sommerlichen Wetter lieber nicht ohne Kühlung sein.

Auch der Rückweg neben Peer im Auto fühlte sich so gut an, ich wäre am liebsten direkt weiter bis nach Hörnum gefahren, und der Gedanke daran, dass er abreisen würde, gefiel mir gar nicht.

In Kampen an meinem Auto angekommen, stieg Peer mit aus, reichte mir die Tüte mit den Soßen und Salaten, und dazu auch die Flasche Prosecco.

»Für euren Abend. Ich hoffe, er schmeckt euch.«

»Oh, wie lieb von dir!« Ich wurde ein kleines bisschen rot. Die Geste war sehr aufmerksam. »Da sage ich, auch im Namen von Insa, schon einmal herzlichen Dank!«

»Freut mich. Ich hoffe, wir können, wenn ich wieder hier bin, auch einmal abends ein Glas zusammen trinken. Wie lange wirst du denn eigentlich hier sein?«

»Ach ...« Ich machte eine vage Handbewegung. »So recht weiß ich es ehrlich gesagt gar nicht. Zu Hause war alles für den Umzug vorbereitet. Im Prinzip könnte der Wagen so hier ankommen. Viel gibt es nicht mehr, was mich dort erwartet. Aber solange ich nicht weiß, was beruflich ansteht und wo ich hier langfristig wohnen kann, muss ich in alle Richtungen denken und mir die Hintertür in die Heimat auch offen lassen.« Ich dachte an die Wohnung meiner Mutter, welche ich ja immer als Back-up behalten würde. »Einem gemeinsamen Abend steht auf jeden Fall nichts im Wege, wenn du dir nicht allzu viel Zeit mit deiner Rückkehr lässt.« Ich lächelte Peer von der Seite an, und er drehte sich zu mir um.

»Ein Grund mehr, so schnell wie möglich zurückzukommen«,

sagte er, und ich senkte nervös den Blick. »Dann darf ich meiner Oma sagen, dass du sie bestimmt in den nächsten Tagen noch einmal besuchen kommst?«, fragte Peer, und ich grinste.

»Sehr gerne! Ich freue mich jetzt schon darauf! Das kannst du ihr ausrichten.« Sein Blick war dankbar.

»Auf bald, Marla.«

»Gute Fahrt! Auf dass dein Auto dich nicht wieder im Stich lässt.«

Peer lachte. »Oh, ja! Stimmt. Das kam allerdings seitdem nicht wieder vor. Aber ich denke im Rückblick, nichts Besseres hätte passieren können.«

Ich errötete. »Das sehe ich genauso, Peer. Melde dich doch, wenn du gut zu Hause angekommen bist.«

»Das mache ich. Lieb, dass du das sagst.« Er schaute mich an, mit einem Blick, den ich kaum deuten konnte. Unsicherheit, aber auch ein zartes Funkeln lagen darin. Er trat einen Schritt auf mich zu und umarmte mich.

Nervös erwiderte ich die Geste und nahm dabei seinen angenehm dezenten Duft nach Feige und Holz wahr. Für eine Sekunde schloss ich die Augen. Dann löste er sich auch schon wieder von mir, und ich sehnte seine Berührung sofort zurück.

Er öffnete die Fahrertür, stieg ins Auto und fuhr mit einem letzten Winken davon. Auch wenn wir uns erst so wenige Tage kannten, hatte ich gleich das Gefühl, dass er mir fehlen würde. Diese zarte körperliche Nähe zu ihm eben, selbst wenn es nur wenige Sekunden gewesen waren, hatte sich unwahrscheinlich gut angefühlt und viel zu kurz. Und ich meinte es ernst, dass es mir wichtig war, zu wissen, dass er heile angekommen war. Mir wurde warm ums Herz, und wie beflügelt stieg ich ins Auto.

Die Musik tat ihr Übriges, und während ich wieder zu Insa nach Archsum fuhr, horchte ich in mich hinein, wo, kribbelnd wie

Brausepulver im schönsten Sommer meiner Kindheit, unzählige Glückshormone tanzten.

Für den Moment war mein Freund genauso vergessen wie die Bilder des Ladens, welcher nun nicht unserer werden würde. Die Traurigkeit darüber wurde übermalt von einem Dauergrinsen und der Erinnerung an die pastellfarbene Bonbonmanufaktur, in die ich mich plötzlich träumte, um dort Peer zu besuchen.

Und nicht nur das. Mit einem Mal sah ich mich inmitten der bunten Köstlichkeiten, in der Küche, wo ich von Hand lange Stränge aus bunter, zuckriger Masse formte, die ich in kleine Plättchen schnitt, welche nach dem Aushärten erlesene Gaumenfreuden sein würden. Den dankbaren Blick von Alva auf meinen Händen, die überglücklich darüber war, dass es doch einen Menschen gab, der ihre Leidenschaft weiterleben ließ.

Ein drängelndes Hupen vom Fahrzeug hinter mir riss mich aus meinen Träumereien. Entschuldigend hob ich eine Hand und fuhr an.

Insa wartete zu Hause schon auf mich.

»Na, endlich! Mein Magen hängt schon fast in den Kniekehlen! Lass uns direkt was essen«, flehte sie.

»Ich habe ein paar feine Dinge besorgt, mit denen wir es uns hier auf deiner Terrasse gemütlich machen können.«

»Echt? Na, ganz wunderbar!« Insas neugieriger Blick in meine Tüte ging hin zu der Flasche Prosecco, die ich kurzerhand in meine große Handtasche gesteckt hatte.

»Oh, was sehe ich da? Das verspricht ja ein lustiger Abend zu werden!« Sie kicherte.

Ich zog die Flasche hervor. »Mit besten Grüßen von Peer«, erklärte ich und konnte nichts tun gegen das breite Grinsen in meinem Gesicht. »Fehlt nur ein wenig Eis, und dann kann es losgehen.«

»Nichts leichter als das!« Insa holte eine Packung Eis aus dem Tiefkühler, dazu Gläser, Teller, Besteck und Servietten. Sie schob ein Baguette zum Aufbacken in den Ofen. Insa hatte außerdem verschiedene Brotsorten eingekauft, weil sie bereits ein ähnliches Abendessen im Sinn gehabt hatte. Die Wurst und der Käse, die sie dafür vorgesehen hatte, ergänzten eine Auswahl an Dips, Salaten und Fisch perfekt. Wir deckten den Tisch auf der Terrasse, zündeten Kerzen im Windlicht dazu an und legten Kissen in den Strandkorb. Dazu eine Decke, weil wir sicher noch einige Zeit draußen sitzen würden, wenn es bereits kühler wurde.

Es war so gemütlich auf der kleinen, von einem Friesenwall umgebenen Terrasse. Peer hatte mich hervorragend beraten. Die Salate schmeckten super, und auch die Soßen und Dips harmonierten klasse mit dem Fisch und den verschiedenen Brotsorten. Der Duft der blühenden pinkfarben im letzten Abendlicht leuchtenden Sylter Rosen umarmte uns, und ich fühlte mich unendlich wohl.

7.

»Nun erzähl mir aber bitte einmal, wie wir zu der Ehre gekommen sind, eine Flasche Prosecco von Peer zu bekommen? Habt ihr euch zufällig getroffen, und er hatte spontan ein wenig Prickelwasser dabei?« Mit einem vielsagenden Grinsen schaute sie mich an. »Wollte er dich zu einem romantischen Date entführen, woraufhin du ihm die Flasche abgenommen hast, ihm dann aber, über die Schulter winkend, erklärt hast, dass *wir beide* leider bereits verabredet sind und das absolute Priorität hat?«

Ich lachte verlegen. »Nein. Ganz so war es nicht. Er rief an, um mich zu fragen, ob wir eine Runde spazieren gehen wollen. Das haben wir dann getan. Am Ellenbogen – und es war wirklich herrlich!« Verklärt schwenkte ich das Glas in meiner Hand, als wäre es ein guter Wein, der atmen muss. »Dann hat er mir noch den *Dünenbalkon* gezeigt. So ein toller Blick! Warst du schon dort?«

»Ich hätte dich zeitnah auch dorthin entführt – da kam er mir zuvor!« Insa nickte strahlend.

»Die Flasche Prosecco hat er dann gekauft, als wir am Lister Hafen waren, nachdem ich erzählt hatte, dass ich es mir mit dir bei einem kleinen Dinner auf der Terrasse gemütlich machen will.«

»Hey, das klingt ja nach einem bezaubernden Beginn von etwas Wunderschönem! Wie aufmerksam von ihm!«

»Langsam«, bremste ich Insa aus und schüttelte zaghaft den Kopf. »Anlass seines Anrufes war zwar der Spaziergang, allerdings wollte er sich da von mir verabschieden.«

»Nein!« Insas Blick war enttäuscht. »Sag jetzt nicht, dass wir, gerade am Anfang der Geschichte, schon am Ende angekommen sind!«

Ich lehnte mich zurück und zog die Schultern hoch. »Keine Ahnung! Ich hoffe es nicht. Aber ich weiß es leider genauso wenig.«

»Warum will er denn wegfahren? Ist er nicht eben erst gekommen?«

Ich brachte Insa auf den neusten Stand der Dinge, und uns kam der Gedanke, dass seine Abreise etwas mit etwaigen Verkaufsgesprächen zu tun haben könnte. Womöglich gab es deshalb Streit mit Alva, weshalb er angedeutet hatte, dass Zeit mit ihrer Enkelin Alva guttun würde. Auch hatte er davon gesprochen, dass er Entscheidungen nicht allein treffen konnte. Diese könnten auch den Verkauf betreffen, was ebenso der Grund für seine Abreise sein könnte.

»Ich glaube ja nicht, dass sie verkauft«, vermutete Insa. »Das kann ich mir einfach kaum vorstellen.«

»Dass sie das *will*, glaube ich auch nicht. Aber wenn ihr die Arbeit langfristig einfach zu viel wird, muss sie sich womöglich zur Ruhe setzen. Es ist ja schon ungewöhnlich, dass sie überhaupt so lange im Laden steht. Unter normalen Umständen wäre sie schon seit zehn Jahren in Rente.«

»Das mag sein. Sich dann einzugestehen, dass der Punkt erreicht ist, an dem es nicht mehr geht, ist ja auch echt ein Schritt.« Nachdenklich legte Insa die Stirn in Falten. »Das kommt sicher häufiger vor, dass Familienmitglieder bei so was aneinanderrasseln. Vielleicht hat sie gehofft, dass jemand aus der Familie das

Zuckerhüs weiterführt, was aber nicht klappt oder so, und sie streiten deshalb? Ich hätte schwören können, da war auch irgendwann noch mal wer anders im Laden. Kann aber auch eine Aushilfe gewesen sein. Alva erzählte ja davon.«

Ich zuckte die Schultern. »Möglich. Peer sagte auch, dass sie Unterstützung hat. So weit bin ich da noch nicht im Thema. Geht mich ja auch nichts an. Ich möchte sie so oder so aber gerne bald wieder besuchen. Sie war so herzlich, und ich fand den Laden wirklich fantastisch!«

»Das mach mal unbedingt! Und vielleicht bietest du ihr einfach direkt an, bei ihr zu jobben. Dann wirst du schon erfahren, was Sache ist in der Bonbonmanufaktur.«

Ich lachte auf. »Ja, und Peer hasst mich dann womöglich, weil ich mich in seine Familienangelegenheiten einmische.«

Bedauernd hob Insa die Handflächen. »Man kann nur einen Tod sterben, Liebes!« Ich knuffte sie in die Seite, sie legte den Arm um mich, und ich lehnte den Kopf an ihre Schulter. »Ach, Insi, was ist grad bloß los bei mir?«, fragte ich, ohne wirklich eine Antwort zu erwarten.

Insa strich mir über den Oberarm. »Nun, du bist seit wenigen Tagen in einer Beziehungskrise, wenn man überhaupt noch von einer Beziehung sprechen kann, arbeits- und heimatlos, und nun auch noch frisch verliebt in einen Mann und eine kleine Bonbonmanufaktur. Wenn du mich fragst, klingt das nach einem hervorragenden Plan für den perfekten Sommer! Das hat Potenzial für ein zuckersüßes Sylter Sommermärchen, glaub mir!«

»Meinst du?« Ich blickte in den blauen Himmel, der sich gen Westen hin lila verfärbt hatte und die Dämmerung ankündigte. »Also verliebt klingt jetzt so hoch gegriffen«, setzte ich an. Insa sah mich prüfend an.

»Nun, dem Zustand ›angehender Single ohne Wohnung und

Job‹ muss meiner Meinung nach zwingend etwas Grandioses gegenüberstehen! Was bietet sich da besser an als eine neue Liebe? Noch dazu in Form des Enkelsohnes einer Bonbonmanufaktur-Besitzerin.« Insa lachte leise. »Vertrau mal dem Schicksal, Marla! Das regelt das schon für dich!«

»Ach so! Na, bisher hat es eher für Chaos in meinem Leben gesorgt, wenn du mich fragst«, bemerkte ich mutlos.

»Nein! Du siehst grad nur noch nicht, was das alles zu bedeuten hat. Glaube mir, irgendwann schaust du zurück und wirst feststellen, dass all das, jeder kleine Schritt und jede Enttäuschung, genau so hatte passieren müssen! Ich weiß das!«

»Ich wäre sehr froh, wenn das so ist, Insa.« Liebevoll strich ich meiner Freundin über die Wange. »Wenn es stimmt, dass alles so sein soll, dass ich allein auf die Insel komme, dass ich Peer hier begegne, dann lasse ich das doch einfach mal auf mich zukommen.«

»Das solltest du auch! Denn egal, was passiert – es wird auch dann nicht anders kommen, wenn du dir vorher schreckliche Sorgen gemacht hast. Nur dass deine ganzen Kraftreserven schon im Vorfeld aufgebraucht sind, weil du tagelang mit dem Regenschirm durch die Sonne gerannt bist und auf die ersten Tropfen des Gewitters gewartet hast.«

»Das weiß ich ja und gebe dir vollkommen recht. Aber dennoch ist es in der Theorie deutlich einfacher, sich keine Gedanken zu machen, als in der Praxis.«

»Absolut. Aber dafür, dass dir das gelingt, bin ich ja da und fange dich jederzeit auf, wenn du strauchelst. Sieh es positiv! Durch das ganze Dilemma mit Johann bist du hier bei mir gelandet, und wir haben nun die Chance, deinem Leben gemeinsam die Richtung zu geben, die es unbedingt braucht. Ist das nicht ein ganz wunderbarer Gedanke?«

»Ein ganz wunderbarer, ja!« Ich lächelte, als Insa mich mit großen Augen voller Optimismus anschaute. »Wie machst du das nur, Liebes? Du bist der lebensbejahendste Mensch, den ich kenne!«

»Weil nichts anderes helfen würde und ein Nein viel mehr Energie kostet«, erklärte Insa beiläufig, was für mich unheimlich weise klang. Während ich über ihre Worte sinnierte, kam sie bereits mit dem nächsten Vorschlag um die Kurve. »Jedenfalls finde ich, dass du Alva einfach morgen direkt noch mal besuchen solltest. Peer ist dann unterwegs, und du kannst dich ganz in Ruhe umschauen und einmal horchen, was da im Busche ist. Ich hab morgen früh noch ein Haus vorzubereiten. Das wird einiges an Zeit in Anspruch nehmen.«

»Ja, vielleicht mache ich das wirklich.« Insgeheim wunderte ich mich, dass Peer sich noch gar nicht gemeldet hatte. War er vielleicht nur später gestartet? Ich versuchte, mir noch keine Sorgen zu machen, und hoffte, dass er nicht vergessen hatte, sich bei mir zu melden.

Wir ließen den Abend langsam ausklingen, bis der Wind sich, trotz Decke und schützenden Strandkorbes, zu kühl anfühlte, als dass man entspannt weiter draußen sitzen konnte.

Ich war froh, als ich mich schließlich unter die weiche Daunendecke meines gemütlichen Bettes kuscheln konnte. Dort lag ich noch einige Zeit, ließ die Bilder des vergangenen Tages vor meinem inneren Auge passieren und staunte. Vor allem, dass ich Peer hier getroffen hatte, war etwas, was mich gerade richtig glücklich machte. Unterstrichen wurde dieses freudige Herzklopfen, als er mir tatsächlich eine Nachricht schrieb: *Nach einigen Staus und unsäglichen Umleitungen bin ich endlich in Hamburg gelandet. Danke für den tollen Nachmittag. Ich freue mich schon jetzt auf ein Wiedersehen bei meiner Rückkehr.*

Nervös tippte ich eine Antwort: *Ich freue mich ebenso sehr darauf. Danke noch mal für den Prosecco, auch von Insa.*

Zurück kam ein *Gerne* und ein lächelnder Smiley. Freundlich, aber nicht aufdringlich. Zufrieden drehte ich mich in die Decke ein, schloss die Augen und hoffte, etwas Schönes zu träumen.

Als ich am nächsten Morgen, statt wie sonst gegen sieben, erst um elf Uhr wach wurde, wusste ich sehr zu schätzen, wie rücksichtsvoll Insa morgens beim Aufstehen war. Sie hatte für die Zeit, in der ich hier schlief, ihren Laptop im Wohnzimmer stehen, sodass sie, selbst wenn sie spätabends oder frühmorgens noch arbeiten musste, nicht in mein Zimmer musste. So fühlte ich mich erholt wie lange nicht, und der wieder wolkenfreie, strahlend blaue Himmel ließ mich direkt zuversichtlich in den Tag starten.

Nachdem ich geduscht und mich angezogen hatte, las ich meine E-Mails. Eine kam von einem der Läden, die Personal suchten. Man hätte Interesse an einem Kennenlernen und hatte der E-Mail direkt einen Terminvorschlag beigefügt, der in zwei Tagen war. Ein erster Lichtblick in beruflicher Hinsicht, über den ich mich freute. Meine Antwort fiel dementsprechend positiv aus, und ich bestätigte den Termin. Die Mail klang freundlich und familiär, und ich freute mich auf das Kennenlernen.

Ein Frühstück auf der sonnenverwöhnten Terrasse von Insa sorgte zusätzlich für Glücksgefühle, und einzig der Gedanke daran, nun nicht mehr spontan von Peer zu einem Spaziergang eingeladen zu werden, trübte meine Laune. Eine Nachricht von ihm, in der er mir einen sonnigen Tag wünschte und sich erkundigte, was ich heute vorhatte, freute mich wiederum besonders.

Lieben Dank! Ich kann es kaum erwarten, deine Oma im Zuckerhüs zu besuchen, antwortete ich. Mit diesem Gedanken räumte ich den

Tisch ab und machte mich, diesmal mit dem Fahrrad, auf den Weg nach Keitum.

Es war zwar sommerlich schön, aber noch nicht allzu warm. Perfektes Radfahrwetter.

Vorbei an den Salzwiesen, teilweise am Watt entlang, nur begleitet vom sanften Wind und vereinzelten Vögeln, erreichte ich bald Keitum. Dort stellte ich das Rad am Parkplatz ab und ging den Rest des Weges zu Fuß. Es war so viel los, dass das Fahrradfahren in den schmalen Straßen, zwischen vielen Autos und etlichen Fußgängern, keine große Freude war. Der Weg zu Fuß war hier die entspanntere Wahl.

Ich schlenderte eine Gasse entlang, wo ein wunderschöner Laden mit dem Namen *Zurück zum Glück* lag, der in etwa dem entsprach, was ich mir für unseren vorgestellt hatte. Ich seufzte und bestaunte die Auslage in den kleinen Butzenfenstern. Vielleicht sollte es ein kleiner Trost sein, dass ich ausgerechnet hier vorbeikam und feststellte, dass es auf Sylt bereits einen solchen Laden und damit eine große Konkurrenz gab. Dafür, hineinzugehen, war es mir jedoch noch zu früh, und der Gedanke, den Laden anzuschauen, fühlte sich schmerzhaft an.

Aber lange verweilte ich nicht in dem Grübelsog, weil mich schon bald das pastellrosafarbene Schild mit der wie handschriftlich gezeichneten Aufschrift *Zuckerhüs* empfing. Auf der weißen Holzbank davor saßen zwei Herren, die sich angeregt unterhielten. Zu ihren Füßen lag ein schlafender Hund, und es standen bereits einige Tüten neben ihnen. Ich schmunzelte, weil ich mir gut vorstellen konnte, dass ihre Partnerinnen ihre Einkaufstour gerade im *Zuckerhüs* fortsetzten, was sicherlich zu einem Zuwachs der Einkaufstaschen führen würde.

Ich trat ein und sah erst jetzt, wie gut der Laden besucht war. Der Raum war erfüllt von zufriedenem Lachen und Stimmengewirr. Einige Leute schauten sich um, stöberten in den Regalen nach dem perfekten Mitbringsel oder stellten sich ihre persönliche Lieblingsauswahl zusammen. Beim Duft der zuckrigen Produkte und dem Anblick der kunterbunten Zauberwelt, an dem ich mich noch immer kaum sattsehen konnte, hüpfte mein Herz.

Hinter der Kasse stand eine Frau mittleren Alters, wahrscheinlich Alvas Mitarbeiterin, die alle Hände voll zu tun hatte. Alva packte gerade ein paar Bonbongläschen und -tüten in Papiertüten, auf die der Schriftzug des *Zuckerhüs* gestempelt war.

»Marla«, freute sie sich, als sie mich sah. »Wie schön, dass du vorbeischaust! Gleich habe ich auch Zeit für dich!« Sie lächelte liebevoll entschuldigend.

»Alles gut! Ich guck mich gerne erst mal um.« Alva winkte und widmete sich wieder ihrer Kundin.

Ein kleines Schälchen mit verschiedenen Sorten zum Probieren stand neben einem der Regale. Ich legte mir mit einer Zange ein rosafarbenes Herz in die Hand, steckte es in den Mund und ließ es auf der Zunge zergehen. »Mmh«, schwärmte ich. »Himbeer-Sahne!«

»Mein Lieblingsbonbon! Gute Wahl!« Die Frau, die eben noch an der Kasse gestanden hatte, war neben mich getreten und deutete lächelnd auf die Herzbonbons.

»Köstlich! Das ist auch genau mein Geschmack!« Ich nickte. »Dann haben Sie doch sicher weitere Tipps für mich.«

»Aber selbstverständlich!« Sie trat an eins der Regale, nahm ein Röhrchen in der Größe eines Reagenzglases heraus, dazu ein Tütchen aus einem anderen Regalfach. Außerdem entnahm sie mit der Zange einige herzförmige Marshmallows aus den Schütten, die sie in ein kleines Schälchen legte.

»Hier haben Sie eine erste Auswahl. Probieren Sie doch mal, was Ihnen davon gefallen könnte. Handgefertigt sind sie alle.

Diese sind außerdem vegan.« Sie zeigte auf das Reagenzglas und das kleine Tütchen. »Wir machen das gerne, dass wir diese Probiergrößen zusammenstellen, die wir kostenlos anbieten.«

»Wow«, staunte ich. »Was für ein Service. Das ist der Grund, warum ich gerne in kleinen, individuellen Läden wie Ihrem kaufe. Das bekommt man in keiner Kette oder einem x-beliebigen Supermarkt geboten. Ich finde das großartig! Und so vorausschauend«, stellte ich anerkennend fest.

Die Frau nickte. »So können wir sichergehen, dass der Kunde kauft, womit er zufrieden ist. Damit er gerne wiederkommt und uns vielleicht sogar weiterempfiehlt.«

»Das ist auf jeden Fall eine Strategie, die das sehr wahrscheinlich macht! Das finde ich toll!« Ich kicherte. »Nicht nur, weil ich so selbst gerade in den Genuss komme.«

Die Frau lächelte. »Nehmen Sie die mal mit und schauen Sie, was Ihnen am besten gefällt. Ich würde parallel auf einem Zettelchen noch die Namen notieren und den Geschmack dazu.«

»Oh, super! Tausend Dank! Sehr aufmerksam.« Das Herzbonbon, welches ich noch im Mund hatte, war jedenfalls ein hervorragender Start gewesen. »Von den Herzchenbonbons nehme ich ganz sicher gleich ein Gläschen mit. Und nicht nur die kleine Variante.«

Ich war ganz vertieft, all die Namen zu lesen, die Düfte wahrzunehmen und besonderen Formen zu entdecken, als Alva zu mir kam. Ihr Gang war nicht wie der, den ich mir für eine ältere Dame vorstellte. Leichtfüßig und flink wuselte sie durch den Laden. Hätte Peer mir erzählt, Alva sei seine Mutter, hätte ich das auch geglaubt.

»Marla, es ist schön, dass du da bist. Das ist doch mal ein erfreulicher Besuch bei uns.« Alva lachte mit einem so warmherzigen Klang, dass ich einstimmte.

»Ach, du bist Marla. Von dir habe ich bereits gehört. Ich bin übrigens Flora«, stimmte auch Alvas freundliche Mitarbeiterin lächelnd ein, bevor sie hinter dem Tresen verschwand, um die nächste Kundin zu bedienen.

»Deine Augen leuchten so, hat Flora dir was Schönes empfohlen?«, erkundigte sich Alva, und ich nickte begeistert.

»Oh ja! Nicht nur das! Ich habe direkt ein paar Probierbonbons bekommen.« Ich hob das Glas mit den Herzbonbons und die Liste mit den Namen der Sorten, die Flora mir notiert hatte. »Die hier nehme ich auf jeden Fall schon einmal.«

»Das freut mich!« Alva schaute sich um. Im Verkaufsraum war es wieder leerer geworden. »Ich wollte gleich mal in die Küche gehen und ein wenig Nachschub anfertigen. Vielleicht hast du Lust, mir dabei über die Schulter zu schauen?«

»Und wie! Wow! Wie toll! Ich freue mich riesig!« Kribbelnde Aufregung sprudelte in meiner Brust. Ich überlegte, wo Levke war. Womöglich spielte sie irgendwo oder hatte eine Freundin getroffen.

Alva machte eine einladende Handbewegung und bedeutete mir, ihr zu folgen.

»Flora, wir zaubern ein wenig«, rief sie ihrer Mitarbeiterin zu, und diese nickte.

»Ich rufe, wenn Land unter ist!«

Wir traten in die Küche, in die ich am Tag zuvor bereits durch das Fenster hineingespäht hatte.

»Ich finde das superspannend, dir hier bei der Arbeit zuschauen zu dürfen«, gestand ich. »Danke!«

»Ach, gerne! Hab gleich bei deinem ersten Besuch das Leuchten in deinen Augen gesehen. Da dachte ich mir, ich biete dir das direkt mal an.« Aus hellblauen Augen lächelte sie mich an. »Außerdem ist ein zweites Paar Hände hier drin immer gut.«

»Einfach toll!«

Alva legte sich eine Schürze um, reinigte ihre Hände und zog eine Haube über ihr Haar, welches sie in einer schicken, grauen Kurzhaarfrisur trug. Ich tat es ihr gleich und schlüpfte in die Schutzkleidung, die sie mir reichte.

»Es gibt verschiedenste Herstellungsmethoden für die unterschiedlichen Bonbons«, fing Alva an und deutete auf die bereitgestellten Zutaten. »Aber für alle fange ich gleich an. Ich gebe Wasser und Zucker in diesen Kupfertopf. So lange, bis sich der Zucker gelöst hat, rühre ich. Das Gemisch bringe ich zum Kochen. Die Temperaturen sind entscheidend. Die hab ich nach all den Jahren natürlich alle im Kopf. Und jeder Handgriff geschieht wie ferngesteuert. Mich könntest du aus dem Tiefschlaf wecken, und ich würde dir aus dem Stegreif alles über die Bonbonherstellung erzählen.« Ein leises Lachen folgte. »Für Flora steht es in unserem Kochbuch alles fein säuberlich dokumentiert. Denn all das Wissen nützt nichts, wenn ich darauf hocke und es nicht weitergebe.«

»Das ist eine tolle Einstellung. Bemerkenswert!«

»Ich muss diesen Schatz weitertragen, damit unsere Kunst nie stirbt.« Sie nickte, und in ihrem Nicken schwang Wehmut mit.

»Aber innerhalb deiner Familie hast du doch sicher deine Geheimnisse der Bonbonherstellung längst verraten, oder?«

Alva blickte mich an, dann zuckte ein Lächeln um ihre Lippen, gelangte aber nicht bis zu ihren Augen.

»Weißt du, man soll niemanden, der nicht mit vollem Herzen dabei ist, mit der Bürde alter Familientraditionen belasten, nur damit man selbst glücklich ist.« In ihrem Blick lag noch viel mehr als das, was sie sagte, doch sie schwieg. Ich stimmte ihr zu, woraufhin wir beide ein paar Minuten in Gedanken versanken und nur die köchelnde Masse betrachteten. Für mich klang es, als habe sie gehofft, jemand aus der Familie würde ihren Laden irgendwann übernehmen, aber keiner brannte so dafür, wie sie es tat. Ich zuckte fast ein wenig zusammen, als Alva weitersprach. »Nach einiger Zeit gebe ich Glukose und, je nach Bedarf, Lebensmittelfarbe hinzu. Manchmal arbeite ich hier auch schon mit Aromen wie dem Himbeeraroma deiner Bonbonfavoriten. Wichtig ist immer, dass die Masse zu keiner Zeit anbrennt.« Alva rührte mit gekonnten Handgriffen die zuckrige Masse. »Die Temperatur behalte ich mit einem speziellen Thermometer jederzeit im Blick. Wenn die Zuckermasse geschmolzen ist, gieße ich sie auf eine gerade Fläche. Gleich geht es ans Kneten. Hier richten wir uns ganz nach dem Zucker, wie ich immer sage. Er braucht seine ganz individuelle Zeit zum Aushärten. Das kommt auf die Außentemperatur und so weiter an. Wir haben es mittlerweile im Gefühl, den richtigen Zeitpunkt zum Verarbeiten abzupassen.« Sie verteilte die Masse sorgfältig, als sei es ein Teig, aus dem sie Plätzchen ausstechen wollte. Ich war versucht, meinen Finger in den süß duftenden See zu tauchen. Unwillkürlich zuckte mein Arm ein wenig nach vorne, doch Alva war schneller. Bestimmt umfasste sie mein Handgelenk, und sofort bekam ich ein schlechtes Gewissen. Das hier war eine gewerbliche Herstellung, da naschte man nicht. Doch dann überraschte mich Alva. Sie lachte.

»Ich weiß, es ist wahnsinnig verlockend, aber das hier ist kein Plätzchenteig. Glaub mir, ich habe es selbst ausprobiert: Du verbrennst dir höllisch die Pfoten oder die Zunge. Du darfst niemals die heiße Masse probieren oder den Löffel ablecken.«

»Danke für die Warnung!« Sofort verschränkte ich die Hände hinter dem Rücken, um nicht doch noch in Versuchung zu geraten, und verfolgte staunend Alvas nächste Schritte, hing an ihren Lippen und ertappte mich dabei, wie ich mit offenem Mund lauschte.

»Ich habe auch einige Bonbonförmchen hier, in die ich sie

gleich gießen kann. Dann haben sie direkt eine wunderschöne Form.«

Alva tat, was sie beschrieb, und meine Blicke folgten jedem ihrer Handgriffe.

»Das muss nun abkühlen. Ich löse sie gleich mit einem Teigspatel von der Fläche und wende und knete sie dann eine Weile.« Mit diesen Worten drehte sie sich weg und griff hinter eine Abtrennung. »Hier habe ich bereits welche, die ich vorhin zubereitet habe. Sie lagern dort schon sechzig Minuten und sind bereits in die Herzformen gegossen. Vielleicht magst du mir helfen, sie daraus zu lösen?«

»Sehr gerne!« Ich desinfizierte meine Hände, und Alva reichte mir ein Förmchen.

Sie behielt ein weiteres, aus dem sie nun selbst erste Herzen herausklopfte und in eine Schüssel mit Puderzucker plumpsen ließ.

»Wenn man sie darin wälzt, kleben sie weniger aneinander, wenn ich sie in Döschen oder Beutel verpacke.«

»Toll!« Ich staunte und befreite ebenso die ersten herzförmigen Zucker-Kunstwerke aus der Form, was mir erstaunlich schnell gelang. Zwei Bonbons fielen jedoch auf die Arbeitsplatte und splitterten. Alva, die sich wieder der Zuckermasse zugewandt hatte und fleißig knetete, winkte lächelnd ab.

»Wichtig ist, dass sie so verpackt sind, dass sie nicht verkleben. Sprich, es darf nicht zu warm sein. Luftdicht sollte die Verpackung außerdem sein.« Alva zeigte auf die Masse, die wir eben vorbereitet hatten und die nun, unter Alvas weiterer Bearbeitung, ein wenig ausgekühlt war. »Wenn du diese Masse mit etwas Öl bestreichst, sodass du sie von Anfang an gut rollen kannst, wird es dir gelingen, die schönsten Formen in die Bonbons zu zaubern, die du dir ausmalen kannst. Das erfordert ein wenig Übung, deswegen fangen wir mal mit dem einfachen Rollen an.« Sie separierte einen Teil des Teiges und formte daraus eine dünne Stange, die sie weiter hin und her bewegte, was sie immer länger und feiner werden ließ.

»Der nächste Schritt wäre, weitere Stränge unterschiedlicher Farben herzustellen, aus denen du dann bunte Kreationen formst, indem du sie miteinander verzwirbelst. So kann man kleine Anker, Herzen oder andere Motive in die Bonbons zaubern.« Alva lachte leise, als sie meine hochgezogenen Augenbrauen sah. »Aber wir wollen erst mal langsam anfangen und üben«, beruhigte sie mich.

»Das klingt zauberhaft«, staunte ich und lauschte interessiert Alvas Ausführungen.

Aus einem Teil der Stange schnitt Alva kleine Längen, aus denen sie Brezeln, Knoten, Schleifen und Schnecken formte.

Am Ende schnitt sie die noch übrige Stange mit einer Art großem Messer in kleine Plättchen, die schnell aushärteten. Die fertigen Bonbons, die nur wenige Millimeter dick waren, waren zum Verzehr bereit.

»Koste doch gleich einmal«, forderte sie mich auf, und ich nahm ihr Angebot direkt an.

Das Bonbon auf meiner Zunge löste sich zartschmelzend auf und glich einer Geschmacksexplosion. »Wow! Es schmeckt fantastisch! Es sieht so einfach aus – aber es ist ganz große Kunst«, stellte ich anerkennend fest.

Alva lachte leise und winkte ab. »Ach, das ist alles eine Frage der Übung.«

»Wie lange machst du das hier schon?«

»Über fünfundfünfzig Jahre«, antwortete sie. »Als ich meinen Mann kennenlernte, der gelernter Konditor war und eine Leidenschaft für Bonbons hatte, wuchs die Idee von diesem Laden.«

»Nein! Wie schön! Romantisch, wie ich finde.«

Alva lächelte verträumt. »Wir waren jung und verliebt, und jeder Traum schien greifbar. Das ist so lange her. Mehr als fünf Jahrzehnte sind nun schon vergangen. Und es ging immer weiter. Leider irgendwann ohne ihn. Aber für ihn. Jeden Tag.«

»Ja, wow! Das rührt mich sehr. Und das ist eine echt lange Zeit. Ich ziehe den Hut.«

»Danke! Ja, eine lebenslange Liebe lang lebe ich nun schon meinen Traum. Anfangs war das alles natürlich ganz anders und winzig klein. Mein Verkaufsstand damals war kein Vergleich zu diesen Räumen. Ein einziges kleines Fenster aus dem Laden meiner Eltern heraus und ein Regal mit einigen Bonbons. Sie hatten ein Geschäft für regionale Produkte. Den Käse hier aus dem Ort, Marmelade, die ein Bauer in Keitum fertigte, und Honig der örtlichen Imker. Solche Betriebe gibt es heute ja kaum noch.« Sie blickte ins Leere und schien sich an die Bilder dieser Zeit zu erinnern. »Ich dachte damals, es sei eine schöne Ergänzung, meine Leidenschaft mit zusätzlichen Produkten für den Laden zu verbinden.«

»Und das kam bestimmt gut an.«

»Ja, meine Bonbons waren sehr beliebt. Bei Urlaubern und auch bei Einheimischen. Dann habe ich es immer weiter ausgebaut.« Sie machte eine ausschweifende Handbewegung. »Mein Verkauf wuchs, und irgendwann, als meine Eltern sich zur Ruhe setzten, habe ich ganz auf die Manufaktur für Bonbons umgeschwenkt.« Sie zeigte auf ein Regal in einer Ecke des Raumes. Es war mir auch bereits aufgefallen. Darin standen einige Gläser Marmelade und Honig. »Das ist wie zum Gedenken an meine Eltern geblieben. Damals hatte ich ein Regal in ihrem Lebensmittelladen. Und heute gibt es dieses in meiner Bonbonmanufaktur. Anbieter hier aus Keitum und den anderen Dörfern beliefern mich regelmäßig mit ihren Erzeugnissen. Und auch das wird bis heute immer gut angenommen. Es hat etwas Nostalgisches.«

»Es ist bemerkenswert, was du hier auf die Beine gestellt hast und Tag für Tag aufrechterhältst«, stellte ich anerkennend fest. Im Hinterkopf hatte ich das Bild des Maklers, der aus dem zauberhaften *Zuckerhüs* in seinen Luxuswagen stieg, und mein Magen krampfte.

»Ja, manchmal macht es mich auch ein wenig stolz«, gab sie zu. »Aber dann denke ich wieder, dass ich alte Schachtel auch nicht den Punkt verpassen darf, an dem ich einen Gang zurückschalten muss.« Sie blickte zu Flora hinüber. »Wenn ich meinen Lieben da Gehör schenken soll, jedenfalls. Und sie haben ja recht. Alles hat seine Zeit. So ist es wohl leider.«

Ich schluckte, und mein Magen krampfte zusammen. »Aber hält dir Flora nicht den Rücken frei?«

»Doch! Flora ist ein Goldstück. Aber sie signalisiert mir auch immer wieder, dass sie es sich nicht vorstellen kann, in meine Fußstapfen zu treten. Sie sagt, ohne mich möchte sie hier nicht weitermachen. Das *Zuckerhüs* würde nicht mehr dasselbe sein ohne mich. Das ehrt mich ja sehr.« Alva lachte leise. »Vielleicht soll es auch so sein, dass es irgendwann diesen Schlussstrich gibt. Es ist natürlich eine riesengroße Herausforderung. Auch finanziell. Hier auf Sylt ist alles sehr teuer. Und manche Menschen möchten lieber als Angestellte arbeiten. Eine Frage der Sicherheit und des Naturells. Da tickt Flora einfach anders als ich. Das muss ich respektieren. Es ist nicht immer einfach, hier auf dieser traumhaften Insel selbstständig zu sein. Sylt lebt mit den Saisons. Es gibt etliche ruhige Monate. Und auch wenn die Einheimischen unsere Produkte ebenso lieben, so reicht das dann nicht unbedingt aus, um jeden Monat des Jahres über die Runden zu kommen. Und je älter man wird, desto wackeliger wird auch das Konzept, dass man hier tagein, tagaus im Laden steht.« Leise fügte sie hinzu: »Mein Peer hat ja nicht unrecht mit dem, was er sagt.«

Ich schluckte und schaute Alva zu, wie sie mit gekonnt geübten Handgriffen alle Zutaten wieder an ihren Platz stellte, sah ihren Blick dabei. Sie ruhte in sich, wenn sie hier in ihrem Element war. Ich spürte jedoch auch die Wehmut, die sie umgab, wenn sie daran dachte, dass es in nicht allzu ferner Zukunft mit ihrem geliebten *Zuckerhüs* zu Ende gehen würde. Spätestens nach dem Zusatz, den sie leise gesagt hatte, hatte ich das Gefühl, an meinen Vermutungen zu dem Verkauf war etwas dran.

Es fiel mir schwer, etwas dazu zu sagen, zumal mir das nicht zustand und ich ja auch Peer schätzte. Ich ahnte, dass er sich all diese Gedanken wahrscheinlich nur mit besten Absichten machte. Dennoch gefielen sie mir nicht.

»Darf ich dir eine Eisschokolade mit Marshmallow-Sahnehaube anbieten?«

»Oh, da sage ich nicht Nein!« Ich freute mich und akzeptierte Alvas Themenwechsel.

»Lass uns kurz in unsere Kaffeeküche gehen. Da hab ich alles, was wir dafür brauchen. Levke liebt es so, und da hab ich gleich was auf Vorrat gekauft.«

»Wo ist die Kleine eigentlich?«

Alva zog ein kleines Gerät aus ihrer Tasche, von dem ich nicht wusste, was es war. »Sie schlummert. Levke genießt noch immer jeden Tag um die Mittagszeit ein kurzes Schläfchen. Das ist ihr kleines Ritual. Das haben schon ihr Vater und ihr Opa so gemacht, lange noch, als sie längst zur Schule gingen.« Alva lächelte liebevoll. »Diese Auszeit soll sie sich ruhig gönnen. Erst recht, wenn sie hier auf Sylt ist und die Seeluft sie doppelt müde macht. Das ist ein Babyphon, welches Peer mir hiergelassen hat. Es zeigt mir auch gleich per Kamera, dass alles gut ist.« Sie schüttelte ungläubig den Kopf. »Die Technik ist schon beeindruckend heutzutage. Das hätte mir früher auch oft geholfen. Erst bei Peers Vater, dann bei Peer.« Sie nickte bestätigend. »Da hätte ich an manchen Tagen weitaus entspannter im Laden gestanden.«

»War Peer als Kind also oft bei dir?« Ich genoss den süßen Geschmack der kühlen Eisschokolade und dachte daran, dass Levke sie ebenso liebte, was ich gut verstand. Dieses Getränk war auch für mich eine Kindheitserinnerung.

»Ja. Seine Mutter verließ die Familie, da war Peer noch klein, noch ein Kindergartenkind. Es war ein Schock. Mein Sohn hatte noch so viel vor und gerade erst den Mut bewiesen, blutjung eine Familie zu gründen. Sie waren keine zwanzig Jahre alt, als Peer geboren wurde. Offenbar war das für sie zu früh, die Verantwortung zu groß. Und weil sein Vater, mein Sohn, auch viel arbeitete, war Peer dann oft bei mir und meinem Mann.«

»Oh, das tut mir leid. Aber was für ein Glück für die beiden, dass du da warst.« Ich dachte daran, dass das etwas war, was Peer und mich verband. Wir waren bei nur einem Elternteil aufgewachsen.

Sanftmütig lächelte sie. »Er fühlte sich wohl bei uns, ja. Ich war wohl ein Stück weit Mutterersatz. Weil ich selbst jung Mutter geworden war und mein Sohn und seine Frau auch, hielten mich viele für Peers Mutter. Ich war eine junge Oma. Und ich war so glücklich darüber, dass ich eine Aufgabe neben dem *Zuckerhüs* hatte. Peer brachte Leben ins Haus.« Sie lachte mit warmem Klang. »Mein Mann und ich haben die Zeit mit ihm so sehr genossen! Auch neben der Arbeit. Immer war einer von uns für ihn da.«

»Wie toll, wenn die Familie so zusammenhält«, stellte ich bewundernd fest. Wir standen mittlerweile in der Küche vor einem Bild, das Peer, seinen Vater und Alva zeigte. Es musste mindestens dreißig Jahre alt sein. Sie hatten liebevoll die Arme umeinander gelegt und lachten in die Kamera. Ich dachte an meine Mutter. Eine Alva wäre ihr größtes Glück gewesen. Sie hatte wenig Unterstützung seitens der Familie gehabt, weil ihre Eltern bei einem tragischen Unfall beide ums Leben gekommen waren. Immer war sie jedoch für mich da gewesen, und ich hatte nie den Eindruck gehabt, dass mir etwas fehlte. Vor allem aus diesem Grund war ich jetzt so froh, dass sie ihre Liebe gefunden zu haben schien und das voll auskostete.

»Es hat sich alles so gefügt, denke ich manchmal. Bevor mein Mann vor einigen Jahren starb, sagte er, dass Peer das Beste war, was uns hätte passieren können. Und das ist bis heute auch meine Meinung.« Alva lächelte. »Aber nun genug der ollen Kamellen!«

»Ihr sprecht beide sehr liebevoll voneinander. Das ist toll.«

»Wir sind ein Herz und eine Seele. Eigentlich. Er meint es immer gut mit mir«, erklärte Alva. In dem Moment leuchtete der Bildschirm des Babyphons, und es machte einen leisen Ton, der wie »Ama?« klang.

»Oh, da ist wohl jemand wach geworden. Ich gehe schnell mal rüber in die Wohnung und schaue nach Levke. Wir sind gleich wieder zurück!«

»Klar! Ich gehe mal wieder zu Flora.«

Zurück im Verkaufsraum kam es mir vor, als sei zwischenzeitlich ein Bus vorgefahren. Begeisterte Leute, die durch die Regale stöberten, Kinder, die vor Freude hüpften, und vor der Kasse bereits eine Schlange derer, die bezahlen wollten. Flora lächelte, doch ihr war der Stress anzusehen. Kurzerhand stellte ich mich neben sie, verpackte die Dinge, die bezahlt waren, und verabschiedete die Kunden.

Ich erntete ein dankbares Lächeln von Flora, und als der Ansturm irgendwann bewältigt war und zunächst auch keine weiteren Kunden in den Laden kamen, legte sie mir die Hand auf die Schulter.

»Du bist ein Schatz! Danke für deinen Einsatz! Plötzlich kamen so viele Leute – ich konnte noch nicht einmal mehr nach Alva rufen, so schnell ging das.« Sie wischte sich über die Stirn.

»Na dann bin ich doch genau zum richtigen Zeitpunkt zurückgekommen. Alva ist kurz bei Levke.«

In dem Moment schoss ein kleiner, blonder Lockenkopf um die Ecke, und Levkes helle Stimme klang durch den Raum.

»Marla!« In ihrem Gesicht breiteten sich Erstaunen und Freude aus. Dann folgte ein Lächeln, und eine kleine Kinderhand griff nach meiner und zog mich hinter sich her.

»Ich will dir Ferdi zeigen!«

Alva zuckte die Schultern. »Sie hat seit gestern ein Holzpferd im Garten stehen. Sie möchte dir Ferdinand unbedingt vorstellen.«

»Ah, verstehe!« Levke strahlte mich an. »Dann bin ich mal kurz draußen. Ich kann es kaum erwarten, Ferdi kennenzulernen«, erklärte ich mit ernsthaftem Blick, lächelte über meine Schulter hinweg Alva zu und folgte dem aufgeregten Kind zur Hintertür des Hauses.

Ein uriger Garten, mit einer Schaukel an einem der knorrigen Apfelbäume und einer gemütlichen Sitzecke in einer Mulde sowie etlichen blühenden Hortensienbüschen, die ich in dieser Größe und Farbvielfalt selten an einem Ort bestaunt hatte, empfingen mich dort. Der Garten ging weit um das Haus herum. Hier war es trotz der derzeit ungewöhnlich warmen Temperaturen angenehm schattig und kühl. Ich staunte. Inmitten der Blütenpracht und idyllischen Atmosphäre stand ein Holzpferd mit langer schwarzer, zu dicken Zöpfen geflochtener Mähne, Halfter und einem

Gurt. Am Halfter prangte eine Schleife, wie nach einem Turniersieg.

Daneben stand ein Hocker, damit der Rücken des Tieres für die Kleine erreichbar war.

»Du sollst reiten!« Levke schob mich Richtung Pferd. »Ich?« Überrascht schaute ich das Mädchen an. »Meinst du, das Pferd hält mich aus?« Unsicher blickte ich das Tier aus Holz an. Es wirkte stabil. Levke nickte zuversichtlich. Dann schob sie mich weiter.

»Okay! Und du versprichst mir, es gut festzuhalten, okay?« Mit gespielt ängstlicher Miene schaute ich Levke an, diese kicherte.

»Ich halte Ferdi!« Levke nickte, griff nach dem Strick und umklammerte ihn mit wichtigem Blick. »Der is aber ganz lieb, wenn man mit ihm lieb is.«

Ich stieg über den Hocker auf das Pferd und nahm Platz. Dann nahm ich den Strick und tat, als wolle ich losreiten. Levke strahlte begeistert.

Wir lachten und scherzten, und es fühlte sich so leicht und fröhlich an, dass ich ganz die Zeit vergaß. Alva kam irgendwann heraus, das Handy in der Hand.

»Levke, darf ich euren Ausritt kurz unterbrechen? Der Papa ist dran«, rief sie. Ich spürte Herzklopfen und freute mich, wie begeistert Levke auf Alva zulief und nach dem Handy griff.

Dann verschwand Alva kurz wieder im Haus, um gleich wieder herauszukommen, zwei Becher mit üppiger Sahnehaube und Marshmallows darauf in den Händen. Sie reichte mir einen davon. Levkes Getränk stellte sie auf einen kleinen Gartentisch.

»Oh, danke!«

Was ich nicht geahnt hatte, war, dass es sich um einen Videoanruf handelte und die kleine Levke sekundenschnell das Handy in meine Richtung drehte. Peer blickte nun auf eine Aufnahme von mir von schräg unten, wie ich, eine Marshmallow-Eisschokolade in der Hand, mit erschrockenem Blick hoch oben auf dem Holzpferd thronte. Ich hörte sein sympathisches Lachen, aus dem eine Mischung aus Überraschung und Erheiterung klang, und musste dabei selbst schmunzeln.

»Oh, hallo, Marla! Mit dir auf dem Rücken von Ferdinand habe ich in der Tat nicht gerechnet!«

»Ich, wenn ich ehrlich bin, auch nicht! Aber es hat sich so ergeben! Aber was gibt es Schöneres, als so einen kleinen Ausritt durch diesen zauberhaften Garten? Dazu ein köstliches Getränk in der Hand. Genau das Richtige bei den Temperaturen.«

»Stimmt, da geht es euch ziemlich gut, stelle ich fest. Das freut mich sehr!«

»Levke, bei uns ist alles super, oder?« Ich blickte das Kind an, und Levke nickte.

»Alles super«, stimmte sie mir zu.

»Dann will ich euch gar nicht länger beim Ausritt stören. Ich empfehle euch, eine Runde am Watt zu genießen. Bei den sommerlichen Temperaturen, die ihr auf Sylt habt, ist der leichte Wind dort, gerade im Galopp, besonders schön. Die perfekte Abkühlung. Und Ferdi liebt es sicher auch. Vielleicht hören wir ja abends noch einmal voneinander.«

Wir verabschiedeten uns von Peer. Er hatte offengelassen, ob er abends auch mit mir noch einmal telefonieren wollte. Ich ließ mich überraschen und freute mich einfach darauf.

»Papa hat mir das geschenkt«, erklärte Levke und klopfte Ferdinands Hals. »Wir haben Ferdi gerettet. Der Nachbar wollte ihn einfach weggeben. Zum Glück haben wir das rechtzeitig mitbekommen.« Sie nickte mit ernsthafter Miene.

»Das ist toll! So eins habe ich mir als Kind immer gewünscht!« Auch ich streichelte den Hals des Tieres. »Dein Papa ist ja lieb.«

»Papa ist der Beste«, schwärmte die Kleine, und ihr Blick war besonders liebevoll.

»Ich mag deinen Papa auch sehr gerne«, sagte ich, ohne lange darüber nachzudenken. Da hatte ich allerdings nicht damit gerechnet, dass die süße Maus mit ihren fünf Jahren schon so manches zu verstehen schien. »Du bist verliebt in ihn, stimmt's?«

Schlagartig lief ich feuerrot an. Ich spürte förmlich Alvas interessierten Blick in meinem Nacken. »Also, ich mag ihn gerne, weißt du«, stammelte ich und suchte nach Worten, die unverbindlich klangen. »Wir unterhalten uns gerne.«

»Sag ich ja. Verliebt!« Levke lachte hell auf.

Alva kicherte leise.

»Papa ist auch verliebt«, sagte sie dann, und ich hatte den Eindruck, dass bei dieser Aussage alle Farbe aus meinem Gesicht einer fahlen Blässe gewichen war. Beinahe wäre ich vor Schreck vom Pferd gefallen.

»Ist das so, ja?«, fragte ich betont beiläufig und widmete mich einer Strähne der zotteligen Mähne.

»Er lacht so viel. Ich glaube, das macht man, wenn man verliebt ist.«

»Stimmt. Das tut man dann.«

»Papa lacht so viel – du lachst auch so viel, also!« Sie klatschte in die Hände, zog prüfend die Augenbrauen hoch und machte eine wichtige Miene.

»Dann ist das ja beschlossene Sache«, stieg ich auf ihre Aussage ein. Das kleine Mädchen war schon wieder mit dem Pferd beschäftigt, dem sie einen Eimer hinhielt.

»Ferdi hat Durst!«

Ohne direkt aufzuklären, in wen genau ihr Vater wohl verliebt war, wechselte sie das Thema und erklärte mir, was sie Ferdinand alles zu fressen kredenzte. Auch von ihrer Eisschokolade durfte er kosten. Dann flitzte sie bereits wieder durch den Garten, um aus einer Ecke ein paar heruntergefallene Äpfel zu sammeln.

»Kinder sehen die Dinge so herrlich leicht, findest du nicht?« Alva weckte mich aus meinen Gedanken, und ich nickte.

»Absolut! Wenn das doch alles nur so einfach wäre.«

»Das stimmt. Aber man darf es auch nicht komplizierter machen, als es ist. Wir Erwachsene neigen viel zu sehr dazu, alles zu zerdenken.« Vielsagend lächelte sie. »Wollt ihr denn wieder mit reinkommen? Ich nehme an, Marla, du hast sicher auch noch was vor?«

»Alles gut! Meine Freundin arbeitet heute, und ich habe noch keine Termine.«

»Wie lange bist du hier? Machst du Urlaub? Termine klingen nicht unbedingt danach.« Alva hob interessiert die Augenbrauen.

»Das ist eine lange Geschichte«, setzte ich an. »Eigentlich bin ich in allererster Linie nun erst mal auf Jobsuche hier.«

»Ama, ich hab Hunger«, kam es da von Levke.

Alva sah mich einen Moment lang an, sagte aber nichts. »Dann lass uns doch mal reingehen. Vielleicht hat Marla auch Lust auf Vanillepfannkuchen?«

»Oh ja! Immer«, freute ich mich und stieg vom Pferd.

Levke klopfte mir gönnerhaft den Rücken. »Gut geritten, Marla. Ferdi braucht jetzt aber auch erst mal eine Pause. Ans Watt reite ich später mit ihm.«

Wir lachten.

Die Pfannkuchen bereitete Alva direkt in der kleinen Kaffeeküche neben dem Geschäft zu. Den Teig schien sie bereits vorbereitet zu haben.

»Hast du keine Sorge, dass gleich diverse Kunden hier im Laden stehen und auch eines dieser köstlich duftenden Küchlein haben möchten?«, fragte ich und sog genießerisch den Duft ein.

»Es ist genug da!« Alva grinste. Ich beobachtete sie bei ihrer Arbeit, und auch hier war jeder Handgriff so sicher und leicht. Sie wirkte auch im Alltag längst nicht wie sechsundsiebzig, sondern war wirklich erstaunlich fit. Dabei gab sie mit allem, was sie tat, das perfekte Bild einer warmherzig liebenden Oma ab. Ich war gerührt.

Während wir auf die Pfannkuchen warteten, die wir an einem winzigen Tisch in der Küche aßen, den ich in diesem zufriedenen Moment jedem Platz in einem Sternerestaurant vorgezogen hätte, zeigte mir Levke ihr Freundebuch. Auf der ersten Seite hatte sich Peer verewigt. Er hatte eine klare, ordentliche Handschrift. Interessiert las ich die Eintragungen. Sein Lieblingsessen war Lachs, sein Hobby das Kochen. Die Lieblingsfarbe war Blau, und bei dem Punkt, was er mal werden wolle, stand: *Genau das, was ich bin: glücklicher, stolzer Papa der tollsten Tochter der Welt.*

Es gab auch die Frage, wo man am liebsten leben würde. Hier hatte er Sylt notiert und ergänzt: *Weil es meine zweite Heimat ist.*

Zu seiner Familie gehörten Oma Alva, Levke und Ferdinand. Der Eintrag war also recht aktuell. Ferdinand war ja neu. Ich freute mich insgeheim, dass keine Frau hier eine Rolle spielte.

Das Foto, welches er von sich eingeklebt hatte, war toll. Er war darauf zu sehen, gemeinsam mit Levke. Sie standen am Strand und strahlten in die Kamera.

»Willst du auch was reinschreiben?«, bot sie mir an und zeigte auch gleich eine Seite, die sie für mich vorsah. »Mit Pferden. Die magst du doch! Wie ich!«

»Danke! Ja, gerne! Da trage ich ein.«

»So, die Pfannkuchen sind fertig«, kündigte Alva an und stellte uns beiden einen Teller hin. Sie bestäubte die zur Rolle geformten Pfannkuchen mit Puderzucker.

»Guten Appetit!«

»Danke! Was hab ich für ein Glück?«, freute ich mich und ließ mir den ersten Bissen auf der Zunge zergehen. »Mmh! So ein Hochgenuss!«

»Das freut mich! So hat sie schon mein Sohn geliebt, Peer ebenso und heute Levke.«

»Dieser superleckere Vanillegeschmack. Mmh«, schwärmte ich, und Alva lächelte. »Ohne Vanille geht da gar nichts mehr!«

Levke nickte mit ernsthaftem Blick.

»Köstlich! Das muss ich mir auch merken«, erklärte ich.

8.

Zurück in Archsum in Insas Wohnung, freute ich mich auf meine Freundin, die am Nachmittag auch wieder zu Hause sein wollte. Bis sie zurück war, füllte ich das Freundebuch aus.

Ein Leben auf Sylt, notierte ich bei meinem größten Wunsch.

»Nanu, du strahlst ja wie ein Honigkuchenpferd. Sagtest du nicht, Peer ist grad wieder abgereist?«, fragte Insa mit einem anzüglichen Grinsen, als sie zur Tür hereinkam.

»Ja, das ist er auch.«

»Und was ist es, das dich so entrückt schmunzeln lässt?«

»Ich war bei Alva.« Ich klappte das Buch zu.

»Verstehe! Der Laden macht einen tatsächlich glücklich. Wie ging es Alva denn? Wieder besser?«

»Sie machte einen super Eindruck. Ich hatte das Gefühl, dass Peers Tochter ihr guttut. Sie ist auf Sylt geblieben, während Peer in der Heimat seine Dinge regelt.«

»Wie schön. Und das schafft Alva so neben der Manufaktur?«

Ich erzählte ihr von der Mitarbeiterin und dem Treffen mit Levke.

»Ja, es war ein wirklich schöner Vormittag. Alva hat mir einiges gezeigt, uns eine Marshmallow-Eisschokolade gemacht, dann bin ich auf Levkes Holzpferd Ferdinand geritten, und zum Abschluss gab es Vanillepfannkuchen. Es war wundervoll!«

»Das klingt so!« Insa lachte. »Wie ein Kindheitstraum.«

»So fühlte es sich an. In der Tat. Dieser Garten hinter dem Friesenhaus von Alva – ein verwunschenes Kleinod. So schön! Wie war denn dein Tag bisher?«

Insa berichtete von ihrem Kunden. »Ich hab eine Villa in Kampen vorbereitet für die Anreise eines sehr wohlhabenden und dabei unheimlich sympathischen älteren Ehepaares. Sie haben einen Sohn, der eine schwere Behinderung hat. Das gesamte Haus ist darauf ausgerichtet, und sie kümmern sich unwahrscheinlich aufopfernd um den jungen Mann. Einige Dinge gibt es, die ich dann schon im Vorfeld für die Familie organisiere, damit sie sich die ersten Wege zum Einkaufen, zur Apotheke und zur Physiotherapeutin sparen. Die Termine habe ich so weit vorbereitet, dass sie sichergehen können, dass ihr Sohn die Woche über optimal versorgt ist und seine Therapie direkt zu Hause bekommt. Außerdem haben sie sich einen Welpen zugelegt, der laut der Mama für mehr Lachen im Haus sorgen soll. Da der Kleine das erste Mal mit nach Sylt reist, hab ich mich darum gekümmert, dass alles für ihn parat ist. Das hat großen Spaß gemacht. Ich liebe Hunde! Wäre es nicht mit meinem Job so schwierig, hätte ich auch einen. Aber grad macht mir die Arbeit zu viel Freude.« Insa lächelte und nickte bestätigend.

»Dein Job ist sehr vielseitig, das muss ich sagen.«

»Absolut! Das macht ihn so spannend, aber manchmal auch sehr herausfordernd. Für die Familie, von der ich eben sprach, möchte ich immer alles so leicht und richtig wie möglich machen. Ich weiß, wie schwer sie Tag für Tag zu kämpfen haben. Sylt ist ihr Zufluchtsort. Ihr sicherer Hafen. Mehr als nur ein Ferienhaus. Das hat mir die Frau mal erzählt, und das spürt man so sehr. Da setze ich mich dann selbst oft echt unter Druck, und es artet in Stress aus. Das sind aber auch die Fälle, die ich von Herzen gerne ausführe, auch wenn es anstrengend ist. Aber es gibt auch weniger lebensnotwendige Aufgaben, die den Leuten trotzdem besonders wichtig erscheinen.« Sie schüttelte lächelnd den Kopf. »Auch dann heißt es, Nerven bewahren und professionell reagieren. Wenn einer deiner wichtigsten Kunden um zweiundzwanzig Uhr nach einer ganz bestimmten Sorte Champagner verlangt, ohne den er unmöglich um Mitternacht auf den Geburtstag der Gattin anstoßen kann, dann kommst du schon ein wenig ins Rotieren.« Sie rollte theatralisch mit den Augen. »Oder die Leberwurst-Torte, die der Hund zum fünften Geburtstag bekommen soll, was dem Besitzer leider aber an einem Samstagabend einfällt, dem Abend *vor* dem Geburtstag am Sonntag.«

»Und was machst du in solchen Momenten? Durchdrehen, Ausreden erfinden oder absagen?«

»Bisher musste ich noch keinen Wunsch ausschlagen.« Insa lächelte mit Stolz im Blick. »Wie du es jetzt mitbekommst, lege ich dann hier und da eine Sonderschicht ein. Aber ohne Kontakte in jegliche Richtungen ginge nichts. Mein Bekanntenkreis ist sehr vielfältig, und das kommt mir hier einfach zugute. Wenn ich nicht direkt jemanden kenne, der die Lösung für mein Problem sein könnte, dann gibt es immer wen, der wen kennt, der womöglich wieder wen kennt.«

»Erstaunlich«, bemerkte ich.

»Wollen wir noch eine Runde an den Strand fahren? Es ist so herrliches Wetter, und bisher habe ich keine weiteren Termine heute.«

»Gerne! Eine super Idee!«

Wir fuhren nach Rantum. Ich liebte diesen Strandabschnitt an der rauen Westseite der Insel, wo wir direkt am Wasser entlanggehen konnten.

Der Wind wehte relativ stark und milderte angenehm die Hitze der weiterhin unerbittlich glühenden Sonne.

»Ach, wie ist das herrlich hier«, schwärmte ich. »Du hast schon ein großes Glück, dass du hier leben darfst und so einen tollen Job hast.«

»Wenn du mich fragst, bist du nur wenige Entscheidungen davon entfernt, ebenso hier Fuß zu fassen.«

»Das wäre fantastisch!« Mein Blick ging über das aufgewühlte Meer. Weiß tanzte der Schaum auf den Wellenkämmen und fand sich beim Ankommen am Strand wieder. Dort pustete der Wind die Schaumwolken über den Sand. Kinder spielten am Strand und rannten mit den Wellen um die Wette. Dabei sprangen sie in die fluffigen Schaumwölkchen. Ein Spiel, das auch ich als kleines Mädchen geliebt hatte.

Wir kamen vorbei an Häusern, die direkt hinter den Dünen lagen. Wenige Schritte, und man war am Meer. Das war hier auf Sylt eher selten. Diese Wohnlage war sehr exklusiv und deshalb irrsinnig teuer. Und auch wenn kaum eines dieser Häuser noch in der Hand von Insulanern war, profitierten auch sie von den reichen Besitzern. So wie Insa, denn diese Leute waren ihre Kunden.

»Hier in Rantum gibt es einige Häuser, aus deren Schlafzimmer du direkt bis zum Meer schauen kannst.« Insa deutete in Richtung des Ortes, als hätte sie meine Gedanken gelesen. »Manchmal sehe ich, wie ganze Familien anreisen. Oma, Opa, Geschwister samt Partner und dazu die Enkelkinder. Ich kann mir vorstellen, dass so ein Urlaub großartig ist.«

»Wenn sich alle gerne mögen und ungefähr eine ähnliche Einstellung zum Urlaub haben, auf jeden Fall«, stimmte ich ihr zu, und Insa lachte.

»Das ist Voraussetzung, das ist natürlich richtig.«

Insas Blick ging in die Ferne. Ich wusste, dass sie an ihren

Wunsch von einer großen Familie dachte. Leider hatte sie bisher nicht den Mann fürs Leben gefunden. Außerdem hatte sich in den letzten Jahren aufgrund einer Erkrankung herausgestellt, dass sie keine Kinder bekommen konnte. Aber weil es Insa war, hatte sie nie mit ihrem Schicksal gehadert. Ihre Lebenseinstellung war einfach zu positiv, um sich vom Schicksal unterkriegen zu lassen. Vielmehr vertraute sie auch hierbei darauf, dass alles für etwas gut war. Trotzdem wusste ich, auch ohne dass sie es aussprach, dass dieses Wissen sie schmerzte.

»Wenn ich auf Sylt Fuß fasse, dann sind wir unsere eigene kleine Familie«, versprach ich und legte den Arm um meine Freundin. »Sind wir ja sowieso!«

»Auf jeden Fall. Das sind wir sowieso.« Dankbar lehnte Insa den Kopf an meine Schulter. »Ich möchte dir übrigens gerne jemanden vorstellen.«

»Aha. Das klingt interessant. Da bin ich gespannt«, freute ich mich, und Insa grinste nur.

Wir liefen noch eine Weile am Wasser entlang, machten irgendwann kehrt und gingen zurück. Unweit des Übergangs zum Strand, zur Meerseite hin, lag ein Lokal. Es war mir bereits auf dem Hinweg aufgefallen, weil es eine wunderschöne Terrasse über dem Strand hatte.

Insa machte davor halt. »Ich hab vorhin angefragt, ob wir einen Tisch zum Abendessen bekommen. Das ist das Gute, wenn man überall Kontakte hat.« Sie lächelte.

»Oh, schön! Ich freue mich!« Vergnügt rieb ich mir die Hände und warf einen Blick in die Karte. Mich lachte sofort das vegetarische Nudelgericht an.

Wir traten auf die Terrasse, auf der uns Holzbänke mit kuscheligen Kissen und Decken empfingen, sowie Strandkörbe mit Blick Richtung Meer. Das Lokal war rustikal eingerichtet, und es wirkte, als herrsche eine locker-entspannte Atmosphäre. Ein leichter Wind wehte, die Sonnenstrahlen tauchten die Szenerie in gemütliches Licht. Es war wunderschön.

»Insa, Moin!« Ein Mann kam auf uns zu, umarmte meine Freundin herzlich und wuselte dann gleich weiter.

An einem anderen Tisch stand ein Typ, der nun ebenso zu uns trat.

»Hey, ich bin Thore, mein Bruder ist hier der Chef, und als ich hörte, dass ihr kommt, wollte ich euch unbedingt persönlich in Empfang nehmen«, stellte er sich vor. »Herzlich willkommen!«

»Marla, hi! Schön, dass wir hier sein können. Es ist so voll auf der Insel, da weiß man so ein Plätzchen doppelt zu schätzen. Auch wenn hier ebenfalls nicht gerade tote Hose herrscht.«

»Aber klar doch! Für euch immer!« Er hakte Insa unter und führte uns zu einem Tisch an der Holzwand des Hauses, mit Blick aufs Wasser. Als der Kellner zurückkam, schlug er Thore kameradschaftlich auf den Rücken und stellte an uns gewandt fest: »Da hat mein Bruder euch ja schon meinen besten Platz ausgesucht. Sehr schön.« Das war also der Chef. Er zündete eine Kerze in einem massiven Windlicht an und reichte uns zwei Karten. »Darf's ein kleiner Aperitif als Willkommensgruß des Hauses sein?«

»Oh, lieben Dank«, sagte ich. »Ich fahre, aber Insa bestimmt, oder?«

»Sehr gerne!«

»Dann zaubere ich dir was Alkoholfreies?«

»Perfekt!« Und schon war er zum nächsten Tisch weitergeeilt.

»Ich helfe meinem Bruder mal ein wenig«, erklärte Thore. Im Weggehen legte er liebevoll eine Hand auf Insas Schulter. Mir fiel sein Blick auf meine Freundin auf, der eine Nuance länger war, als er hätte sein müssen. Dann verschwand er in der Küche. Der Umgang zwischen Insa und Thores Bruder wirkte höflich-freundlich, bei Thore hatte ich den Eindruck, dass er meine Freundin besser kannte.

Abwartend schaute ich Insa an, die jedoch nicht zu ahnen schien, worauf ich hinauswollte.

»Alles okay?«, fragte sie arglos.

»Alles bestens, ja.« Ich schaute mich im Lokal um. Die Einrichtung wirkte gemütlich-rustikal, dabei aber modern. Ich fühlte mich wohl. »Hier waren wir noch nie, oder?«

Insa schüttelte den Kopf. »Nein, der Bruder von Thore hat das Restaurant gerade erst eröffnet. Er lebt seit zwei Monaten wieder hier. Thore und er sind gemeinsam auf die Insel zurückgekommen.« Sie blickte hinüber zur Küche.

»Also war er schon einmal auf Sylt? Kennt ihr euch von früher?«

»Thore ist hier aufgewachsen. Wir sind zusammen in den Kindergarten gegangen, und eine Zeit lang, viele Jahre später, haben wir gemeinsam im Strandklub gejobbt. Wir kennen uns ewig.«

»Wie schön, dass ihr euch nun hier wiedertrefft.«

»Ich hab mich ehrlich gesagt auch richtig gefreut, als er mir geschrieben hat, dass er zurückkommt. Er ist ausgebildeter Rettungsschwimmer und hat eine Surfschule eröffnet.«

»Wie cool! Da könnte ich ja endlich mal meinen Traum vom Surfen angehen«, freute ich mich. »Das wollte ich als Kind schon lernen, aber leider hatte meine Mutter immer was dagegen, dass ich Surferin werde.« Insa lächelte, weil Thore in dem Moment wieder an den Tisch kam. »Thore findet ganz bestimmt ein Plätzchen in einem seiner Kurse. Trotz Hochsaison, oder?«

»Klar! Für meine Freunde immer. Ich habe das Surfen auch erst gelernt, als meine Eltern es mir nicht mehr verbieten konnten.« Er hob die Handflächen und schaute Insa vielsagend an, als kenne sie die Diskussionen dahinter.

Insa lachte. »Besser spät als nie.« Sie machte eine Pause. »Es ist echt schön, wenn alte Freunde wieder in die Heimat ziehen«, sagte sie, und er nickte überschwänglich. »Ich habe es auch noch keinen Tag bereut«, antwortete Thore, während er unsere Getränke servierte. Wir bedankten uns.

»Aber wir kennen uns noch nicht, Marla, oder?«

»Nein. Freut mich, dich kennenzulernen.«

»Du besuchst Insa?«

»Sozusagen, ja.«

»Schön! Ist doch klasse, wenn man wen auf der Insel hat. Das habe ich lange Zeit oft und gerne genutzt.«

»Das ist sehr wertvoll, absolut. Und weil ich aktuell meine Pläne ein wenig neu sortieren muss, bin ich besonders dankbar, dass ich erst mal bei Insa wohnen kann.«

Interessiert hob Thore die Augenbrauen.

»Marla hatte ursprünglich einen ähnlichen Plan wie du. Sie wollte sich hier mit einem Geschäft selbstständig machen. Leider haben sich kurzfristig die Grundvoraussetzungen geändert und all ihre Pläne durcheinandergewirbelt. Die Preise hier kennst du selbst, und wenn ein Partner wegbricht, wird's nicht leichter. Jetzt suchen wir nach Plan B«, erklärte Insa. »Wenn du also von irgendeinem Laden hörst, der Personal sucht oder der gar weitergegeben werden soll, sag uns Bescheid, vielleicht ist ja was dabei.«

»Das mache ich! Wie schade, dass dein Plan gefloppt ist. Aber manchmal braucht es genau solche Umwege, um zu erkennen, was wirklich der richtige Weg ist. Ich bin auch nicht auf den ersten Schlag wieder hier auf Sylt gelandet. Jedenfalls hätte ich dann nicht meinen Traum von der Surfschule umgesetzt.« Thore lächelte aufmunternd.

»Danke«, sagte ich. »Für die aufmunternden Worte und fürs Augenoffenhalten.«

»Da nich für! Aber Personal wird hier doch überall gesucht. Da würde ich mir keine Sorgen machen. An welche Branche dachtest du denn?«

»Ich wollte hier mit meinem Partner einen Laden für Wohnaccessoires und Geschenkartikel, hochwertige, stilvolle Souvenirs und so weiter eröffnen. Wenn ich wenigstens in dieser Richtung arbeiten könnte, wäre das klasse.«

»Also, wenn du was hörst, melde dich gerne.« Insa lächelte.

»Klar! Jetzt erst mal auf einen entspannten Abend und einen baldigen Plan B.« Thore deutete auf die Gläser und lächelte. »Ich lasse euch mal ein wenig allein und spiele noch ein bisschen den Kellner und Gästeunterhalter, um meinen Bruder zu entlasten.«

»Die sind ja supernett, deine Freunde«, erklärte ich und hob das Glas. »Auf uns, Liebes!«

»Alles wird gut!« Insa ließ ihr Glas an meins klingen, und wir tranken einen Schluck. Der Cocktail aus Himbeeren, Zitronensaft, viel Eis und einem Rosmarinzweig, dekoriert mit einigen Früchten, schmeckte nach Urlaub.

Wir wählten unser Essen aus. Ich blieb bei den Nudeln, die mir schon am Eingang ins Auge gefallen waren, und Insa nahm ebenfalls Pasta, jedoch mit Lachs.

Die Gerichte schmeckten fantastisch. Wir quatschten über Gott und die Welt. Insa erzählte Geschichten von ihren Kunden, und ich träumte von neuen Plänen, die völlig unrealistisch waren. Irgendwann setzte Thore sich zu uns. Er war wirklich umwerfend freundlich. Wir unterhielten uns über das Surfen und darüber, wie sein Traum von der Surfschule entstanden war, welchen Weg er gegangen war, bis er ihn hatte umsetzen können. Besonders die Geschichte, warum er Rettungsschwimmer geworden war, berührte mich.

Schon als Kind hatten sie vom Strand aus die Surfer angehimmelt und bewundert, waren ihnen zur Hand gegangen, wenn sie mit den schweren Boards an den Strand zurückgekommen waren. Und dann hatte er miterlebt, wie einer seiner Spielkameraden von einem der Surfer aus den Fluten gerettet worden war. Doch während das Kind überlebt hatte, hatte der Mann sein Leben verloren. Wahrscheinlich hatten ihm einfach das Wissen und die Erfahrung eines Rettungsschwimmers gefehlt und er sich selbst überschätzt und in Gefahr gebracht. Tief beeindruckt von den Erlebnissen als kleiner Junge von sechs Jahren, hatte dieses schreckliche Unglück bei ihm den Wunsch geweckt, helfen zu können. Er wirkte glücklich auf seinem Weg, und die Art, wie er darüber sprach, dass sich alles gefügt hatte, faszinierte mich.

Mir kam es in unserer Unterhaltung immer wieder so vor, als gebe es zwischen Insa und Thore eine besondere Zuneigung. Sie lachten oft und über ähnliche Dinge. Immer wieder fielen mir kleine, zarte Berührungen auf. Ein wie zufälliger Griff zur Wasserflasche, der gleichzeitig geschah. Die Hand, die sich auf den Unterarm des anderen legte, während man etwas erzählte. Es freute mich, das zu sehen. Es wirkte natürlich, ungezwungen und vertraut.

Irgendwann beendeten wir diesen wunderschönen Abend und verabschiedeten uns von Thore. Seine Gesellschaft hatte mir das Gefühl gegeben, als sei ich schon lange hier auf der Insel und gehörte längst dazu. Die Sonne war dem Horizont schon ziemlich nah gekommen, und so gingen wir untergehakt noch einmal Richtung Strand, um uns den Sonnenuntergang anzusehen. Noch dauerte es ein wenig, aber bis dahin würden wir es uns in einem Strandkorb gemütlich machen. Insa war zwar nicht betrunken, hatte jedoch das ein oder andere Getränk genossen, welches sie, möglicherweise gemeinsam mit dem Gedanken an Thore, selig grinsen ließ.

Wir steuerten einen Strandkorb direkt an der Wellenkante an und hatten Glück. Wir fanden gleich einen freien.

Beide trugen wir ein Cape. Eins davon legten wir uns gemeinsam um die Schultern, das andere über unsere Beine. Es war kuschelig gemütlich.

»Insa, nun rück mal raus mit der Sprache! Zwischen dir und Thore – da ist doch mehr! Das bilde ich mir doch nicht ein!«

Entgeistert starrte Insa mich an, als hätte ich behauptet, ich wäre gerade dem Papst begegnet, der ebenso auf der Suche nach einem Strandkorb war.

»Ach! Noch ist da nichts.« Insa wirkte mit einem Mal ganz verlegen. Der orange-goldfarbene Glanz der Sonne sorgte für einen leicht roten Teint auf ihren Wangen, der aber genauso vom Gedanken an Thore kommen konnte. »Es ist ganz interessant, dass du das so feststellst«, sagte Insa.

Erwartungsvoll schaute ich sie an, als sie fortfuhr.

»Thore und ich waren mal zusammen«, fing sie an.

»Ach! Tatsächlich?«

»Ja. Damals waren wir beide irgendwie auf der Suche danach, was wir eigentlich wollen.« Sie lachte. »Vielleicht bin ich das noch immer. Von ihm weiß ich es nicht.« Sie zog die Schultern hoch. »Wir entdeckten in der Zeit, es war die, in der wir gemeinsam jobbten, dass es nicht nur die Kindheitserinnerungen waren, die uns verbanden. Es kam mir vor, als seien unsere Seelen verwandt. Vor ihm habe ich mich nie verstellen müssen. Er hätte es sowieso bemerkt. Er kannte mich so gut. Ihm gelang es immer, mich wieder zum Lachen zu bringen, wenn ich traurig war oder mich geärgert hatte. Aber er war auch der Mensch, zu dem ich kam, wenn ich reden wollte.«

»Es ist wunderschön, diesen Menschen zu finden.«

Insa nickte. »Für mich war er als Freund perfekt. Als Mann

und als Freund. Er war optimistisch, ehrlich, lustig, aber in den wichtigen Momenten ernsthaft, und dabei so herrlich locker.« Sie lächelte. »Und mutig. Ich bewundere, dass er sich nach der Geschichte am Meer ausgerechnet mit einer Surfschule selbstständig gemacht hat. Er war noch sehr jung, hatte wenig Kapital, als dieser Plan in ihm gereift ist, aber er hat daran geglaubt. Und auch ich hatte immer den Eindruck, für ihn und mit ihm war alles möglich.«

»Aber warum habt ihr euch getrennt, wenn es so perfekt war?«

»Hier auf Sylt war für ihn leider alles zu teuer. Er konnte hier nicht das starten, was er sich wünschte. Mir kam es vor, als wolle er unbedingt das Beste aus seinem Leben machen. Alles herausholen, was ging – das konnte er hier nicht. Ich hingegen konnte mir unter keinen Umständen vorstellen, Sylt zu verlassen. Und obwohl oder vielleicht gerade weil unsere Liebe stark war, war mir klar, dass ich ihn gehen lassen musste. Ich wollte ihn nicht hier festhalten und ihm seine Träume nehmen. Nicht zuletzt, weil ich immer von einer Familie geträumt habe und er nie Kinder bekommen wollte.«

»Wie traurig.«

»Vielleicht. Andererseits sind wir beide unsere Wege gegangen, mussten wohl erst zu den Menschen werden, die wir heute sind, unsere Ziele umsetzen. Jeder für sich, weil es miteinander nicht möglich gewesen wäre. Und auch wenn sich nicht all meine Wünsche erfüllt haben und einige es niemals werden, bin ich sicher, es sollte, ja, es musste so sein.«

»Das ist sehr stark von dir.«

»Leicht war das oft nicht für mich. Ich habe ihn vermisst. Uns, die Zeit, die wir hatten, und das Gefühl, die echte Liebe erlebt zu haben.« Sie lächelte matt. »Aber dafür war ich auch dankbar. Nicht jedem ist dieses große Glück gegönnt.«

Ich legte den Arm um Insa, und sie lehnte ihren Kopf an meine Schulter.

»Du großartiger Mensch«, flüsterte ich.

»Wir haben uns damals mit dem Versprechen voneinander verabschiedet, nur kurz das Glück zu finden. Irgendwie habe ich darauf vertraut, dass sich unsere Wege in dem Zuge irgendwann wieder kreuzen würden.« Sie zuckte die Schultern.

»Nun, er ist zurückgekommen, und ihr seid beide Single. Ich vermute, das heißt, dass er das vollkommene Glück offenbar nicht auf dem Festland gefunden hat.«

»Ja.« Insa nickte. »Sylt spielte wohl immer eine Rolle für Thore. Das hat er mir beschrieben. Es ist ja auch seine Heimat. Viele glückliche Jahre hat er hier verbracht. Vielleicht die prägendsten des Lebens. Schon im Kindergarten waren wir unzertrennlich. Zur Schule sind wir dann leider nicht mehr gemeinsam gegangen. Seine Familie verließ die Insel nach dem schrecklichen Unglück mit dem Kind und dem Surfer, und er selbst kam dann erst nach Jahren hierher zurück.«

»Was ist da denn genau passiert? Weißt du das?«, fragte ich. Insa ging nie mit ins Wasser. Das war schon so, seit ich sie kannte. Hatte es etwas damit zu tun?

Sie nickte.

»Ich war auch dabei, als es passierte. Es war schlimm. Wie du weißt, gehe ich ja nicht gerne ins Meer«, begann Insa. »Das hat mit diesem Unglück zu tun«, bestätigte sie meine Vermutung.

»Krass. *Das* war das traumatische Erlebnis, von dem du immer sprichst?«

»Ja. Seit ich als Kind miterleben musste, dass jemand ertrunken ist, bin ich nie wieder zum Schwimmen in die Nordsee gegangen. Wir waren mit Thores Eltern am Strand. Thore und ich gingen schwimmen im Meer, nur so am Rand und immer unter den Augen seiner sehr ängstlichen Eltern. Neben uns spielte ein kleiner Junge – etwas jünger als wir, wie ich später erfuhr. Thore und ich fragten, ob er mitspielen wollte, was er tat. Da kam er aus dem Wasser und zu uns, lief dann aber noch mal zurück, weil er uns irgendwas mit einem Board zeigen wollte. Seine Mutter quatschte mit Thores Eltern, bekam zu spät mit, dass ihr Junge wieder in die Wellen gerannt war. Er eiferte einem erwachsenen Surfer nach, der vor uns seine Tricks vorführte. Wir kannten ihn, weil er oft dort am Strand war. Ein cooler Typ, der immer gut drauf war. Strahlend, lässig, durchtrainiert. Unser großes Vorbild. Keine Ahnung, wie er hieß. Wir nannten ihn TJ.« Sie sprach die beiden Buchstaben englisch aus. »So hat er sich uns vorgestellt. Wir machten oft Übungen mit ihm an Land und hofften, dass wir irgendwann einmal so coole Surfer werden würden wie er. Aber dafür waren wir viel zu klein.« Ich lächelte, und Insa atmete schwer. »An dem Tag surfte er weiter weg von uns, winkte uns aber immer wieder zu. Vielleicht lief der Junge deshalb wieder los, weil er sich von dem älteren animiert fühlte. Ich weiß es nicht, jedenfalls schwamm er viel zu weit hinaus, ließ sich von der Strömung der Wellen tragen. Und dann ging alles ganz schnell. Im einen Moment sahen wir den blonden Schopf des Jungen über den Wellen, und im nächsten war er verschwunden, und sein kleines Board tanzte allein auf dem Wasser. Der Junge war untergegangen. Lautlos und ohne jede Wehr. Wir schrien voller Panik. Der Surfer war sofort da, tauchte nach dem Kind, noch ehe die Mutter überhaupt realisieren konnte, was geschehen war. Wir beobachteten, wie er immer wieder verschwand, die Stelle absuchte, wo er glaubte, das Kind zum letzten Mal gesehen zu haben. Und dann endlich zog er einen kleinen Körper auf sein Board. Er war das große Glück des Jungen, hat alles gegeben, um ihn vorm sicheren Ertrinken zu retten.« Eine Gänsehaut zog über meinen ganzen Körper, erst recht, als Insa fortfuhr. »Sogar sein Leben.«

»Aber wie? Er war doch sicherlich ein guter Schwimmer. Warum hat er es nicht geschafft?«

»Ich weiß es nicht«, gestand Insa resigniert. »Damals war ich noch zu klein, habe die Zusammenhänge nicht ganz verstanden. Ich kann mich nur noch an Gespräche über gefährliche Unterströmungen erinnern und dass jemand sagte, der Surfer sei wohl ertrunken, weil er in eine solche geraten war. Und später hat kaum noch jemand darüber gesprochen. Ich glaube, alle hatten das Gefühl, uns Kindern damit einen Gefallen zu tun, das Geschehen auf sich beruhen und das Ganze vergessen zu lassen. In dem Moment, in dem der Junge auf dem Surfbrett lag, dachte ich, jetzt wird alles gut. Doch das wahre Chaos brach dann erst los. Und irgendwann wurde der Junge in einem Krankenwagen mit Blaulicht davongefahren, während die Sanitäter, die sich um den Surfer kümmerten, nur traurig die Köpfe schüttelten. Die Erwachsenen hatten unrecht. Ich werde dieses Bild nie vergessen.«

Erschrocken presste ich die Hand vor den Mund. »Wie entsetzlich diese Geschichte ist, Insa.«

Diese nickte mit angespannter Miene. »Obwohl uns nichts passierte, waren auch die Eltern von Thore fix und fertig. Sie waren immer schon sehr ängstlich, was ihre Söhne anbelangte, und nach diesem Zwischenfall wollten sie nicht länger hier in der Nähe des Meeres leben. Leider zogen sie ganz weg. Sie haben ihn seitdem immer merkwürdig beschützen wollen. Klar, sie hatten Angst, machten sich ewig Vorwürfe, gaben sich die Schuld, weil sie mit der Mutter des Jungen geredet und sie abgelenkt hatten. Seine Eltern wollten alles richtig machen, aber haben aus seiner Sicht den größten aller Fehler gemacht. Sie haben ihn entwurzelt, von seinem Wohlfühlort fortgebracht und versucht, ihm seine

Träume auszureden. Das ist auch der Grund, warum er eigene Kinder ausschließt. Er will nicht die Verantwortung dafür tragen, dass auch sein Trauma irgendwann das Leben eines Kindes beeinflusst, will nicht die gleichen Fehler machen wie seine Eltern. Für sich selbst, sagt er, hat er das verarbeitet. Er traut sich aber nicht zu, dass es ihm gelingen würde, die Angst, die seine Eltern um ihn fortan hatten, nicht auch auf seine eigenen Kinder zu übertragen.«

»Oh, wie furchtbar. Irgendwie kann ich das sogar verstehen. Sowohl ihn als auch die Eltern. Aber *er* kam zurück.«

»Ja. Für eine kurze wunderschöne Zeit kam er vor vielen Jahren zurück. Ich habe mich so gefreut und die Zeit mit ihm so sehr genossen. Anders als damals, als wir noch Kinder gewesen waren, und doch mindestens genauso intensiv. Bis er wieder ging. Er sagt heute, dass er damals zu rastlos war, seine Träume zu groß und das Band nach Sylt zu schwach, um ihn zu halten. Aber jetzt hat ihn dieses unsichtbare Band wieder hierher zurückgezogen. Und nun ist es stark genug, sagt er.«

Ich schaute Insa von der Seite an. »Wenn ich ehrlich bin, kann ich mir bei den Blicken, die er dir schenkt, auch gut vorstellen, dass du, ohne es zu wissen, mindestens einen Teil dieses Bandes in deinen Händen hältst.«

Insa zuckte mit den Schultern. »Egal bin ich ihm vielleicht nicht, ja.«

»Vielleicht sogar mehr.«

»Ich weiß nicht.«

»Empfindest du denn noch etwas für ihn?«

»Auf jeden Fall! Hätte ich damals auf meine Gefühle gehört, hätten wir uns nie getrennt. Aber ebenso wenig hätte ich ihm im Weg stehen wollen, also hatte ich keine Wahl. Menschen, Träume oder Orte loslassen zu müssen ist vielleicht das Schwerste an der Liebe.«

»Wow. Du bist so unglaublich stark, Insa.«

»Na ja, außerdem wollte ich ja Kinder, er nicht, und auch ich war nicht bereit, diesen Traum aufzugeben. Dass mein eigener Körper mir einen Strich durch diese Rechnung machen würde, konnte ich damals ja noch nicht ahnen. Ganz so selbstlos, wie du sie darstellst, war meine Entscheidung, ihn gehen zu lassen, also nicht.«

»Ich bin der Meinung, dass du ihm sagen solltest, was du für ihn empfindest. Ich habe ihn heute beobachtet, nein, das stimmt eigentlich nicht. Das war gar nicht nötig. So wie er sich dir gegenüber verhält, bin ich fest davon überzeugt, dass es ihm genauso geht wie dir. Vielleicht seid ihr das letzte Puzzleteil füreinander, das euch zu eurem großen Glück noch fehlt. Lass nicht zu, dass ihr wieder getrennt werdet«, sagte ich, und wir kuschelten uns aneinander.

Mein Blick verlor sich im goldenen Schein der Sonne, die jetzt als glühender Ball im Meer versank. Das Farbenspiel am Himmel war fantastisch. Als hole es zum Finale noch einmal alle Pracht hervor, um mit einem grandiosen Tusch den Tag zu beenden.

Das leuchtende Orange ging über in ein immer heller werdendes Gelb, wechselte ins Hellblau und wurde, je höher der Blick wanderte, tiefer, intensiver. Bald würde es überall nachtblau sein, und die funkelnden Sterne würden kleine Highlights im auf Sylt besonders dunklen Himmelszelt sein. Doch jetzt wirkten die Farben für einige Minuten wie aus einem Pastell-Malkasten. Das zarte Blau, das helle Lila und ein sanfter rosafarbener Schimmer wirkten beruhigend schön auf mich.

»Es wird langsam frisch, findest du nicht auch?«, fragte ich Insa irgendwann.

»Ja, lass uns gehen.«

Wir legten uns jede wieder unser Cape um und stapften, vorbei an dem schönen Lokal, durch den Sand bis zum Übergang. Ein letzter Blick über den Strand, der nun so ruhig und verträumt dalag, als herrsche hier niemals Trubel, dann gingen wir zum Auto.

Jetzt, wo die Sonne weg war, fröstelte es mich leicht, und ich freute mich, im Auto zu sitzen.

Insa war still geworden, wirkte aber nicht traurig, sondern eher müde.

Heute setzten wir uns auch nicht mehr auf Insas Terrasse, sondern machten uns sofort fertig und legten uns in die Betten.

9.

Weil Insa mir erzählt hatte, dass sie den Vormittag am nächsten Tag freihatte, ging ich ganz früh zum Bäcker und holte Brötchen. Ich kam an einem Verkaufsstand für selbst gemachte Marmeladen vorbei, wo ich noch zwei kleine Gläschen mitnahm. Diese handgemachten Köstlichkeiten liebte ich und konnte kaum erwarten, sie auf einem frisch gebackenen Kieler oder Sonnenblumenkern-Brötchen zu genießen.

Nun stand einem leckeren Frühstück im Garten nichts mehr im Wege.

Insa war bereits wach, als ich zur Tür hereinkam, und hatte den Tisch gedeckt.

»Du bist ja ein Schatz«, freute sie sich und nahm mir die Tüte mit den Brötchen ab. »Ich hatte mir so was schon gedacht, als ich gesehen habe, dass deine Zimmertür offen steht und dein Cape fehlt. Da hab ich schnell für eine gemütliche Umgebung gesorgt.«

»Guten Morgen. Das ist doch ein perfekter Start in den Tag.« Ich freute mich auf das Essen und nahm den Korb mit den Brötchen mit nach draußen.

»Ganz wunderbar! Tee kommt sofort!« Insa hatte mir auch an diesem Morgen meinen Lieblingstee *Sylter Morgenleuchten* gekocht. Die Küche duftete bereits fruchtig frisch nach Beeren und Orange.

Als wir am Tisch saßen und ein erstes Brötchen genossen hatten, schaute Insa mich mit einem langen Blick an. »Wie geht es dir denn? Vermisst du Johann eigentlich?«

Ertappt verschluckte ich mich vor Schreck, was ein breites Grinsen meiner Freundin zur Folge hatte. »Verstehe!« Ihre Augen blitzten verschwörerisch.

»Ganz ehrlich? Ich hab mit unserer Beziehung so gut wie abgeschlossen! Er macht es mir so verdammt leicht. Ich bin einfach nur wütend, dass man sich jemandem gegenüber, mit dem man ein Leben geplant hat, so verhalten kann. Tagelang kein Bild und kein Ton – dann plötzlich diese fadenscheinige Meldung.« Ich schüttelte energisch den Kopf. »Nein, das ist wohl schon als eine Art von Ghosting zu bezeichnen. Untergetaucht, einfach weg. Kurz bevor es ernst wird. Torschlusspanik nennt man das wohl. Aber auf die ganz feige Art. Solch einen Vertrauensbruch werde ich ihm nicht verzeihen können, und ich wüsste nicht, wie wir unter diesen Voraussetzungen noch zusammenleben sollten. Wobei das ja etwas ist, was mich mein Leben lang schon begleitet.« Ich lachte bitter auf und nickte ernsthaft. Insa legte den Arm um mich.

»Das macht's echt besonders schlimm«, stimmte Insa mir zu. »Aber ich bin froh, dass du nicht todunglücklich und traurig darüber bist. Auch nicht, weil der Grund, weshalb du trotz der Situation zeitweise ein Dauergrinsen im Gesicht hast, ein anderer Mann ist.« Insa schlug sich theatralisch die Hand vor den Mund. »Sorry«, presste sie mühsam hervor.

»Insa! Als ob das nur der Mann ist!«

»Was denn noch?«

»Alva und das *Zuckerhüs* zum Beispiel!«

»Was ja nicht unbedingt was mit diesem Mann zu tun hat – verstehe!«

»Schon, ja. Ohne ihn wäre ich vielleicht gar nicht auf dieses zuckersüße Lädchen aufmerksam geworden.«

»Niemals!«

»Und ich hätte nicht auf einem Holzpferd durch einen malerischen Garten reiten dürfen!«

»Undenkbar, dieses Glück nicht erfahren zu haben!« Insa tat gespielt empört.

»Und ich hätte keinen so fantastischen Spaziergang am Ellenbogen gemacht und so tolle Gespräche mit einem Menschen geführt, der mir bis vor wenigen Tagen komplett fremd war.«

»Aha! Da kommen wir der Sache näher.« Insa rieb sich die Hände.

»Alles, was in den letzten Tagen passiert ist, hat mich allerdings tatsächlich darin bestärkt: Ich möchte hier sein. Hier auf Sylt. Hier fühle ich mich so, als ob alles möglich ist. Hier geht es mir gut.«

»Und ich dachte, meine Gesellschaft ist es, auf die du in Zukunft keinen Tag länger verzichten kannst!« Insa verschränkte die Arme und schmollte gespielt.

»Das ist natürlich der Hauptgrund, warum ich hier meine Fühler ausstrecke und so schnell wie möglich einen Job finden will«, beschwichtigte ich meine Freundin und strich ihr über den Handrücken. Sie lächelte versöhnlich.

»Nein, im Ernst. Es wäre so toll, wenn es für das *Zuckerhüs* weitergehen dürfte. Dort zu arbeiten wäre ja traumhaft und genau deins.«

»Absolut! Da rennst du bei mir offene Türen ein.« Skeptisch legte ich die Stirn in Falten. »Aber wenn sie über einen Verkauf nachdenken, bin ich raus. Dass ich das hier allein nicht stemmen kann, stand ja schon bei meinem letzten Projekt fest. Und das

Lädchen, das wir mieten wollten, war nicht einmal halb so schön und groß wie Alvas.«

»Das verstehe ich. Selbst mit dem Startkapital aus der Auflösung deines Hamburger Ladens wäre ein Kauf hier auf Sylt vermutlich unmöglich.« Insa presste die Lippen aufeinander. »Perfekt wäre doch, du mietest ihr Lädchen und versprichst, alles genau so weiterlaufen zu lassen, wie es ist.« Fragend zog Insa die Augenbrauen hoch und hob die Handflächen. Ich winkte ab.

»Leider fürchte ich, dass schon das finanziell mehr als eine Herausforderung wäre und eher keine Option ist.« Ich rieb mir nickend die Stirn. »Das *Zuckerhüs* und jeder Ertrag daraus ist ihre Altersvorsorge. Abgesehen davon, dass es unheimlich viel wert ist. Alva sprach davon, dass auch Flora sich nicht zutraut, die Kosten zu schultern. Natürlich wäre es schön, wenn ich es mieten könnte. Obwohl ich Flora auch hierin recht geben muss. Ohne Alva wäre es nicht mehr dasselbe. Sie gehört da hinein. Es müsste eine Lösung mit ihr gemeinsam geben. Aber das ist wohl utopisch und offenbar auch nicht gewollt seitens der Familie. Ein Laden wie dieser in der Größe, der Lage und mit dieser Historie samt Kundenstamm liegt weit außerhalb des Budgets. Egal ob zum Kauf oder zur Miete. Zumal ich ja auch das, was Johann und ich uns vorgestellt hatten, am Anfang nicht allein finanziert hätte, sondern noch nicht einmal zu fünfzig Prozent.«

»Lass das Universum mal für dich arbeiten. So, wie es mir vielleicht Thore zurück auf die Insel geschickt hat, so hält es hier womöglich auch dein persönliches kleines Wunder bereit.« Insa trank den letzten Schluck Tee und stand auf.

»Ich räume gleich ab. Mach du dich mal schon an deine Arbeit. Ich hab ja frei und kümmere mich um Küche und Co.«, bot ich an.

»Danke dir, das ist lieb! Ich sehe zu, dass ich heute Abend schnell zu Hause bin.«

»Stress dich nicht. Und wenn du noch mal ins Restaurant fahren willst, auch okay.« Ich grinste breit.

»Schon klar! Vielleicht auch das! Aber nur, wenn Peer bis dahin auch wiederaufgetaucht ist und ich dich in besten Händen weiß.«

»So schnell geht's wahrscheinlich leider nicht bei ihm«, murmelte ich. »Schön wäre es allerdings schon!«

Insa verabschiedete sich, und ich machte mich, nachdem ich abgeräumt und die Spülmaschine angestellt hatte, auf den Weg zu einem Spaziergang ans Morsum-Kliff.

Ein einmaliger Ort, der viel von der Geschichte der Insel und der vielfältigen Natur erzählte. Unweit des ruhigen Örtchens Morsum lag dieses Naturschutzgebiet mit weitläufigem Blick auf den Nationalpark Wattenmeer.

Ich parkte den Wagen und lief auf einem Holzweg bis zu einer Aussichtsplattform aus Holzbohlen, von der aus ich einen fantastischen Ausblick hatte.

Schilder erläuterten dem interessierten Besucher ausführlich, was ihn hier erwartete: das imposant rot-orange leuchtende Kliff. Ein Zeuge verschiedenster Epochen, die hier ihre Spuren in prachtvollen Farbformationen hinterlassen hatten. Ging man hinunter ans Watt, kam man sich zeitweise vor wie in einer surrealen Mondlandschaft.

Auf dem Weg durch die Morsumer Heidelandschaft zurück, empfing einen zu dieser Jahreszeit der betörende Duft der blühenden Heide. Lilafarben legte sie sich wie eine kunstvolle Decke über die Umgebung und zauberte ein malerisches Bild.

Jetzt war es hier himmlisch leer, und der weite Blick über das Naturschutzgebiet und das Watt und die beruhigende Ruhe taten mir einfach gut.

Inmitten dieser Idylle klingelte mein Handy. Beinahe widerwillig ob der Unterbrechung zog ich es aus der Tasche und hätte es beinahe vor Schreck fallen lassen, als ich sah, wer anrief.

Johann. Unglaublich! Ich zögerte kurz. Wollte ich überhaupt mit ihm reden? Ja, entschied ich dann. Ich würde es bereuen, ihm nicht noch ein letztes Mal die Meinung zu sagen.

»Johann!« Mit deutlicher Überraschung, die sogar mein Zittern in der Stimme überspielte, nahm ich das Telefonat an.

»Marla! Was bin ich froh, dass ich dich erreiche!« Seine Stimme, die mir doch vor Kurzem noch so vertraut gewesen war, kam mir mit einem Mal unendlich fremd vor.

»Ich glaube kaum, dass unsere Kontaktpause damit zu tun hatte, dass *ich* nicht erreichbar war«, schoss ich zurück. »Du solltest eher froh sein, dass ich überhaupt noch drangehe.«

»Ich verstehe, dass du ärgerlich bist. Ich kann dir alles erklären!«

»Ach, du liebe Zeit!« Fassungslos schüttelte ich den Kopf und blickte gen Himmel. Dieser Satz klang so abgedroschen, dass mir schlecht wurde. »Ich bin gespannt.«

»Du musst mir helfen, Marla«, fing er an, und schon das klang wie ein weiterer Fehltritt seinerseits. Mir kam es vor, als schwelle mein Hals an vor Wut.

»Ich? Dir helfen?« Meine Stimme war schrill und überschlug sich fast. »Ich denke nicht! Was ist mit deiner Auszeit? Schon beendet?« Die Frage klang zynisch.

»Bist du auf Sylt?«

»Was tut das zur Sache?«

»Ich bin in Flensburg.«

»Und was machst du dort?« Ich konnte mir kaum vorstellen, dass er sich tatsächlich auf den Weg hierher gemacht hatte.

»Ich liege im Krankenhaus. Ich hatte einen Autounfall.«

Kurz horchte ich in mich hinein und stellte mit Schrecken fest, dass diese Nachricht nichts in mir auslöste. Keine Sorge, kein Interesse, kein Mitgefühl.

»Danke, es geht mir schon wieder besser!« Seine Stimme klang eingeschnappt, als ich nicht sofort reagierte.

»Aha.«

»Marla, ich verstehe ja, dass du sauer bist. Aber es ist unfair, dass du mir gar keine Gelegenheit gibst, dir das zu erklären.«

»Unfair? Interessante Sicht der Dinge. Dabei hatte ich das Gefühl, unfairer als dein Verhalten ginge kaum noch.« Am liebsten hätte ich aufgelegt. »Dann erklär mir doch bitte mal, was dir in deiner Auszeit passiert ist, das dich zu dem Schluss kommen lässt, dass ich es bin, die dir helfen soll?«

»Das habe ich doch gerade! Ich hatte einen Unfall! Eigentlich wollte ich mich viel eher wieder bei dir melden, weil ich erkannt hab, wie dumm meine Aktion mit der Auszeit war. Gleich an dem Tag, als wir zuletzt voneinander gehört haben. Aber dann geschah das Unglück. Mein Handy war im Auto, das vollkommen zerstört in der Werkstatt steht. Und ich war zwei Tage komplett *out of order.*«

»Das tut mir leid«, hörte ich mich sagen, fühlte es jedoch nicht. »Und deine Eltern, deine Freunde? Können die dir nicht helfen?«

»Ich kann es meinen Eltern nicht sagen!« Er wurde laut. »Sie würden sich furchtbare Sorgen machen. Offenbar im Gegensatz zu dir.«

»Bestimmt.«

»Marla, was ist denn los? Ich erkenne dich kaum wieder!«

»Mag sein, Johann. Mir geht es nicht anders. Ich hab mich in den letzten Tagen auch ganz neu kennengelernt. Und dich auch.«

»Und was bedeutet das?«

»Nun, stell dir vor: Ich musste mir überlegen, wie meine Zukunft hier aussehen könnte, denn von ›unserer‹ Zukunft kann ich ja nicht mehr reden.«

»Marla!«

»Hast du erwartet, dass ich nur darauf warte, dass du dich wieder meldest, mir mitteilst, was das Ergebnis deiner Auszeit ist, und wir dann, wenn ich das große Glück habe, dass es positiv für mich ausfällt, weitermachen wie vorher?«

»Es tut mir leid.«

»Glaube ich dir nicht, aber ist ja eigentlich auch egal.«

»Was? Sind *wir* dir egal? Bin *ich* es?«

Ich schwieg und hatte das Gefühl, dass diese Pause mehr Wucht hatte, als jedes Wort hätte haben können.

»Wie geht es dir denn jetzt? Bist du schwer verletzt?«, rang ich mich zu einer Frage nach seinem Befinden durch.

»Nein, es geht mir wieder besser. Ich hatte großes Glück. Kannst du kommen?«

»Nach Flensburg?«

»Das wäre fantastisch. Ich komme hier nicht weg.«

Daher wehte der Wind. Dass er nach den letzten Tagen die Dreistigkeit besaß, mich als Chauffeur auszunutzen, schlug dem Fass den Boden aus.

»Nein, sorry. Ich habe hier Termine.«

Nun schwieg er. Offenbar hatte er damit gerechnet, dass ich aus purer Dankbarkeit über sein Lebenszeichen direkt ins Auto springen und auf den Zug fahren würde.

»Soll ich nach Sylt kommen?«

»Und dann? Dem Makler habe ich abgesagt.« Ein Wind zog über die Wiesen. Mich fröstelte es. Ich wusste nicht, ob es wirklich kühler war oder diese Kälte durch unser Telefonat von mir Besitz ergriff.

»Meinst du nicht, wir sollten reden?«

»Ich weiß es nicht, Johann. Aber ich denke, das hätte dir früher einfallen müssen.«

»Aber der Unfall! Es war doch kein böser Wille, dass ich mich nicht gemeldet habe! Klar, vielleicht hätte ich von Anfang an manches anders machen sollen, aber ...« Er klang verzweifelt. »Wohnst du bei Insa?«

Ich ging über seine Frage hinweg. »Sieh du einfach zu, dass du wieder zu Kräften kommst. Bis bald, Johann.«

»Verstehe, Marla. Bis bald!«

Nach dem Telefonat fühlte sich die Stille hier weniger schön an. Eher einsam, mutterseelenallein. Kein angenehmes Gefühl. Ich lief zum Auto und hoffte, dass es mir auf Insas Terrasse gleich besser gehen würde.

Dort angekommen, wischte ich mir erst einmal die Tränen aus dem Gesicht, die mir während der Fahrt gekommen waren. Ich war verwirrt und traurig.

Ich ließ unser Telefonat Revue passieren und überlegte, warum er eigentlich in der Region unterwegs gewesen war. Flensburg gehörte bisher nicht zu den Orten, die er beruflich häufiger besuchte. Vielleicht war er tatsächlich auf dem Weg nach Sylt gewesen. Allerdings deutlich zu spät. Dann verlangte er auch noch, dass ich ihn abholte. Eigentlich hätte mir all das wohl zu denken geben müssen. Mich zum Explodieren bringen und ausflippen lassen. Aber nichts geschah.

Einzig die Tränen kamen, als spülten sie das letzte bisschen Erinnerung aus meinem Herzen, ansonsten fühlte es sich leer an.

Mir war nicht länger nach Alleinsein zumute. Insa arbeitete, und viel mehr Leute kannte ich hier nicht. Bis auf das Team der Bonbonmanufaktur. Kurzerhand fuhr ich noch einmal nach Keitum, in der Hoffnung, Gesellschaft und Zerstreuung im zauberhaften *Zuckerhüs* zu finden.

Vielleicht würde Levke eine halbe Stunde mit mir spielen und ich damit mir selbst und auch Alva eine Pause gönnen.

Schon als ich auf das *Zuckerhüs* zusteuerte, sah ich Alvas Mitarbeiterin mit dem Kind auf der Bank vor dem Haus sitzen. Sie las Levke aus einem Buch vor.

»Marla!« Levke freute sich und sprang auf.

»Oh, Levke, hallo! Ich will aber nicht eure Lesestunde stören«, entschuldigte ich mich.

»Alles gut!« Flora lächelte und wirkte fast ein wenig dankbar. »Alva hält die Stellung«, sagte sie und deutete in Richtung des Verkaufsraumes.

Ich sah, dass der Laden gut besucht war. »Willst du nicht reingehen, und ich übernehme das Buch?«, bot ich an.

»Hast du Zeit? Das wäre fantastisch! Alva ist ganz schön am Rotieren, hab ich das Gefühl.« Sie machte ein zerknirschtes Gesicht.

»Klar!« Ich setzte mich auf die Bank, und Levke kuschelte sich an meine Seite. Es war rührend, wie offen sie mir gegenüber war. Mir wurde ganz warm ums Herz.

»Na, das passt ja ganz wunderbar, dass ich ausgerechnet jetzt hier bei euch vorbeischaue.« Ich legte den Arm um Levke und drückte sie sanft an mich.

»Stimmt.« Die Kleine zeigte auf die Stelle, an der Flora das Lesen beendet hatte. In niedlichen Worten erzählte sie mir kurz, was bisher passiert war. Die Geschichte handelte von einem Mädchen, welches sich ein Haustier ausdachte, ein fliegendes Einhorn, das nur sie sehen konnte und das sie immer nachts besuchte und mit auf die Reise nahm, wo auch immer sie sich hinträumen konnte.

Levke konnte die Geschichte beinahe mitsprechen, freute sich aber riesig über das erneute Lesen.

»Wo würdest du denn hinfliegen, wenn du ein eigenes Einhorn hättest?«, fragte ich die Kleine, die mit vor Begeisterung glühenden Wangen in dem Buch blätterte und die Bilder betrachtete.

»Zu Ama«, kam es prompt. Kurz überlegte ich, dann fiel mir ein, dass Levke Alva ja Ama nannte.

»Wie schön! Aber dann ist ja grad alles super, denn du bist ja hier!« Ich lächelte und strich ihr liebevoll über den Rücken.

»Ja, schon.« Levke senkte den Blick und kratzte mit der Spitze ihrer rosafarbenen Sandale über den Boden. »Aber Papa soll auch hier sein.«

»Das verstehe ich. Bestimmt kommt er bald wieder, oder?«

»Ich weiß nicht.«

»Ihr telefoniert sicher oft, hab ich recht?«

Nun lächelte sie wieder, aber nur kurz. »Eigentlich ja. Aber gestern hab ich Papa gesagt, dass er voll doof ist und ich nicht mehr mit ihm reden will.«

Ich erschrak. »Oh nein! Was hat er denn gemacht, der Papa?«

»Es tut mir jetzt ja auch leid. Aber er hat gesagt, dass wir bald wieder nach Hause fahren. Mach ich aber nicht. Ich bleib hier!« Sie verschränkte demonstrativ die Arme.

Ich strich ihr über den Rücken. »Wäre es nicht schöner, wenn du mit deinen Freunden spielen könntest? Die sind ja nicht hier auf Sylt, oder? Bestimmt fehlen sie dir.«

»Die hätte ich zu Hause auch nicht mehr«, sagte sie. Es klang traurig. »In unserem alten Haus waren die. Aber das ist jetzt nicht mehr mein Haus, wo ich wohne. Da wohnt nur noch Mama.«

Die Kleine wirkte verzweifelt und tat mir leid. »Du wohnst mit Papa jetzt woanders?«

Sie nickte. »Da ist es nicht so schön wie hier.«

»Und in eurem alten Haus? Wie war es da?«

»Das war schön. Aber jetzt nicht mehr, weil Mama einen neuen Freund hat, der ständig vorbeikommt. Da will ich nicht mehr sein. Sie können ja einfach ein neues Kind kriegen.« Ein dicker Kloß breitete sich in meinem Hals aus. »Du bleibst für immer Mamas Kind, und nie wird ein neues Kind dich ersetzen, kleine Maus«, sagte ich hilflos. Sie nickte, zuckte dabei aber die kleinen schmalen Schultern, als habe sie Zweifel daran. Es tat mir so leid, dass die Kleine so traurig war, während ich mich darüber freute, dass eine Beziehung zwischen Peer und der Mutter des Mädchens offenbar kein Thema mehr war. Ich hatte den Eindruck, dass Levke gerade nur ein wenig Ablenkung helfen würde, und schlug vor, dass wir eine Runde auf den Spielplatz gehen könnten. Levke willigte in meinen Vorschlag ein, und wir sagten Alva kurz Bescheid, die sich ebenso freute. Ich gab ihr meine Telefonnummer und sie mir ihre, falls etwas sein sollte.

Wir schlenderten die Straße entlang, vorbei an reetgedeckten, historischen Kapitänshäusern. Levke, die offenbar gerade erste Zahlen lernte, nannte mir nacheinander die Jahreszahlen, die an einigen Häusern an der Fassade angebracht waren. Sie wirkte wieder fröhlich. Sie half auf unserem Weg diversen Marienkäfern über die Straße und setzte sie fürsorglich in das satte Grün der Hecken. Überall entdeckte sie kleine Besonderheiten, wie einen Vogel, der aufgeplustert im Baum saß, oder ein winziges Deko-Detail in den Fenstern. Auf einer Fensterbank stand eine kleine Vogeltränke. Ein Tisch im Garten eines prachtvollen Hauses war so liebevoll gedeckt, dass ich vermutete, hier würde gleich ein Fotoshooting für ein Land-Magazin stattfinden. Kurz träumte ich mich in diesen Garten, stellte mir vor, wie man mich für das Magazin interviewte, welches Vasen und Interiorprodukte vorstellte, die mein Laden führte. Wie ich davon erzählte, mir meinen Traum verwirklicht zu haben, einzelne Faktoren beschrieb, die mein Sortiment auszeichneten, und dabei eine Tasse duftenden Tees zwischen den pinken Blüten der Sylter Rose genoss.

»Marlaaa«, kam es von rechts, und Levke zupfte mir am Ärmel und zeigte zur Seite. Ich war so in Gedanken, dass ich nicht bemerkt hatte, dass wir direkt neben einem Eiswagen standen.

»Oh! Was für ein Glück«, sagte ich. »Was ist deine Lieblingssorte?«

»Stratzeltella! In einer Waffel!« Das Leuchten in ihren Augen wirkte so zuckersüß, dass ich ihr unbedingt diesen Wunsch erfüllen wollte.

Ich trat an den Tresen. »Moin! Zwei Kugeln Stracciatella in der Waffel und einmal Pistazie und weiße Schokolade im Becher, bitte.«

»Ja, moin. Sehr gerne! Einmal den *Muschelstrand* und einmal die *Salzwiesen* mit *Hörnumer Odde*.« Verdutzt lauschte ich der Zusammenfassung, als der freundliche Herr, der die Bestellung zusammenstellte, auf die Schilder deutete. »Die Namen müssen sie nicht kennen«, erklärte er, als ich die klangvollen Eissorten-Bezeichnungen studierte.

»Dabei klingen sie so viel besser«, gab ich zu.

»Das freut mich. Schmeckt aber gleich.« Er lächelte sanft und reichte uns die Waffeln.

»Danke!« Ich freute mich, wie selbstverständlich und ohne jede Aufforderung sich das kleine Mädchen bedankte. Zufrieden schleckte sie direkt an ihrem Eis.

»Mmh! So stellt man sich den Sommer vor, oder?«

Levke nickte.

Als wir am Spielplatz ankamen, hatten wir das Eis aufgegessen, und Levke stürmte direkt auf eins der Geräte zu. Sie kletterte auf das Schaukelpferd.

»Machst du für Papa ein Foto?«, fragte sie.

»Unser Pferdebild für heute! Klar!« Ich lachte und zückte mein Handy.

Sie hüpfte von einem Spielgerät zum nächsten und wirkte ausgelassen und fröhlich. Sie suchte alle auf dem Spielplatz versteckten Zwerge aus Holz und freundete sich mit ihnen an, indem sie ihnen Namen gab und sie umarmte. Es war kein Gedanke mehr an die traurigen Worte über ihr Zuhause von eben. Ich bekam eine Ahnung, was Peer da aktuell zu regeln hatte. Sicher fiel ihm das auch nicht leicht, hier immer alles so zu managen, dass es auch seinem Kind gut dabei ging. Ich war froh, dass ich dem Mädchen einige zufriedene Stunden schenken konnte, worüber auch er sich vielleicht freuen würde.

Irgendwann war Levke sichtlich erschöpft, und da wir noch zu Fuß zurückgehen mussten, schlug ich vor, uns auf den Heimweg zu machen. Nur dank einer Pferdekutsche, die gerade vor dem Spielplatz hielt, konnte ich sie davon überzeugen.

Begeistert lief sie durch das massive Holztor mit dem geschnitzten Zwerg davor heraus, und der freundliche Kutscher schien das Leuchten in den Augen des Kindes auch vom Kutschbock aus zu erkennen und stoppte das Gefährt.

»Moin«, sagte er freundlich. »Bist du nicht die Lütte von Alva?«

Levke nickte, und ihre blonden Zöpfe wippten niedlich.

»Moin«, sagte ich. »Ja, Levke und ich drehen gerade eine Runde, weil Alva im *Zuckerhüs* so gut zu tun hat.«

»Magst du Pferde?«

Wieder nickte Levke.

»Darfst sie ruhig streicheln.« Er lächelte freundlich. Tiefe Falten, die von einem sonnenreichen, langen Leben zeugten, prägten sein Gesicht. Vorsichtig lief Levke zu einem der kräftigen Tiere und streichelte ihm zärtlich über die Nüstern. Es hielt ganz still und war so lieb. Ein sanfter Riese. Ich war gerührt von der niedlichen Szene.

»Ich bin auf dem Rückweg zum Stall. Das *Zuckerhüs* liegt auf dem Weg. Mögt ihr bis dahin mitfahren?«

Levkes Augen wurden riesengroß. »Jaaa«, freute sie sich. »Darf ich, Marla?«

»Selbstverständlich! Wow, danke! Ich freue mich auch!«

Der Kutscher machte eine einladende Handbewegung und klopfte auf die zwei leeren Plätze neben ihm. Mein Herz schlug schneller. Ich war ein wenig aufgeregt. Als ich überlegte, wann ich zuletzt auf einem Kutschbock gesessen hatte, kam ich zu dem Schluss, dass es ewig her war. Wahrscheinlich war ich nicht viel älter als Levke gewesen.

Levke hingegen hatte weniger Skrupel und war in Sekundenschnelle oben.

Der Kutscher nahm die Leinen in eine Hand und streckte ihr die andere entgegen.

»Ich bin Boy. Du heißt also Levke?«

Levke nickte und schüttelte seine Hand, in der ihre kleinen Finger ganz versanken. »Und das ist Marla! Papas Freundin.« Sie sagte das mit einem niedlichen Kichern.

Das kam unverhofft, und ich spürte, wie ich knallrot wurde, obwohl das vollkommen verrückt war. Der ältere Herr hatte ja keine Idee, wie genau die Beziehungsverhältnisse der kleinen Dame waren, geschweige denn meine. Und es war ihm wahrscheinlich herzlich egal.

Dennoch kam es mir so vor, als blicke er mich ein paar Sekunden verschwörerisch an. »Dann wollen wir mal eine kleine Runde drehen, damit der Papa ganz neidisch wird, was seine Prinzessin zusammen mit seiner Freundin erlebt hat.« Er lachte mit einem sympathisch rauen Lachen und gab den Pferden das Zeichen, loszugehen.

Das Gefährt setzte sich mit einem leichten Ruck in Bewegung, und das Gefühl war prickelnd abenteuerlich. Ein klein wenig unheimlich, weil ich mir den Fahrkünsten des Mannes und den Nerven der Pferde im wuseligen Keitumer Straßenverkehr ausgeliefert vorkam. Aber mit jedem Meter fühlte ich mich sicherer. Boy strahlte eine Ruhe und Selbstsicherheit aus, die auch mich beruhigte. Er schien alles im Griff zu haben. Ebenso war es das unerschrockene Gemüt der kräftigen, hellbraunen Kaltblüter, die sich weder von den unzähligen Autos noch von den vielen Radfahrern am Wegesrand aus der Ruhe bringen ließen. Der Klang ihrer Hufe auf der Straße klapperte wie im Film.

Die Kutsche war hübsch geschmückt. Es sah aus, als habe sie eben noch eine Feierlichkeit begleitet.

Dem freundlichen Boy war mein interessierter Blick auf die Blumendeko aufgefallen. »Da hat sich eben wieder jemand trauen lassen.« Er lachte tief. »Oder getraut. Wie man's nimmt.«

»Sie haben ein Brautpaar begleitet? Wow! Das ist ja märchenhaft!« Tatsächlich war das schon in meiner Kindheit, seit ich zum allerersten Mal mit einer Kutsche mitgefahren war, mein großer Traum. Eine Hochzeit mit Kutsche statt Brautauto war für mich etwas ganz Besonderes. Für den Bruchteil einer Sekunde dachte ich an Johann, der unter einer Pferdehaarallergie litt und diese Vorstellung von vornherein immer ausgeschlossen hatte.

Der alte Mann nickte. »Viel mehr mache ich mit den Tieren auch nicht. Sie sollen nicht Dutzende von Leuten durch überfüllte Straßen chauffieren. Das tut ihnen nicht gut. Ein, zwei Fahrten die Woche, wenn überhaupt. Das mögen sie. Und ich auch.« Er lächelte, und dabei zerfiel sein Gesicht erneut in Tausende von Falten. »Alles andere überlasse ich den jungen Leuten.«

»Wie alt sind Sie?«, fragte ich gerade heraus.

»Neunundsiebzig!«

»Respekt! Wenn ich Sie und auch die Oma von Levke, Alva, sehe, scheint Sylt einen lange jung zu halten. Toll!«

»Möglich.«

»Wenn man also im Alter fit sein will, muss man einfach nach Sylt ziehen?«, stellte ich fest.

»So sehe ich das, jo. Sie leben also nicht hier?«

Ich schüttelte den Kopf. »Nein. Bisher noch nicht. Aber in Gedanken schon fast.«

»Das sollten Sie auf jeden Fall weiterverfolgen. Ich kann es nur empfehlen.«

Levke saß die ganze Fahrt über mit vor Freude glühenden Wangen neben Boy. Einmal durfte sie sogar auf einer geraden Strecke die Leinen in die Hand nehmen. Hinter ihrem Rücken hielt Boy sie zwar weiterhin, aber das kleine Mädchen platzte beinahe vor Stolz. Immer mal hörte ich ein »Wow!« oder »So toll!« von ihr.

»Danke! Sie haben Levke ein unvergessliches Erlebnis beschert«, versicherte ich ihm beim Aussteigen. »Und mir auch. Auf dem Kutschbock durch Keitum hat es sich einfach wunderbar angefühlt und diesen Lieblingsort aus einer besonders schönen Perspektive präsentiert. Danke!«

»Da nich für! Grüßen Sie die Alva ganz lieb und reisen Sie nicht vorschnell wieder ab!« Er hob den wettergegerbten Zeigefinger mahnend. »Denken Sie an Ihre Gesundheit. Ruckzuck ist man so alt wie ich. Da will man nichts versäumt haben.« Sein Blick war liebevoll wissend, und ich nickte.

»Auf bald!«

»Spätestens, wenn Sie heiraten!« Sein raues Lachen erklang, und er fuhr weiter.

10.

»Ama! Marla und ich sind Kutsche gefahren! Das war so mega! Die Pferde waren riesengroß!« Levke breitete ihre kleinen Ärmchen so weit aus, wie sie konnte.

Mit erstauntem Blick sah Alva mich an. »Na, so ein Erlebnisprogramm kann ich dir natürlich kaum bieten! Das ist ja fantastisch!« Sie strich Levke über das Haar. »Da hattest du ja einen tollen Vormittag!«

Levke nickte. »So toll, Ama! So toll!«

»Es war wirklich klasse«, stimmte ich zu. »Zufällig kam ein Kutscher mit seinem Wagen vorbei, als wir gehen wollten. Sein Name ist Boy. Wir sollen dich auch ganz lieb grüßen.«

»Ach, wie nett! Da wart ihr ja in den besten Händen. Boy hat damals meine Hochzeitskutsche gelenkt.« Alvas Gesichtsausdruck wurde ganz besonders sanft.

»Nein! Tatsächlich? Das ist ja zauberhaft.«

»Ja, wir waren noch junge Hüpfer, und er hatte sich erst kurz vorher sein erstes Pferd gekauft. Wir waren sein Testballon.« Sie lachte. »Hat alles wunderbar geklappt. Ein besonderer Beginn einer nicht weniger besonderen Zeit – für jeden von uns.« Ihr Blick war wehmütig und ging ins Leere. »Wenn Boy und ich uns manchmal hier im Ort treffen, schwelgen wir in diesen Erinnerungen.« Sie lachte heiser. »Wie wir Alten das so tun. Dann schwinge ich mich zu ihm auf den Bock, und wir drehen eine Runde durch Keitum. Er kann, genau wie ich, auch nicht von seiner Arbeit lassen.«

»Marla möchte auch mit einer Kutsche heiraten«, erklärte Levke, und Alva lachte.

»Das kann ich gut verstehen. Wenn du dir nicht allzu lange Zeit damit lässt, könnte Boy mit seinen Pferden auch deine Hochzeit noch begleiten«, sagte sie.

»Das ist ein unschlagbares Argument für eine baldige Hochzeit!« Ich musste grinsen. Alva verstand den ironischen Unterton und zwinkerte mir belustigt zu.

»Hat Papa angerufen?«, fragte Levke.

»Noch nicht. Magst du ihm von deinem Ausflug erzählen?«

Alva reichte dem Mädchen ihr Handy, wo sie bereits Peers Nummer geöffnet hatte. Levke nahm das Telefon und verschwand im Nebenraum.

»Einen Kaffee?«, bot Alva an.

»Gerne. Wenn es passt.«

Alva ging zur Kaffeemaschine. »Gerade ist es endlich mal ein wenig ruhiger. Verrückt, was hier heute los war. Aber ist ja nur gut. Deine Hilfe war großartig, Marla. Vielen lieben Dank. Die Kleine ist so glücklich. Einfach schön zu sehen! Da geht mir das Herz auf.«

»Das freut mich sehr. Mir hat es auch Spaß gemacht. Es tut so gut, sich ganz auf die kindliche Sichtweise einzulassen. Levke ist immer im Jetzt und Hier. Sieht kleine Dinge, an denen man nicht einfach so vorbeigehen sollte, die für uns viel zu sehr zur Selbstverständlichkeit geworden sind. Und Kinder stehen für sich ein, vollkommen unverstellt. Das vergisst man im Alltag alles so oft.«

»Da gebe ich dir recht. Levke tut mir auch sehr gut. Wobei es bei mir eher das quirlige Leben ist, was sie mir schenkt. Und die

Erinnerung an die Zeit, als Peer so klein war.« Sie lächelte liebevoll. »Sie sind sich so ähnlich. Das ist einfach wundervoll zu erleben.«

»Sie liebt es, hier bei dir zu sein. Das hat sie mir erzählt.«

Alva nickte. »Das tut sie, ja. Das macht es ihrem Papa auch grad nicht so leicht, glaube ich. Wenn es nach der Kleinen ginge, bliebe sie sofort ganz hier.« Alva zuckte die Schultern.

»Denkt Peer darüber nach, hierherzuziehen?« Mein Herz klopfte heftig, doch leider erhielt ich keine Antwort.

»Alva?« Flora steckte den Kopf durch die Tür. »Kommst du einmal?«

»Klar! Trink du in Ruhe deinen Kaffee«, sagte Alva und verschwand im Verkaufsraum.

Kurz darauf kam Levke zurück, in der Hand das Handy.

»Ja, sie ist noch da«, hörte ich sie sagen. Dann hielt sie mir schon das Telefon entgegen.

»Papa fragt, ob er dich mal sprechen kann.«

Unsicher nahm ich das Handy. »Ja?«

»Marla, ich weiß gar nicht, wie ich dir danken soll!«

»Ach«, sagte ich ausweichend.

»Nein, echt! Gestern Abend bin ich todtraurig ins Bett gegangen. Levke war so wütend, und sich am Telefon zu streiten ist der absolute Super-GAU.«

»Das stimmt.« Meine Gedanken gingen zu Johann und mir, wo dieser Zustand mittlerweile erschreckend normal war.

»Morgens hat sie es abgelehnt, mit mir zu sprechen. Jetzt hat sie sogar von sich aus angerufen und war dabei so guter Laune. Das hat mich gerade sehr beruhigt. Danke, Marla. Das hab ich dir zu verdanken. Sogar Kutsche seid ihr gefahren? Nicht schlecht!«

»Das war reiner Zufall. Ich wollte eben vom Spielplatz aufbrechen, weil ich gemerkt habe, dass sie langsam eine Pause bräuchte. Aber natürlich war das nicht unbedingt in Levkes Sinne. In dem Moment fuhr Boy mit seiner Kutsche vor dem Tor entlang. Das kam wie gerufen.«

»Jedenfalls hat meine Kleine jetzt den Wunsch, mit einer Kutsche zu heiraten.« Er lachte auf.

»Ich nehme alle Schuld auf mich! Den Floh hab ich ihr wohl ins Ohr gesetzt. Das ist nämlich auch mein Wunsch.«

»Verstehe.« Eine Pause folgte.

»Alva erzählte dann aber auch, dass sie und ihr Mann sogar von Boy persönlich zur Hochzeit gefahren wurden. Verrückt, oder?«

»Das ist verrückt, allerdings! Was für ein schöner Zufall. Jedenfalls muss ich mir keine Sorgen machen, dass Levke länger traurig zu Hause sitzt. Tausend Dank!«

»Weißt du denn schon, wann du wiederkommst?«

»Dass Levke so traurig war, hat mich meine Pläne straffen lassen, sodass ich schon heute wieder da sein werde.« In Peers Stimme klang Freude mit, und auch mein Herz machte einen fröhlichen Hüpfer. »Ich bin bereits auf der Autobahn. Wenn mein Auto mitmacht, bin ich bald da.«

Ich lachte. »Ach! Das ist ja schön. Levke hat sich doch sicher riesig gefreut, dass du so schnell zurückkommst?«

»Es ging so. Sie hat Angst, dass ich nur komme, um sie zu holen und mit ihr wieder nach Hause zu fahren.« Er seufzte.

»Willst du das denn?« Eine ähnliche Frage hatte ich eben Alva gestellt und leider nicht beantwortet bekommen.

»Wollen? Nein.« Er beließ es dabei, und es klang, als stelle sich diese Frage nicht, sondern als sei es notwendig, dass er wieder nach Hamburg ging. »Aber erst mal kommen wir, also ich, ja wieder zurück nach Sylt.«

»Würde mich freuen, wenn wir uns sehen«, sagte ich, und mein Herz stolperte. Ich hatte das Wort »wir« wohl gehört.

»Deshalb wollte ich dich sprechen. Wenn es nach Levke geht, soll jegliche Planung der nächsten Tage sich nach dir richten. Aber unabhängig von Levke würde auch ich dich gerne wiedersehen.« Überrascht zog ich die Augenbrauen hoch und war froh, dass Peer nicht sehen konnte, wie ich rot anlief. Ich genoss ein wohliges Kribbeln, das durch meinen ganzen Körper lief und mein Herz in den Bauch rutschen ließ. Dennoch wollte ich ihm nicht das Gefühl geben, als warte ich nur darauf, dass er zurückkam.

»Lass uns doch schauen, wenn du wieder hier bist.«

»Gerne. Du planst also erst einmal noch, auf Sylt zu bleiben?«

»Ja.«

»Schön. Dann sprechen wir, wenn ich wieder oben bin. Ich hab noch ein paar Dinge vor Ort zu erledigen und Gespräche zu führen, aber bald auch wieder einen freieren Kopf, hoffe ich.«

»So machen wir das. Bis dahin, Peer.«

Ich legte auf und machte mich auf die Suche nach Alva, um ihr ihr Handy zurückzugeben. Im Verkaufsraum war sie nicht, wahrscheinlich holte sie gerade etwas aus dem Lager. Ich wartete einen Moment, als Levke um die Ecke gedüst kam.

»Marla? Kommst du morgen mit uns nach Dänemark? Hat Papa dich gefragt?«

»Oh, nein. Bisher noch nicht.«

»Oh Mann, Papa! Der nervt echt!« Wütend stampfte Levke mit dem Fuß auf und stemmte die Händchen in die Hüfte.

»Aber wir haben schon besprochen, dass wir uns sehen. Wenn dein Papa da ist, schauen wir, was wir machen«, versuchte ich sie zu besänftigen.

»Versprochen?«

»Versprochen!« Ein skeptischer Blick traf mich. »Darauf

kannst du dich verlassen«, sicherte ich ihr zu und nickte. »Lass deinen Papa erst mal anreisen und all seine Termine im Blick haben, und dann gucken wir, wann er Zeit hat und ich auch.«

»Okay.« Sie wirkte ein klein wenig zuversichtlicher. Dann flitzte sie auch schon wieder zu ihrer Oma, die gerade zurück in den Laden kam. In der Hand hielt sie ein Körbchen voll kleiner Zellophan-Tütchen mit hellem Schleifenband. Darin rosa-weiß gestreifte Herzbonbons. Bei genauerem Hinsehen erkannte ich, dass Initialen eingearbeitet waren.

»Wow«, staunte ich. »Wie wunderschön! Was für eine tolle Arbeit.«

»Für eine Hochzeit. Das Paar will jedem Gast als kleine Aufmerksamkeit ein Tütchen auf den Platz legen.«

»Das ist eine schöne Idee!«

»Finde ich auch. Nachher wird es abgeholt.« Sie stellte den Korb ab und legte einen Zettel hinein. »In dieser Jahreszeit wird viel geheiratet. Ich hab heute noch zwei weitere Körbchen zu füllen.« Sie schaute sich um. »Flora, kann ich noch mal in der Küche was zusammenstellen?«

»Jetzt ist ja wenig los, klar.« Flora lächelte. »Geh du ruhig. Ich krieg das hier hin.«

»Soll ich nicht vielleicht hierbleiben? Bestimmt kann ich dir irgendwie helfen, oder?«, fragte ich Flora.

»Immer gerne! Vielen Dank. Wenn du erst mal hier in der Nähe der Kasse mit einpacken könntest, wäre das schon großartig.«

»Aber klar.« Ich trat hinter den Tresen und rieb mir aufgeregt die Hände.

Es kamen einige Kunden, und allesamt hatten Fragen oder Wünsche, die auch ich beantworten und erfüllen konnte. Es machte mir Freude, ihnen die Produkte auszuwählen und teilweise als Geschenk zu verpacken. Die Leute verließen mit einem Lächeln den Laden und bedankten sich vor allem für den freundlichen Service sowie für die kleinen Kostproben, die wir ihnen mit auf den Weg gaben. Ganz bestimmt würden, dank sorgfältig, mit viel Fingerspitzengefühl ausgewählten Bonbon-Probiermischungen, einige der Kunden mit weiteren Wünschen wiederkommen.

»Die Leute mögen dich gerne«, stellte Flora bewundernd fest. »Du hast so eine begeisternde Art, weil man spürt, dass du unsere Produkte sehr zu lieben scheinst.«

»Danke dir! Das freut mich, wenn es so ist, dass die Leute das merken. Ihr macht es mir aber auch leicht. Es ist einfach eine schöne Atmosphäre hier im *Zuckerhüs*. Und fantastische Bonbons, egal was man anbietet. So liebevoll und voller Herzblut. Ihr seid mit Leidenschaft dabei. Von der Herstellung bis zum Verkauf. Das liegt im Raum, dagegen kann man sich gar nicht wehren.«

Flora lächelte. Ihre Miene wirkte besorgt.

»Dabei ist es im *Zuckerhüs* in den letzten Tagen gar nicht wie immer, sondern ein wenig angespannt, wenn ich ehrlich bin. Der Besuch von Alvas Enkel hat die Chefin ziemlich aufgewühlt.« Flora senkte den Blick.

»Ich habe schon gemerkt, dass hier aktuell ein wenig Unruhe herrscht«, signalisierte ich Flora, dass ich ein Stück weit im Thema war.

»Oh ja. Peer sieht es sehr kritisch, dass Alva hier so weitermacht wie bisher. Und auch Alva erkennt ja, dass irgendwann der Zeitpunkt kommen wird, an dem sie sich aus dem Arbeitsleben verabschieden muss. Sie hat sich wohl schweren Herzens damit abgefunden, dass sie sich rechtzeitig von der Manufaktur trennen muss. Nur fällt es ihr dennoch nicht ganz leicht. Und ihre Befürchtungen, dass sich hier mehrere Leute bereichern wollen, scheinen sich zu bewahrheiten. Peer hat sich schon mit einem

Makler getroffen. Und nicht nur das. Er hatte auch schon einen Interessenten an der Hand. Es war natürlich direkt einer von der Sorte, die hier alles umkrempeln und auf den Kopf stellen wollen. Wie so oft. Inzwischen geht es einfach fast nur noch darum, aus traumhaften historischen Friesenhäusern das Maximum an Gewinn herauszuholen.« Flora presste angespannt die Lippen aufeinander. »Das war ein Schock für Alva. Sie war vollkommen neben der Spur. Sie hat Peer zunächst deutlich zu verstehen gegeben, dass man sie unter diesen Umständen hier heraustragen kann, wenn sie einmal tot ist, aber dass sie solchen Plänen keinesfalls zustimmen wird. Es war nicht verkehrt, dass Peer kurz ein wenig auf Abstand gegangen ist, um in Hamburg manches zu regeln. Aber ich glaube, sie hat schon verstanden, dass das nicht Peers Idee war, sondern der Makler mit dem potenziellen Käufer deutlich übers Ziel hinausgeschossen ist.« Sie nickte, ihre eigenen Worte bestätigend. »Aber schon die Überlegung, das *Zuckerhüs* zu verkaufen, bringt Alva verständlicherweise komplett aus dem Konzept.«

»Verstehe ich.«

»Absolut. Frag mich mal. Mein Herz blutet bei diesem Gedanken. Aber ich verstehe natürlich auch Alvas Familie.«

»Das macht mich auch ganz traurig. Ich habe euch und diese wunderschöne Manufaktur einfach so sehr ins Herz geschlossen.«

»Das wissen wir, Marla. Und wir dich ebenso.« Floras Miene wurde wieder fröhlicher.

»Was würde denn aus dir werden, wenn Alva wirklich den Laden schließt?«

»Ich habe das ehrlich gesagt bisher verdrängt.« Ein müdes Lächeln folgte. »Ich will das einfach nicht wahrhaben und hoffe noch auf ein Wunder.« Ihr Blick war hilflos, aber zuversichtlich. »Bisher wurde ich vom Leben noch nie enttäuscht. Auch wenn es mal ein paar Umwege und Baustellen für mich eingebaut hat.« Flora seufzte. »Ohne Alva wäre das hier für mich jedoch nicht mehr dasselbe. So schade es wäre, wenn es nicht weitergehen darf mit dem *Zuckerhüs*: Fest steht, dass ich Alva bis zuletzt zur Seite stehe. Kapitäne gehen doch als Letzte vom Schiff, sagt man das nicht so?« Flora lächelte matt.

»Das ist eine tolle Einstellung«, stellte ich anerkennend fest. »Ich wünsche euch von Herzen eine Lösung, mit der ihr zufrieden seid, wenn man das überhaupt sagen kann.«

»Wie geht es denn für dich hier eigentlich weiter?«

»Ich weiß es auch noch nicht. Wenn ich nicht zufällig im Lotto gewinne – nicht dass ich spielen würde –, um hier auch ohne meinen abtrünnigen Ex was aufzubauen, habe ich nämlich keinen Plan. Aber ich baue ganz auf die Worte meiner besten Freundin Insa. Sie ist der festen Überzeugung, dass das Schicksal einen genauen Masterplan hat, auf den ich mich verlassen kann. Das klingt ein wenig so wie das, was du sagst.«

Flora nickte. »Wir sitzen also in einem Boot. Dann drücken wir beide uns mal ganz fest die Daumen, was meinst du?« Sie lächelte.

»Ich finde, das fühlt sich gut an, oder?« Ich legte den Arm um sie.

Flora erzählte mir, dass sie ursprünglich aus Bremen kam. Sie war rund zwanzig Jahre älter als ich, hatte nie Kinder bekommen und sich, während die Frauen um sie herum sich um ihre Familien kümmerten, nach einer neuen Aufgabe gesehnt. Und dann hatte sie im Urlaub Alva kennengelernt, war mit ihr ins Gespräch gekommen, und so hatte eins das andere ergeben. Sie hatte ihren Bürojob gekündigt und war nach Sylt gezogen. Hier bei Alva konnte sie ihre Leidenschaft für das Besondere und den Wunsch nach Kontakt mit Menschen kombinieren. Nie hatte sie diesen Schritt bisher bereut, versicherte sie mir. Auch jetzt nicht, wo sie Sorge hatte, dass es im *Zuckerhüs* nicht weitergehen würde. Sie würde hier auf Sylt schon etwas anderes finden – wenn es auch niemals vergleichbar wäre.

Als Alva wieder nach vorne kam, war es für mich langsam an der Zeit, mich zu verabschieden. Alva erklärte, dass Levke sich gerade hingelegt hatte, so müde war sie von ihrem ereignisreichen Vormittag.

»Ich mache mich für heute auf den Weg. Insa kommt sicher auch bald. Bis bald, ihr Lieben!« Mit leichten Schritten verließ ich das *Zuckerhüs*, um zu Insa zu fahren. Die Fahrt über Land, vorbei an grünen Wiesen und wunderschönen Häusern, streichelte die Seele. Insa würde auch bald Feierabend machen.

Als ich in die Straße zu ihrem Haus einbog, stellte ich verwundert fest, dass ein Auto auf ihrem Parkplatz stand. Auf der Seite prangte das Logo einer Autovermietung. Nebenan war ein Haus mit Ferienwohnungen, womöglich hatten die Urlauber verkehrt geparkt. Darum würde ich mich gleich mal kümmern.

Ich parkte mein Auto daneben und schloss die Haustür auf. Wie erwartet war Insa noch nicht da. Also beschloss ich, schon einmal gemütliche Kissen für den Strandkorb herauszuholen und dort auf sie zu warten. Bevor ich mich schon auf die Terrasse setzen würde, wollte ich noch kurz beim Nachbarhaus klingeln wegen des Parkplatzes.

Die flauschigen Kissen unter dem Arm, trat ich auf die Terrasse und vor den Strandkorb. Als ich plötzlich einen Schuh sah, der neben dem Korb hervorragte, zuckte ich erschrocken zurück. Ich ging rückwärts wieder ins Haus und schloss leise die Tür. Dann dachte ich einen Augenblick nach und schaute genauer hin. Ein Einbrecher auf Beutezug schlief vermutlich nicht im Strandkorb ein, war es ein Obdachloser oder ein Backpacker, der sich den erstbesten Schlafplatz gesucht hatte? Unwahrscheinlich.

Doch dann erkannte ich mit einem Mal den Schuh. Es war Johanns.

Ich presste erschrocken die Hand vor die Brust und öffnete die Tür wieder. Diesmal ziemlich geräuschvoll. Dass er hier war, erklärte auch das Auto mit Vermieter-Kennzeichen auf dem Parkplatz.

»Johann?« Meine Begrüßung fiel schroff und laut aus. Mein Ex, der augenscheinlich tief geschlafen hatte, fiel vor Schreck beinahe aus dem Strandkorb und rappelte sich hoch. Offenbar zu schnell, denn er taumelte beim Aufstehen und hielt sich die Stirn.

»Marla! Da bist du ja!«

»Was fällt dir ein, mich so zu erschrecken?« Verärgert knallte ich den Stapel Kissen neben ihn in den Strandkorb. »Bist du verrückt geworden? Erst tauchst du komplett unter, um mir dann mit einem Mal im Strandkorb aufzulauern? Du bist doch nicht mehr ganz echt.«

»Du wolltest ja nicht zu mir kommen. Was sollte ich tun?«

»Mich informieren, dass du hier auftauchst, vielleicht? Könnte ja sein, dass ich was vorhabe. Schließlich muss ich zusehen, dass ich mir hier eine neue Existenz aufbaue. Schon vergessen?« Wütend funkelte ich ihn an. »Und außerdem schätzen weder Insa noch ich es, dermaßen überrumpelt zu werden.« Ich machte eine ausschweifende Handbewegung über die Terrasse. »Schon mal was von Privatsphäre gehört? Du hättest auch einfach im Auto warten können.« Ich schüttelte fassungslos den Kopf. »Aber Hauptsache, *ich* respektiere deinen Wunsch nach einer Auszeit. Der feine Herr kann dann aber schalten und walten, wie er gerade lustig ist, ohne auch nur ein einziges Mal zu fragen, ob es in Ordnung ist, dass er hierherkommt.«

»Hättest du denn gewollt, dass ich komme?« Ertappt drehte ich mich weg.

»Nein«, gab ich ehrlich zu.

Unfassbarerweise rollte er genervt die Augen. Mir entfuhr nur ein ersticktes Seufzen. »Können wir bitte reden, Marla?«

»Schieß los! Jetzt, wo du eh da bist.«

»Ich hab den Makler noch mal angerufen.«

»Johann, ich ...«, wollte ich ihn unterbrechen, aber er fuhr direkt fort.

»Ihr hattet ja schon telefoniert. Er bietet an, dass wir einen neuen Termin bekommen. Ich hab ihm von meinem Unfall erzählt. Selbstverständlich hatte er Verständnis dafür, dass bei uns deshalb alles ein wenig konfus lief.«

»Deshalb also?« Ich stieß einen empörten Jammerlaut aus. »Und ich hatte fast den Eindruck, dass deine grundlegenden Zweifel an der Entscheidung, den Laden hier zu mieten und mit mir gemeinsam eine Zukunft auf Sylt zu planen, der Grund gewesen sind. Denn ich bin mir nicht ganz sicher, es ist ja immerhin schon einige Tage her, aber ich meine mich zu erinnern, dass du dich deutlich vorher schon sehr merkwürdig verhalten hast. Das kann ich dem Makler gerne zeitlich aufdröseln. Er würde sich wohl eher noch wundern, warum ich nicht sofort alles gecancelt, sondern ihn zuerst noch vertröstet habe. Und ich wundere mich langsam auch. Lange vor diesem ominösen Unfall, nach dem du plötzlich nahezu quietschfidel hier vor mir stehst, wirkte es eher, als hättest du in letzter Minute kalte Füße bekommen.« Wütend funkelte ich ihn an. Hinter seiner verzweifelt in Falten gelegten Stirn arbeitete es. »Was um aller Welt hast du denn eigentlich in Flensburg gemacht?«

»Ja, es stimmt. Ich war mir nicht sicher, ob wir das Richtige tun, und hab mir viele Gedanken gemacht. Meine neue Steuerberaterin und ich wollten uns dazu treffen. Das geht ja den Makler nichts an.«

»Deine neue Steuerberaterin? In Flensburg?«

»Ja, du warst so viel mit dem Laden beschäftigt, da kam ich gar nicht dazu, dir das zu erzählen. War das nicht eine super Idee, so ganz in der Nähe von Sylt?«

»Mhm. Aber Moment! Du lässt mich schon vorab meinen Laden verkaufen und zu Hause alles aufgeben, während du noch mal in aller Ruhe in dich gehst, jegliche Entscheidungen infrage stellst und das erst einmal mit einer neuen Steuerberaterin bekakelst statt mit mir?« Auf diese Frage antwortete er nicht, sondern starrte auf den Boden. »Das ist so ekelhaft! Ich kann meiner Freundin nur recht geben, dass das Schicksal offensichtlich immer rechtzeitig das geschehen lässt, was sein soll.«

»Was willst du damit sagen?«

»Dass dein ›Unfall‹«, ich zeichnete Anführungsstriche in die Luft, »uns offenbar vorm größten Unglück unseres Lebens bewahrt hat.«

»Marla, also ich finde, du gehst jetzt zu weit.«

»Deine Meinung. Dem Makler kannst du jedenfalls ganz schnell wieder absagen. Das Kapitel mit dir und unserer gemeinsamen Zukunft hier ist für mich beendet.«

In diesem Moment ging die Haustür auf, und eine schimpfende Insa trat herein.

»Welcher Idiot blockiert bitte meinen Parkplatz? Ich hab den ganzen Wagen voller Sachen, die ich ins Haus tragen muss, und irgend so ein Volldepp stellt sich dreist einfach auf *meinen* Platz. Das kann ich ja ab!« Eine Tüte flog geräuschvoll auf den Küchentresen.

Noch ehe ich aufklären konnte, um welchen Deppen es sich handelte, erkannte Insa es selbst und ließ krachend zwei weitere Taschen, die sie in den Händen hielt, zu Boden fallen.

»Ich fass es nicht! Das Phantom ist wieder da!« Sie lachte schrill. »Wo bist du denn bitte gewesen, und warum bist du wieder da?« Abschätzend musterte sie Johann. »Wir hatten uns grad an deine Abwesenheit gewöhnt und konnten gut damit leben.«

»Ich freue mich auch, dich zu sehen, Insa.« Johann lachte dümmlich. Niemand von uns erwiderte seinen Joke. »Marla kann dir das alles erklären«, sagte Johann kurz. »Ich frage mich, ob es besser gewesen wäre, wenn ich meinen Autounfall weniger unversehrt überstanden hätte. Dann hätte sich meine Freundin womöglich mehr Sorgen gemacht.«

»Deine Freundin?«, stammelte ich.

»Eher wohl Ex-Freundin, nach der Aktion«, stimmte Insa mir zu. »Ein Unfall also? Wann soll der denn gewesen sein? Wenn man sich deswegen komplett gar nicht mehr melden kann, muss ja schon so einiges passiert sein. Und du siehst so unversehrt aus. Oder hattest du kurzfristig das Gedächtnis verloren?« Sie machte kreisende Bewegungen mit ihrem Zeigefinger in Höhe ihrer Schläfe und musterte Johann von oben bis unten. »Sonst sehe ich nichts. Verstand verloren könnte allerdings passen.«

»Insa, müh dich nicht länger ab. Ich glaube, Johann wollte gerade gehen. Er muss noch den Makler anrufen, um den lieb gemeinten Termin zu canceln.« Mit durchdringendem Blick sah ich ihn an.

Johann stand auf und ging mit schweren Schritten Richtung Gartenpforte neben dem Parkplatz.

Konsterniert darüber, dass Johann hier plötzlich auftauchte und mit Ideen um die Kurve kam, die einem Fieberwahn glichen, starrte ich ihm hinterher. Ich konnte nicht fassen, dass er noch immer dachte, einzig durch sein Erscheinen sei plötzlich wieder alles gut, ich würde ihm seine Kapriolen verzeihen und ihn mit Kusshand zurücknehmen. Das Gegenteil war der Fall. Ich schäumte vor Wut.

Insa kam aus der Küche, in der Hand zwei Sektflöten und eine

Flasche Prosecco. Ich hatte gar nicht gemerkt, dass sie verschwunden war, so sehr war ich auf meinen Zorn konzentriert gewesen.

»Auf den Schreck«, sagte sie. »Ist auch alkoholfrei.« Matt sackte ich in den Strandkorb.

»Ich glaub, ich kriege noch einen Nervenzusammenbruch«, mutmaßte ich. »Johanns Auftritt bringt mich gerade dermaßen zur Weißglut. Ich finde keine Worte dafür.«

»Verständlich!« Auch Insa wirkte ratlos.

»Da taucht der hier einfach heimlich im Garten auf. Der ist doch irre! Dabei war der Tag vorher so schön. Ich war mit Levke unterwegs auf dem Spielplatz, bin Kutsche gefahren mit ihr, und dann habe ich noch im *Zuckerhüs* ausgeholfen. Es war so wundervoll!« Mein Lächeln kehrte zurück bei diesen schönen Erinnerungen. »Alva, ihre Mitarbeiterin Flora und Levke nehmen mich so lieb auf. Das ist der Wahnsinn. Ich hab mich wirklich toll mit Flora unterhalten. Sie lebt den Job dort richtig, und wir haben auch als Team gematcht. Ich fühlte mich so wohl im *Zuckerhüs* mit den beiden.«

»Und dass du Alva mal ganz frech direkt ein Angebot machst?«

Ich zuckte die Schultern. »Ich habe den Eindruck, als könne sie da gerade eh nichts entscheiden. Offenbar soll das *Zuckerhüs* ja verkauft werden. Und da bin ich leider raus.«

»Sicher wird sie aber schon Mitspracherecht haben, oder? Es muss ja nicht heißen, dass du den Laden komplett übernimmst. Aber ich gehe fest davon aus, dass die Tatsache, dass die Seele der Bonbonmanufaktur erhalten bliebe, wenn du dich einklinkst, von Alva viel höher bewertet wird als jeder Preis für den Laden.«

»Vielleicht. Aber ich will sie ja auch nicht übervorteilen.«

»Natürlich nicht. Aber vielleicht gibt es ja eine Zwischenlösung.«

»Mhm. Mit der ich dann die Pläne ihres Enkelsohnes durchkreuze. Er will sie ja mit nach Hamburg nehmen.«

»Okay, das wäre ungünstig«, erkannte Insa.

»Ja, ich möchte Peer nicht verärgern.«

Insa grinste. »Verstehe.«

»Ich meine auch, Alva kann das nicht ganz allein entscheiden. Da sitzt noch irgendwer dazwischen, aber die genauen Verhältnisse durchblicke ich noch nicht ganz. Warum hat sonst Peer da so viel zu sagen? Oder er hat wenig zu sagen, und diese ganzen Überlegungen sind gar nicht auf seinem Mist gewachsen, und der Antrieb kommt von ganz woanders, und ein Dritter ist im Spiel? Darum auch die Abreise zwischendurch? Vielleicht hat er nicht nur Themen zu Levke besprochen.«

»Hm. Okay. Das kann schon sein. Also mein Gefühl sagt mir ja, dass Alva das beste Leben führen würde, wenn sie bis ans Ende ihrer Tage in ihrem *Zuckerhüs* stehen könnte.«

»So sehe ich es auch. Kann aber auch verstehen, dass man sich als Enkel sorgt, wenn man nicht immer in der Nähe sein kann.« Ich seufzte.

»Wann kommt denn der smarte Herr Enkelsohn wieder auf die Insel?«

»Er will wohl schon im Laufe des Tages wieder hier sein.« Ich war mir sicher, Insa konnte das Strahlen in meinen Augen nicht übersehen. »Peer sagte, er habe hier auch noch ein paar Dinge zu erledigen. Er will sich melden, wenn er wieder Luft hat.«

»Das trifft sich doch gut. So kannst du weiter versuchen, herauszufinden, wie seine Pläne rund um das *Zuckerhüs* konkret ausschauen. Ich hab schon einmal die Homepage des Maklers abgeklappert. Dort habe ich nichts gefunden. Aber vielleicht sprichst du Peer mal ganz offen darauf an. Er wird irgendwie darauf reagieren. Dann können wir uns das mit dem Angebot gut überlegen, um ihm bald direkt mal anzubieten, ins *Zuckerhüs* einzusteigen. Je nachdem, in welchem Rahmen das möglich ist. Vielleicht hat er ja auch eine Vorstellung, die realistisch ist. Und gleichzeitig hoffe ich, dass dein Ex euch während eurer Verhandlungen, in denen du all deinen Charme spielen lässt, rein zufällig über den Weg läuft.«

»Insa!«

»Ja, was hat er denn gedacht? Dass du dich zum Trauern hierher zurückziehst und wartest, bis er gnädigerweise wieder in deine offenen Arme zurückkehrt? Hallo?« Insa war ganz aufgeregt.

»Glaub mir, dass dem nicht so ist, hat er eben schon mitbekommen.«

»Richtig so! So viel Kummer, wie er dir gemacht hat. Der spinnt wohl. Hätte ja sein können, dass du mit einem Typen nach Hause kommst. Da hätte er aber blöd aus dem Strandkorb geguckt.«

Ich musste schmunzeln bei der Vorstellung. »Ach, Liebes. Lass uns nicht mehr über ihn reden.«

»Ja, natürlich. Worauf hast du denn heute noch Lust?«

»Ehrlich gesagt, würde ich einen entspannten Tag am Strand begrüßen. Mein Kopf ist so voll. Ich würde gerne einfach nur abschalten. Sonne tanken, Beine hochlegen und vielleicht einmal ins Meer gehen.«

»Das klingt nach einem wunderbaren Plan. Pack deine Tasche, dann starten wir direkt!« Insa lief ins Haus, und ich folgte ihr.

Mit unseren Strandtaschen, einer großen Decke und Sonnenhüten machten wir uns auf den Weg.

»Lass uns doch an den Strand von Kampen fahren«, schlug Insa vor, und ich stimmte zu.

11.

Der Weg dorthin tat meinem Kopf schon gut. Wir stellten die Musik laut und sangen die Lieder mit. Mit jeder Kurve und jedem Ort, den wir hinter uns ließen, wuchs meine Freude auf das Meer. Auch die zarte Wolkendecke am Himmel konnte sie nicht schmälern.

Ich liebte es, die Sonne so lange zu genießen, bis ich zur Abkühlung in die frischen Fluten hüpfte und mich von den Wellen treiben ließ. Den Blick weit hinaus bis zum Horizont gerichtet, hinter mir der weiße Strand, der mich gleich wieder mit viel Sonne und einer leichten Brise empfangen, trocknen und aufwärmen würde.

Auch Insa genoss es, am Strand zu sein, auch wenn sie nicht baden ging.

Am Parkplatz angekommen, schulterten wir unsere Taschen und liefen den Weg zum Wasser entlang,

Der freundliche Mann im Kurkarten-Kontrollhäuschen hielt einen kurzen Plausch mit Insa, und ich warf in der Zeit einen Blick in die Bücherbox, wo ich tatsächlich sofort fündig wurde. Ein Roman über einen Neubeginn an einem anderen Ort weckte direkt mein Interesse und wanderte in die Strandtasche.

»Ich hab einen Deal mit ’nem Freund, der die Strandkörbe vermietet, und einer Kundin.« Insa lachte und deutete auf einen

Korb, der inmitten der voll besetzten Nachbarkörbe tatsächlich noch frei war. »Dort drüben steht der Korb einer Kundin, die nur wenige Wochen im Jahr hier oben ist, aber sichergehen will, immer ihren angestammten Strandkorb zur Verfügung zu haben, wenn sie Urlaub macht. Deshalb mietet sie ihn das ganze Jahr über – Geld spielt für sie keine Rolle. Da ich mich um ihr Haus kümmere, weiß ich ja, wann sie auf die Insel kommt. In dieser Zeit breite ich mich hier nicht aus. Ansonsten habe ich hier immer meinen Platz, und sie weiß, dass er in guten Händen ist. Das ist für mich natürlich eine perfekte Lösung. Win-win sozusagen.«

»Hey, das klingt super!« Wir stiefelten los in Richtung des Korbes und breiteten unsere Handtücher darin aus.

Dann hielt mich nichts mehr davon ab, direkt ans Meer zu laufen. Der Sand unter meinen Füßen fühlte sich warm an. Wie eine kleine, prickelnde Massage, immer kühler und piksiger, je näher ich der Nordsee kam. Die Wellen waren verhältnismäßig hoch, und ich war mir der baldigen Abkühlung sicher.

Kinder mit Boards spielten juchzend in den Fluten. Mein Blick ging über das Meer. Heute waren weit und breit keine Surfer zu sehen, trotzdem freute ich mich plötzlich darauf, bei Thore einen Surfkurs zu machen.

Am Wasser blieb ich kurz stehen, vergrub die Füße im kühlen Sand. Mit jeder Welle sank ich ein wenig mehr ein. Es dauerte nicht lange, bis ich bis zu den Knöcheln im Sand stand. Bald schon würde mir das Wasser bis zur Wade reichen. Schon als Kind hatte ich das geliebt, und es war mein Strandritual.

Doch jetzt wollte ich baden! Langsam zog ich die Füße aus dem Sand und ging weiter ins Wasser. Schritt für Schritt. Ich zuckte kurz zusammen, als meine Hüfte von einer Welle getroffen wurde, die größer war, als ich erwartet hatte, und juchzte. Während ich mich rücklings in die nächste Welle fallen ließ und wie ein Kind lachte, stieß ich beinahe mit jemandem zusammen.

»Oh, entschuldigen Sie!« Mit einem Lächeln schwamm ich einen Bogen, um so dem Mann, den ich gar nicht bemerkt hatte, auszuweichen.

»Kein Problem! Es ist gottvoll, wie sehr Sie sich freuen. Schön! So viel Begeisterung sieht man sonst nur bei Kindern«, stellte der Mann fest und lächelte bewundernd.

»Ich liebe es! Es ist so herrlich. Da vergesse ich alles um mich herum.«

»Genau so soll es sein!« Er gab ein ähnlich begeistertes Geräusch von sich, und ich musste lachen.

In dem Moment hörte ich aus der Nähe meinen Namen. Es war Levke, die in einem Schwimmring auf mich zupaddelte.

Peer lugte hinter dem Schwimmring seiner Tochter hervor, den er schwimmend hielt. »Marla!« Ein Strahlen ging über sein Gesicht. Dann blickte er dem freundlichen Schwimmer hinterher.

»Ich hoffe, wir stören nicht?«

Ratlos zuckte ich die Schultern. »Nein!« Mein Herz schlug mit einem Mal wie verrückt, und am liebsten hätte ich Peer direkt umarmt, so sehr freute ich mich, dass er wieder da war. Dass er Levke festhielt, hielt mich davon ab. Außerdem wirkte seine Begrüßung verhalten. Die Freude seiner Tochter schien weitaus größer.

»Hallo, Levke, hi, Peer.« Mein Blick ging zu ihm. »Das ging ja jetzt schnell! Schön, dass du wieder da bist. Was für ein Zufall, dass wir uns ausgerechnet hier im Wasser treffen.« Es war mir gar nicht so recht, und ich hätte lieber etwas mehr angehabt. Aber nun war es zu spät. Entweder musste ich so lange im Wasser bleiben, bis er wieder gegangen war, oder aber ich würde ihm in absehbarer Zeit im Bikini gegenüberstehen.

»Ich freue mich, dich zu sehen.« Der Blick aus seinen tiefblauen Augen fesselte mich, und ich versank darin wie eben in den Wellen.

»Ich freue mich auch, Peer.«

»Noch vom Autozug aus bekam ich von Levke die Order, sie abzuholen und direkt hierherzufahren.« Peer lachte. »Da lasst ihr den Tag also auch am Meer ausklingen – herrlich, oder?«

»Ja, das tut einfach immer gut. Und Insa sowieso. Sie arbeitet viel und muss unbedingt zwischendurch entspannen.« Ich deutete Richtung Strandkorb. »Sie sonnt sich ein wenig.«

»Was macht denn eigentlich deine Jobsuche?«

Ich winkte ab, sah aber in seiner Frage die Chance, abzuklopfen, ob es für mich eine Möglichkeit gäbe, Teil des *Zuckerhüs* zu werden. »Na ja! Kein Laden gefällt mir so gut wie das *Zuckerhüs*, wenn ich ehrlich bin. Ich wünschte, deine Oma würde Personal suchen.« Mein Herz schlug mir bis zum Hals, und ich schaute Peer abwartend an.

»Ja, Papa! Das wäre doch toll, oder?«, stieg Levke in unser Gespräch ein. Ich spürte, dass er nicht wusste, wie er antworten sollte, vor allem nicht, weil Levke dabei war. Deshalb lenkte ich ab.

»Wir hatten aber auch so eine gute Zeit dort, oder, Levke?« Diese nickte.

»Supertoll!«

Peer stockte noch kurz und lächelte unsicher. Er wirkte irritiert, und ich hatte Sorge, dass die Stimmung kippte. Doch Levke rettete auch diesmal die Situation.

»Wann kommst du wieder zu uns?«, erkundigte sie sich. »Oder fährst du bald mit deinem Freund nach Hause?«

Ich stutzte und überlegte kurz, ob sie wissen könnten, dass Johann hier war. Dann aber zeigte Levke auf den Schwimmer, mit dem ich mich eben kurz unterhalten hatte, und ich lachte.

»Ach so, nein! Das ist nicht mein Freund!« Ich wurde feuerrot. »Wir haben uns hier nur zufällig getroffen. Ich kenne ihn gar nicht.« Ein Lächeln zog über Peers Gesicht.

»*Das* ist also nicht dein Freund?«

Wieder pulsierte es hinter meiner Brust, und die Röte auf meinen Wangen war für mich spürbar.

»Nein. Also genau genommen habe ich, glaube ich, ja gar keinen Freund mehr.«

Peer lachte. »Du bist uns keinerlei Rechenschaft schuldig. Levke hatte nur Sorge, dass wir euch stören, und fürchtete sofort, dass du uns bald wieder verlässt.«

»So?« Ich schaute Peer in die Augen.

»Wenn ich ehrlich bin, war das auch meine Sorge«, fügte er leise hinzu. Mir wurde im kühlen Wasser ganz warm.

»Nein, das hatte ich nicht vor. Und ihr habt nicht gestört.«

Eine auffallend chic gekleidete Frau trat an die Wasserkante. Das luftige Maxikleid umspielte ihre schlanke Figur, die langen braunen Haare saßen trotz des Windes perfekt. Eine riesengroße Sonnenbrille verbarg, wohin sie schaute.

»Mama!« Mein Herz schien bei Levkes Ruf einen Schlag auszusetzen. Die brünette Schönheit war die Ex von Peer. Levke begann, wie wild mit den Armen zu rudern, um zu ihr zu gelangen. Weil die Frau nur lächelte und winkte, jedoch keine Anstalten machte, auch ins Wasser zu kommen, hob Peer entschuldigend die Schultern und fügte ein »Bin gleich zurück« hinzu. Dann setzte er sich in Bewegung und schwamm, Levke im Schlepptau, auf die Frau zu.

Ich kam mir unendlich fehl am Platz vor, und einzig meine Freundin Insa, die genau in dieser Sekunde mit einem großen Handtuch auf das Meer zulief, konnte mich jetzt noch retten. Mit wackeligen Schritten, die immer wieder von schwungvollen Wellen gestört wurden, arbeitete ich mich an Land vor und war dankbar, halbwegs souverän aus dem Wasser zu gelangen. Weil Levke und Peer so in ein Gespräch mit der Frau vertieft schienen, nutzte ich die Chance, um mich leise zu entfernen.

»Hey, ich hab schon gedacht, dass du doch langsam frieren musst«, erkannte Insa, als ich ihr, die Arme wie zum Schutz eng um mich geschlungen, entgegenkam. Sie breitete das Handtuch aus. Mit schnellen Schritten lief ich in ihre Arme und wickelte mich in das Tuch ein.

Im nächsten Moment hörte ich Schritte hinter mir. Peer kam auf uns zu, stellte ich fest, als ich mich umdrehte.

»Ich nehme an, du bist Insa?«, fragte er. Diese nickte. »Ich will mich kurz vorstellen. Ich bin Peer und hab schon viel von dir gehört.«

»Dito! Schön, dich kennenzulernen.« Auch die Frau kam zu uns. Peer stellte sie uns als Cara, die Mutter von Levke, vor, und uns ihr als Freunde des *Zuckerhüs*, und als ich in ihre Augen schaute, die mich interessiert musterten, merkte ich, wie mir ganz flau im Magen wurde. Dann rief Levke aus Richtung des Eiswagens nach ihren Eltern, und Cara verabschiedete sich.

»Wir sehen uns, ich muss mal für Eisnachschub sorgen.« Peer wirkte, als wolle er noch etwas sagen, beließ es dann aber bei einem Blick in meine Richtung, der Hilflosigkeit ausstrahlte.

In mir tobten Enttäuschung, Ernüchterung und noch immer das zarte Glimmen einer allerersten Verliebtheit, die sich jetzt falsch anfühlte. Das Bild, wie er da mit dieser bildschönen Frau stand, zwischen ihnen das kleine Mädchen, tat weh. Auch wenn mir das nicht zustand und ich mich schämen sollte für jeden Gedanken in diese Richtung. Sie waren eine Familie und würden das auch immer bleiben. Ich hatte kein Recht darauf, das herabzusetzen.

Das Handtuch wie einen riesengroßen Schutzschild um mich gewickelt, wohlbehütet in Insas Arm, lief ich wieder zum Strandkorb, wo ich mich umso fester einrollte, die Beine anzog und aufs Meer starrte.

Im Augenwinkel sah ich noch immer das Trio. Sie standen voneinander entfernt, es gab keinerlei Umarmung oder anderweitige Berührungen, aber dennoch war offensichtlich, dass sie zusammengehörten. Es fiel mir schwer, sie hier an meinem Herzensort ohne jede Vorwarnung zusammen zu sehen. Ich seufzte, lauter als gewollt. Eben hatte ich mich noch im Höhenflug befunden, weil Peer wieder da war, nun ging es senkrecht auf den Boden zu. Ich hoffte, diese Achterbahnfahrt würde erst in einem lang gezogenen Hoch ihr Ende finden.

»Liebes, beruhig dich erst mal. Vielleicht gibt es so viel zu regeln, dass auch die Mama des Kindes mit einbezogen werden muss«, versuchte Insa, mich zu besänftigen. Sie hatte sofort erkannt, dass diese Begegnung etwas mit mir gemacht hatte.

»Ja, eigentlich war mir das auch klar.« Zerknirscht lächelte ich. »Eigentlich.«

Ich lehnte mich im Strandkorb zurück und setzte meine Sonnenbrille auf. Hinter dem dunklen Glas konnte ich hervorragend Peer und seine kleine Familie beobachten, ohne dass jemand mitbekam, wo genau ich hinschaute.

Levke und ihre Mutter spielten irgendwas am Wasserrand. Peer stand daneben, wirkte abwesend und schaute sich immer mal um. Mir kam es distanziert vor, wie die beiden sich verhielten. Vielleicht wollte ich das aber auch so sehen.

»Muss sie denn, um irgendwas zu regeln, auch hierher nach Sylt mitkommen?«, fragte ich Insa. »Ich hatte mich so auf Zeit mit ihm gefreut.« Ich schob enttäuscht die Unterlippe vor.

»Nun, sie haben ein Kind. Vielleicht ist sie vor allem wegen

Levke hier. Wenn du mich fragst, kommen sie mir vor, als wollten sie das Kind so wenig wie möglich belasten.« Insa schaute die drei ganz unverblümt an. »Levke lacht und juchzt. Die beiden sind nicht innig, aber sie scheinen respektvoll miteinander umzugehen.«

»Das kommt mir auch so vor, ja.« Nachdenklich schaute ich in Peers Richtung.

»Wenn du mich fragst, flogen da auch kleine eifersüchtige Blicke aus Richtung von Peer, als der Typ im Wasser in deiner Nähe war und er mit dem Kind aufs Wasser zuging«, behauptete Insa und kicherte diabolisch.

»Ja?« Beiläufig seufzte ich. »Keine Ahnung. Der soll sich nun erst mal um seine Family kümmern.«

»Das könnte er so ähnlich ja auch von dir sagen«, stellte Insa fest, und es stimmte. Solange Johann hier noch irgendwo auf der Insel herumgeisterte, konnte auch bei mir jeden Moment das Chaos perfekt sein, und Peer hätte allen Anlass, mir ebenso den Ratschlag zu geben, doch erst mal mein Liebesleben zu sortieren.

Passend zu diesen Gedanken piepste mein Handy. Eine Nachricht von Johann.

Marla, ich würde mich freuen, wenn wir uns treffen. Und wenn es nur dazu dient, dass wir noch mal reden. Johann.

Ich las Insa die Nachricht vor. Erst schnellte mein Puls in die Höhe, weil ich mich ärgerte, dass er offenbar nicht begriff, was ich ihm hatte sagen wollen.

»Warte mal«, besänftigte Insa meine Wut. Sie überlegte eine Weile. »Auch wenn ich merke, dass du an Johann gedanklich und emotional schon einen Haken gemacht hast, finde ich es nur fair, dass ihr noch mal sprecht. Klar hat er sich falsch verhalten. Das haben wir ihm, glaube ich, auch deutlich signalisiert. Aber ich bin immer der Meinung, dass man dem anderen wenigstens die Gelegenheit geben muss, sich zu erklären, damit man im halbwegs Guten auseinandergehen kann. Sofern man davon bei euch noch reden kann.«

Insas Worte gefielen mir zwar nicht wirklich, dennoch gab ich ihr recht. Würde Johann abreisen und alles Weitere bliebe ungesagt, würde sich das nicht richtig anfühlen. Außerdem mussten wir klären, wie es mit meinen Sachen laufen würde, die noch in der Wohnung waren.

»Okay. Auf die Gefahr hin, dass er sich noch mal Hoffnungen macht, dass irgendetwas in Bezug auf uns beide zu retten wäre, treffe ich mich mit ihm für eine letzte Aussprache.«

Ich sagte zu, woraufhin direkt eine Uhrzeit und ein Termin folgten. Am nächsten Vormittag wäre es so weit.

Mein Blick ging zum Meer und suchte Peer, Levke und ihre Mutter. Sie waren weit entfernt am Wasserrand, offenbar zu einem kleinen Strandspaziergang aufgebrochen. Das leichte Maxikleid der Frau sah ich im Wind flattern.

Ich verspürte einen kleinen Stich im Herzen und konnte selbst nur den Kopf darüber schütteln.

12.

Ich fühlte mich nicht gut, als ich am nächsten Tag vor dem Restaurant vorfuhr, wo Johann und ich uns treffen wollten. Insa und ich waren zwar früh zu Bett gegangen, ich hatte dann jedoch kaum geschlafen, so sehr wühlte mich der gemeinsame Vormittag, der mir bevorstand, auf.

Ich fragte mich, mit welchen Beweggründen Johann das Treffen vorgeschlagen hatte. Ich konnte nicht glauben, dass er unserer Beziehung wirklich noch eine Chance gab, nachdem er mit seinem Fehltritt dafür gesorgt hatte, dass ein Graben zwischen uns entstanden war, den er nicht mehr würde überwinden können.

Das Frühstück hatte ich ausgelassen, und obwohl mein Magen rebellierte, freute ich mich schon, nach dem Termin irgendwo ein Brötchen essen zu gehen, sofern mir danach der Appetit nicht endgültig vergangen war.

Als Johann vorfuhr – jetzt kannte ich ja seinen Mietwagen –, beschleunigte sich mein Puls.

Unterkühlt begrüßten Johann und ich uns.

Man konnte im negativen Sinne vom perfekten Timing sprechen, dass ausgerechnet in diesem Moment Peer und seine Familie an dem Parkplatz vorfuhren, wo sich das Restaurant mit einem wunderschönen Außenbereich befand.

Ich starrte ins Auto, und Peer blickte ebenso zurück. Kurz

hatte ich Sorge, dass er den riesigen Blumenkübel vor dem Restaurant umfuhr, dem er erst in letzter Sekunde auswich. Erschrocken fuhr er sich mit der Hand über die Stirn, und ich presste meine vor den Mund. Dann lächelte er mir kurz zu, und ich legte die Hand vor die Brust und erwiderte seinen Blick. Der ging von mir zu Johann und wirkte irritiert. Mir wurde schlecht.

Johann legte den Arm auf meinen Rücken, und es gelang mir nicht, ihm auszuweichen, ohne dabei an meinen weichen Knien wegen Peer zu scheitern. Mit mir im Arm steuerte er jetzt direkt auf das Gartentor des Restaurants zu.

Ich riss mich von Peers Anblick los und hörte, wie Johann sagte: »Hier haben wir doch einen schönen Ort, an dem wir reden können.«

»Hmm.« Mein Laut bedeutete weder Zustimmung noch Ablehnung und drückte damit genau das aus, was ich fühlte. Totale Verwirrung und Überforderung mit der Situation. Wie fremdbestimmt setzte ich mich an den Platz, den Johann angesteuert hatte. Noch waren Peer und Co. nicht angekommen. Ich hoffte, sie würden einfach ganz woandershin fahren.

Wir hatten gerade unsere Getränke bestellt, da wurde meine Hoffnung zerstört, und Levkes Mutter trat durch das Tor. Auch heute trug sie ein Maxikleid, das diesmal mit buntem Paisley-Muster bedruckt war und ihre gertenschlanke Figur umspielte. Die langen braunen Haare wehten locker, aber dennoch perfekt frisiert im Wind. An ihrer Hand lief Levke, die zum Glück in die andere Richtung schaute.

Ich schluckte, als auch Peer reinkam. Suchend ging sein Blick durch den Garten und fand mich sofort. Nervös lächelte ich, und Peer erwiderte es zaghaft.

Johann, der Peer direkt in die Augen schaute, griff nach meiner Hand, was ich gerade noch im letzten Moment zu verhindern wusste, indem ich sie wegzog, die Arme verschränkte und mich demonstrativ zurücklehnte. Peer drehte sich mit hochgezogenen Augenbrauen zur Seite.

Wellen aus Anspannung und Unsicherheit strömten durch meinen Körper. Cara und Levke saßen so, dass sie uns nicht sahen, hinter einem riesigen Blumenkübel, Peer nahm mit dem Rücken zu uns Platz.

Was musste Peer jetzt denken? Ob er mir glauben würde, dass dieses Treffen nur einer letzten Aussprache dienen sollte? Ich kam mir vor wie im falschen Film. Es stand fest, dass ich nicht länger hier sitzen wollte. Mein Appetit war mir vergangen, und das Magenknurren ignorierte ich.

»Wollen Sie schon bestellen?« Eine freundliche Bedienung trat an den Tisch.

Mein Blick haftete an Peers Rücken.

»Ich nehme nur ein stilles Wasser, bitte«, bestellte ich und überwand meinen Drang zu fliehen. Dabei spürte ich Johanns verwunderten Blick auf mir liegen. Als ich nicht darauf reagierte, orderte er selbst ein großes Frühstück und einen Milchkaffee.

»Warum isst du nichts?«, hakte er nach, sobald die Kellnerin davongeeilt war.

»Ich werde nicht lang bleiben.«

»Ich dachte, wir machen uns einen gemütlichen Vormittag zusammen«, schmollte Johann.

»Das war nie meine Absicht.«

Mit versteinertem Blick sah Johann mich an. »Na, ich weiß ja jetzt auch, warum«, sagte er zu meinem Erstaunen, und mein Herz setzte kurz aus. Ich fühlte mich entlarvt.

»Wie meinst du das?«, konterte ich dennoch.

Johann stieß höhnisch Luft durch die Lippen aus. »Sorry,

Marla! Meinst du, ich bin blöd?« Er drehte sich um und fixierte Peer, der die Szene glücklicherweise nicht mitbekam.

»Entschuldige bitte, was?« Krampfhaft überlegte ich, was ich darauf antworten sollte, ohne ihn anzulügen.

»Es war ja wohl kaum zu übersehen, dass du den Typen kennst, der da gerade reinkam?« Er presste die Lippen aufeinander und schien innerlich zu brodeln. Am liebsten hätte er geschrien und getobt, ich sah es in ihm beben. »Du starrst ihn an wie ein Raubtier seine Beute, dabei ist der Typ mit seiner Familie hier.« Wieder schnaufte er empört.

»Aha? Was dir so alles auffällt.« Betont beiläufig, fast schon verdutzt, klangen meine mühsam hervorgepressten Worte. Ich sprach die Worte gerade so laut, dass Johann verstand, was ich sagte, Peer es aber nicht hörte. Ich setzte mich aufrechter hin, während Johann nur die Augenbrauen hochzog und mich anstarrte, bemüht, Oberwasser zu behalten.

»Johann, ich habe diesem Termin zugestimmt, um unsere Beziehung vernünftig zu beenden. Dir die Chance zu geben, noch einmal loszuwerden, was du sagen möchtest, aber mehr auch nicht. Wie ich irgendwen anschaue, ist nicht mehr dein Problem.«

»Interessant, dass du so abweisend reagierst.« Herausfordernd blitzte er mich an. Er wirkte überheblich dabei.

Abschätzend schaute ich ihm in die Augen. »Was willst du von mir, Johann? Warum wolltest du dich mit mir treffen? Es scheint dir ja offenbar eine Genugtuung zu sein, mir das Interesse an einer Affäre zu unterstellen. Will da jemand sein Gewissen erleichtern?«

»Warum sollte ich das nötig haben?« Er schüttelte den Kopf, als hätte ich irgendwas vollkommen Paranoides behauptet.

»Ach so, ist es also vollkommen normal, wie du dich die letzten Tage verhalten hast? Johann, weißt du, was? Versuch nicht, mir die Schuld für unsere Situation in die Schuhe zu schieben. Aus irgendwelchen nebulösen Gründen bist du einfach untergetaucht, warst tagelang nicht zu erreichen, und plötzlich bist du wieder da, als sei nie etwas gewesen, und machst mir eine Szene. Nicht nur, dass du da was an den Haaren herbeiziehst. Es steht dir nach dieser Nummer auch gar nicht mehr zu, mein Verhalten zu bewerten. Dass ich überhaupt noch mit dir rede, solltest du mir eigentlich hoch anrechnen. Aber nein! Du verdrehst hier noch die Tatsachen und machst *mir* Vorwürfe.« Nun wusste ich kaum noch, wohin mit meiner Wut. »Fest steht, dass wir ab sofort getrennte Wege gehen, Johann. Ohne irgendein weiteres Gespräch. Es hat dich nicht mehr zu interessieren, wer mich wie anguckt und umgekehrt. Du hast mein Vertrauen missbraucht, und ich werde dir das nicht verzeihen können. Und du kannst dich so lange nicht bei mir melden, wie du lustig bist. Am liebsten nie mehr. Es ist vorbei. Trifft sich gut, dass all meine Sachen bereits gepackt sind. So kannst du sie ganz leicht hierher zu Insa schicken. Sag doch nur bitte noch den Leuten, die die Möbel abholen wollten, Bescheid, dass du nie vorhattest, auszuziehen, und sie den Termin aus ihrem Kalender streichen können, wenn es denn je einen gab, denn der stand ja auf *deiner* Agenda. Also vermute ich, dass es sich damit genauso verhält wie mit dem Hotelzimmer.« Wütend funkelte ich ihn an. Er schwieg, presste nur die Lippen aufeinander. Das war Antwort genug für mich.

»Und wenn es dir die Trennung leichter macht, mir die Schuld zu geben, weil ein anderer Mann mir angeblich schöne Augen macht – *feel free!* Du musst ja damit leben, dass du dich einfach nur selbst belügst. Hättest du mit deinem Abtauchen nicht unsere Pläne achtlos über Bord geworfen, würden wir diesen zauberhaften Laden hier gemeinsam eröffnen und unseren Traum leben! Zusammen. Aber so, wie es aussieht, waren das wohl nur meine

Träume, die für dich rein gar nichts wert sind.« Vor Wut kamen mir die Tränen, doch ich bemühte mich, sie weitestgehend zurückzuhalten. Sie zitterten an meinen Lidern, bereit, mir heiß und schwer über die Wangen zu kullern. Ich sprang auf, schnappte mir mein Handy vom Tisch und stob Richtung Auto.

»Das heißt, es ist für dich also endgültig vorbei und ich bekomme keine Chance, dir die Situation zu erklären?« Johann rief mir die Worte hinterher, als ich gerade die Straße überquerte. Er war mir anscheinend gefolgt. Noch immer fehlte mir eine Entschuldigung in dem, was er sagte. Zum Glück waren wir weit genug vom Restaurant entfernt, als dass uns jemand hören konnte. Ich drehte mich zu ihm um. Johanns Blick war leer und teilnahmslos. Es lag kein Bedauern darin, keine Traurigkeit oder ernsthafte Verzweiflung, sondern Trotz und verletzter Stolz.

»Ja, Johann. Es ist vorbei, und ganz egal, wie du versuchen wirst, dein Verhalten zu entschuldigen, es wird nichts an meiner Meinung oder meinen Gefühlen ändern.« Mit versteinerter Miene starrte ich ihn an, müde, erschöpft. Eine fast unerträgliche Stille stand wie ein luftleerer Raum zwischen uns.

»Dann ist es wohl besser so«, schob er hinterher, und ich stieg wortlos ins Auto. Ich wollte meine Tränen nicht länger zurückhalten und allein sein.

Im Rückspiegel sah ich noch, dass er, die Hände in den Hosentaschen, zum Restaurant und seinem Frühstück zurückging. Es war ein trauriges Bild, obwohl ich wenig Traurigkeit über unsere Trennung verspürte. Und auch wenn ich seine Unterstellung als unverschämt empfand – Peer war nicht der Grund, warum die Beziehung mit Johann vorbei war –, so war der Gedanke an Peer es, der mich in diesem Moment auffing.

Ich fuhr über Land weiter ans Watt. Dort wollte ich einige

Schritte gehen, um den Kopf wieder freizubekommen und durchzuatmen.

Insa war noch bei der Arbeit, und ich würde erst später mit ihr sprechen können.

Die Sonne schien, und ich parkte mein Auto in Keitum in der Nähe des *Altfriesischen Hauses*, von wo aus ich startete. Hier war ich gerne. Die Bäume neben dem als Museum genutzten Friesenhaus rauschten sanft im warmen Wind. Sie boten Schatten, der hier, oberhalb des Watts, guttat. Kurz setzte ich mich auf eine Bank und blickte über die beruhigend stille Weite. Die Sonne fiel durch die Blätter und zauberte ein tanzendes Schattenspiel auf den Boden. Das Beet hinter der Bank, welches um ein Denkmal für Kriegsopfer gestaltet war, leuchtete in bunten Sommerfarben.

Eine E-Mail ging auf meinem Handy ein, weshalb ich es zückte. Ich wollte es entsperren, scheiterte jedoch beim ersten Versuch. Irritiert versuchte ich es mit dem alten Code, den ich erst vor wenigen Tagen geändert hatte, weil es das Kennenlerndatum von Johann und mir gewesen war – es funktionierte. Dann bemerkte ich die veränderte Optik auf dem Bildschirm. Der Hintergrund wurde von Johanns Auto ausgefüllt. Das hatte ich mir so sicher nicht ausgesucht, aber vielleicht hatte das System ja mal wieder ein Update installiert, meine Konfigurationen durcheinandergeworfen und ein Zufallsbild ausgesucht. Ich seufzte genervt. Da würde ich wohl alles neu ordnen müssen.

Auch das E-Mail-Programm war nicht an seiner üblichen Stelle, und als ich es schließlich öffnete, kamen mir alle Nachrichten unbekannt vor.

In dem Moment, als ich noch ratlos auf das Display starrte, ging eine Fotonachricht über ein Messenger-Programm ein. In der Vorschau erkannte ich Johann. Neben ihm eine Frau. Sie gab ihm einen Kuss auf die Wange. Das nächste Bild folgte. Es war ein Selfie eines sich küssenden Paares – auf den Mund. Die männliche Hauptrolle spielte mein Ex-Freund. Die weibliche Akteurin war mir unbekannt. Mir wurde schlecht.

Und plötzlich fiel es mir wie Schuppen von den Augen: Ich hatte mein Handy mit dem von Johann verwechselt, da wir beide das gleiche Modell hatten. Und jetzt wurde klar, dass ich mit meiner Überlegung offenbar recht gehabt hatte. Es war ihm ganz gelegen gekommen, mir eine Affäre zu unterstellen, um damit sein eigenes Gewissen zu bereinigen. Allerdings hatte ich die Art der Gewissensbisse unterschätzt und meine Annahme allein auf seine Auszeit bezogen. Doch ganz augenscheinlich war ich hier die Dumme und bereits betrogen worden, als ich es noch nicht einmal geahnt hatte.

Nicht nur, dass auf den Bildern mein Freund eine andere Frau küsste, was für sich als schlechte Nachricht bereits gereicht hätte, sondern auch die Zeit, zu der diese Bilder aufgenommen worden sein mussten, war ein Schlag ins Gesicht. Auf den Bildern mit dem Untertitel *So gerne denke ich daran zurück* trugen die beiden Mützen und dicke Schals. Im Hintergrund sah ich Wasser und ein Restaurant am Meer, das ich kannte. Es lag in Scharbeutz. Zuletzt war es rund um Ostern so kühl gewesen, dass man Mützen benötigt hatte. Jetzt herrschte Hochsommer.

Mein Magen schien sich zu drehen, und kurz kam es mir vor, als schneide mir diese Erkenntnis die Luft ab. Erschreckend war, dass weniger die Tatsache, dass Johann mich betrog, mich enttäuschte, sondern eher, dass die gesamte Zeit unserer Umzugspläne in einer Phase stattgefunden haben musste, in der er bereits zweigleisig gefahren war. Und ich hatte nichts davon bemerkt! Das war beschämend armselig, wie ich fand.

Höhnisch lachte ich auf. Er wusste, wie schnell es passierte, dass wir unsere Smartphones verwechselten, und dass wir uns den Entsperrcode teilten – warum hatte auch er ihn nicht ebenfalls längst geändert und gab mir so überhaupt die Gelegenheit, sein Geheimnis herauszufinden? Mein Ex war sogar zu ungeschickt zum Betrügen.

Nun, immerhin war ich mir sicher, dass er, der wahrscheinlich mein Handy hatte, meine Nachrichten und Co. nicht einsehen konnte.

Ich rief bei meiner eigenen Nummer an, in der Hoffnung, Johann und ich könnten unsere Handys zeitnah wieder tauschen. Einen Anruf konnte er ja annehmen, auch ohne Code.

»Marla?« Offenbar war ihm unser Missgeschick auch bereits aufgefallen. »Gut, dass du anrufst!«

»Hallo. Wir müssen die Handys dringend zurücktauschen«, erklärte ich.

»Natürlich! So was Blödes! Wie konnte das denn passieren?«, polterte er schon wieder vorwurfsvoll drauflos, und hätte er nicht mein Handy gehabt, hätte ich ihn umgehend zum Teufel gejagt und seins im Watt versenkt. Wir waren schließlich gleichermaßen an dem Versehen beteiligt. Mein Schweigen war jedoch offenbar Antwort genug.

»Wo bist du denn? Dann komme ich vorbei«, bot er in versöhnlichem Ton an.

Ich erklärte ihm, wo er mich fand, und blieb direkt hier auf der Bank sitzen. Ich ärgerte mich, dass ich ihn nun schon wieder sehen musste.

Schon zehn Minuten später kam er mit schnellen Schritten auf die Bank zugeeilt. »Sie müssen nebeneinandergelegen haben«, stellte ich achselzuckend fest und hielt ihm sein Telefon entgegen. Auch er reichte mir meins.

»Kam auch kein Anruf«, sagte er dazu und grinste schief.

»Bei dir kamen nur Fotos. Sind dir aber sicher wichtig«, bemerkte ich knapp und stand auf. »Es ist erbärmlich, Johann, dass ich das auf diesem Wege erfahren musste. Danke, dass du dich rechtzeitig selbst als Arschloch zu erkennen gegeben hast, bevor wir hier unser Haus auf diesem ekelhaft verlogenen Fundament aufgebaut hätten. Wie kalt muss man sein, so weit zu gehen, dass man mit seiner Partnerin all diese Pläne schmiedet, während man bereits mit einer anderen ins Bett steigt. Ich bin nicht einmal mehr wütend, Johann. Ich bin unendlich enttäuscht.« Es fiel mir nicht schwer, all meinen Ekel und meine Abscheu für sein Verhalten in meinen Blick zu legen.

Er drehte das Handy in seinen Händen, schaute abwechselnd zu Boden und über das Meer. Auch ihm fehlten schlicht die Worte.

»Es hat als Recherche für uns begonnen. Für unsere Zukunft«, setzte er an.

»Ach so? Eine Affäre, die seit mehreren Monaten läuft, nennst du Recherche für unsere Zukunft?« Meine Stimme überschlug sich fast. »Was genau hast du da recherchiert? Ob es noch bessere Frauen für dieses Vorhaben gibt, oder was?«

»Nein! Sie ist Steuerberaterin. Im Internet warb sie damit, sich genau mit diesen Existenzgründungsfragen und den damit verbundenen Herausforderungen auszukennen.«

»Soso!«

»Ich hatte beste Absichten. Marla, ich habe zu spät erkannt, was du mir bedeutest«, stammelte er.

»Da hast du absolut recht. Und du meinst, Betrug mit besten Absichten zu Beginn macht es besser?« Fassungslos schüttelte ich den Kopf. »Lass gut sein, Johann. Du machst es mir verdammt leicht, einen dicken roten Haken an uns und unsere Beziehung zu setzen. Eigentlich sollte ich dir dankbar sein! Ich für meinen Teil kann guten Gewissens sagen, dass ich mir nichts vorzuwerfen habe. Da bin ich deutlich in der besseren Position.« Ich lächelte diabolisch, und Johann rang noch kurz nach Worten, presste ein »Es tut mir leid, Marla« hervor und drehte sich dann um. Offenbar hatte er erkannt, dass alles, was er sagte, ihn nur noch tiefer in seinen Lügensumpf ziehen würde. Wie im Watt, wenn man im Treibsand feststeckte und jegliche Bewegung einen weiter sinken ließ, obwohl man versuchte, Fuß zu fassen. Es war sinnlos.

»Lass meine Sachen bitte, wie besprochen, möglichst bald zu Insa schicken«, rief ich ihm hinterher. Er blieb stehen und drehte sich zu mir um.

»Marla!« Es klang hilflos und so, als wolle er noch immer nicht glauben, dass es mir ernst war. Wären meine Blicke spitze Pfeile gewesen, hätten sie ihn in diesem Moment wahrscheinlich umgebracht. Er nickte, setzte mit schweren Schritten seinen Weg fort und verschwand um die Hausecke.

13.

Der strahlende Sonnenschein, die leichte Brise, die meinen Platz auf der Bank umschmeichelte, der Klang sanft raschelnden Laubes in den Baumkronen – all das war so idyllisch, und dabei fühlte es sich so verwirrend an. Mein Inneres sprach eine ganz andere Sprache, spielte die gesamte Klaviatur zwischen der Eiseskälte des Abschieds und brennender Vorfreude auf ein Wiedersehen. Je nachdem, an wen ich dachte. Es war verrückt.

Ich atmete tief und überlegte, was ich tun könnte, um nicht durchzudrehen. Als erster Gedanke kam mir Alvas *Zuckerhüs*, und plötzlich wusste ich glasklar, dass ich dort gut aufgehoben sein würde. In dem Wissen, dass Peer und seine Mädels weiterhin unterwegs waren, wollte ich Alva einen Besuch abstatten.

Sie und der kunterbunte Laden würden meiner Seele guttun. Ich stand auf und ging die wenigen Hundert Meter zu Alvas Laden.

Flora empfing mich hinterm Tresen. Gerade war kein Kunde da, und sie blätterte in einem Prospekt. »Marla, hallo! Wie schön, dich zu sehen! Ich habe eben an dich gedacht. Du kennst dich doch mit diesen Dingen aus?« Sie sah meinen interessierten Blick auf das Prospekt. »Mir kam vor einigen Wochen die Idee, dass wir unser Sortiment ein wenig ergänzen könnten. Wir stehen diesen ganzen Dingen aber so konzeptlos gegenüber. Ich stöbere schon immer in den Katalogen, aber finde kaum etwas, was so richtig passt.«

»Darf ich auch einmal einen Blick auf die Sachen werfen?« Flora nickte und drehte den Katalog zu mir um. Interessiert schaute ich mir an, worin sie gestöbert hatte. Ich sah wunderschöne Wohnaccessoires und Produkte im maritimen Stil. Außerdem entdeckte ich bunte Armbänder aus Perlen. Auch Kerzen sowie Haarklammern, Portemonnaies und Geschirr aus Bambus, Melanin und Porzellan waren im Angebot. Es waren Artikel, wie ich sie in meinem alten Laden angeboten hatte.

»Ich könnte mir vieles von dem als wunderbare Ergänzung zu eurem Sortiment vorstellen«, erklärte ich, nickte, und Flora lächelte.

»Wir merken, dass wir uns vielfältiger aufstellen müssen. Der Mix aus diesen Produkten und unseren Süßigkeiten, der könnte die Lösung sein. Dieses Geschäft dürfen wir nicht auslassen. Und solange wir hier die Türen öffnen, wollen wir alles tun, damit es gut läuft. Zumindest, wenn du mich fragst«, erklärte Flora.

»Das sehe ich auch so. Und Alva ist da anderer Meinung?«, fragte ich Flora, und diese wiegte den Kopf.

»Es fällt ihr schwer, zukunftsorientiert zu denken, und sie ist derzeit ein wenig unmotiviert, weil sie nicht weiß, wie und ob es hier überhaupt weitergeht.«

»Verständlich. Wie tapfer von dir, dass du dir die Gedanken dennoch machst.«

»Ich werde hier bis zum letzten Tag vollen Einsatz zeigen, da sei dir sicher«, erklärte Flora, und ihr Lächeln wirkte zerbrechlich, aber ehrlich. »Ich hab das Gefühl, das trägt Alva auch ein Stück weit, wenn ich hier so tue, als ginge es weiter.«

Ich legte die Hand auf ihre und strich sanft darüber.

Sie seufzte und winkte ab. »Peers Plan, sie nach Hamburg zu

holen, ist zwar vernünftig, und sie gibt vor, damit Frieden zu finden. Ich habe sie jedoch selten so traurig erlebt.«

»Er will also, dass sie Sylt ganz verlässt?« Ich schluckte. Was sie sagte, machte auch mich betroffen. Das ging weit über die Schließung der Manufaktur hinaus. Flora nickte matt und zuckte die Schultern.

»Die Mutter von Levke und er planen so was wohl, ja.« Wut auf Peer und Cara keimte in mir.

»Wo ist sie jetzt?«

»Sie hat sich hingelegt. Heute ist es ruhig, und Peer ist mit der Familie am Strand. Alva muss sich schonen. Die ganze Aufregung kostet sie Kraft. Sie baut ab, das merke ich. Und das darf nicht sein.«

»Nein, keinesfalls.« Kurz spürte ich den Drang, Peer postwendend den Kopf zu waschen, ahnte aber, dass er sich der Tragweite seiner Bestrebungen durchaus bewusst war.

Ich schaute mich im Laden um, der über und über mit Regalen ausgestattet war. »Wo willst du die zusätzlichen Produkte denn anbieten?«, erkundigte ich mich. »Es wäre so schade um jedes einzelne Regalfach.«

»Das stimmt.« Flora trat an eine Tür, von der ich bisher vermutet hatte, dass sie zu einem Lagerraum führte, und öffnete sie. Zu meiner Überraschung lag dahinter ein kleinerer, hell und freundlich wirkender Raum, der wie der Verkaufsraum ein Fenster zur Straße hinaus hatte. An der Rückseite führte eine Terrassentür in den idyllischen Garten mit den knorrigen Apfelbäumen.

Dieses Haus war mit all seinen Besonderheiten so wunderschön. Ich liebte das *Zuckerhüs*. Und besonders dieses Zimmer. Es wurde nicht als Lagerraum genutzt. Dafür war es zu leer. Eher kam es mir vor wie ein Atelier. Auf einem kleinen Tisch mit einem Stuhl davor lagen Bücher, daneben Zeichenmaterial. Ein Regal mit Notizbüchern stand am Fenster. Außerdem ein Schränkchen, in dem verschiedene Fläschchen aufbewahrt wurden. Offenbar handelte es sich um diverse Aromen.

»Hier entwirft Alva ihre Bonbons und notiert neue Rezeptideen«, erklärte Flora und ging zur Seite, damit ich ebenfalls eintreten konnte.

»Wow! Dann ist das hier ja sozusagen das Herzstück des *Zuckerhüs*«, stellte ich fest. Fasziniert betrachtete ich ein Bild, welches hinter der Tür hing. Es zeigte eine ganze Familie, in deren Mitte Alva und ein Mann standen.

Flora fiel mein Blick auf. »Das ist Knut, Alvas Mann.« Sie lächelte liebevoll. Ich erkannte einen kleinen Peer, der seiner Tochter wahnsinnig ähnlich sah, mit seinem wuscheligen blonden Lockenkopf. Alvas Sohn – jedenfalls vermutete ich ihn in dem Mann, der allein hinter Peer stand – war ein sehr gut aussehender Mann. Die Mutter war auf dem Bild nicht zu sehen.

Als ich meinen Blick weiter durch den Raum schweifen ließ, fiel er auf eine historische Maschine, die hinter der Tür auf einem kleinen Schränkchen stand.

»Was ist das?« Ich trat näher.

»Das ist eine alte Bonbonwalzmaschine.« Flora öffnete die Tür des Schranks, auf dem die Maschine stand. »Und dazu die Schneidemaschine. Beide sind an die hundert Jahre alt.« Voller Stolz lächelte sie. »Sie sind bis heute im Einsatz.«

»Wow! Stark, dass ihr sie auch weiterhin nutzt. Das macht die Produkte ja noch viel wertvoller.«

»Wäre doch schade, wenn sie im Museum landen! Knut hat sie damals aus einer alteingesessenen Bonbonmanufaktur in Dänemark für Alva besorgt. Sie haben eine lange Geschichte, und das macht den Zauber irgendwie aus, finde ich. Alva hängt sehr daran.«

»Absolut! Das glaube ich sofort.«

»Aber deshalb sind wir nicht hier, sondern weil ich denke, dass wir hier die zusätzlichen Artikel präsentieren könnten. Die Walze und die Schneidemaschine passen wunderbar noch mit in die Küche. Nicht zuletzt sind sie ja auch sehr schmuckvoll.« Ich nickte und malte mir aus, wie der Raum voller Regale aussehen könnte.

»Ich sehe es vor mir und kann mir das super vorstellen!«

In dem Moment ging die Hintertür zum Laden auf, und Alva kam herein.

»Marla! Welch schöner Besuch!« Sie lächelte. »Und wie ich sehe, weiht Flora dich bereits in unsere neuen Ideen ein?« Alva blickte Flora nachdenklich an. »Du machst dir so viele Gedanken, liebe Flora. Das rührt mich sehr. Aber ich möchte nicht, dass all das umsonst ist.« Ein unsicherer Blick ging in meine Richtung.

»Flora hat mir ein wenig erzählt, was los ist, Alva. Ich hoffe, das ist in Ordnung.« Müde nickte Alva, zuckte schwach die Schultern und senkte den Blick. »Möchtest du mir nicht erzählen, was genau für das *Zuckerhüs* und dich in Zukunft geplant ist? Steht wirklich fest, dass du nach Hamburg ziehen wirst?«, fragte ich vorsichtig. Eigentlich ging es mich ja nichts an, dennoch fühlte ich mich mittlerweile mit Alva so verbunden, dass es schmerzte, sie traurig zu sehen.

»Nein, es steht noch nichts fest. Am Ende liegt die Entscheidung trotz allem bei mir. Solange ich lebe, wird das so sein. Aber ich weiß natürlich, dass mein Enkel es nur gut mit mir meint und mich entlasten will. Ich mag mich nicht mit Peer streiten, will ihn nicht vor den Kopf stoßen. Trotzdem, was er von mir verlangt, ist so endgültig, und es fällt mir sehr schwer.« Sie schaute mich an, und aus ihren wässrig blauen Augen sprach Verzweiflung. »Ganz frei ist Peer ja selbst nicht in seinem Handeln. Er hat ein Kind.

Und mein Sohn hat bei all den Entscheidungen auch noch ein Wörtchen mitzureden. Und auch er hat es verdient, glücklich zu sein.« Sie winkte ab.

»Ich wünschte, ich könnte euch helfen«, sagte ich.

Alva lächelte. »Wie sehen denn deine Pläne aus? Hast du schon einen Job hier auf Sylt gefunden?«

Ich schüttelte den Kopf. »Leider eher nicht, wie es aussieht. Mein größter Traum war es, hier etwas Eigenes aufzubauen. Im Hamburger Umland hatte ich einen kleinen Laden. Den habe ich aufgegeben, um hier auf Sylt etwas Ähnliches gemeinsam mit meinem Freund zu eröffnen. Es wäre natürlich fantastisch, wenn es auch für mich allein dafür eine Möglichkeit gäbe. Aber Sylt ist nicht das Festland, und die erhebliche finanzielle Belastung des Neuaufbaus übersteigt mein Budget. All unsere Pläne fußten auf der Tatsache, dass mein Ex seinen Job behalten und eine nicht unerhebliche Summe zum Aufbau beisteuern wollte. Um ehrlich zu sein, den größeren Anteil. Ich hätte vor allem meine Arbeitskraft und den Erlös aus der Aufgabe meines Hamburger Ladens investiert.«

Alva nickte bekümmert. »Ich verstehe dich gut. Als ich damals diesen Weg einschlug, war so vieles leichter. Nicht alles, aber ich glaube, die Hürden waren niedriger. Ich hatte den Laden meiner Eltern als Basis und meinen Mann an meiner Seite. Sein Beruf war unsere Sicherheit, falls mein Vorhaben scheitern sollte. Gerne würde ich dir fürs Erste einen Job hier anbieten. Dann hättest du erst mal was. Aber vor dem Hintergrund, dass es bald vorbei sein kann, ist das Angebot für dich wahrscheinlich auch nicht wirklich attraktiv.«

Ich nickte stumm und knabberte nachdenklich an meiner Unterlippe. Verlockend süß zog der Duft der Köstlichkeiten aus dem Verkaufsraum herüber, als wollte er mir eine Antwort schicken.

»Ich würde total gern, aber ich möchte eure und Peers Pläne nicht durchkreuzen und für unnötiges Chaos sorgen. Deshalb warten wir damit lieber noch ein wenig, vielleicht ergeben sich in den nächsten Tagen ja neue Entwicklungen. Aber wenn ich darf, würde ich euch heute trotzdem gern ein wenig bei der Arbeit helfen. Das hat doch neulich so gut geklappt, und ich kann gar nicht genug davon bekommen, mehr über die Geheimnisse deiner Bonbons zu erfahren, Alva. Das alles ist für mich noch immer beinahe wie Zauberei.«

»Liebend gern! Ehrlich gesagt, würden wir uns auch freuen, wenn du ein paar Tipps zum Zusatzsortiment für uns hast«, wiederholte Flora sich. »Der Prospekt liegt bereit! Vielleicht nimmst du ihn auch mit nach Hause und schaust einmal in Ruhe.«

»Klar! Das mache ich! Dann kreuze ich eine Auswahl an, und wir werfen noch mal gemeinsam einen Blick drauf.«

Ich steckte den Prospekt in meine Tasche, und Alva und ich gingen hinüber in die Küche. Alva mischte Zucker, ein wenig Wasser und Glukose und brachte diese Mixtur zum Kochen.

»Genau so lange, dass eine zähflüssige Masse entsteht«, erklärte sie unter Rühren. »Es darf ruhig ein bisschen blubbern.« Sie lachte. »Wenn der Zucker geschmolzen ist, kann alles vom Herd.«

Alva griff nach einigen Gefäßen, in denen natürliche Farbstoffe lagerten. Sie teilte die Masse, gab einmal Himbeer- und einmal Erdbeeraroma hinzu und rührte es gut unter. Dabei kühlte die Masse bereits ein wenig ab. Dann streifte sie Handschuhe über und reichte auch mir welche.

Als Nächstes zog sie die Erdbeermasse in die Länge, schwang sie über den großen Haken an der Wand und ließ sie herabsinken.

»So kommt Luft an die Bonbonmasse, und dadurch entsteht dieser schöne Schimmer. Die Farbe wird heller, und die Bonbons werden schön knackig.« Sie knetete und drehte, zog in die Länge, faltete die Stränge wieder zusammen. Es sah aus, als benötige sie Kraft dafür.

»Nimm du mal die andere Hälfte. Sieht leicht aus, aber es braucht ein wenig Kraft und vor allem Übung.« Alva lächelte weise, während sie die Masse zu einer schmalen Rolle formte.

Ich griff nach der Masse mit dem Himbeeraroma und begann. Tatsächlich war es anstrengender als gedacht, den Teig zu bewegen. Ich stellte mich erst ein wenig ungeschickt an, weshalb ich ein amüsiertes Grinsen von Alva erntete. Sie zeigte mir jedoch verständnisvoll und geduldig, worauf ich achten sollte, und dann klappte es bereits viel besser. Schwungvoll sorgte ich unter Einbeziehung der Schwerkraft dafür, dass Luft sich mit der süßen Zuckermasse vermischte, und legte sie schließlich, als Alva mir ein Zeichen gab, auch auf die Arbeitsfläche, wo ich eine Rolle daraus formte.

»Wenn du jetzt verschiedenfarbige Stränge ineinander verflechtest, erhältst du wunderschöne Muster.«

Aufgeregt hob ich die Augenbrauen und folgte Alvas Fingerzeig auf die Bonbons, in die kleine Anker und Buchstaben eingearbeitet waren. Sie lachte, als sie meinen erschrockenen Blick sah. »Keine Sorge! Wir starten mit der einfarbigen Variante.«

»Danke dir!« Ich grinste schief.

»Nun rollst du den Strang so dünn, dass er die Dicke deiner gewünschten Bonbons hat. Ziehen, rollen, ziehen, rollen.« Analog zu dem, was sie sagte, arbeitete Alva. Sie formte eine lange Zuckerstange. »Nun ein wenig Geduld, damit die Masse weiter aushärtet, und dann kannst du sie in der Größe, die du dir vorstellst, zerteilen.« Sie reichte mir dafür eine Art Messer und griff selbst nach einem weiteren. Mit Elan ließ sie die Schneide gekonnt auf die dünne Stange herabsausen und fing die entstehenden kleinen Bonbons in einer Schüssel auf.

»Ein bisschen Puderzucker nutze ich jetzt direkt, damit sie nicht aneinanderkleben.« Sie streute eine kleine Menge über die Ausbeute in der Schüssel.

Ich zerteilte die Stange ebenso in wenige Millimeter breite Abschnitte und blickte stolz auf mein Werk.

»Du hast Talent, Marla«, stellte Alva anerkennend fest. Glitzernd lagen die kleinen Bonbons vor mir. Einige glänzend, die meisten pastellig pudrig schimmernd. Obwohl sie mal dick und mal dünner waren, teilweise ein wenig schief und manchmal gesplittert, liebte ich sie alle. »Diese Herstellung von Hand hat ihren ganz besonderen Zauber«, stellte ich fest. »Es ist so toll, wenn man selbst etwas zubereitet, was dann so wunderschön vor einem liegt. Wow! Was für ein Gefühl. Ich bin richtig stolz!«

Alva lachte leise. »Das darfst du auch sein! Und erst recht, wenn du nun auch einmal probierst.« Sie deutete auf meine Bonbons und legte mit einem kleinen Löffel auch eines von ihren Kunstwerken dazu.

Ich probierte zuerst den von Alva. Der Geschmack zarter Erdbeere breitete sich auf meiner Zunge aus und weckte in mir kindliche Freude und Erinnerungen an eine unbeschwert leichte Zeit. Genießerisch schloss ich die Augen und ließ mich ganz auf den Wohlgeschmack ein. Auch mein Himbeerbonbon zauberte mich direkt in den Süßigkeitenhimmel. »Alva, ein Traum! So unwahrscheinlich köstlich!«

»Das freut mich! Lass uns deine erste eigene Kreation mal in ein Gläschen mit Deckel abfüllen. Dann kannst du sie länger genießen. Und deiner Freundin bringst du auch gleich eine Auswahl mit«, schlug Alva vor.

Im Laden waren mittlerweile einige Kunden, die Flora bediente, während drei Kinder sich während unserer Arbeit an den

Bonbons die Nasen am Fenster in die Werkstatt platt gedrückt hatten.

Ihre Blicke waren die schönste Motivation und das tollste Kompliment.

»Ich behaupte, dass der Geschmack viel intensiver ist, wenn Bonbons von Hand hergestellt werden. Industriell gefertigte Bonbons wirken auf mich plötzlich überlagert von Zucker und Aromen. Wobei ich gestehen muss, dass mir das erst jetzt auffällt, wo ich in den Genuss deines Handwerks komme. Man ist viel zu sehr an die industriellen Süßigkeiten gewöhnt.«

»Da ist ganz bestimmt was dran«, bestätigte Alva meine Vermutung.

Alva legte ein paar Bonbons in ein Schälchen und reichte es den Kindern. Sie konnten ihr Glück kaum fassen.

»Für euch! Schaut mal, ob euer Lieblingsgeschmack dabei ist.« Ihr Lächeln war wie das einer gutherzigen Großmutter. Ein ungläubiges »Danke! Wow!« klang durch den Raum, und Alva lächelte zufrieden.

»Das schmeckt, wie wenn meine Mama und ich auf dem Feld Erdbeeren pflücken gehen«, schwärmte ein Mädchen mit roten Wangen. Ein Junge begann, direkt in seinen Hosentaschen nach Münzen zu suchen, und bestellte bei Flora ein Glas Himbeerbonbons. Der andere stöberte in den weiteren Sorten.

»Es macht echt Spaß, Produkte anzufertigen und zu sehen, wie sehr die Menschen sich darüber freuen. Für mich eine ganz neue Erfahrung. Das, was ich bisher verkauft habe, habe ich zwar von Herzen ausgesucht und war auch glücklich, wenn ich den Geschmack der Kunden mit meiner Auswahl traf. Aber es selbst herzustellen ist noch mal was ganz anderes.«

Alva nickte. »Das Schöne an den Bonbons ist, dass sie bei so vielen Leuten mit unbeschwert leichten, zuckrig schönen Erinnerungen verbunden sind. Diese zu wecken ist so wertvoll für die Seele. So erhält man ein Stück Kindheit ein Leben lang, finde ich.«

»Ein toller Gedanke«, bestätigte ich, und mein Herz wurde schwer, wenn ich Alva so reden hörte. Sie lebte diesen Beruf und liebte ihren Laden über alles. Ich war der festen Überzeugung, dass es das *Zuckerhüs* war, welches Alva zu ihrem Glück mehr brauchte als alles andere. Und ich hatte den Verdacht, dass Alva selbst das genau wusste, Peer aber keine Probleme machen wollte. Auch wenn ich Peer damit womöglich vor den Kopf stoßen würde, wollte ich mich dafür einsetzen, dass es für Alva hier weitergehen konnte. Alles andere durfte einfach nicht sein.

Irgendwann war es Zeit, mich zu verabschieden. Mittag und Nachmittag waren nur so dahingeflogen, und es ging mit großen Schritten auf den Abend zu.

»Ich will heute noch mal nach Rantum«, erklärte ich. »Ich liebe diesen Strand und bin da besonders gerne. Ich hoffe auf einen schönen Sonnenuntergang dort.«

»Verständlich. Die Chancen dafür stehen gut. Es war ein herrlich sonniger Tag. Danke für deinen Einsatz, Marla. Du hast das Fertigen und das Verkaufen im Blut«, lobte Alva, und Flora nickte sanft.

»Du bist für heute entlassen«, sagte sie lächelnd. »Mit Zertifikat!« Wir lachten gemeinsam.

Beschwingt und mit viel besserer Laune verließ ich das *Zuckerhüs*. Insa hatte noch einen Auftrag zu erfüllen, der sich spontan ergeben hatte, weshalb ich allein nach Rantum und noch mal zu dem Lokal von Thores Bruder fuhr, um dort eine Kleinigkeit zu essen, bevor ich an den Strand gehen würde.

Wie erwartet, begrüßte man mich auch heute herzlich, obwohl Thore und sein Bruder nicht da waren. Ich hatte Glück, und es war noch ein Tisch frei. Ich bestellte Nudeln mit einer Gemüse-

Sahne-Soße, als Vorspeise einen Salat mit Rucola, Tomaten, Parmesan und gerösteten Pinienkernen.

Ich hatte den Eindruck, dass ich mich nach diesem verwirrenden Tag mit einem leckeren Essen selbst belohnte, um meine Seele zu streicheln.

In meinem Kopf tobten Bilder von Johann neben Bildern von Peer und Alva im *Zuckerhüs*. Ich sah Levke, die fröhlich, aber sicher auch in einer Situation war, die nicht immer leicht war. Ihre Eltern gaben sich Mühe, sie nicht damit zu belasten. So kam es mir jedenfalls vor. Aber während eine Trennung wie bei Johann und mir ausschließlich zwischen Erwachsenen geschah und wir außer uns beiden niemanden damit belasten mussten, wog ein solcher Schritt als Paar, welches gemeinsame Kinder hatte, noch einmal schwerer und war sicher eine besondere Strapaze für alle Beteiligten.

Ich dachte an die Pläne von Flora, ihr Sortiment zu erweitern. Dazu zog ich die Prospekte aus meiner Tasche und blätterte darin. Ich fand so vieles, was auch ich in meinem Laden hätte anbieten wollen, und stellte mir vor, wie es wäre, eine Art Pop-up-Store innerhalb des *Zuckerhüs* zu installieren, wo ich diese Produkte anbieten könnte. Der Erlös aus dem Verkauf meines Hamburger Ladens wäre mir eine Hilfe, um die Ware und die ersten Mieten zu bezahlen.

Für mich war der Gedanke, dass Alva hier alles hinter sich ließ, einfach unvorstellbar. In meinem Kopf schmiedete ich Pläne, wie sie ihren Herzensort hier nicht zurücklassen müsste.

Wenn ich mit einer Miete für das Nebenzimmer dazu beitragen würde, dass zusätzliches Geld in die Kasse kam, und außerdem beim Verkauf und vielleicht sogar der Produktion der Bonbons aushalf, könnte Alva kürzertreten, und Peer müsste sich weniger Sorgen um seine Oma machen.

Es wäre wie eine kleinere Verwirklichung meines großen Traums und womöglich eine Idee, wie ich hier mit dem überschaubaren Kapital und den Ideen, die ich hatte, Fuß fassen und das Maximum herausholen könnte.

Mein Herz schlug schneller bei dieser Vorstellung, wurde aber direkt wieder gezügelt durch die Erkenntnis, dass Peer sicher nicht begeistert sein würde von dieser Idee. Ein Verkauf war einfach lukrativer. Auch wusste ich nicht, ob Alva wirklich über eine solche Lösung nachdenken würde oder ich ihr die Trennung mit diesem Angebot womöglich nur noch härter machen würde. Sicher wog zwar der Wunsch, das *Zuckerhüs* nicht aufzugeben, schwer, die Notwendigkeit, an das Geld zu denken, durfte ich jedoch nicht außer Acht lassen. Eine Entscheidung für Alva und eine Zukunft im *Zuckerhüs* wäre eine Entscheidung gegen Peer und seine Pläne. Meine Gedanken drehten sich im Kreis.

14.

Es war bereits Abend, die Sonne stand aber noch relativ hoch am Himmel. Im Sommer ging sie erst gegen halb zehn oder später unter. Heute wollte ich von weiter oben am Strand den Abend bestaunen. Ich ging zu dem Holzsteg, der am Dünenkamm lag und einen tollen Ausblick über den Strand und den Ort Rantum bot. Das Dünengras wehte im leichten Wind, der die warmen Temperaturen an diesem Tag erträglich gemacht hatte. In meinem Rücken residierten traumhafte Anwesen. Ich ließ den Blick schweifen über die Häuser, die geduckt in den Dünen lagen. Ich stellte mir vor, wie es sein musste, dort in einem Zimmer unter dem Dach aufzuwachen mit direktem Ausblick über das Meer. Mir fiel kein besserer Grund ein, morgens aus dem Bett aufzustehen, als unmittelbar vor der Tür das Meer liegen zu haben. Die Vorstellung, dort einzutauchen oder bei einem ausgiebigen Spaziergang einfach die Magie der Naturgewalten auf sich wirken lassen zu können, war die schönste Motivation, in den Tag zu starten.

Die Wellen plätscherten leicht an den Strand. Das Meer hatte eine ganz besondere Farbe. Weiter hinten, Richtung Horizont, schimmerte es dunkelblau, während es zum Sandstrand hin in einem tief strahlend blauen Ton leuchtete. Es war wunderschön beruhigend anzuschauen. Ich seufzte ergriffen.

»An manchen Tagen tut diese Aussicht ganz besonders gut, geht es dir auch so?«

Erschrocken fuhr ich herum, als Peers Stimme neben mir erklang.

»Peer!« Ich legte die Hand auf die Brust.

»Entschuldige, ich wollte dich nicht erschrecken.« Versöhnlich schaute er mich an. Meine Augen suchten die Umgebung nach Cara und Levke ab. Peer schien das aufzufallen.

»Ich bin allein hier«, gab er Entwarnung. »Ich musste meine Gedanken sortieren. Weder die Ex noch eine quasselsüchtige Fünfjährige sind dabei hilfreich. Ich bin eine Runde spazieren gegangen und wollte nun noch einmal hier zum Wasser. Hier ist der Sonnenuntergang besonders schön, hab ich mir sagen lassen. Kommst du mit?«

Kurz zögerte ich, nickte dann aber wie fremdgesteuert und lief neben Peer die Treppe hinunter. Unten am Strand zogen wir beide die Schuhe aus und gingen bis an die Wasserkante.

»Hier lang?«, fragte Peer und deutete Richtung Norden.

»Gerne.« Mein Herz schlug aufgeregt, und ich war nervös. Seine Nähe fühlte sich so gut an, und ich freute mich, dass er allein war. Auch wenn ich Levke gerne mochte.

»Bei mir sind es ähnliche Gründe, weshalb ich hier die Stille gesucht habe. Insa muss arbeiten, und der Tag zwischen Trennungsgesprächen und einem Besuch bei deiner lieben Oma hat mich heute ganz schön durcheinandergewirbelt. Ich brauchte was für die Seele.« Auf die Gefahr hin, dass Peer hier merkwürdig reagieren und viel zu sehr ins Detail gehen könnte, sprach ich aus, was mich gerade beschäftigte. »Ich war unten im Restaurant essen, und seitdem geht's mir schon viel besser!« Ich schaute ihn von der Seite an, und unsere Blicke trafen sich.

Peer nickte. »Das tut oft gut, ja. Ich gestehe, Alva und Flora haben erzählt, dass du nach Rantum fährst und auf einen Sonnenuntergang spekulierst.« Er lächelte und schaute mich an. »Ich hatte gehofft, dich hier zu treffen.«

Überrascht blickte ich ihn an und grinste. »Also ist es kein Zufall, dass wir uns hier treffen?«

Peer zuckte mit unschuldiger Miene die Schultern und wiegte vorsichtig den Kopf. »Nicht ganz«, gab er zu.

»Ich freue mich jedenfalls auch sehr.« Ich blickte ihn an.

»War das dein Freund, vorhin im Restaurant?« Ein Zittern lag in Peers Blick.

»Mein Ex-Freund. Es war unser letztes Treffen, in dem es tatsächlich noch was zu besprechen gab«, erklärte ich und nickte energisch. »Einige wenige Dinge wollten wir noch klären. Das ist uns so halbwegs geglückt, hoffe ich. Trennungsgespräche halt. Nicht wirklich schön, aber nötig.«

Peer schaute über das Meer und nickte. »Die Gespräche mit Cara heute waren auch nicht leicht für mich. Über die Trennung sind wir zwar hinweg, aber das, was wir nun zu bereden haben, ist nicht leichter.«

»Geht es um Levke?«

»Ja, vor allem um sie. Wir haben unterschiedliche Pläne, und das zerrt ganz schön an den Nerven. Zumal wir nicht wollen, dass Levke das alles mitbekommt.«

»Das ist bestimmt eine schwierige Situation. Ich kann mich noch erinnern, dass ich als Kind immer gespürt habe, wenn es für meine Ma stressig war. Auch ohne dass es einen Partner für diese Gespräche gab«, sagte ich.

»Ein Drahtseilakt«, gab Peer zu und nickte. »Hast du denn heute Kontakt zu deinem Vater?«

Die aufrichtige Frage traf mich. »Nein. Ich kenne ihn nicht einmal.« Peer schien zu spüren, dass ich berührt war.

»Entschuldige. Das war taktlos. Ich hätte es besser wissen müssen. Mir geht's genauso. Ich war so klein, als mein Dad und ich allein waren. Viele Erinnerungen habe ich an meine Mutter auch nicht.«

»Es ist schlimm, ja. Wenn ein Elternteil sich gegen Familie entscheidet, tut das weh. Immer wieder, mal mehr, mal weniger. Man hat keine Kindheitserinnerungen an die klassische Vater-Mutter-Kind-Konstellation. Oft fehlt mir das. Und der Papa, den man sicher noch mal ganz anders um Rat fragt als die Mama.«

Peer nickte verständnisvoll. »Bei mir war Alva wie die Ersatzmama in all diesen Angelegenheiten und Fragen. Deshalb bedeutet sie mir heute auch so viel.«

»Was für ein Glück, dass du sie hattest. Und hast. Eine Oma war immer mein Traum.« Nachdenklich ging mein Blick über das Wasser.

»Bei Alva fühlt sich auch Levke grad am wohlsten. Jedenfalls wollen Cara und ich, wenn unsere Beziehung schon gescheitert ist, für Levke alles besser machen. Die meiste Zeit lebt die Kleine bei mir, unter anderem, weil ich als Freiberufler viel flexibler reagieren kann. Nach unserer Trennung hat Cara sich einen neuen Job gesucht, für den sie anfangs viel unterwegs gewesen ist. Da war die Kleine meist bei mir. Das mit dem Job hat sich nun verändert. Cara offenbarte mir deshalb vor wenigen Tagen, dass es ihr lieber wäre, Levke lebe nun viel häufiger auch bei ihr. Erst recht, wenn ich nun öfter hier nach Sylt zu Alva müsste. Mit der Einschulung von Levke wäre das ja komplizierter. In der Firma, für die Cara arbeitet, gibt es eine Kita mit angeschlossenem Hort, die die Arbeitszeit von Cara komplett abdeckt, und sie hat schon alles organisiert. Sie bietet an, dass Levke unter der Woche ganz bei ihr ist, am Wochenende dann bei mir. Aber ich kann das nicht und will es auch nicht.« Peer kniff die Lippen aufeinander. »Ich will für sie da sein. Wie mein Vater für mich. Damals.«

»Das glaube ich dir. Das ist bestimmt schwer für dich.«

Peer nickte. »Deshalb bin ich so hektisch abgereist. Ich hatte hier keine Ruhe mehr, musste mit Cara reden. Ich möchte nach dieser intensiven Zeit nicht, dass Levke von mir enttäuscht ist, das Gefühl hat, dass ich sie im Stich lasse, wenn ich meinen Weg gehe und sie nun so oft bei Cara bleiben soll. Sie hat gelitten, als Cara nach der Trennung oft nur an sich selbst dachte. Sicher würden wir uns regelmäßig sehen, aber das reicht mir nicht mehr, und ich weiß, dass es Levke auch so geht. Ich möchte sie aus dieser Entscheidung nicht ausschließen. Es geht ja um sie und ihre Gefühle. Sie hat sich gewünscht, dass Cara nach Sylt mitkommt und wir hier gemeinsam den Rest besprechen.«

»Ach so.«

Peer schüttelte den Kopf. »Leider ist das aber nicht die beste Idee gewesen. Levke bekommt mit, dass wir uns nicht einig sind, und will eigentlich gerne bei mir bleiben. Manchmal ist sie dann allerdings so wütend, dass auch ich keinen guten Stand mehr bei ihr habe. Deshalb hat Cara vorgeschlagen, dass Alva nach Hamburg zieht, wozu sie, wenn auch schweren Herzens, zugestimmt hat. Sodass Levke weiterhin bei mir und parallel auch bei Cara sein kann, weil ich dann nicht mehr regelmäßig nach Sylt fahren muss. Und Alva wäre dann eben auch in unserer Nähe. Aber wie du weißt, gestaltet auch das sich ein wenig kompliziert, und mir ist bewusst: Ich komme nicht umhin, irgendjemanden todunglücklich zu machen, egal was ich tue. Ich weiß ja selbst, was Alva das alles hier bedeutet.«

»Ich verstehe dein Dilemma«, erklärte ich und verstand in diesem Moment wirklich, warum er sich darum bemühte, Alva davon zu überzeugen, in seine Nähe zu kommen. Nach wie vor war ich aber auch ganz auf Alvas Seite.

»Aber meinst du nicht, Alva kann einschätzen, ob und wie lange das mit dem *Zuckerhüs* so weitergehen kann, und würde keine Entscheidung treffen, die leichtsinnig wäre? Vielleicht unterschätzt du sie, und sie schafft das alles hier besser, als du denkst.«

»Schon. Aber sie ist nicht mehr die Jüngste, und das Alter, in dem manches nicht mehr so gehen wird wie bisher, kommt manchmal schneller, als man denkt. Ich hätte ein so viel besseres Gefühl, würde ich sie spontan besuchen können und einfach in meiner Nähe wissen. Frei von dem Stress mit dem *Zuckerhüs*. Denn, so schön es ist – es ist auch eine riesengroße Verantwortung und viel Arbeit. Die Manufaktur, Flora als Angestellte und dann auch das große Haus mit dem Garten. Ich halte es für unverantwortlich, wenn sie hier weiterhin allein lebt. Ich bin viel zu weit weg.«

»Es steht mir nicht zu, mich da einzumischen, aber ich habe in den letzten Tagen den Eindruck bekommen, dass es das *Zuckerhüs* mit der Manufaktur ist, was Alva so vital hält.«

Peer stockte kurz, schaute mich an, die Lippen aufeinandergepresst. »Leider hast du recht. Ich tue mich deshalb auch unendlich schwer mit diesen Plänen, glaub mir.« Aus seinem Blick sprach Verzweiflung, als sehe er sich in einer Sackgasse ohne Ausweg. »Aber da ist noch so viel mehr, was mit hineinspielt. Es hätte alles so einfach sein können und genauso weiterlaufen können, dass Alva hierbleibt. Aber wenn man sich nicht einmal auf seinen eigenen Vater verlassen kann, kommt so etwas dabei heraus.« Seine Stirn lag angestrengt in Falten.

Verwirrt blickte ich ihn an.

»Entschuldige, Marla! Ich höre schon wieder auf. Aber ich

finde einfach keine Lösung, die für alle optimal ist, sosehr ich es auch möchte. Zu viele Leute sind daran beteiligt. Ich bin heute emotional ein wenig angefasst«, gestand er zerknirscht. Ich war mir ziemlich sicher, dass Alva eingehen würde wie eine Blume ohne Wasser und Sonne, wenn sie die Insel verlassen musste. Verdorrt, weil die Zutaten für ihr persönliches Glück nicht mehr da waren. Und ich war mir ebenso sicher, dass Peer das wusste. Seine Handlungen wirkten wie fremdgesteuert. Er kämpfte, und es waren zu viele Fronten. Doch er schien nicht über die Probleme mit seinem Vater sprechen zu wollen.

»Ich will dich nicht mit meinen Familienscherereien belasten«, entschuldigte Peer sich.

»Schon okay. Aber falls es dir hilft, auch ich hatte einen echten Scheißtag. Ich habe heute erfahren, dass mein Ex-Freund schon seit Monaten eine Affäre hat, von der er mir wahrscheinlich nie etwas erzählt hätte, wenn ich es nicht heute versehentlich selbst herausgefunden hätte.« Ich lachte höhnisch auf. »Da plant er noch enthusiastisch mit mir unseren gemeinsamen Neustart hier auf Sylt, tut, als sei alles in allerbester Ordnung, dabei teilt er schon seit Monaten mit einer anderen das Bett.«

»Oha.« Peer verzog sein Gesicht zu einer Grimasse. »Das tut mir echt leid. Wie widerlich.« Sein ernsthaft angeekeltes Gesicht brachte mich wieder zum Schmunzeln. Ich lachte.

»Ja! Widerwärtig.«

»Und ich hab, als ich euch gesehen habe, echt gedacht, das mit euch hat noch eine Chance.«

Ich war überrascht über seine Wahrnehmung. Für mich hatte sich die Abneigung zwischen uns unübersehbar angefühlt.

»Es war ein letztes Gespräch. Eine Aussprache, bevor sich unsere Wege endgültig trennen. Das musste irgendwie sein.«

»Verständlich.«

»Ich hatte erst kein gutes Gewissen dabei, ihn zu treffen, weil ich wusste, dass er sich etwas anderes davon erwartet als ich. Es sollte aber wohl genau so sein, sonst hätte ich auch jetzt noch nicht von der Frau erfahren.« Ich presste die Lippen aufeinander und zog die Augenbrauen hoch.

Nachdenklich schaute Peer erst mich an und blickte dann über den Strand. »Fassen wir also zusammen, dass dieser Tag nicht der beste für uns beide war.«

»Morgen kann jedenfalls nur besser werden.«

Wir waren einige Hundert Meter gelaufen, als Peer vorschlug, wieder umzudrehen.

»Ich habe Cara versprochen, dass ich nicht allzu lange unterwegs bin. Sie wohnt diese Nacht bei uns und Alva.«

Ich nickte. Dieser Gedanke tat ein kleines bisschen weh.

»Insa freut sich doch bestimmt noch auf einen Absacker mit dir auf ihrer Terrasse, oder?«

Ich lachte. »Bestimmt! Sie arbeitet echt viel. An manchen Tagen sehen wir uns kaum. Da bin ich richtig glücklich, wenn wir abends noch ein, zwei Stunden für uns haben.«

Als klingelten Insa die Ohren, läutete in diesem Moment mein Handy. Ich nahm den Anruf an, und Insa fragte sofort, ob alles in Ordnung war. Im selben Atemzug erfuhr ich bereits, dass sie Thore getroffen hatte und mit ihm noch was trinken gehen wollte. Ich hatte mich zwar auf die Zeit mit ihr gefreut, um ihr von meiner Handyverwechslung und den damit verbundenen Erkenntnissen zu erzählen, aber natürlich gönnte ich ihr den Abend mit Thore. Also wünschte ich ihr viel Spaß und ignorierte ihren Hinweis, ich solle doch Peer fragen, ob er nicht Zeit hatte. Die Gefahr, dass sie mich mit einem entsprechenden Kommentar in Verlegenheit bringen würde, wenn ich ihr verriet, wo ich gerade war und mit wem, war einfach zu groß.

»Also, ich werde hier noch ein wenig ausharren und mir den Sonnenuntergang anschauen. Insa ist noch länger unterwegs.«

»Da kann ich dich unmöglich allein lassen«, erkannte Peer und grinste.

»Aber was sagt Levke dazu?«

»Die schläft längst. Es ging eher darum, dass Cara noch …« Dann stockte er und winkte ab. »Das hat Zeit bis morgen. Ich gebe ihr eben Bescheid und bleibe hier! Wann habe ich schon einmal die Gelegenheit, bis zum Sonnenuntergang am Strand zu sein?« Er hob die Handflächen. »Meistens schläft Levke um diese Zeit längst, und ich oft gleich mit.«

Wir lachten.

»Wollen wir uns in den Strandkorb setzen?«, fragte Peer und deutete auf einen leeren Korb in allererster Reihe zum Meer.

»Gerne.« Wir setzten uns, und ich spürte das kühle Polster unter mir und schauderte kurz. Die Nähe zu Peer hingegen, die im Strandkorb unweigerlich entstand, fühlte sich prickelnd warm und gut an.

Die Sonne senkte sich immer weiter gen Horizont und färbte den Himmel in den schillerndsten Tönen. So oft hatte ich dieses Schauspiel nun verfolgt, und dennoch verlor es zu keinem Zeitpunkt auch nur ein kleines bisschen seiner Magie. Ich liebte diese Atmosphäre, wenn der Tag sich allmählich dem Ende zuneigte, Ruhe einkehrte und die Natur sich ein letztes Mal alle Mühe gab, um zum finalen Tusch anzusetzen. Der Lichtkegel, den der untergehende Feuerball kurz vorm Versinken ins dunkle Meer auf die Wasseroberfläche zauberte, war wie eine Zugabe, wenn man schon dachte, dass dieses Schauspiel gleich beendet sei. Aber ganz so weit war es noch nicht.

Das Licht der Abendsonne tauchte unsere Gesichter in einen seidigen Goldglanz. Es war noch immer so warm, dass ich selbst hier am Strand nicht fror. Der Wind wehte nur als eine leichte Brise und brachte einzelne Haarsträhnen zum Tanzen.

»Es ist so unvergleichlich schön. Nichts entspannt doch mehr als das Rauschen der Wellen und der Blick in den Sonnenuntergang. Man möchte die Zeit anhalten«, sagte ich leise.

»Das wäre schön, ja. Genau hier könnte es noch stundenlang weitergehen«, ergänzte Peer, und ich spürte seinen Blick von der Seite.

Seine Hand ruhte auf seinem Oberschenkel und war damit meiner Hand ganz nah. Es war, als sprängen die Funken zwischen uns. Wie ein unsichtbares Band fühlte es sich an, und mir kam es vor, als würde die Wärme, die ich von ihm spürte, stärker, und er war mir näher als eben noch. Und während ich noch darüber nachdachte, ob es eher mein Wunsch war, der mich so empfinden ließ, griff Peer zärtlich nach meiner Hand. Ein Strom Glücksgefühle durchfuhr mich. Unsicher erwiderte ich seine Berührung und strich ihm sanft mit dem Daumen über seinen Finger.

Die Berührungen zwischen uns hinterließen eine zarte Spur aus unsichtbaren, prickelnden Verbindungen. Peer richtete sich leicht im Strandkorb auf, und in dem Moment, in dem die Sonne sich zum glühenden Halbkreis über dem Wasser formte, kurz bevor sie ganz verschwand, trafen sich unsere Blicke. Behutsam verringerte er den Abstand zwischen uns. Sein Gesicht war meinem jetzt ganz nah. Jeder Blick, jede noch so kleine Bewegung seiner Mimik kamen mir so innig vor. Zwischen uns brannten die letzten Sonnenstrahlen aus Richtung des Horizonts wie Feuer. Fast raubte es mir nicht nur den Verstand, sondern auch jeden Atem.

Seine Lippen waren nur noch Millimeter von meinen entfernt, und als ich die Augen schloss, spürte ich beinahe, dass auch er seine nicht mehr geöffnet hatte. Ich fühlte seinen Atem auf meiner Haut, bevor er die winzige Lücke schloss und unsere Lippen sich fanden.

Wir versanken in einem Kuss, der in mir alles durcheinanderwirbelte, fliegen ließ, neu sortierte und dabei auf den Kopf stellte. Ich genoss seine Nähe, atmete den Duft nach Salz, Meer und ihm. Ein zarter Hauch von Minze umwehte ihn. Ich wollte nicht, dass dieser Moment je vorüberging, dass dieser Kuss endete.

Doch auch als unsere Lippen sich voneinander lösten, blieb Peer nah bei mir, legte den Arm um mich, hielt die Magie dieses Augenblicks aufrecht. Das Knistern zwischen uns, als sei da etwas ganz Besonderes, was eigentlich so viel laute Begeisterung verdient hätte, dabei aber ganz leise war. Aus einem Flackern war innerhalb von Sekunden ein Feuer geworden, das brennen wollte und sich warm und aufregend anfühlte. Die Atmosphäre, unser Gespräch und die Nähe im Strandkorb waren es, die uns wie eine Welle übermannten und gen Euphorie schwemmten.

Ich lehnte den Kopf an seine Schulter und sog alles in mir auf, während wir an diesem lauen Sommerabend das ständig wechselnde Farbspiel des Himmels beobachteten. Zartes Lila und pastellfarbenes Rosa, dazu vereinzelte pinke Wölkchen vor hellblauem Himmel – es war wunderschön anzusehen.

Peer strich liebevoll über meine Schulter, und ich fühlte mich hier in unserem Strandkorb so geborgen, als wären wir die einzigen Menschen weit und breit. Eine große Zuversicht breitete sich in mir aus und das Gefühl, dass all die Ereignisse der letzten Tage ihren Sinn gehabt hatten.

»Man möchte die Zeit anhalten«, wiederholte Peer meine Worte.

»Ja«, antwortete ich leise. Mehr sprachen wir nicht. Wir schienen beide überrollt von dem, was hier gerade geschah, und es waren keine Worte nötig.

»Danke, Marla«, sagte Peer irgendwann und gab mir einen Kuss auf mein Haar. »Ich kann nicht sagen, wann ich zuletzt so glücklich gewesen bin.«

Ich drehte mich zu ihm und betrachtete sein wunderschönes Profil. Noch immer war das Licht einmalig, auch wenn die Dunkelheit mehr und mehr Einzug hielt und die Konturen verschwimmen ließ.

»Ich bin auch sehr glücklich, Peer«, antwortete ich, und wir setzten fort, was eben so einzigartig schön begonnen hatte.

Wir küssten uns erneut, und jede Berührung unserer Hände war wie ein Sternenregen aus Glücksgefühlen. Ich hätte aufstehen können, ans Wasser laufen und mein Glück in diesem Moment laut herausrufen.

Nur widerwillig löste ich mich von Peer, als meine Gedanken wieder einsetzten. Ich hatte nicht die leiseste Ahnung, wie das hier weitergehen konnte. Wie es sein würde, wenn Peer bald abreisen und auch Alva die Insel verlassen würde. Ich wollte es mir nicht vorstellen. Kalt und leer war dieser Gedanke an die Lücke, die Alva hier zurücklassen würde. Und dann dachte ich daran, dass auch meine Reserven hier auf Sylt nicht lange reichen würden und ein Plan für meine berufliche Zukunft hermusste. Ich schluckte.

Plötzlich fühlte ich mich, als habe jemand mitten im Showdown eines romantischen Films im Kino das Licht angeschaltet. Alle Sorgen hell erleuchtet und die Illusion der Perfektion vernichtet.

Ich versteifte, verkrampfte innerlich und äußerlich und rang mit den Händen.

»Peer, der Abend war wunderschön. Aber lass uns nach Hause fahren«, schlug ich vor.

»Klar«, sagte Peer, dem anzumerken war, dass er sich zwar etwas anderes wünschte, meine Bitte aber respektieren wollte.

Nach einem letzten Blick übers Meer verabschiedete ich mich von diesem Ort, dem Moment, der nun für immer erst recht eine ganz besondere Bedeutung für mich haben würde. Egal, was auch geschah.

Wir stapften durch den tiefen Sand hoch zum Übergang. Vor uns am Himmel stand schon rund und hell der Vollmond.

»Was für eine fantastische Stimmung«, staunte ich.

»Das stimmt. Der Sonnenauf- und -untergang – das sind die beiden Momente, in denen man hier oft den Eindruck hat, ein Stück näher am Paradies zu sein.«

»Schön gesagt. Ja, das finde ich auch. Die Natur zeigt hier wirklich ihr wahres Können.« Ich dachte über Sylt nach. Über diesen Ort, der in meiner Familie schon für so viel Hoffnung, so viel Euphorie, aber auch für unendlich viele Tränen gesorgt hatte.

Nun stand ich hier. Unwirklich, dass meine Reise an diesen Ort nun wieder für so viele Emotionen sorgte. Ein Aufruhr, der sich aber so kraftvoll anfühlte, als könne ich Berge versetzen. Überhaupt entfaltete diese Insel so viel in mir, dass ich manchmal den Eindruck hatte, hier die Inspiration und Stärke zu finden, die ich sonst nirgendwo auf der Welt bekam. Durch diese Weite, die Möglichkeit, Einsamkeit zu genießen, wenn man an der Ostseite am Watt entlang oder durch die sattgrünen Salzwiesen spazierte. Dem gegenüber die raue, tobende See im Westen, die jeden Gedanken mit sich nahm und durch die Luft wirbelte, um ihn manchmal vollkommen verändert zurückzubringen. Dieses Gefühl, diese Perspektiven, die fand ich nur hier. Dieses Mal wurden all diese Momente begleitet von Menschen, die ich bewunderte und sofort in mein Herz geschlossen hatte. Eine Situation, die alldem noch viel mehr Bedeutung gab.

»Wie wird es denn bei dir nun weitergehen?«, fragte Peer, als lese er meine Gedanken.

»Noch steure ich da durch ziemlich nebelige See«, antwortete ich ausweichend.

»Verstehe. Aber dass du hier auf Sylt bleiben willst, steht fest?«

»Das *will* ich sehr gerne, ja. Ich bin aber noch nicht sicher, ob ich das auch umsetzen kann. Morgen habe ich einen Probearbeitstag in einem Keitumer Geschäft. Es klang ganz gut. Mal sehen.« Ich lachte matt. »Das Beste wäre ein unerwartetes Erbe oder ein Lotteriegewinn. Dann könnte ich meinen Traum auch allein umsetzen und selbst etwas eröffnen.« Vorsichtig suchte ich seinen Blick, der aber auf den Boden gerichtet war. Ich erkannte ein Nicken. Peer schwieg jedoch. Ahnte er, welche Träume und Ideen ich in Bezug auf die Bonbonmanufaktur hegte?

»Wie gerne ich etwas für dich tun würde, Marla. Ich merke ja auch, dass du vollkommen verzaubert bist vom *Zuckerhüs*. So gerne würde ich dir eine Lösung anbieten, aber ich sehe selbst gerade keine«, sagte Peer, und mein Herz krampfte. Seine Worte rührten mich. Und ich spürte, wie es auch ihn innerlich zerriss, eine Entscheidung treffen zu müssen. Dabei war ich mir gar nicht so sicher, ob er das wirklich musste. Welche Rolle spielte sein Vater bei alldem?

Ich gab mir einen Ruck und stellte die Frage, die mir so sehr unter den Nägeln brannte: »Darf ich fragen, warum du gerade jetzt all das überlegst? Alva macht auf mich einen ganz fitten Eindruck. Oder gab es Sorgen?« Fragend schaute ich ihn an, und er blickte mir lange in die Augen.

»Es ist nicht ganz so einfach zu erklären. Mein Vater hatte sein Wort gegeben, das *Zuckerhüs* fortzuführen, wenn es für Alva irgendwann zu viel wird. Aber jetzt hat er plötzlich seine Meinung geändert und völlig verrückte Vorstellungen. Er lässt mich und vor allem Alva im Stich. Deswegen habe ich Angst, dass wir irgendwann überhastet handeln müssen, weil Alva eben doch nicht mehr so fit ist. Und wenn das passiert, wird es sicher schwieriger, eine gute Lösung zu finden, mit der alle glücklich sein können, also versuche ich, das jetzt schon zu tun. Dazu hatte ich ja einen ersten Termin mit einem Makler vereinbart. Der lief aber denkbar schlecht. Dennoch ist noch ein Termin vereinbart.« Peer zuckte kopfschüttelnd die Schultern.

Einige Schritte liefen wir schweigend nebeneinanderher.

»Du bleibst aber vorerst hier, oder wirst du wieder abreisen?«, fragte ich dann.

»Ein paar Tage bin ich auf jeden Fall erst mal noch auf Sylt. Was danach passiert, kann ich noch nicht sagen.«

Wir waren wieder am Parkplatz angekommen, wo mein Auto stand. Auch Peer hatte hier geparkt.

»Danke, Peer, für den schönen Ausklang des Tages«, sagte ich, stellte mich leicht auf die Zehenspitzen und gab ihm einen Kuss. Was eigentlich ein schneller Abschiedskuss sein sollte, entwickelte sich zu einem erneuten Feuerwerk aus Glückshormonen und Sehnsucht, als er mit einem Arm meine Taille umschlang und mich fester an sich zog. Wir schwebten darin, als halte die Welt für uns wirklich kurz an, nur damit wir diese Momente auskosten konnten, um sich dann mit völlig neuer Leichtigkeit weiterzudrehen.

»Es fühlt sich unheimlich gut an, Marla«, raunte Peer mir zu und strich mir sanft eine Haarsträhne hinters Ohr, fuhr mit den Fingern weiter meinen Hals entlang und folgte dem Rand meines Blusenkragens.

»Sehr gut«, bestätigte ich, lächelte und trat einen Schritt zurück. Ergriff kurz seine Hände, bevor ich auch diese Verbindung löste, indem ich ein weiteres Stück in Richtung meines Autos ging.

»Schreibst du mir, wenn du gut angekommen bist?«, fragte Peer, und ich nickte. Vielleicht war es albern, hier auf der Insel, bei diesem Wetter und den kurzen Entfernungen. Aber es fühlte sich so gut an, dass er mich bat, mich zu melden, wenn ich zu Hause war.

Peer sah mir nach und hob eine Hand zum Gruß, während ich ausparkte und den Wagen vom Parkplatz lenkte. Ob er, genau wie ich, spürte, dass wir auf dem besten Wege waren, uns neu zu verlieben?

Als ich Insas Haus erreicht hatte, war ich zu aufgedreht, um schlafen zu gehen. Meine Freundin war noch immer nicht da, was ich als gutes Zeichen wertete. Ich vermutete, sie und Thore hatten ebenso die romantische Sonnenuntergangsatmosphäre an einem der Weststrände genossen.

Zuerst schrieb ich Peer: *Bin daheim. Danke für die Zeit!* Sofort kam eine Nachricht zurück. *Das freut mich, und den Dank kann ich nur zurückgeben. Schlaf gut. Bis bald.*

Eine gute Nacht. Mein Herz klopfte, als nutze es einen zusätzlichen Schlag pro Sekunde. Tanzend schwebte ich durch das Wohnzimmer und war nun vollkommen aufgekratzt. Ich nahm mir ein Glas Weinschorle mit auf die Terrasse und machte es mir im Strandkorb gemütlich. Dann zündete ich eine knisternde Gartenkerze an, die in ein großes Gefäß aus Beton gegossen war, betrachtete das Flackern der Flammen und lauschte dem Geräusch des Holzdochtes, das mich an ein Lagerfeuer erinnerte. Ich träumte davon, mit Peer hier zu sitzen, und vermisste ihn an meiner Seite. Seine Wärme, seine Nähe – einzig das kribbelnde Gefühl von Kopf bis Fuß war geblieben und fühlte sich an wie sprudelnde Energie.

Die gleichmäßigen und sich dennoch ständig verändernden Bewegungen der Flamme beruhigten mich und wärmten mich bald auch von innen. Ein zarter Vanilleduft der Kerze umwehte mich sanft. Die spritzig-leichte Weinschorle ließ meine Seele zur Ruhe kommen und legte einen Weichzeichner auf die hibbeligen Gefühle in meinem Bauch.

Endlich hörte ich Insas Schlüssel in der Tür.

»Marla?« Sie kam direkt zur Terrasse. »Ach, wie schön, dass du noch wach bist!« Ihre Stimme klang fröhlich.

»Hi, ich freue mich auch, dass wir uns noch treffen. Auch eine Weinschorle?«

»Gerne! Bin sofort wieder da!«

Insa verschwand im Bad, und ich mixte ihr auch ein Getränk. Dazu stellte ich noch Eiswürfel auf den Tisch und Knabbereien. Dieser Abend war definitiv noch nicht zu Ende, und ich war froh, dass ich den Tag noch einmal mit Insa rekapitulieren konnte.

15.

Insa und ich hatten so lange gequatscht, dass ich am nächsten Morgen das Gefühl hatte, gerade erst ins Bett gegangen zu sein.

Es würde ein spannender Tag werden, denn heute fand mein erstes Probearbeiten statt, und ich würde die Ladenbesitzerin kennenlernen. Ich war aufgeregt und voller Vorfreude, wobei mir auch bewusst war, dass die Messlatte für eine tolle Arbeitsumgebung mit Produkten, die ich von Herzen anbieten konnte, nach den Stunden im *Zuckerhüs* hoch lag.

Der Laden lag ebenso in Keitum in einem alten Friesenhaus, direkt an der Hauptstraße. Dekorierte Butzenfenster zur Straßenseite hin ließen schon einen allerersten Blick auf das Sortiment aus dänischen Einrichtungsaccessoires werfen, die Lust auf mehr machten.

Die Einrichtung war in hellen Erdtönen gehalten, Farbkleckse in Form von orangen Kulturtäschchen und bunten Handytaschen mit Ketten setzten Akzente. Duftkerzen und Raumdüfte standen in einem Regal, Decken und Kissen lagen in einem anderen. Kleine, handgenähte Kuscheltiere zierten ein Fenster direkt neben der Tür. Ich überlegte mir, eins davon Levke mitzubringen. Ich war mir sicher, dass das Pferd mit den langen Schlenkerbeinen, weicher Mähne und geblümtem Sattel ihre Augen zum Leuchten bringen würde.

»Moin«, klang es freundlich aus dem Raum, sobald ich eintrat. Ich konnte niemanden entdecken, grüßte jedoch suchend in den Raum.

Ein helles weibliches Lachen erklang. »Entschuldigen Sie, grad fiel mir mein Stift runter, als Sie eintraten!« Ein knallroter Haarschopf lugte plötzlich hinterm Verkaufstresen hervor.

»Moin! Kein Problem! Sie sind sicher Frau Michels?«

»Die bin ich! Und Sie Marla Degener?« Ihre warmherzigen Augen musterten mich freundlich.

»Ganz genau! Was für ein wunderschöner Laden«, lobte ich und schaute mich um.

»Das freut mich! Stöbern Sie doch erst einmal in aller Ruhe. So bekommen Sie einen Überblick über all die Kleinigkeiten, die wir hier so anbieten. Das ist besonders schön, wenn noch niemand da ist und man Zeit hat. Dann fühlt man sich gleich wohl, wenn die ersten Kunden eintrudeln und was suchen, wobei man ihnen weiterhelfen kann. Ich finde, das ist das Allerwichtigste. Wohlfühlen bei der Arbeit.« Der erste Eindruck war schon einmal so herzlich. Einen besseren Einstieg hätte es kaum geben können.

»Wollen wir Du sagen?«, bot Anita Michels direkt an. »Ich bin Anita.«

»Sehr gerne! Marla.«

Anita zeigte mir, wo ich meine Tasche ablegen konnte, und ich machte mich auf eine erste Entdeckungstour durch den Laden. Direkt an der Kasse stand eine Schütte mit glitzernden Haar- und Armbändern, teilweise mit bunten Steinen verziert. *Sylter Glücksbringer* stand handschriftlich auf einem Schild. Daneben ein Aufsteller mit handgezeichneten Grußkarten. In einer Ecke präsentierte Anita traumhafte Ringe einer regionalen Schmuckdesignerin. Muscheln spielten hier eine zentrale Rolle, außerdem waren viele Perlen verarbeitet worden.

»Wunderschön«, freute ich mich, und Anita lächelte. »Wie lange führst du diesen zauberhaften Laden schon?«

»Hier auf Sylt erst seit wenigen Monaten. In diesem Sommer sind es aber doch schon mehr als dreißig Jahre, dass ich Ladenbesitzerin bin. Und es macht mir Freude wie am ersten Tag«, erklärte sie.

»Wow! Gratulation! Die Liebe für den Job sieht man deinem Laden an.«

»Danke!« Ich konnte sehen, wie gut ihr das Kompliment tat.

»Es ist fantastisch, wenn man das nach über dreißig Jahren noch behaupten kann. Ein Ziel, welches ich auch gerne erreichen würde.«

»Wenn man es sich wünscht, gelingt einem das auch!« Zuversichtlich nickte Anita. »Aber dass es nicht immer ganz leicht und reibungslos läuft, will ich dabei nicht verschweigen. Das muss ich zugeben! Und auch ich hatte Phasen, da habe ich alles hier infrage gestellt.« Sie lachte leise. »Und manchmal – nicht oft, aber dennoch hin und wieder –, da wollte ich hier abends abschließen und die Insel direkt wieder verlassen, um nie mehr wiederzukehren.«

Erstaunt hob ich die Augenbrauen. Mir gefiel ihre Ehrlichkeit.

»Aber ich will nicht mit den stressigen Seiten des Alltags hier beginnen. Das klingt ja sonst wenig attraktiv für dich.«

»Alles gut! Ich kenne es selbst. Ich hatte zu Hause in Hamburg auch einen Laden. Obwohl er mein Traum war, standen mir nicht selten die Haare zu Berge, und ich war dem Irrsinn nahe!«

»Oh ja. Aber du hast den Laden aufgegeben? Warum?«

Ich nickte. »Es war Zeit für einen Neustart.« Ich lächelte und ließ offen, wie genau ich mir diesen vorgestellt hatte und dass er vorerst gescheitert war.

»Und dann reicht es dir, jetzt irgendwo angestellt zu arbeiten?« Anitas Frage kam direkt, und kurz stockte ich einen Moment.

»Ich denke, ja. Ich hoffe es.«

»Es würde mich freuen. Du bist mir sehr sympathisch! Aber wenn du spürst, dass das doch nichts für dich ist, dann ist das auch in Ordnung.« Sanft lächelte sie und nickte. »Ich freue mich auch, wenn du mich als Kundin besuchen kommst oder auf einen Kaffee.«

Ich fand Anitas Art ungewöhnlich, aber sehr liebenswert.

»Wo wohnst du hier denn? Oder pendelst du?«

»Ich wohne bei meiner Freundin in Archsum. Ich hab das große Glück, dass ich erst mal ihr Gästezimmer nutzen darf.«

»Das klingt super. Wie schön.«

Unsere Unterhaltung wurde unterbrochen, als eine Kundin den Laden betrat. Sie steuerte zielstrebig ein Regal mit Windlichtern an und griff nach einem. Ein weiteres folgte, bevor sie zur Kasse ging.

»Dieses Mal durfte ich nicht vergessen, meinen Freundinnen mein Lieblingslicht mitzubringen. Sie bewundern es in meinem Haus immer, und letztes Mal im Urlaub habe ich versäumt, ihnen die Freude zu machen und je eins dieser Lichter zu schenken. Schön, dass es geklappt hat!«

»Das freut mich auch! Wenn Sie das nächste Mal einen Wunsch haben, schauen Sie doch auch in unserem Onlineshop nach. Da stelle ich nahezu jeden Artikel ein und versende innerhalb weniger Tage.«

»Oh, das ist ja wunderbar! Da habe ich gar nicht dran gedacht! Dann kann ich ja nun ganzjährig bei Ihnen stöbern. Auch wenn es natürlich nicht das Gleiche ist.« Sie lächelte, bezahlte und griff nach der Tüte, in der Anita die zwei Windlichter reisesicher eingepackt hatte.

»Eine gute Heimreise und bis bald«, verabschiedete sie die Kundin.

»Es sind wahrscheinlich vor allem Touristen, die hier kaufen, oder?«, fragte ich.

»Ja, die meisten Kunden sind Urlauber. Die Einheimischen kommen eher mal auf 'n Schnack und eine Tasse Tee vorbei, kaufen aber nichts. Aber das ist ja auch was wert. Diese Besuche möchte ich nicht missen.«

Ich stimmte ihr zu und überlegte, dass so ein Onlineshop sicher auch für Alvas *Zuckerhüs* ein Gewinn sein könnte. Aber auch das war Zukunftsmusik, die bald vielleicht jede Basis verlor. Weitere Kunden kamen, und ich freute mich, dass ich sie ihren Wünschen entsprechend beraten konnte.

Als wir für eine Weile allein im Laden waren, kochte Anita uns eine Tasse Tee, und wir quatschten ein wenig.

»Was hast du denn bisher hier so gemacht auf Sylt?«

»Vor allem genieße ich den Abstand von meiner Heimat. Ich stecke mitten in einer großen Veränderung und will hier ganz neu starten. Das Meer, die Natur, die Stille und all diese Besonderheiten hier, die helfen mir beim Abschalten und Neusortieren.«

»Das glaube ich sofort.«

»Und die meiste Zeit habe ich bisher ganz in der Nähe, im *Zuckerhüs*, verbracht«, fuhr ich fort.

Verzückt klatschte Anita in die Hände. »Im *Zuckerhüs*?« Sie sprach den Namen wie eine Melodie aus, sang ihn beinahe. »Bei Alva? Das ist für mich einer der schönsten Orte der Insel.« Ein herzliches Lachen folgte. »*Sylts Zauberhüs* nenne ich die Bonbonmanufaktur immer. Ich kenne nämlich niemanden, dem Alva kein Lächeln auf die Lippen zaubert, wenn man einmal dort gewesen ist.«

»Das kann ich nur bestätigen. Was Alva leistet, ist wirklich Zauberkunst. Das passt! Diese Leichtigkeit, mit der sie die kleinen Kostbarkeiten formt, ihnen die Aromen und den Glanz verleiht!

Einfach fantastisch! Ich kam aus dem Staunen kaum heraus. An der Scheibe zur Manufaktur, wo man die Bonbonherstellung bestaunen kann, stand ein Kind, dessen Augen mit meinen um die Wette strahlten. Ich glaube, das ist es, was dieses Geschäft so besonders macht. Kindheitserinnerungen pur! Und dieses Gefühl von Unbeschwertheit, mit dem man die Bonbons verbindet.« Ich geriet ins Schwärmen und schmeckte förmlich den süßen Geschmack von Himbeere und Erdbeer-Sahne auf meiner Zunge.

»Wenn ich dich reden höre, hab ich fast den Eindruck, du musst etwas verkaufen, das du selbst hergestellt hast. In deinen Worten spürt man das Brennen für das Handwerk mit jeder Silbe. Ich kenne das von meinem Sohn. Der war auch so ein Typ. Hatte er eine Leidenschaft, dann strahlte er das mit jeder Pore aus. Das begeistert mich.« Anita legte den Kopf schief. »Wie kommt es, dass du nicht direkt bei Alva angeheuert hast?«

Unsicher wich ich ihrem Blick aus.

»Ich wusste bis vor Kurzem gar nicht, welche Freude es macht, Produkte von Hand herzustellen und die Begeisterung der Kunden darüber live mitzubekommen. Das war eine Erfahrung, die ich erst hier gemacht habe.«

»Und warum probierst du es nicht selbst?«, fragte Anita. »Wenn ich deine Faszination dafür sehe, kann ich dir nur dazu raten.«

»Danke, es freut mich, dass ich das so rüberbringen kann. Aber mir fehlt ein wenig die Idee, was ich tun soll.«

»Das hast du mir doch grad beschrieben.«

»Bonbons herstellen?«

»Zum Beispiel. Und Schaumgummi und Lollis und so weiter. Ein Geschäft wie das *Zuckerhüs* würde von Menschen wie dir nur zusätzlich profitieren.« Anita tat beiläufig, als sei es das Normalste der Welt. »Nebenher kannst du ja weiterhin verkaufen. Das machst du ganz hervorragend, und es scheint dir ebenso Freude zu machen. Dann auch noch die eigenen Produkte – wie großartig wäre das?«

Nachdenklich sortierte ich in einem Regal die Kissen neu, die eine Kundin gerade durcheinandergebracht hatte, als sie sich die unterschiedlichen Motive angesehen hatte.

Was Anita sagte, stimmte. Wenn ich schon an dem Punkt angekommen war, an dem ich mir überlegen wollte, wohin meine Reise gehen könnte, warum dann nicht gleich richtig? Für halbe Sachen und jahrelange Notlösungen war keine Zeit. Viel zu lange hatte ich meine Lebenszeit schon mit einem Partner an meiner Seite verplempert, mit dem ich niemals an eine Zukunft hätte denken dürfen.

»So gerne ich dich hier im Laden hätte, muss ich dir eigentlich raten, den Weg zu finden, der dich so richtig glücklich macht, Marla. Und den gibt es hier auf Sylt für dich, nur eben nicht bei mir. Das spüre ich mit jedem Funkeln in deinen Augen, wenn ich dich erzählen höre.«

Endlich brachte ich es über mich, Anita anzusehen. »Heißt das, das Probearbeiten ist damit beendet?« Die Situation war skurril. Ich trat zu ihr hinter den Tresen.

Milde lächelte Anita und legte mir die Hand auf die Schultern. »Ganz und gar nicht. Aber ich habe den Eindruck, eine Zwischenlösung würde dich mehr blockieren, als dass sie dir hilft.«

Ich ließ Anitas Worte auf mich wirken. »Das finde ich unheimlich stark, was du sagst.« Sie lächelte.

»Weißt du, ich hab mir immer Kinder gewünscht. Als mein Sohn geboren wurde, war ich der glücklichste Mensch der Welt. Er war von Geburt an einer der stärksten Charaktere, die ich je kennenlernen durfte.« Ihr Blick wurde traurig. »Er wollte seinen Weg gehen. Immer schon. Bemuttert zu werden war überhaupt nicht seins. Und das Gefühl, ihm irgendeine Richtung im Leben vorgeben zu wollen, das mochte er schon gar nicht. Wir hatten Pläne für ihn, hatten gehofft, dass er bei uns bleibt, vielleicht sogar das Unternehmen meines Mannes, eine Reparaturwerkstatt für Autos, übernimmt. Aber er ging seinen eigenen Weg, zog früh aus, und der Kontakt wurde weniger. Leider. Etwas, was ich bis heute sehr bereue. Nicht zuletzt, weil er, als er seinen Weg verfolgte, tödlich verunglückte und so vieles ungesagt blieb. Ich wünschte, ich hätte ihm gesagt, wie sehr ich bewundere, wie er lebt. Ich selbst habe meinen Traum vom eigenen Laden nämlich erst verwirklicht, nachdem er gestorben war. Sein Tod öffnete mir die Augen, dass es irgendwann zu spät sein kann, seine Träume in die Hand zu nehmen.« Ihre Augen bekamen einen wässrigen Glanz. »Aber ich weiß, dass er bis zuletzt glücklich war. Da bin ich mir sehr sicher, und das tröstet mich. Er starb viel zu früh, er hatte noch viel vor, aber all der Groll gegenüber dem Leben bringt nichts. Das erkennt man nicht sofort, aber man muss es irgendwann anerkennen, damit es weitergeht. Ich musste sehen, wie ich trotz dieser Geschichte mein Glück finde. Und daran bin ich gewachsen. Ich habe meinen Traum verwirklicht und diesen Laden eröffnet. Zunächst in der Heimat in Dänemark. Es hat mir große Freude gemacht, Menschen auszubilden und mit ihnen zu arbeiten. Ich behaupte, ich habe einen Blick dafür bekommen, wann Menschen auf dem richtigen Weg sind. Für meinen Sohn zu spät. Aber weil das so ist, habe ich für mich entschieden, Menschen, die es annehmen möchten, meinen guten Rat zu geben und, wenn möglich, auch etwas für sie zu tun.«

»Ich staune, Anita«, gab ich zu und dachte daran, dass Anita mit ihren Läden einen ähnlichen Weg gegangen war, wie ich ihn mir gewünscht hatte.

»Einige Zeit habe ich mit einer großartigen Frau zusammengearbeitet. Sie liebte Kinder, das war mir sofort klar, als ich sie hier beobachtete, wie sie mit unseren kleinsten Kunden umging. Sie hatte ein so großes Herz und so viel Liebe für diese kleinen Geschöpfe übrig, dass es die reine Verschwendung war, sie hier zwischen Decken und Deko zu sehen. Sie musste dieses Talent und ihre unfassbare Empathie einfach so einsetzen, dass sie sich voll entfalten konnten. Dann hörte ich von einem Freund, dass er ein Konzept für sein Hotel plante, in dem Kinder unter sechs Jahren betreut und zu spannenden Ausflügen begleitet werden sollten. Das war der perfekte Job für meine Bea. Ich wusste, das würde sie erfüllen!« Anitas Augen glänzten, als sie von ihrer ehemaligen Mitarbeiterin sprach. »Und genau so kam es. Bis heute ist sie einer der zufriedensten Menschen, die ich je kennengelernt habe. Und ich weiß, dass das so ist, weil sie ihre Lebensaufgabe gefunden hat.«

»Was habe ich für ein Glück, dass ich ausgerechnet dich getroffen habe. Ich bekomme Gänsehaut!«

Anita lachte leise. »Schicksal vielleicht? Dass mein Sohn viel zu früh verstarb, hat mich lange mit meinem Leben hadern lassen. Begegnungen wie diese mit dir sind es, die mich wieder zu einem glücklichen Menschen haben werden lassen.«

»Das mit deinem Sohn tut mir leid, Anita. Du bist eine bemerkenswerte Person«, stellte ich anerkennend fest. »Wer dich zu seiner Familie zählen darf, darf sich sehr glücklich schätzen. Und ich liebe, was du hier tust. Nicht nur deinen Laden, sondern auch diese Einstellung. Wobei du bei deiner Personalsuche da sicher nicht selten auf der Strecke bleibst.«

Anita winkte ab. »Das ist das geringste Problem. Irgendwann wird sich jemand finden, der genau hierherpasst. Hast du denn schon einmal darüber nachgedacht, Alva darauf anzusprechen, ob sie noch Hilfe sucht? Wenn ich ehrlich bin, frage ich mich schon lange, wie die alte Dame das eigentlich alles Tag für Tag stemmt. Ich kenne sie nicht so gut, und Flora ist da, aber dennoch steht sie ja selbst nahezu täglich im Geschäft und fertigt ihre kleinen Wunder.«

»Das stimmt. Ich habe den Eindruck, dass sie das zwar schon fordert, aber dass sie gerne dabei ist und kaum ohne diese Arbeit leben kann.«

»Das wird wohl auch so sein, ja. Aber ich finde, da einmal anzufragen kann doch nicht schaden. Ihre Familie ist wohl raus, munkelt man. Ich weiß nicht viel über sie, nur dass ihr Sohn, der einige Jahre mit im Unternehmen war, andere Pläne hat.«

Ich nickte, unsicher, ob ich etwas dazu sagen sollte, was Peer plante und wohin die Zukunft des *Zuckerhüs* führen würde. Aber es fühlte sich nicht richtig an, etwas auszuplaudern, was längst noch nicht spruchreif war. Da sollte sich niemand einmischen.

»Das mag sein.«

»So ungern ich dich gehen lasse, aber ich würde es auf einen Versuch ankommen lassen. Sprich offen mit ihr über deine Träume und Ideen. Nur dann kannst du herausfinden, ob es überhaupt eine Option ist.« Aufmunternd lächelte Anita. »So, aber wenn du magst, würde ich mit dir zusammen gerne noch ein wenig hier umdekorieren. Die Zeit hast du dir doch sicher frei gehalten, oder? Und mittags lade ich dich als kleines Dankeschön zum Essen ein.«

»Vielmehr sollte ich dir dankbar sein«, erkannte ich, und Anita winkte erneut ab.

»Papperlapapp! Wer hier mit anpackt, der bekommt auch was dafür.«

Anita erzählte mir bei jedem Stück, das wir in den Regalen arrangierten, woher es stammte. Ein Kästchen mit handgefertigtem Ohrschmuck zum Beispiel, der von einer jungen Unternehmerin hier auf der Insel kreiert wurde. Die Designerin hatte nach einem Jurastudium die Liebe für diese Arbeit entdeckt und seitdem alles darauf gesetzt, sich mit diesem Gewerbe selbstständig zu machen, um davon, statt von der Juristerei, zu leben. Sie vertrieb hier auf der Insel den Großteil ihrer Produkte exklusiv über Anitas Laden, während sie parallel einen Onlineshop unterhielt.

Als Anita mir ein besonders schönes Schmuckstück präsentierte, fiel mir etwas auf. Ihre kleinen Finger waren gebogen. Nicht so, dass es sie einschränkte, aber auffällig genug, als dass ich es nicht übersah. Gedankenverloren schaute ich auf meine Hände, bei denen es ebenso war.

Meine Mutter hatte immer zu mir gesagt, dass das ein Merkmal besonders starker Menschen sei. Menschen, die ihren eigenen Plan vom Leben hatten und verfolgten. Es passte auf Anita und auf mich, wie ich gerade feststellte. Die Erkenntnis ließ mich schmunzeln.

Die Zeit bis zur Mittagspause verging wie im Flug, und als kurz vorher die Tür aufging und eine Kundin eintrat, war ich ganz dankbar, dass ich mich gerade zur Toilette verabschiedet hatte. Es war ausgerechnet Cara, die in diesem Moment mit Levke in den Laden kam.

Schnell schloss ich, noch ehe die beiden mich gesehen hatten, die Tür hinter mir, lehnte mich dagegen und atmete tief. Ich horchte, ob ich hören konnte, was sie sprachen. Tatsächlich verstand ich, dass Cara nach einer Decke für ihre Wohnung suchte, wozu Anita sie beriet.

Sie wünschte eine Farbe, die erst in zwei Tagen eintreffen würde. Zu ihrem Bedauern und meiner großen Freude erklärte Cara, dass sie dann schon nicht mehr auf der Insel sein würde.

»Papa und ich schicken sie dir, Mamilein«, tönte Levkes helle Stimme, und mir wurde warm ums Herz. Sie war ein so lieber kleiner Mensch. Außerdem klang es so, als würden sie und ihr Papa noch bleiben. Mein Herz machte hier in meinem sicheren Versteck einen zaghaften Hüpfer.

»Wenn Sie mir sagen, wo ich die Decke hier auf Sylt hinbringen soll, biete ich das auch gerne an. Kein Thema«, hörte ich Anita sagen.

»Oh, was für ein Service! Wenn das ginge, könnten Sie eine der Decken im *Zuckerhüs* abgeben, wenn sie kommt. Dann bezahle ich sie jetzt schon, und ihr könntet sie mir schicken«, schlug Cara vor.

Es war kurz leise, dann hörte ich die Kasse und eine Verabschiedung.

Die Luft schien rein, und ich warf nur kurz einen Blick in den Spiegel und kam wieder in den Verkaufsraum.

»Wenn du magst, können wir starten«, erklärte Anita und drehte den Schlüssel in der Tür.

»Gerne!«

»Stell dir vor, hier war gerade eine Frau, die sich eine Decke ins *Zuckerhüs* liefern lassen will. Manchmal gibt's Zufälle, die gibt's gar nicht!« Anita lachte.

»Da hast du recht«, sagte ich nur. »Haben sie noch was gekauft?«

Irritiert schaute Anita mich an. Ich dachte an das Stofftier-Pferd, das ich Levke schenken wollte. »Nein.«

»Mir fiel gerade ein, dass ich eins dieser bezaubernden Pferdchen mitnehmen wollte. Ich kenne ein Kind, das sich sehr darüber freuen würde.« Ich schritt zum Regal und griff nach dem Pferd.

»Die sind süß, oder? Die Kundin eben hatte ein Mädchen bei sich, das hat die Kollektion mit großen Kulleraugen angeschaut. Die Mama hat es nicht gemerkt. Das Kind hat die Tiere alle einzeln in die Hand genommen und gestreichelt, während wir hier über eine Decke sprachen.«

»Das glaube ich sofort«, erklärte ich. »Wäre ich ein Kind, würde ich mich hier kaum entscheiden können.« Ich bezahlte das Pferd und legte es in eine Tüte.

»Dann lass uns mal losgehen. Hier im Ort gibt es ein Restaurant mit leckerem Mittagstisch. Ich bin mir sicher, dort finden wir etwas nach unserem Geschmack und können ganz in Ruhe noch eine Weile klönen.«

Durch verwinkelte Gassen, vorbei an blühenden Sylter Rosen und Hortensien auf Friesenwällen, die die historischen Kapitänshäuser malerisch umfriedeten, kamen wir zu dem Restaurant. Unter großen Kastanien, die herrlich angenehmen Schatten spendeten, und nahe dem Watt, von dem bis hierher ein leichter Wind zu spüren war, nahmen wir Platz an einem der rustikalen Teakholz-Tische. Eine historische Kutsche zierte den lauschigen Garten.

»Marla, schön, dass wir uns kennengelernt haben. Ich freue mich, dass wir hier gemeinsam sind.« Sie schaute über den Außenbereich des Restaurants. »Das mache ich in der Tat viel zu selten. Abends kocht mein Mann immer so gerne, daher esse ich mittags meist nichts Großes.«

»Verständlich. Es freut mich auch, hier zu sein. Es ist so eine tolle Atmosphäre. Ich könnte bis heute Abend hier sitzen bleiben«, antwortete ich lachend.

»Leider habe ich noch kein Personal, was für mich den Laden am Nachmittag öffnet. Sonst wäre ich sofort dabei.« Anita lächelte.

Ein Kellner kam und nahm unseren Getränkewunsch auf. Wir bestellten beide die Rhabarbersaftschorle, die auf einem Holzschild, in geschwungenen Lettern und mit Kreidestift geschrieben, angeboten wurde.

»Mein Mann hat aber schon versprochen, mich am Nachmittag im Laden zu besuchen. Dann bin ich heute eh nicht allein. Er will noch ein paar Dinge einbauen, die fehlen.«

»Das wollte ich grad fragen. Du lebst also mit deinem Mann hier. In welchem Ort wohnt ihr?«

»Wir haben das Haus meiner Schwiegereltern in Braderup geerbt. Das hatten wir viele Jahre lang vermietet. Unser Sohn wollte es nicht nutzen. Er machte sich nichts aus einem Haus auf Sylt. Er war zwar gern hier, aber meist mit seinen Kumpels auf dem Campingplatz.« Sie lächelte mütterlich liebevoll, als sie von ihrem Sohn sprach. »Als unser Sohn starb, sind wir einige Jahre gar nicht mehr hierhergekommen. Erst seit wir den Schritt gewagt haben, von Dänemark ganz hierherzuziehen, nutzen wir das Haus dauerhaft selbst. Es hat eine große Garage und einen wundervollen Garten. Dort bauen wir alles Mögliche an. Unsere kleine Wohlfühloase. Mein Mann arbeitet nun nicht mehr. Da genießen wir die Zeit immer, wenn ich auch Feierabend habe und wir beide unser schönes Zuhause gemeinsam nutzen können. Außerdem bastelt er in seiner Freizeit ein wenig an alten Fahrzeugen herum und kocht leidenschaftlich. Auf unserer Terrasse mit Blick über die Heide lassen wir es uns gut gehen.«

»Das glaube ich sofort. Braderup liebe ich auch sehr! Vor allem die Sonnenaufgänge und lange Spaziergänge durch die Braderuper Heidelandschaft am Watt entlang.«

»Vor allem jetzt, ja. Der Duft der Heide, den man gerade zu dieser Zeit ganz besonders schön riecht, der hat was! Und diese lilafarbenen Felder – ein wahrer Traum!«

»Ich wundere mich jedes Jahr, dass es dort so unheimlich leise und verhältnismäßig wenig besucht ist. Sogar zur Hochsaison gab es immer wieder Zeiten, in denen ich dort allein entlangspaziert bin. Als sei das noch eine Art Geheimtipp.«

»Perfekt für Verliebte, sage ich immer.« Anita grinste. »Wo sonst kann man im Sommer so entspannt mit dem Liebsten ein paar Schritte gehen, ohne den Trubel der gut besuchten Strände?«

»Du hast recht. Ein schöner Tipp für eins der ersten Dates hier«, sagte ich schmunzelnd, und meine Gedanken drifteten zu Peer. Ein zartes Kribbeln zog über meine Haut, und in meinem Bauch breitete sich ein Prickeln wie von Brausepulver aus.

»Da schaut aber jemand ganz besonders verträumt«, sagte Anita. Es klang liebevoll interessiert, nicht neugierig oder aufdringlich.

»Ach, ja. Noch ist es kompliziert.«

»Verstehe. Aber das muss ja nicht bedeuten, dass es schlecht ist. Ich drücke die Daumen! Und ein Spaziergang in Braderup ist unbedingt empfehlenswert. Besonders in komplizierten Fällen.« Sie zwinkerte, und ich spürte Röte in meinem Gesicht. »Da kann man nämlich wunderbar ernste Gespräche führen.«

»Das behalte ich schon einmal im Hinterkopf!«

Wir verbrachten ein leckeres Mittagessen. Anita hatte viel zu erzählen. Trotz des schweren Schicksalsschlages hatte sie sich so viel Fröhlichkeit bewahrt, wirkte kaum, als werfe sie irgendwas im Leben aus der Bahn. Im Gegenteil. Den Tod des Sohnes hatte sie zum Anlass genommen, noch einmal neu durchzustarten, einen Laden zu eröffnen und später sogar nach Sylt zu ziehen. Hier hatten sie und ihr Mann endlich ihren Frieden gefunden und konnten sich ihrem Sohn nah fühlen, erzählte sie. Ich mochte sie sehr, und unser Gespräch tat mir gut.

Schon jetzt war ich mir sicher, dass es nicht unser letztes sein würde. Diese Frau kennenzulernen war ein Gewinn für mich. Ausnahmsweise war ich sogar geneigt, unsere Begegnung als schicksalhaft zu bezeichnen.

Ich konnte es kaum erwarten, Insa davon zu berichten. Nachmittags wollte sie freimachen, sodass wir wieder zum Strand gehen konnten. Ich freute mich auf die Zeit mit meiner Freundin.

Fröhlich gestimmt fuhr ich Richtung Archsum und ließ mir dabei durch den Kopf gehen, was Anita gesagt und mir geraten hatte.

Ich hätte bedrückt sein können, dass sie offenbar weiter nach einer Mitarbeiterin für ihren schönen Laden suchte. Aber ich spürte selbst, dass ich mich dort zwar wohlfühlte, dieses Gefühl jedoch keinen Vergleich dazu bot, wie es mir im *Zuckerhüs* gegangen war. Dort blühte ich auf, sog auf, was Alva mir zeigte, und konnte es kaum erwarten, die süßen Kostbarkeiten zu verkaufen. Und auch der Gedanke, ihr Lebenswerk, welches für mich seine ganz eigene Faszination hatte, zu unterstützen, reizte mich so sehr, dass ich kaum mehr an etwas anderes denken konnte.

Ich musste einfach mit Peer und Alva reden, um irgendwie eine Lösung zu finden, dass es weitergehen dürfte mit der Bonbonmanufaktur, darin hatte mich das Gespräch mit Anita bestätigt. Ich würde all mein Geld zusammenkratzen und ihnen ein Angebot machen, Hauptsache, das *Zuckerhüs* musste nicht schließen, ganz egal, ob Peer es mir übel nehmen würde, dass ich mich in seine Pläne einmischte. Ich hatte mit Alvas Seelenfrieden und Glück die wohl überzeugendsten Argumente für meine Überlegungen, und ich wusste ja, dass auch er sich diese Gedanken machte.

Insa war schon da, als ich nach Hause kam, und hatte bereits eine Tasche für den Strand gepackt. »Da bist du ja. Von mir aus kann es gleich weitergehen«, erklärte sie mit einem Strahlen. »Oder hast du Hunger?«

»Nein danke! Ich hab mit Anita, der Besitzerin des Ladens, wo ich Probe gearbeitet habe, was zu Mittag gegessen.«

»Das klingt ja super! War dein erster Tag also erfolgreich?«

»Ja, aber anders, als man meinen könnte«, erklärte ich.

Fragend schaute Insa mich an. »Nun, mit mir in Anitas Laden wird es nichts«, setzte ich zu einer Erklärung an.

»Sondern?«

»Es war toll und hat echt viel Spaß gemacht. Aber sie hat etwas erkannt, was im Grunde viel wichtiger ist und wofür es sich lohnt, einen Weg zu finden.«

»Nun bin ich aber gespannt«, gab Insa zu.

Wir unterhielten uns, während ich auch meine Strandtasche packte, und stiegen ins Auto.

»Es ist etwas wie das *Zuckerhüs*, was ich suche und wonach ich mich sehne. Diese Atmosphäre, die Arbeiten, die so liebevoll und individuell sind. Dazu dieser Mix aus Träumerei und Kindheitserinnerungen. Es macht mir einfach so große Freude, dort zu sein. Ich möchte alles lernen, was Alva mir beibringen kann! Da brennt plötzlich etwas in mir. Wie ein kleiner Funken, der gezündet wurde und nun immer größer wird.«

Sie nickte bewundernd. »Diese Anita scheint ja ein feiner Mensch zu sein, wenn sie das so erkennt und dich dafür ziehen lässt. Chapeau!«

»Das ist sie. Du musst sie unbedingt kennenlernen! Wir haben viel über das *Zuckerhüs* gesprochen und meine Begeisterung dafür.«

»Aber hatte sie denn auch eine Lösung, wie man den besorgten Enkelsohn besänftigen könnte, damit er nicht den Laden verscherbelt, Alva mit nach Hamburg nimmt und es das *Zuckerhüs* bald nicht mehr gibt? Dass *du* das Juwel kaufst, wird sicher nicht ganz leicht.«

»So weit sind wir gar nicht ins Detail gegangen. Ich wollte nichts ausplaudern, was mir im Vertrauen erzählt wurde. Es scheint noch niemand zu wissen, dass Alva den Laden vielleicht aufgibt. Aber du hast recht. Ein Kauf der Manufaktur übersteigt jede meiner Möglichkeiten. Außerdem möchte ich das *Zuckerhüs* ja eigentlich gar nicht kaufen und dafür sorgen, dass Alva verschwindet. Ich will es am liebsten am Leben erhalten. Mit Alva an Bord.« Ich zuckte die Schultern. »Ich finde, es muss genau so weitergehen wie jetzt. Aber wie, das weiß ich auch noch nicht so recht. Rein vom Können her stehe ich natürlich auch am Anfang, sodass ich gar nicht weiß, ob ich mein mögliches Konzept glaubhaft verkaufen kann. Die Vorzeichen sind also nicht unbedingt perfekt.«

»Aber du willst es. Das ist die beste Basis, da stimme ich dir zu.«

Ich nickte. »Ich muss einfach mit Peer reden«, erkannte ich. »Am besten so schnell wie möglich. Ich will ihm anbieten, eine Art Shop im *Zuckerhüs* zu installieren.« Ich berichtete Insa von meinen Überlegungen zu einem möglichen Konzept. »Mittlerweile spüre ich, dass ich es versuchen muss. Mit allen Konsequenzen. Sonst verzeihe ich mir das nicht. Womöglich ist es auch schon viel zu spät, so genau bin ich ja nicht eingeweiht.«

»Ich kann auch noch umdrehen«, bot Insa an und deutete mit dem Daumen nach hinten.

»Nee, nee! Ich hoffe jetzt einfach, dass ich so viel Zeit noch habe. Erst mal muss ich ein wenig die Seele baumeln lassen, bevor ich mich diesem Gespräch stelle.« Ich grinste und fühlte mich dabei ein wenig unwohl, aber auch voller Vorfreude auf das, was womöglich noch kommen würde.

Wir fuhren nach Kampen an den Strand und machten es uns mit

Blick aufs Meer in Insas Teilzeitkorb bequem. Die Wellen rollten heute nur leicht und unaufgeregt an Land. Das Wasser wirkte fast karibisch klar und hatte an diesem Tag eine ganz eigene türkisblaue Farbe.

Das Bild war beruhigend schön und ließ die Seele atmen.

»Insa, es ist ein traumhaftes Glück, dass ich hier bin. Bei dir. Am Meer. Auf Sylt.«

»Du ahnst nicht, wie glücklich *ich* darüber bin, Liebes! Seit du hier gelandet bist, freue ich mich jeden Abend so sehr auf zu Hause. Das ist ein ganz neues Gefühl für mich.« Insa hob die Augenbrauen. Die Lippen aufeinandergepresst, zog sie die Knie an und umschlang ihre Beine mit den Armen.

Sanft lächelte sie. »Ich war oft einsam, bevor ihr beiden kamt«, gab Insa zu, und ich legte den Arm um sie.

»Jetzt bin ich ja da. Und Thore ist auch wieder hier.«

»Ja.«

Wir blickten weiter auf das Meer.

»Es sieht so harmlos aus. So ruhig und unaufgeregt. Man kann sich bei diesem Anblick kaum vorstellen, wie kraftvoll und gefährlich die Brandung auch sein kann, oder?« Insa legte die Stirn in Falten.

Ich nickte. »Es kommt einem in der Tat so vor, als sei es vollkommen ungefährlich, hier baden zu gehen«, gab ich Insa recht. Wieder musste ich an Thores schreckliche Geschichte denken und was sie seiner Familie angetan hatte. Wie musste es erst der Familie des Surfers gehen, der das Kind gerettet hatte.

»Vermisst du das Baden im Meer und die Unbeschwertheit?«, fragte ich sie.

»Schon, ja. Ich war eine absolute Wasserratte, konnte schon mit vier Jahren tauchen und all das. Ich habe es geliebt. Aber die Angst ist zu groß, und das ist es mir nicht wert.« Sie lachte leise auf. »Ich hab den Fokus auf das Freischwimmen im Leben gerichtet. Das erschien mir erst mal wichtiger und vor allem sicherer.« Müde nickte sie.

16.

Ich musste eingenickt sein, denn als ich die Augen wieder öffnete, entdeckte ich ein besonderes Schauspiel. Zwischen feinen Schleierwolken hatte sich um die Sonne ein regenbogenfarbener kreisrunder Ring gebildet. Wie ein Heiligenschein, der sie ganz umgab. »Ein Halo«, rief Insa begeistert, als auch sie das seltene Phänomen bemerkte. »Na, wenn das kein Zeichen ist! Für was, wird sich vielleicht noch zeigen.« Ich nickte lächelnd und streichelte Insa über den Arm.

»Mir ist so heiß. Ich brauche dringend eine Abkühlung. Ist es okay für dich, wenn ich mal ans Wasser heruntergehe?«, fragte ich meine Freundin irgendwann.

»Klar! Thore hat gerade geschrieben, dass er mal vorbeischauen möchte. Ich bleib noch ein bisschen sitzen und komme auch gleich mal an die Kante. Bisschen die Füße und Beine abkühlen. Bringe dir dann ein Handtuch mit.« Sie lächelte. »Pass auf dich auf, Marla.«

»Versprochen!« Liebevoll beruhigend tätschelte ich ihr Knie, band mir die Haare zum Dutt und lief zum Wasser.

Das kühle Nass umspielte meine Waden, und für ein paar Sekunden hielt ich die Luft an. Es kam mir nach der Hitze im Strandkorb im ersten Moment so kalt vor. Schritt für Schritt ging ich tiefer ins Wasser, spürte den unterschiedlich weichen oder manchmal auch rauen Boden unter meinen Füßen. Ich dachte daran, dass ich schon als Kind immer Angst gehabt hatte, im Meer auf einen Krebs oder eine Scholle zu treten, bis ich losschwamm und mich tragen ließ von den flachen Wellen. Ein Gefühl der Schwerelosigkeit setzte ein. Hier im kühlen Wasser, mit Blick Richtung Horizont, kam ich zur Ruhe, und unendliche Möglichkeiten lagen frei vor mir. Ich schwamm mit kräftigen Zügen ein Stück hinaus, genoss das Gefühl der Leichtigkeit.

Irgendwann drehte ich um und winkte Insa, die mit beiden Armen aus dem Strandkorb heraus zurückwinkte. Ich freute mich darüber, sie so entspannt zu sehen. Langsam schwamm ich an Land zurück. Noch fühlte ich keinen Boden unter den Füßen und konnte nicht stehen. Ein stärkerer Wind war mit einem Mal aufgezogen. Ich spürte, wie die Strömung der höher gewordenen Wellen es mir erschwerte, voranzukommen. Sofort wurde ich mir der beängstigenden Kraft der Naturgewalt Wasser wieder bewusst und konzentrierte mich darauf, weiter geradeaus zu schwimmen.

Und dann entdeckte ich einen Kinder-Sonnenhut, der auf dem Wasser trieb. Irritiert suchte ich nach der Person, die ihn verloren haben könnte, entdeckte in der Nähe aber niemanden, und plötzlich zog sich in mir alles zusammen. Insas und Thores Geschichte war plötzlich so präsent wie nie.

Auch Insa schien die ungewöhnliche Situation erkannt zu haben. Sie rannte los, wie ferngesteuert, und stürzte sich nach einer Millisekunde des Zögerns kurzerhand ins Wasser. Binnen Sekunden war sie bei mir und dem Sonnenhut angekommen. Die Angst stand ihr ins Gesicht geschrieben.

»Hast du wen gesehen?«, schrie sie.

»Nein!« Es war erschreckend, wie schnell plötzlich alles ging und die wunderschöne Atmosphäre zur bedrohlichsten wurde, die ich mir in dem Moment vorstellen konnte. Mir sackte alles

Blut in die Beine, die sich schwer anfühlten, als könnten sie mich nicht länger im Wasser tragen.

Aus dem Augenwinkel sah ich, dass auch Thore gerade angekommen war und noch in Shorts und T-Shirt direkt ins Wasser rannte, um uns zu unterstützen. Sein Blick war sorgenvoll, seine Schwimmbewegungen routiniert und sicher. Auch Insa warf er einen prüfenden Blick zu. Um sie sorgte ich mich ebenso.

»Hier ist niemand«, rief er, als in dem Moment eine Frau an den Rand des Wassers kam, an der Hand ein weinendes Kind. Offenbar hatte sie erkannt, was wir hier taten.

»Bitte, hören Sie auf! Es ist alles gut! Das ist der Hut meines Jungen! Er ist ihm davongeflogen.« Erleichterung durchflutete mich, und für einen Moment ließ ich mich unter die Wasseroberfläche ziehen, genoss die Stille, die mich plötzlich umgab, bevor ich wieder auftauchte und zügig an Land schwamm.

Thore war bereits bei Insa angekommen, half ihr, wieder Boden unter den Füßen zu bekommen, und führte sie an den Strand zurück. Ich eilte zum Strandkorb und mit einem Handtuch zurück zu den beiden. Behutsam wickelte ich Insa darin ein. Sie war kreidebleich und zeigte auf den Hut.

»Es tut mir so leid«, stammelte die Frau, die noch nicht einmal ahnte, welch Überwindung dieser Schritt meine Freundin gekostet hatte. »Er ist ihm weggeflogen. Wir wussten nicht, wohin.«

»Wir sind froh, dass es nur der Hut war«, sagte Thore und rang sich ein Lächeln ab. »Danke fürs Bescheidsagen.« Ich drückte meine Freundin an mich, streichelte ihr beruhigend über den Rücken.

»Geht schon, Marla. Geht alles wieder«, sagte sie matt. Sie starrte mich an, als befinde sie sich in Trance. Von uns beiden gestützt, stapfte sie zum Strandkorb zurück, und auch wenn sie sich stark zeigte, ich spürte ihr Zittern. Auch ich bebte vor Sorge.

»Du warst fantastisch!« Nun brachen bei meiner Freundin alle Dämme, und sie stützte den Kopf in die Hände und ließ den Tränen freien Lauf. Thore nahm sie fest in den Arm und hielt sie. Ihr ganzer Körper zuckte. Jede Anspannung in mir, jede Angst, wich purer Erleichterung und dem Wissen, dass es vorbei war. Auch Thores Schultern entspannten sich. Geschafft.

»Alles okay bei dir, Marla?«, erkundigte Thore sich, und ich nickte. »Es ist alles gut gegangen. Fehlalarm«, sprach Thore beruhigend auf die aufgelöste Insa ein. Diese nickte nur matt.

»Die Bilder, sie waren plötzlich wieder da, ich dachte ... Oh mein Gott!« Sie schüttelte schwach den Kopf.

»Alles gut, Insa. Ich weiß, was du meinst.« Thore nickte und drückte Insa fest an sich. Er küsste ihr nasses Haar.

Erschöpft ließen wir uns in den Strandkorb fallen, und für ein paar Minuten sprachen wir kein Wort und versuchten, zu begreifen, was gerade geschehen war. Thore saß im Sand vor uns. Ich sah, wie er seine Hand um den Anhänger eines Armbands legte, das er um das Handgelenk trug. Diese Geste wirkte symbolisch auf mich und berührte mich.

»Würdet ihr noch einmal mit mir ans Wasser gehen?«, bat Insa uns nach einer Weile, in der wir uns von der warmen Sonne hatten aufwärmen lassen.

»Klar«, sagten Thore und ich zeitgleich.

Wir standen auf und gingen langsam auf das Meer zu. Der vorhin plötzlich aufgekommene Wind hatte sich wieder etwas beruhigt. Thore hielt Insa fest an der Hand.

»Ich muss noch einmal rein«, entschied Insa mit entschlossener Stimme und ließ ihr Handtuch hinter sich in den Sand fallen.

»Soll ich mitkommen?«, fragte Thore.

»Ja, bitte. Marla, wartest du hier auf uns?«, bat sie mich.

Ich nickte und blickte den beiden nach. Insa ging langsam, Schritt für Schritt ins Meer. Und obwohl ich ihr das Zögern und den inneren Kampf ansah, sie Thores Hand fest umklammerte und ihre Bewegungen stockend waren, wurde mir wieder einmal klar, wie sehr sie hierhergehörte. An den Strand, zwischen die Wellen. Ein Funken Hoffnung keimte in mir auf, dass das Element Wasser sie wieder für sich gewonnen hatte.

Und dann ließ sie Thore los, tauchte in einer einzigen geschmeidigen Bewegung ein, verfiel sofort in kräftige, gleichmäßige Bewegungen und glitt mit einer solchen Selbstverständlichkeit durch die Wellen, als hätte sie nie pausiert. Sie drehte sich um und strahlte über das ganze Gesicht. Ich fand Erleichterung und Freude in ihrem Lächeln, und ich verspürte ebenso eine tiefe Zufriedenheit. Thore war ihr gefolgt, blieb dicht an ihrer Seite, ohne sie in ihren Bewegungen einzuschränken. Sie wandte sich ihm zu und umarmte ihn fest. Die Szene berührte mich sehr. Erst als sie sich in einen innigen Kuss vertieften, sah ich weg, um ihnen diesen Moment für sich zu lassen.

Nach einigen weiteren Zügen kehrten sie zu mir an den Strand zurück, wo ich meine Freundin mit ihrem Handtuch in Empfang nahm. Lächelnd schmiegte sie sich an mich, und ich hielt sie fest umarmt.

»Willst du nach Hause?«, fragte ich nach einiger Zeit.

»Ich glaube schon, wenn ich ehrlich bin«, gestand Insa und rappelte sich auf. »Es war so unfassbar emotional für mich. Nicht nur, dass das nach all den Jahren unser erster Kuss war.« Sie schüttelte fassungslos den Kopf und griff nach Thores Hand, der den Druck zärtlich erwiderte. »Es kommt mir vor, als hätte ich einen Wettkampf hinter mir.«

»Ein bisschen so ist es ja auch. Du hast gegen dich selbst und deine Angst gekämpft. Und das ist oft so viel härter als gegen jeden Konkurrenten. Aber du hast gewonnen.«

»Da sagst du was. Ich glaub, ich muss jetzt schlafen.«

»Mir geht es ähnlich, ihr Lieben. Seid mir nicht böse, aber ich muss nun auch erst mal für mich sein und all das hier ein bisschen verarbeiten«, erklärte Thore, und wir verabschiedeten uns voneinander.

17.

Wie von einem unsichtbaren Band gezogen, lief ich in Richtung *Zuckerhüs* durch Keitum. Insa hatte entschieden, sich vor dem Abendessen ein bisschen hinzulegen. Körperlich und seelisch hatte sie dieser »Rettungseinsatz« maximal gefordert.

Ich hatte ihr versichert, dass ich jederzeit erreichbar war und nur eine Runde durch Keitum spazieren würde.

Kurz bevor ich in die Straße zum *Zuckerhüs* bog, kam mir Peer entgegen. Er war allein. Als sich unsere Blicke trafen, blieb mein Herz für einen Moment stehen. Vor Freude und Aufregung. Ich musste mit ihm reden, und vielleicht war jetzt ein guter Zeitpunkt.

»Marla!« Er strahlte über das ganze Gesicht, als er mich erkannte.

»Peer, hi!« Auch ich lächelte und versuchte, mir meine Nervosität nicht anmerken zu lassen, als mein Herzschlag beschleunigte.

»Bist du auf dem Weg zu Alva?«, ahnte er.

»Richtig. Ich wollte eigentlich nur mal wieder vorbeischauen, weil Insa sich ein wenig hingelegt hat und ich etwas Freizeit habe.«

»Okay. Ich will deinen Weg nicht unterbrechen, aber wenn du

alternativ Lust hättest, mit mir eine Runde am Watt entlangzugehen, würde ich mich sehr freuen.«

Liebevoll fragend schaute er mich an.

»Da kann ich nicht Nein sagen. Die Bonbons und Alva laufen ja nicht weg.« Ich lachte.

»Nein, Alva genießt, glaube ich, gerade den Tag mit Levke und Cara, bevor die wieder abreist.«

»Oh, das ist ja schade für Levke, oder? Sie wird ihr bestimmt fehlen!«

»Natürlich fehlt ihre Mama ihr hier auf der Insel – und umgekehrt –, aber ich will die Zeit ausnutzen, in der Levke noch nicht zur Schule geht. Es tut ihr gut, und ich kann bei Alva sein.«

»Lebt ihr sonst eher in der Nähe?«

Peer nickte. »Ja. Unsere Wohnungen sind nicht weit voneinander entfernt.«

Ich wartete ab. Es kam mir so vor, als wolle er noch etwas hinzufügen, doch er schwieg. Wir spazierten die malerische Gasse zum Watt entlang. Hohe Bäume auf den Grundstücken sorgten hier für Schatten. Die kühle Luft hier war angenehm.

»Hat sich denn noch was ergeben zur Zukunft deiner Oma?« Insgeheim wollte ich hören, dass der Termin, der noch offen war, schiefgelaufen war, alles beim Alten bleiben und sich in absehbarer Zeit auch nichts Neues ergeben würde.

»Der Termin mit dem Interessenten steht noch aus.« Er lächelte schief, und während Peer hoffnungsvoll wirkte, schwand sie bei mir. Bemüht, mir meine Enttäuschung darüber nicht anmerken zu lassen, fragte ich nach. »Ach, echt? Wann ist er?«

»Das klären wir noch. So schwer mir das alles fällt – es ist das erste Mal, dass alles zu passen scheint. Wenn man davon reden kann. Das *Zuckerhüs* würde in unserem Besitz bleiben, und es handelt sich nur um eine Miete. So fällt die Tür hier nicht ganz zu.« Peer lächelte, doch auch er wirkte angespannt.

»Für deine Oma ist die Tür dann aber für immer zu«, sagte ich.

Peer stockte kurz. »Es stimmt, Marla. Da muss ich dir leider recht geben. Und das ist es, was mir das alles so verdammt schwer macht.« Ein unangenehm drückendes Schweigen war entstanden, das anhielt, bis wir am Watt ankamen.

Ich verstand noch immer nicht, wo diese starke Sorge um Alva herrührte. Warum hatte er das Gefühl, sie müsse bei ihm sein?

Ich dachte an meinen bisherigen Tag. An das Essen mit Anita, die Zeit am Strand und all die Gedanken und Emotionen, die mich viel Kraft gekostet hatten. Hier in Peers Nähe fühlte ich mich zwar sofort wieder so wohl, aber ich war auch immer wieder hin- und hergerissen, weil ich daran denken musste, dass mir seine Überlegungen gegen den Strich gingen. Ich suchte nach Worten, bemüht, nicht alle Emotionalität in das zu legen, was ich ihm vorschlagen wollte, und es fühlte sich schwer und drückend an.

Bevor ich die richtigen Worte finden konnte, griff Peer nach meiner Hand und brachte mich dazu, stehen zu bleiben und mich ihm zuzuwenden.

»Ich hab mich gerade sehr gefreut, als ich dich gesehen habe«, gestand er und strich mir zärtlich über die Wange. »Ich wollte dich vorhin schon anrufen, aber dann dachte ich, dass du bestimmt auch mal Zeit mit deiner Freundin genießt, und wollte nicht stören.«

Er strich mir eine Strähne aus dem Gesicht, seine Fingerspitzen streichelten mich zärtlich sanft, und unsere Lippen näherten sich einander. Plötzlich waren da nur noch Glück und Leichtigkeit. Er legte mir einen Arm um die Taille, die andere Hand wanderte meinen Nacken entlang, und mit sanftem Druck zog er mich an sich. Diese Umarmung tat gut, gab mir Halt und Geborgenheit, während es sich rund um mein Herz anfühlte, als hebe alles in mir zum Schweben ab. Es war ein unwirklich schönes Gefühl, als unsere Lippen sich endlich trafen. Voller Sehnsucht und Dankbarkeit dafür, dass er mein gebrochenes Herz wieder Kraft schöpfen ließ.

Die Umgebung war so leise, während mein Herz laut dagegen anschlug. Als wir uns voneinander lösten und langsam weitergingen, blieb die zärtliche Verbindung unserer Finger. Warm und weich fühlte sich seine Hand an. Prickelnd und heiß glühten meine Wangen noch von unserem Kuss. Der zarte Wind brachte eine kleine Abkühlung, und ich schloss die Augen.

Ich sammelte meine Kräfte und wollte ihm nun endlich sagen, was ich mir zum *Zuckerhüs* überlegt hatte, als er weitersprach.

»Ich wünschte, es wäre meine Entscheidung, welchen Preis wir für das Haus nehmen, aber leider ist dem nicht so. Trotzdem, wie auch immer der Termin mit dem Interessenten läuft – aktuell sind uns die Hände gebunden. Es wird so schnell wohl keine Entscheidung geben.« Irritiert schaute ich ihn an. »Meine Oma hat vor einigen Jahren das Haus an meinen Vater und mich überschrieben. Alva hat lebenslanges Wohnrecht eingeräumt bekommen. Das bedeutet aber auch, dass jegliche Überlegungen, die das *Zuckerhüs* betreffen, mit meinem Vater abgestimmt werden müssen. Das hat zur Folge, dass auch seine Unterschrift unter jegliche Verträge gesetzt werden muss. Glaub mir, sonst hätten wir, Alva und ich, dir das *Zuckerhüs* schon längst angeboten. Zu fairen Konditionen.« Mein Herz überschlug sich beinahe bei seinen Worten. Mein Mund war vor Aufregung ganz trocken. Was er gesagt hatte, kam unerwartet.

»Okay. Aber abgesehen davon, dass spezielle Konditionen für mich vielleicht nicht in seinem Sinne wären – er ist ja nicht aus der

Welt, oder? Wenn du ein gutes Angebot bekommst, was spricht dann gegen seine Unterschrift?«

Peer lachte. »Na ja! Es gibt leider aktuell gewisse Differenzen zwischen uns. Er ist gerade total auf dem Egotrip und meint, dass eine Weltreise mit seiner neuen Flamme jeglicher Verpflichtung vorgezogen werden darf. Er sieht keinen Grund, etwas an der momentanen Situation zu ändern. Ein lukrativer Verkauf wäre schon okay, aber vielleicht nicht sofort, denn er kann seine Reise ja nicht für etwas Belangloses wie eine Unterschrift unterbrechen. Für einen Mietvertrag schon erst recht nicht.« Er schüttelte den Kopf. »Momentan haben wir echte Krisenstimmung! Familie war für uns immer das Wichtigste. Alva war bedingungslos für uns da und hat es in vielerlei Hinsicht erst ermöglicht, dass wir wieder auf die Beine kamen und auch ohne meine Mutter in unserem Alltag Fuß fassten. Wir hatten uns geschworen, ihr das zurückzugeben, wann immer das möglich ist. Der Deal, als es um meine berufliche Richtung und Perspektive ging, war, dass er weiterhin im Laden sein würde, um meine Oma hier zu unterstützen und sie weiterhin ihren Traum leben zu lassen. An allen Gewinnen sollte er komplett beteiligt sein, solange er dazu beigetragen hatte. Er sollte mit ihr gemeinsam das Haus bewohnen, für sie da sein und sich im Notfall kümmern. Hätte er sich an sein Wort gehalten, stünde ich jetzt nicht vor dem Problem, dass meine Oma allein ist und ich mir Sorgen machen muss, was sein wird, wenn ihr was passiert. Ich habe ein schlechtes Gewissen, egal, was ich tue. Lasse ich sie hier allein, sorge ich mich ständig. Zwinge ich sie dazu, mit uns nach Hamburg zu kommen, reiße ich sie aus ihrem *Zuckerhüs* und ihrer Heimat fort, und ziehe ich selbst auf die Insel, dann nehme ich Levke die Chance, ihre beiden Elternteile zu sehen, wann immer sie möchte. Mein Verständnis von Familie ist, dass man füreinander da ist. So hat Alva es mir vermittelt. Bei ihm kam das wohl nicht an. Und nun weiß ich einfach nicht mehr, was ich tun soll.«

Seine Worte hallten in meinem Kopf nach. Nachdenklich schaute ich über die grüne Landschaft. Dann ging mein Blick Richtung Meer. Ich verstand nun besser, an welchen Fronten Peer kämpfte, womit er haderte und wie sehr ihn das belastete.

»Weißt du, ich verstehe, dass er viel geleistet hat, als meine Mutter ging und er mit mir allein war. Für die Liebe blieb kaum Zeit. Er hat viel gearbeitet, mir aber immer versichert, dass er das gerne tat. Aber sich dann von einer dahergelaufenen Touristin so sehr den Kopf verdrehen zu lassen, dass er einfach kurzerhand alles stehen und liegen lässt und mich mit all diesen Entscheidungen konfrontiert, bei denen *ich* am Ende wie der Buhmann dastehen werde, egal wie sie ausfallen, das ist nicht fair von ihm. Ich hätte erwartet, dass er da ist für seine Mutter und sie nicht ihrem Schicksal überlässt, während er sein neues Glück sucht und einfach abhaut. Wieder jemand, der mich im Stich lässt.«

Ich verstand, was Peer verletzte. Sie hatten da offenbar eine Vereinbarung getroffen, an die der Vater sich nun nicht mehr hielt, was Peer tief kränkte. Die Verletzung, die seine Mutter ihm mit ihrem Verschwinden damals zugefügt hatte, saß so tief, dass sie alles überschattete. Sein Vater hatte die Wunde erneut aufgerissen.

»Er hat viele Frauen kennengelernt. Nie war eine echte Liebe dabei, nie hat es lange gehalten. Ich will nicht, dass er sein Leben aufgibt und nur noch für seine Mutter da ist, weil er es irgendwann einmal versprochen hat. Aber ich hätte von ihm erwartet, dass er nicht so kopflos handelt. Hätte mir gewünscht, dass wir gemeinsam eine Lösung finden, bevor er sich auf und davon macht. Jetzt muss ich das allein tun, und ich kann nur hoffen, dass sich seine große Liebe nicht wieder als Flop herausstellt.

Dass er nicht erst, wenn es zu spät ist, feststellt, dass die Vorstellung von einem Leben als Weltreisender ein Irrsinn war und es mit dem *Zuckerhüs* weitergehen soll für ihn.« Peer lachte höhnisch auf. »Die ganzen Sorgen, die er mir hier gerade aufbürdet, die nehme ich ihm sehr übel, und es schockiert mich, wie egal ihm hier alles ist.«

»Das geht dir sehr nahe«, erkannte ich, und Peer nickte.

»Es gab schlimme Streits. Die schlimmsten.« Aus seinen Worten hörte ich so viel Enttäuschung heraus. Peer war verletzt.

Ich wollte, dass er wieder lächelte, und streichelte sanft seinen Arm.

»Entschuldige, Marla. Damit hast du ja überhaupt nichts zu tun. Mir ist es nur wichtig, dass du verstehst, was los ist und dass ich kein herzloser Unmensch bin. Ich will Alva nicht das *Zuckerhüs* nehmen, aber ich weiß einfach keine Lösung. Es tut mir leid, dass du grad meine Wut aus totaler Hilflosigkeit heraus mitbekommst.« Zerknirscht lächelte er. »Das nächste Mal wechselst du wahrscheinlich direkt die Straßenseite, wenn du mich siehst.«

Ich lachte. »Nein, keine Sorge. Meine Freundin Insa würde sagen, dass diese ganze Situation ja durchaus auch was Gutes hat. Wie jede Situation im Leben. Immer gibt es auch eine gute Seite an etwas, was sich erst als schwierig oder kompliziert zeigt.«

»Du meinst, dass wir uns deshalb hier getroffen haben«, erkannte er dann selbst, und ich nickte. Dann drehte ich mich zu ihm, stellte mich auf die Zehenspitzen, und wieder küssten wir uns. Ich spürte, wie ein Teil der Anspannung aus der Rage heraus, in die er sich hineingeredet hatte, von ihm abfiel.

»Außerdem finde ich es schön, dass du mir genug vertraust, um mit mir über deine Probleme und Sorgen zu sprechen«, sagte ich dann.

»Danke, Marla. Du bist wirklich ein besonderer Mensch.« Er

küsste meinen Hals, ich spürte, wie er tief einatmete, als wirke der Duft meiner Haut beruhigend auf ihn. Mein ganzer Körper kribbelte vor Glück, und als wir weiterliefen, fühlte ich mich, als ginge ich auf Wolken. Peer hingegen griff noch einmal das Thema auf, was ihn so aufwühlte.

»Ich bin einfach so ärgerlich. Anfangs habe ich mich so für ihn gefreut. Er hat von Liebe geredet und dass die Frau immer schon von einem Leben auf Sylt träume.« Er stieß verächtlich Luft durch die Lippen aus. »Und warum sind sie dann nicht hier, sondern fahren durch die Weltgeschichte, scheren sich nicht um die Familie, sondern verprassen Alvas Geld, bringen sie in eine Situation, die sie unglücklich machen wird? Wahrscheinlich waren das alles nur große Worte, um meinen Vater um den Finger zu wickeln. Jemand, der hier ein Häuschen besitzt, hinter dem kann man wohl das nötige Kleingeld für jegliche Hirngespinste erwarten, und wenn man ihn dann auch noch dazu bringt, es zu einem Mondpreis zu verkaufen, dann kommt das sicher ganz gelegen. Was sie dabei nicht bedacht hat, ist, dass jede Miete und jeder Erlös an Alva geht. Solange sie lebt, hätte sie Wohnrecht hier, sodass das Geld für die Unterkunft in Hamburg verwendet wird, schließlich fällt auch der Erlös aus dem Bonbonverkauf weg. Ich bin mir nicht sicher, ob mein Dad das seiner Flamme auch schon verklickert hat.«

Mich erstaunte, wie ärgerlich er sprach. Er wirkte dabei ganz wesensverändert. Tiefe Wut klang mit in dem, was er sagte. Ich hatte den Eindruck, dass er sich mit dem Vertrauen in die Menschen schwertat und eine menschliche Enttäuschung ihn traf wie eine mittelschwere Katastrophe. Er brauchte die Kontrolle, wollte alle retten, die ihm lieb waren, womöglich, weil ihm das Leben schon in jungen Jahren jeden Boden unter den Füßen weggezogen hatte.

»Kennst du denn seine neue Freundin schon?«, fragte ich.

»Nein. Sie kommt aus Hamburg, wollte wohl früher schon immer nach Sylt ziehen, hat aber bisher nie geklappt.« Er lachte auf. Es klang zynisch. In diesem Moment merkte ich, dass diese Beschreibung auch auf mich passen könnte. Oder vielmehr ... Als Peer weitersprach, gefror mir das Blut in meinen Adern.

»Tina hier, Tina da. Ich kann es nicht mehr hören! Wie kann er nur so naiv sein?«

Tina. Der Name meiner Mutter. Natürlich war das kein seltener Name, dennoch erschien es mir nahezu unmöglich, dass so viele Zufälle zusammenkamen. Ihre Vergangenheit mit Sylt, ihre neue Liebe, ihre Reise um die Welt ... Mein Herz raste, mein Mund wurde trocken.

»Wie heißt dein Papa eigentlich?« Meine Stimme klang zittrig, doch Peer schien es nicht zu bemerken.

»Ole, wieso?« Peer verstand natürlich nicht, worauf ich hinauswollte.

»Ole, ach ja. Schön«, sagte ich mit piepsiger Stimme. »Hatte nur grad überlegt, ob Alva mir schon mal von ihm erzählt hat«, faselte ich. Ole war der Name des neuen Freundes meiner Mutter. Die Frau, auf die Peer einen so großen Groll hegte und über die er so böse Dinge sagte und der er Berechnung unterstellte, war zweifelsohne meine Mutter.

Und jetzt fiel es mir auch plötzlich wieder ein, woher mir das Bonbondöschen bekannt vorgekommen war, das mir Levke gleich bei unserem ersten Aufeinandertreffen übergeben hatte. Genau so eines hatte meine Mutter mir von ihrer letzten Reise nach Sylt mitgebracht, als sie mir erzählte, dass sie zum ersten Mal nach der Trennung von meinem Vater wieder an die Liebe glaubte. Sylt sei der Ort gewesen, an dem nicht nur Träume aus Zucker und Schaumgummi wahr wurden, hatte sie gesagt und dabei fürchterlich albern gekichert. Leider war das Gläschen damals direkt beim Auspacken heruntergefallen und in tausend Scherben zersprungen, sodass ich den Namen auf dem Etikett nicht hatte lesen können. Mit einem Lachen und dem Ausruf »Scherben bringen Glück« hatte meine Mutter die gläsernen Reste der Bonbonmischung schnell entsorgt.

Erst jetzt verstand ich den Hinweis auf Zucker und Schaumgummi, und mir wurde beinahe ein wenig übel. Es war Peers Vater, den sie kennengelernt hatte, und es war meine Mutter Tina, für die der Mann Sylt und das *Zuckerhüs* verlassen hatte, wegen der er am anderen Ende der Welt herumschipperte und wegen der er Alva aus ihrem Traum riss.

Ich konnte es nicht fassen und fühlte mich die nächsten Meter unseres Spazierganges wie im Nebel. Es war nicht mehr daran zu denken, jetzt mit ihm über meine Idee zum *Zuckerhüs* zu sprechen. So ungehalten, wie Peer über diese Frau an der Seite seines Vaters gesprochen hatte, wäre er sicherlich wenig begeistert, wenn er erfuhr, um wen es sich dabei handelte. Was würde das nun für Peer und mich bedeuten? Konnte das, was sich gerade eben noch so wundervoll angefühlt hatte, unter diesen Voraussetzungen wirklich funktionieren? Ich musste unbedingt mit meiner Mutter sprechen und mir ihre und damit vielleicht auch Oles Sicht der Dinge anhören. Ich konnte kaum glauben, dass sie sich in einen Mann verliebte, der sein eigenes Glück auf diese Weise vor das der Familie stellte.

Als Peer einen Anruf erhielt, der den Interessententermin für den nächsten Tag ankündigte, entschieden wir, umzukehren.

Ich begleitete Peer noch zum *Zuckerhüs*, wo uns gleich an der Eingangstür Levke empfing – Flora im Schlepptau. Alva war nicht da.

»Hallo, ihr Lieben! Seid ihr gemeinsam eine Runde gegangen?«, erkundigte sich Flora.

»Ja, eigentlich wollte ich euch hier besuchen, da traf ich Peer, und er entführte mich ans Watt. Das Wetter ist so herrlich. Ganz mild, ein leichter Wind – einfach wunderbar!«

»Perfekt!« Flora grinste.

»Hey, kleine Maus«, begrüßte ich Levke und umarmte das Mädchen.

»Hallo, Marla, willst du mit uns essen?«

»Oh, das ist ganz lieb, Levke. Allerdings geht es meiner Freundin heute nicht so gut. Ich muss mal wieder nach ihr schauen.« Levke zog traurig eine Schnute. »Ein andermal, Levke. Heute wollt ihr doch sicher der Mama Tschüss sagen.«

»Na und?« Levke schaute mich aus ihren runden Kulleraugen an. Peer nahm sie in den Arm.

»Marla und wir könnten doch vielleicht morgen Abend gemeinsam essen gehen? Nur du, Marla und ich? Und wenn sie mag, kann ja auch Alva mitkommen?«

Grinsend nickte sie. »Okay!«

»Wollen wir so verbleiben?« Peer schaute mich mit einem Blick an, der eher sagte, dass er mich bei sich behalten wollte, am liebsten ganz allein und bis zum nächsten Tag. Aber heute war in mehrfacher Hinsicht ein gänzlich ungeeigneter Zeitpunkt für einen romantischen Abend zu zweit. Mit dem Wissen um die Rolle meiner Mutter würde ich mich heute nicht entspannen können.

»Gerne, Peer. Melde dich doch nach deinem Termin morgen. Ich würd mich freuen.«

»Das mache ich. Alles Gute für deine Freundin.«

Flora reichte mir noch ein Glas mit Bonbons. »Das soll ich dir von Alva geben. Wir haben heute Vormittag was Neues gezaubert.

Wir sind uns sicher, dass es genau deinen Geschmack trifft.« Sie griff hinter den Tresen. »Und das auch. Kam heute an.«

»Danke!« Ich erkannte, dass es sich um ein Prospekt handelte, in dem ein dänischer Laden seine Produkte anpries.

»Was geht denn hier vor sich?«, fragte Peer halb im Scherz. Ich ahnte jedoch, dass da auch eine gewisse Skepsis mitschwang, warum Flora mir irgendwelche Prospekte überreichte.

»Die werde ich gleich mit meiner Freundin Insa genießen«, ging ich darüber hinweg und hob das Döschen mit den Bonbons hoch. »*Sahniger Sonnenkuss. Sahne mit einem Hauch Aprikose*«, las ich vor. »Ich bin mir schon jetzt sicher, sie haben Lieblingssorten-Potenzial!« Ich lachte, und auch Flora grinste.

»Bis bald, Marla«, sagte sie, und mit einem letzten Blick zu Peer verließ ich das *Zuckerhüs*.

Auf der Fahrt zurück nach Archsum zu Insa fühlte ich mich zum zweiten Mal innerhalb weniger Wochen, als habe jemand mein Leben umsortiert, wie in einem Memoryspiel, bei dem die Karten auf dem Tisch noch einmal neu gemischt wurden. Und ich konnte jetzt sehen, wie die einzelnen Teile zusammengehörten. Ich war vollkommen überfordert mit der Situation und traute mich kaum, daran zu denken, wie es am nächsten Tag bei unserem Treffen ablaufen sollte. Gerade eben hatte ich den Eindruck, ich konnte nur verlieren. Kein Weg, der mir in diesem Moment in den Sinn kam, fühlte sich richtig an. Ich seufzte und parkte vor Insas Haus ein.

Sie war schon wach und hatte bereits die Speisekarte eines Lieferservices herausgesucht, bei dem sie etwas zu essen bestellen wollte. Wir würden es uns bei Pizza auf ihrer Terrasse gemütlich machen und die Geschehnisse dieses aufregenden Tages Revue passieren lassen.

Rasch bestellten wir und kuschelten uns dann mit einem Glas

Wein in den Strandkorb. Die Kerze im Windlicht flackerte, und der Himmel war weiterhin leuchtend blau vom sommerlichen Licht an diesem Abend.

»Geht es dir wieder besser?«, fragte ich meine Freundin.

»Schon, ja. Aber das war wortwörtlich wie der Sprung ins kalte Wasser. Ich hätte mich wohl ewig davor gedrückt, wenn es nicht aus der Situation heraus so alternativlos gewesen wäre.«

»Wie auch immer – ich bin unendlich stolz auf dich. Und ich hatte den Eindruck, dieser Moment hatte auch eine besondere Bedeutung für euch zwei. Wann wirst du Thore wiedersehen? Wie geht es ihm?«

»Er hat grad auch viel um die Ohren. Wir haben aber noch mal gesprochen, er hat vor einer halben Stunde angerufen, um zu hören, wie es mir geht. Ihm ging die Aktion natürlich auch besonders nah. Das war schon ziemlich krass für uns beide.« Sie schüttelte ungläubig den Kopf. »Aber die Arbeit lenkt ihn ab. Heute hat er noch irgendeinen Termin, wir sprechen uns also erst morgen wieder. Wie war denn dein Abend noch? Warst du bei Alva?«

»Kurz war ich auch im *Zuckerhüs*, ja. Aber da war Alva gar nicht. Außerdem habe ich schon auf dem Hinweg Peer getroffen und mich zu einem Spaziergang am Watt überreden lassen.«

»Oh, das klingt doch spannend.« Interessiert schaute sie mich an. »Hast du ihm deinen Plan vorgestellt?«

»Leider nicht. Es war zwar wunderschön, aber lief dann irgendwie aus dem Ruder«, setzte ich an und konnte kaum verhindern, dabei verträumt vor mich hin zu grinsen. Aber direkt kamen auch die Erinnerungen an die ernüchternden Erkenntnisse dieses Spazierganges, die ich Insa in einer Kurzzusammenfassung erläuterte.

»Das kann ich kaum fassen«, resümierte Insa und schüttelte immer wieder den Kopf. »Also, schon allein die Story, dass dir hier auf Sylt kurz vor der Verwirklichung deines Traumes ein ähnliches Schicksal widerfährt wie damals deiner Mutter, das ist ja schon schräg! Aber dass dein Typ dann ausgerechnet der Sohn des Mannes ist, in den sich deine Ma nach Jahren verguckt und bei dem die Rede von der ganz großen Liebe ist – sorry,– da hat das Schicksal echt ganz tief in die Trickkiste gegriffen.« Insa fuhr sich fassungslos durch die Haare. »Weiß er das schon?«

»Nein!« Energisch schüttelte ich den Kopf. »Er war so wütend auf die Frau, die seinem Dad den Kopf verdreht und ihn von der Insel gelockt hat. Er glaubt, dass sie es vor allem auf sein Geld abgesehen hat und schuld daran ist, dass er nun hier mit den Sorgen um Alva allein dasteht. Insa, ich bin völlig überfordert. Wie soll ich das denn aufklären, ohne dass ich das, was zwischen uns entsteht, direkt wieder zerstöre?«

»Okay, nee. Das ist klar. Und wie ist der Stand der Dinge mit dem *Zuckerhüs*?«

»Er hat morgen einen Termin mit einem Mietinteressenten, der tatsächlich bereit wäre, die hohe Miete zu zahlen.«

»Also hat dein Tag nicht unbedingt den Erfolg mit sich gebracht, den ich dir von Herzen gewünscht hätte.«

»Nein. So richtig nicht. Aber was soll's. Nun warte ich mal ab, was er morgen nach dem Termin sagt. Dann ist seine Ex auch wieder abgereist. Das entspannt die Situation vielleicht auch ein klein wenig.«

»Apropos Ex. Hast du denn von Johann mal wieder was gehört?«

»Nein. Ich vermute, er ist wieder zu Hause.«

»Gut. Wenigstens ein Stressor weniger hier auf Sylt.« Wir lachten beide.

»Marla, du hast ganz schön viel Trubel mit auf die Insel gebracht, wenn ich ehrlich bin«, erkannte Insa und nahm mich liebevoll in den Arm. »Aber positiven! Keine Ahnung, was ich sonst so mit meinem langweiligen Alltag angefangen habe.« Sie lächelte liebevoll.

»Glaub mir, als ich hierhergestartet bin, hab ich noch gedacht, die Tatsache, dass mein Freund verschollen sei, wäre mein größtes Problem. Das hat sich irgendwie verschoben.«

»Du hast dich verliebt in einen Mann und eine zauberhafte Manufaktur. Das ist im Prinzip ja kein Problem. Nur diese ganzen Rahmenbedingungen, die sind etwas herausfordernd. Aber du musst die positiven Elemente sehen. Der Sylt-Fluch deiner Mutter hat sich bei dir fortgesetzt, okay. Aber die Insel hat deiner Mama jetzt wohl doch noch einmal die große Liebe geschenkt. Warum sollte das bei dir nicht so sein?«

»Wenn Peer erfährt, dass meine Mutter diejenige ist, die in seinem Leben für Furore sorgt und wegen der er Probleme hat, die er sonst nie hätte, wird er sich bestimmt zurückziehen. Und sich schon gar nicht meine Pläne anhören.«

»Er wird schon erst mal irritiert sein. Das mag sein. Aber nein. Ich glaube nicht, dass es das Ende sein muss. Sei ehrlich zu ihm, bevor es auf irgendwelchen krummen Umwegen rauskommt und er deine Integrität anzweifelt.«

»Meinst du?«

»Ja. Was kannst du denn dafür, dass bei euren älteren Herrschaften grad die Hormone verrücktspielen? Das wird er *dir* kaum zum Vorwurf machen können. Das glaube ich einfach nicht.«

Ich lächelte matt, ließ Insas Rat auf mich wirken. Sie hatte recht. Auch mir erschien es richtig, direkt in die Offensive zu gehen.

»Ob ich ihm schreibe, dass ich mit ihm reden muss?«

»Zum Beispiel, ja. Es könnte sinnvoll sein, wenn du das mit ihm klären kannst, bevor du morgen mit ihm und Levke essen gehst. Und wer weiß, vielleicht ergibt sich ja sogar direkt die Gelegenheit, deine Ideen zum *Zuckerhüs* doch noch anzusprechen. Sollte der Termin mit dem Interessenten eher suboptimal laufen, ist er ja vielleicht sogar ganz dankbar für eine Lösung als Plan B. Und wenn es eine Zwischenlösung ist. So gewinnst du Zeit.«

»Das könnte sein. Auf jeden Fall will er nichts übers Knie brechen und keine Lösung akzeptieren, die für einen von ihnen nicht in Ordnung ist.« Nervös knabberte ich auf meiner Unterlippe. »Ich schreibe ihm.« Ich griff nach meinem Handy und tippte eine Nachricht. *Hallo, Peer, ich fand unseren Spaziergang sehr schön. Falls du morgen nach deinem Termin Zeit hast, würde ich mich freuen, wenn wir reden könnten. Ich habe da etwas auf dem Herzen.* Insa nickte meine Formulierung ab. Eine Antwort ließ nur wenige Sekunden auf sich warten.

Für dich finde ich immer Zeit. Auch heute schon, wenn du magst. Gerührt las ich seine Zeilen laut vor, und Insa lächelte verzückt.

»Nimm dir heute die Zeit für deine Familie. Ich freue mich, wenn wir uns morgen sehen«, riet Insa mir als Antwort. Ich übernahm ihren Vorschlag gern und schickte auch diese Nachricht ab.

Die Nacht zog langsam herauf, und der sternenklare Himmel über Insas Terrasse färbte sich von Dunkelblau zu Schwarz. Noch immer waren die Temperaturen mild, und eine angenehme Wärme umhüllte uns. Allerdings wurden meine Augenlider langsam schwer, und mein Körper sehnte sich nach Ruhe.

»Lass uns mal schlafen gehen«, schlug ich vor, und wir wechselten von der Terrasse ins Haus, schlossen die Tür und machten uns bettfertig.

Schlaf war gerade das Einzige, was mich ablenken konnte vom morgigen Tag, in den ich viele Hoffnungen setzte. Wie kleine Glühwürmchen blitzten die Hoffnungsschimmer in dem Wald aus Fragezeichen auf und sorgten für Zuversicht.

Vorher verfasste ich an meine Mutter noch eine Nachricht, die ich dann aber wieder löschte. Ich wusste nicht, wie ich das Thema mit ihr besprechen sollte. Was, wenn sie es womöglich direkt mit Ole besprach und er sich dann bei Peer meldete, bevor ich mit ihm reden konnte? Ich entschied, erst einmal keine schlafenden Hunde zu wecken.

Für mich war es ungewohnt, all diese Probleme und Situationen, die mich derzeit beschäftigten, nicht direkt mit meiner Mutter zu besprechen. Und das lag nicht nur daran, dass es jetzt so verfahren war, sondern auch daran, dass sie auf ihrer Reise oft unzuverlässig erreichbar war. Ich hatte ihr ja noch nicht einmal von meinen Problemen mit Johann erzählt. Wie sollte ich ihr jetzt erklären, was ich mit dem *Zuckerhüs* und Peer zu tun hatte?

18.

Weil Insa am nächsten Vormittag wieder arbeitete, lenkte ich mich damit ab, in Westerland shoppen zu gehen. Ich war aufgeregt wegen des Termins zum *Zuckerhüs*, als gehe es um meinen eigenen Laden.

Ich schlenderte durch die Geschäfte in der Friedrichstraße und schaute mir verschiedene Artikel an, war aber nicht bei der Sache. Danach setzte ich mich in ein Café und bestellte mir eine heiße Schokolade mit Sahne, um meine aufgewühlte Seele ein wenig zu besänftigen. Dazu orderte ich ein großes Stück Sahnetorte. Sofort ging es mir besser, und ich fühlte mich gewappnet, mich den Herausforderungen dieses Tages zu stellen.

Nach dem mächtigen Snack hatte ich zwar das Gefühl, mich über die Promenade Richtung Strand kugeln zu können, dennoch hatte ich jeden Bissen genossen, so sehr liebte ich das süße Gebäck und die zart schmelzende Sahne, die sich wie eine warme, weiche Kuscheldecke über meine aufgewühlte Magengegend legte.

Die Einkaufsstraße wimmelte vor lauter Menschen. Viele steuerten den Strand an, der am Ende der Straße lag – genau wie ich.

Auch am Strand war viel los. Es war wie ein Parcours aus Menschen, Hunden und Strandkörben, aus denen Handtücher hervorflatterten und neben denen bunte Taschen standen.

Der Wind in meinen Haaren und die Bewegung taten mir gut. Wie ein Energie-Elixier durchströmte mich die Strandatmosphäre mit einem sommerlichen Gefühl. Die Sonne schien hell und wärmte angenehm. Meine Schuhe hatte ich ausgezogen und trug sie nun in der Hand. Ich spürte den warmen Sand zwischen meinen Zehen wie ein kribbelndes Massage-Peeling. Am Meer angelangt, belebte das kühle Wasser an meinen Füßen sofort jede Zelle.

Ich spazierte durch einige Priele, die langsam wieder vollliefen. Es war offenbar gerade aufkommendes Wasser. Manchmal watete ich bereits durch tiefere Rinnsale, bevor ich wieder auf eine Sandbank kam, die nur mit einem zarten Wasserfilm bedeckt war. Darauf zu gehen fühlte sich an, als liefe ich auf weichem Samt. Das würde in wenigen Minuten anders sein, und man würde beim Blick auf die glitzernde Wasseroberfläche nur noch erahnen können, wo sich die Priele und wo Untiefen befanden.

Gerne wäre ich direkt schwimmen gegangen, hatte aber leider nichts dabei. Ich dachte daran, irgendwann einmal mit Peer am frühen Morgen schwimmen zu gehen, wenn der Strand noch leer war.

Die Möwen kreisten über dem Meer und über den Strandkörben, in denen sie leichte Beute unbedarfter Urlauber witterten. Immer wieder angelten sie sich erfolgreich ein Brötchen oder ein Eis. Überall liefen juchzende Kinder umher, tobten im Meer oder bauten Sandburgen. Die Wellen rauschten sanft an Land. Paare schlenderten Hand in Hand verliebt am Wasserrand entlang. Hundebesitzer warfen ihren Tieren Spielzeuge ins Wasser, die sie fleißig apportierten.

Hier an diesem Ort spielten sich viele entspannte Sommerszenen ab, die mich ablenkten von meinen Grübeleien und anstehenden Gesprächen, die mich aufwühlten. Am Strand, zwischen Dünenkamm, Strandkörben, Sand und Meer, kamen mir alle Sorgen viel weniger groß vor. Ich hatte gerade die Augen für ein paar Momente geschlossen, als eine fröhliche Stimme erklang und mich aus meinen Gedanken riss.

»Marla?« Es war Anita, die winkend auf mich zukam. Ihren roten Haarschopf erkannte ich sofort.

»Hey, Anita! Wie schön, ich freue mich! Hast du heute frei?«

»Ja, weil heute ein Handwerker da war, der was ausgebessert hat, hab ich den Laden mal für einen Tag geschlossen gelassen.« Sie machte eine ausschweifende Handbewegung. »Und ich hätte mir keinen schöneren Zeitpunkt für ein paar freie Stunden aussuchen können, findest du nicht?«

»Es ist ein traumhaftes Wetter! Das hast du hervorragend abgepasst!«

»Aber, ganz ehrlich? Mir ist das fast schon zu warm. Ich laufe jetzt am Wasser noch ein paar Meter, muss noch kurz was ins Lager räumen, und dann mache ich es mir zu Hause im schattigen Garten gemütlich.« Sie deutete in Richtung der Promenade.

»Ich wollte auch wieder zurückgehen. Wenn es dir recht ist, begleite ich dich ein Stück?«

»Aber selbstverständlich! Gibt es denn etwas Neues bei dir?«, fragte Anita, während wir nebeneinander herliefen.

»Ich glaube, gerade stehe ich wieder ziemlich am Anfang.« Bestätigend nickte ich. »Ein wenig dauert es noch, bis ich genau sagen kann, wohin meine Reise nun wirklich geht. Auf jeden Fall aber hat mir der Tag mit dir sehr geholfen.«

»Oh, das freut mich aber.« Anita lächelte verlegen.

»Du hast mir die Augen geöffnet.« Dankbar blickte ich sie an. »Es haben sich zwischenzeitlich noch ein paar Unwägbarkeiten ergeben. Aber noch bin ich optimistisch.«

»Das gefällt mir ganz besonders gut, dich so reden zu hören.

Ich drücke beide Daumen!« Sie reckte symbolisch die Fäuste in die Luft.

»Danke, Anita! Ich halte dich auf dem Laufenden«, versprach ich. »Schön, dass wir uns hier treffen.«

»Wann immer es geht, baue ich eine kleine Runde am Meer in meinen Tag ein. Hier komme ich zur Ruhe – trotz der vielen Menschen. Und irgendwie fühle ich mich meinem Sohn hier manchmal näher.«

»Hier am Wasser?«

»Ja. Das Wasser war sein Element. So tragisch alles auch kam.« Sie machte eine Pause, und ich traute mich nicht, nachzufragen. »Sein Wunsch war es schon immer, dass seine Asche, wenn er einmal stirbt, in der Nordsee verstreut wird.« Sie lächelte traurig. »Wenn ich auch sonst nicht viel für ihn tun konnte, so konnte ich ihm wenigstens diesen Wunsch posthum erfüllen. Er liebte das Meer, war in jeder freien Minute hier. So befremdlich es mir damals vorkam, dass er schon als Jugendlicher davon sprach – im Rückblick bin ich so dankbar dafür, dass ich von diesem Wunsch wusste.« Ich sah, wie ihr Griff an ihren Hals ging. Sie legte die Hand auf ihre Brust. Als sie sie wieder wegnahm, erkannte ich ein Amulett, das an einer Kette um ihren Hals hing. Ich konnte es nicht genau erkennen. Ihre Geste erinnerte mich aber an die, die ich bei Thore gesehen hatte, als er sich an sein Armband gefasst hatte. Ein ungewöhnlicher Zufall.

Eine Gänsehaut zog über meine Arme. »Ich verstehe, was du meinst. Meine Mutter sagt das auch immer. Das war schon ewig ihr Wunsch, sagt sie. Mich hat das früher immer nachdenklich gemacht. Aber es stimmt. Eigentlich ist es sehr wertvoll, darüber gesprochen zu haben.«

Anita nickte und schaute auf ihre Uhr. »So, jetzt muss ich mich um meine Lieferung kümmern. So ganz frei hab ich ja nie.« Sie grinste. »Aber die Auszeit tat mir heute mal gut.«

»Hast du denn schon wen für den Laden gefunden, der dich unterstützt?«

»Morgen kommt noch eine Bewerberin. Da mache ich mir keine Sorgen. Das wird sich alles finden. Was ich dir noch sagen wollte: Sollten all die Pläne, die du im Kopf hast, nicht umsetzbar sein, steht meine Tür jederzeit offen. Mir ist es wichtig, dass du das weißt.«

»Vielen Dank, liebe Anita. Dass du das sagst, bedeutet mir wirklich viel.«

Wir liefen den Weg zur Einkaufsstraße hoch, und als wir das Kurhäuschen passiert hatten, trennten sich unsere Wege. Ich versprach Anita, sie auf dem Laufenden zu halten, und wir verabschiedeten uns.

Am Nachmittag schaute ich immer wieder auf mein Handy. Meine Nervosität wuchs mit jeder Stunde, die ich nichts von Peer hörte.

Ich wollte nicht drängeln. Dennoch konnte ich die Spannung kaum aushalten. Auch wenn ich ihm wünschte, dass er eine Lösung finden würde, mit der er glücklich war, hoffte ich doch, dass es am Ende eine sein würde, bei der ich Teil des *Zuckerhüs* sein durfte. Damit sie sich dafür entscheiden konnten, musste ich ihm und Alva diese Lösung allerdings erst einmal vorstellen.

Dass ich nicht die Allererste war, mit der Peer über den Termin sprach, war ja verständlich. Als er sich jedoch bis zum späten Nachmittag noch immer nicht gemeldet hatte, wunderte ich mich schon. So gerne hätte ich mich vor unserem Treffen mit ihm ausgesprochen.

An der Tür zu Insas Haus klemmte, als ich nach Hause kam, ein Zettel. Aufgrund eines kleinen Regenschauers hatte er Feuchtigkeit abbekommen und war nur schwer zu entziffern. Was ich aber lesen konnte, ließ mein Herz hüpfen. Offenbar war Peer hier gewesen. Am gestrigen Tag hatte er mich gefragt, wo genau Insa eigentlich wohnte, weil er mich zu dem gemeinsamen Essen am Abend direkt dort abholen wollte. Womöglich hatte er sich noch nicht gemeldet, weil er persönlich vorbeikommen wollte. Das wertete ich als gutes Zeichen.

Ein Treffpunkt mit Uhrzeit und dem Hinweis *Ich habe gute Nachrichten für dich* stand darauf. Ich stieß einen freudigen Juchzer aus. Hoffnung keimte in mir auf, dass meine Träume doch noch Wirklichkeit werden konnten.

Wenn ich jedoch eins gelernt hatte, dann war es, dass alle Pläne, die man in seinem Kopf schmiedete, so schnell hinfällig waren, dass man sowieso kaum damit kalkulieren konnte. Erst recht, wenn sie von anderen abhingen. Das hatten mir die letzten Tage deutlich gezeigt. Also gab ich mir Mühe, Ruhe zu bewahren und nicht die Nerven zu verlieren. Das würde mir weder helfen noch etwas an der Situation verändern oder beeinflussen. Außerdem brauchte ich jetzt meine ganze Kraft für das Treffen mit Peer.

Leider war Insa noch zu weiteren Aufträgen unterwegs, sodass ich vorher nicht mehr mit ihr darüber reden konnte. Ich dagegen hatte noch ein wenig Zeit, zog mir etwas an, worin ich mich zugleich wohl-, hübsch und selbstbewusst fühlte, warf einen Blick in den Spiegel und setzte mich ins Auto.

Selten war ich die Strecke von Archsum nach Westerland trotz herrlichstem Spätnachmittagswetter mit solchem Bauchgrummeln gefahren wie heute. Eine Mischung aus Freude und quälend drückender Aufregung.

Als ich mit Herzklopfen das Restaurant betrat, verlor ich für einen Moment jedoch beinahe die Fassung. Mein Herz rutschte mir komplett in die Hose, während Wut sich wie vor einem Vulkanausbruch sammelte, jederzeit bereit, zu explodieren. Es war nicht Peer, der mich hier erwartete.

Johann saß an einem Tisch, als ich das Restaurant betrat. Mit einem Lächeln, mit dem er jede Datingshow gewonnen hätte, strahlte er mich an. So vertraut, dabei aber so weit entfernt. Es war eine beängstigende Mischung an Emotionen, die unsere Begegnung in mir hervorrief. Ich fühlte, dass ich kurz davor war, zum ersten Mal im Leben einem Mann vor Publikum eine Szene zu machen, nach der ich mich dann tagelang nicht vor die Tür trauen würde. Erst recht, als in diesem Moment ein Kellner bereits einen Kühler auf den Tisch stellte, in dem eine große Champagnerflasche inmitten etlicher Eiswürfel steckte.

Ich schluckte, während Wut und Fassungslosigkeit sich ihren Weg durch meinen Bauch bahnten und unschön drückend auf Präsenz drängten. Es gab in meinen Augen keinerlei Anlass für Champagner, wenn ich diesen in einen direkten Zusammenhang mit Johann bringen sollte. Der Grund dieses Empfangs war mir absolut schleierhaft. Er wollte ja wohl kaum unsere endgültige Trennung feierlich begießen. Sicherheitshalber konzentrierte ich mich aufs Atmen, da Weglaufen aufgrund unerträglich weicher Knie leider keine Option war.

»Marla, ich freue mich so sehr, dass du gekommen bist«, begrüßte er mich mit einem Lächeln, das mir eine Gänsehaut bescherte. Leider nicht vor Freude.

»Hallo«, kam es schroff von mir zurück. »Willst du die Wahrheit wissen? Ich habe mit jemand anderem gerechnet«, schoss ich heraus, und für eine Sekunde sah ich Irritation in seinem Blick, die er jedoch hastig unterdrückte, bemüht, sich keine Blöße zu geben. »Was soll das hier?« Ich deutete auf das Getränk.

»Ich habe einen großen Fehler gemacht. Das weiß ich, Marla.

Das musst du mir glauben«, säuselte er, und es schüttelte mich innerlich.

»Aha.« Bemüht um möglichst wenig Emotionen in meiner Stimme, antwortete ich: »Zu spät, Johann.«

»Nein!« Der Protest kam so laut und überraschend, dass ich regelrecht zusammenzuckte. »Hör dir wenigstens meine Überraschung für dich an, ja?«

Mein Magen drehte sich. Ich hatte Sorge, mit welcher wahnsinnigen Idee fernab jeder Realität er mich gleich überraschen würde. Skeptisch lehnte ich mich zurück. Das Glas, welches der Kellner für mich eingeschenkt hatte, eignete sich hervorragend, um meine Traurigkeit darüber herunterzuspülen, dass es nicht Peer war, der mich hier mit einer Überraschung erwartete. Wenn die Überraschung, die Johann mir gleich kredenzen würde, ungefähr so fehl am Platz war wie alles, was ich in den letzten gemeinsamen Wochen und Stunden mit ihm erlebt und erfahren hatte, könnte ich ihm den Champagner außerdem direkt ins Gesicht schütten.

In diesem Moment fiel mir noch etwas auf. Wenn der Zettel nicht von Peer gewesen war, dann hatte er sich noch immer nicht bei mir gemeldet, und das war ein denkbar schlechtes Zeichen. Irgendwas sagte mir, dass ich nicht direkt das Restaurant verlassen sollte, sondern mir anhören musste, was Johann mir zu sagen hatte. Ich ahnte Böses und hoffte plötzlich, dass es »nur« die Tatsache war, dass Peer von meiner Mutter erfahren hatte und sich nur deshalb nicht meldete. Grad erschien mir das als das kleinere Übel. Weniger schlimm, als wenn mein Ex in irgendeiner Form damit zu tun haben könnte.

Bange klammerte ich mich an die Sektflöte und lauschte mit klopfendem Herzen, was er mir zu sagen hatte.

»Ich weiß, du tust dich nach alldem berechtigterweise schwer damit, mir zu vertrauen«, setzte er an. Ich sah ihn mit versteinerter Miene an und demonstrierte pure Zustimmung.

»Aber vielleicht gibst du mir noch eine Chance, wenn ich dir erzähle, dass ich mich dafür eingesetzt habe, dass dein Traum, dass unser Traum, Marla, hier auf Sylt doch noch wahr werden darf.«

Meine Kehle fühlte sich an, als schnüre sie jemand ab, und sie vertrockne in dieser Sekunde. Angst mischte sich mit ernsthafter Überraschung. Abscheu mit unüberwindbarer Sprachlosigkeit. Alles um Johann herum schien sich auf mich zuzubewegen. Wie in einem schlechten Videospiel. Das Restaurant, der Kühler, Johanns Grinsen. Mir war speiübel.

»Stell dir vor, es ist, als habe ein zauberhafter Laden, genau nach deinen Vorstellungen und in allen Punkten besonders, nur auf uns gewartet. Und das Beste? Der Laden ist in Keitum! Das sollte alles genau so sein! Es ist dein Lieblingsort, Marla!« Er sprach die Worte, als verkünde er feierlich den neuen Papst, und mit jedem davon sickerte in mir die Erkenntnis durch, dass das, was er hier für mich so meisterhaft eingestielt hatte, sich für mich zum Albtraum entwickeln könnte.

»Ich habe mir heute deinen zukünftigen Laden angeschaut und genau das gefunden, was du suchst, Marla. Es kann losgehen. Mit ein wenig Verzögerung und Kummer, aber es kann jetzt losgehen.«

Johann war hier, hatte sich heute mit jemandem getroffen, der einen Laden in Keitum anbot. War das, was ich gerade in meinem Kopf wie ein Puzzle aus einzelnen Wissensfetzen zusammensetzte, wirklich wahr? Wie in einer Sanduhr rieselte Information für Information nach unten. Alle Sandkörner waren gefallen, und ich drohte jeden Moment ohnmächtig zu werden. Nur ein Schluck aus meinem Glas hielt meinen Kreislauf stabil.

Bevor ich Johann wirklich jeden Moment den Champagner entgegenschleudern würde, trank ich das Glas in einem Zug aus. Ich fixierte ihn mit meinen Augen, durchbohrte ihn mit Blicken, als könne ich die Informationen, die mich gleich erwarteten, noch umlenken. Aber es geschah genau das, was ich so sehr befürchtet hatte.

»Du kennst den Laden vielleicht.« Mir gefror das Blut in den Adern, und ich hörte seine Worte wie durch einen Schleier. »Es ist das *Zuckerhüs*.«

Ich schäumte innerlich vor Wut, bemühte mich aber, nicht auszurasten. »Das *Zuckerhüs*?«, fragte ich tonlos. »Die Bonbonmanufaktur?«

»Ja. Derzeit ja. Aber, Marla! Das ist doch dann deine Entscheidung. Wenn wir den Laden erst mal haben, können wir ihn uns so zurechtbauen, wie wir es benötigen. Die Lage, das Haus – es ist perfekt! Es hat nur auf uns gewartet. Es könnte doch nicht besser sein, oder?«

»Du hast dir das *Zuckerhüs* angeschaut?« Ich zischte die Worte.

»Wo ist das Problem? Der Makler hat mir alles gezeigt, und der Enkel der Inhaberin hat kurz vorbeigeschaut. Der zweite Eigentümer ist zurzeit wohl gar nicht auf Sylt. Dieser Peer hat sich recht bald wieder verabschiedet. Erinnerst du dich an den Typen aus dem Restaurant neulich? Der war das. Seine Oma, die offenbar den Laden aktuell noch führt, und er waren sich wohl noch ein wenig uneinig zwecks der Vermietung. Das klang so zwischen den Zeilen. Aber was soll passieren? Sie sind doch daran interessiert, dass sich jemand für den Laden findet – Win-win sozusagen.« Er lachte stolz, und sein aalglattes Auftreten ekelte mich an.

Ich fragte mich, woher er die Sicherheit nahm, sein Plan habe eine Chance. Das war fast das Unfassbarste für mich daran.

»Und du glaubst ernsthaft, dass allein, weil du dir den schönsten Laden auf Sylt unter den Nagel reißen willst, den wir, *by the way*, sicher nicht ansatzweise bezahlen können, all das mit uns weitergehen darf? Glaubst du das wirklich, Johann?« Abschätzend schaute ich ihn an.

»Du denkst, der Preis ist zu hoch?« Ein arrogantes Lachen erklang und schickte einen Gänsehautschauer von meinem Haaransatz bis zu den Zehenspitzen. Es schüttelte mich. »Ich bin mir sehr sicher, dass das richtige Angebot da schon eine gewisse Kooperationsbereitschaft mit sich bringt.« Sein Tonfall war gönnerhaft. »So viele konkrete Interessenten werden sie für die Summe nicht bekommen. Der Makler wird das schon regeln für uns. Wir sprachen da eine Sprache. Und außerdem war der Typ doch ganz verzaubert von dir.« Er lachte kehlig über seinen widerlichen Witz.

»Du bist so ekelhaft.« Tränen standen mir in den Augenwinkeln, und nur mühsam konnte ich sie zurückhalten. Ich schoss von meinem Stuhl hoch, stieß dabei fast den Kellner um, der sich nach unseren Essenswünschen erkundigen wollte, entschuldigte mich bei ihm und stob zur Tür heraus.

Die Tatsache, dass Johann sich das *Zuckerhüs* angeschaut hatte, schockierte mich. Wer wusste, was er Peer über uns erzählt hatte. Am Ende glaubte er ihm und ging davon aus, dass alles Berechnung gewesen war und ich tatsächlich, mit finanzieller Unterstützung durch meinen Ex, nun versuchte, durch die Hintertür ans *Zuckerhüs* zu kommen. Peer hatte Johann ganz bestimmt erkannt.

Gleichzeitig war ich stinksauer über das Handeln von Johann, der, um sein Gewissen zu bereinigen, meinte, es genüge, ausreichend Geld in die Hand zu nehmen. Dass Johann überhaupt die Dreistigkeit besaß, zu vermuten, dass ich auf dieses Angebot anspringen würde. Es ärgerte mich maßlos, dass Johann meinte, mit diesem Schachzug wäre plötzlich alles wieder in bester Ordnung zwischen uns. Wie konnte er nur so denken und vor allem so handeln? Er schien mich tatsächlich kein bisschen zu kennen.

Oder hatte er mitbekommen, was in den letzten Tagen geschehen war? Ahnte er, was sich zwischen Peer und mir anbahnte, und wollte durch seine Aktion nun verhindern, dass Peer und ich zusammenkamen? Es herrschte komplettes Chaos in meinem Kopf.

Es war noch nicht spät, deshalb ging ich noch mal an den Strand. Obwohl der Sand tief war, es mich anstrengte, zu laufen, und dieser Tag mich sowieso schon gefordert hatte, lief ich. Ich rannte fast. Ziellos, als bringe mir das irgendwann irgendeine Erkenntnis, wie es weitergehen könnte.

Doch auch die Meter am Strand, der Wind in meinen Haaren und die Sonnenbrille, die meine tränenfeuchten Augen verbarg, konnten mich gerade nicht beruhigen. Ich musste Peer anrufen, wollte dringend mit ihm sprechen. Johann musste nicht mehr ganz bei Trost sein. Offenbar fantasierte er. Ich konnte nicht glauben, dass Peer auch nur ansatzweise signalisiert hätte, Johann bekäme den Zuschlag. Er hatte sich ganz sicher deswegen auch früher aus dem Termin ausgeklinkt.

Ich wählte Peers Nummer, der Ruf ging heraus, ich hörte jedoch nur seine freundliche Stimme auf dem Anrufbeantworter. »Peer, ich muss mit dir reden. Bitte melde dich doch.« Auch eine Nachricht schickte ich ihm. Er las sie jedoch nicht.

Ich war mittlerweile schon recht weit gelaufen. Immer weniger Leute waren hier an diesem Strandabschnitt unterwegs. Ich griff nach Steinen, die am Rande des Wassers lagen, und warf sie in die Fluten. Ich stellte mir vor, jeder von ihnen wäre ein Stück meiner Wut, die ich weit hinaus aufs Meer schleuderte. Es funktionierte. Das Brodeln in mir nahm mit jedem Wurf ein wenig ab, doch die Verzweiflung wuchs und wurde schließlich von Traurigkeit abgelöst.

Ich starrte auf mein Handy. Noch immer hatte ich keine Nachricht von Peer.

Bist du schon zu Hause?, schrieb ich Insa.

Ich hab mich noch mit Thore getroffen. Bin aber in einer Stunde da. Dann Treffen auf der Terrasse?, kam es zurück, und ich bestätigte das. Ich freute mich für sie, fühlte mich jedoch unfassbar allein in diesem Moment.

Meine Mutter konnte ich gerade auch nicht anrufen, zu groß war die Gefahr, dass ich ihr all meinen Ärger direkt entgegenschmettern würde. Doch damit wäre nichts erreicht, und es würde alles nur noch schlimmer machen. Sie konnte ja nichts dafür, dass alles so verworren war.

Ich setzte mich in den Sand, vergrub den Kopf in den Händen und weinte. Die Tränen liefen heiß über mein Gesicht. Fast brannten sie.

Die Sonne stand noch immer golden am Himmel und strahlte eine täuschende Sorglosigkeit aus, die so weit von dem entfernt war, was ich gerade fühlte. Dennoch war dies der richtige Ort für mich. Eine Umgebung, die mich wieder erdete und in ihrer unbegreiflichen Weite dafür sorgte, dass ich das Gefühl hatte, so viele Wege stünden mir noch offen. Und auch, dass ich hier richtig war, zwischen Dünen, Wind, Sand und Wasser, das wurde mir mit jeder Sekunde klarer. Auch wenn ich mich gerade fühlte wie ein Spielball, der auf dem Meer über die Wellen tanzte. Haltlos, planlos, aber voller Energie.

Erneut griff ich nach dem Handy und rief Peer an. Leider weiterhin ohne Erfolg.

Ich stand auf und lief zurück in Richtung meines Autos. Einige Nachrichten erreichten mich, und jedes Mal horchte ich auf, in der Hoffnung, es sei endlich Peer. Aber es war Johann, der sauer, eher schon beleidigt war, dass ich ihn im Restaurant hatte sitzen lassen. Warum kam er eigentlich jetzt wieder angekrochen? Hatte seine Affäre ihm den Laufpass gegeben? Ich wünschte es ihm von Herzen. Er sollte mich einfach in Ruhe lassen.

Erst seine letzte Nachricht, die ich las, aber nicht beantwortete, brachte mich kurz wieder herunter. *Ich stehe bereits an der Verlade. Es ist wohl besser, ich reise ab und wir begraben alle Pläne.*

Meine Beine fühlten sich schwer an, und ich war dankbar, als ich endlich am Übergang zum Parkplatz angekommen war, wo mein Auto stand.

Erschöpft ließ ich mich in den Sitz fallen und lehnte mich zurück. Mit geschlossenen Augen saß ich einen Moment lang einfach nur da.

Nur mühsam raffte ich mich auf, mich auf das Auto zu konzentrieren und die Heimfahrt anzutreten. Heute ärgerte ich mich sogar darüber, an den Bahngleisen wegen eines passierenden Zuges halten zu müssen, was mich sonst nie störte. Meistens genoss ich die kleine Pause und schaute derweil über die Wiesen vor Keitum. Jetzt nervte es mich plötzlich, hier auszuharren. Stillstand, der eine wunderbare Gelegenheit bot, das Gedankenkarussell in Gang zu setzen.

Als erstes Auto auf dem Teil des Zuges, der für größere Fahrzeuge reserviert war, meinte ich, Johanns Wagen zu erkennen. Vielleicht bildete ich es mir ein. Aber wenn er wirklich abreiste, hatte er zumindest jetzt genau das Richtige getan und endlich das Weite gesucht. Ich fürchtete nur, dass er vorher für so viel verbrannte Erde gesorgt hatte, dass an dieser Stelle kein weiteres Grün mehr wachsen konnte. Einzig ein Umdenken an einem neuen Ort käme dann noch infrage.

Ich krallte wütend die Hände um das Lenkrad und schrie meine Wut heraus, dankbar, allein im Auto zu sein. Endlich ging es weiter, vorbei an der weitläufigen Landschaft, die ich sonst so sehr bewunderte, für die ich heute aber kaum einen Blick übrig hatte. Alles in mir war schwer und traurig.

Insa wartete schon vor dem Haus auf mich.

»Ich hab mir Sorgen gemacht. Warum gehst du denn nicht an dein Handy?«

Verwirrt kramte ich in meiner Tasche. Tatsächlich hatte ich in Johanns Nachrichtenflut gar nicht mitbekommen, dass Insa versucht hatte, mich zu erreichen. Außer einer weiteren boshaften Nachricht von Johann war jedoch sonst leider nichts weiter eingegangen, was ich verpasst hätte.

»Vino?« Insa schaute mich sorgenvoll an. Ich nickte und ging direkt durch auf die Terrasse, wo Insa bereits eine knisternde Gartenkerze angezündet und unsere Decken platziert hatte. Außerdem weiche Kissen zum Hineinkuscheln und eine Packung Taschentücher.

»Ach, du spürst einfach, was los ist«, stellte ich fest, als ich mich in den Strandkorb setzte, Insa neben mich, die Taschentücher-Box bereits in der Hand. Und in diesem Moment gelang es mir nicht länger, meine Tränen zurückzuhalten, und ich vergrub mein Gesicht an ihrer Schulter und weinte. Unendlich dankbar, mit meiner Wut und Verzweiflung nicht mehr allein zu sein.

Einige Minuten streichelte Insa mir über das Haar, und ihre Nähe sorgte dafür, dass es mir besser ging.

»Was war los? Hat Peer das mit deiner Ma rausgefunden?«

Matt schüttelte ich den Kopf. »Ich glaube nicht. Eigentlich wollte ich es ihm heute erklären. Er ist aber nicht erreichbar. Aber das ist es gar nicht, was mich so fertigmacht – nicht nur.«

Insa legte die Stirn in Falten. »Was kam bei dem Termin von Peer heraus? Gibt es wen für das *Zuckerhüs*?«

Ich lachte hysterisch. »Ich würde sagen, der Termin ging ziemlich schief. Und nein, dennoch gibt es niemanden für das *Zuckerhüs*.«

»Aber dann ist doch alles gut! Jetzt kommt deine große Stunde«, setzte Insa an, stellte dann aber wohl selbst fest, dass das nicht so ganz dazu passte, dass sie mich hier als wandelndes Häufchen Elend antraf.

Ich schüttelte den Kopf. »Ich erreiche ihn ja nicht mehr. Und weißt du, warum? Er ist stinksauer! Da bin ich mir sehr sicher.«

Verwirrt schaute Insa mich an. »Warum sollte er das sein, wenn es nicht wegen deiner Mutter ist? Du hast doch nichts verbrochen!«

»Ich weiß das, und du auch, aber Peer nicht. Johann war der Interessent für das *Zuckerhüs*.«

Diese Aussage schien, Insas Blick nach zu urteilen, auch für sie wie ein Paukenschlag.

»Johann?« Das kam so, als stelle sie sich Benjamin Blümchen vor, der bei Peer im *Zuckerhüs* aufgeschlagen war.

»Johann. Er hat mir eben verkündet, dass er das perfekte Haus, den perfekten Laden für meinen – unseren, wie er sagte – Traum gefunden habe. Wenn er das auch beim Termin verkündet hat ... Peer hat uns gemeinsam gesehen. Er weiß, wer Johann ist.«

»Ist der Kerl jetzt vollkommen wahnsinnig geworden?« Insa schlug die Hände vor das Gesicht und massierte sich Stirn und Schläfen. Diese Geste beruhigte mich nicht wirklich, sondern bestätigte meine Sorge.

»Es scheint so«, murmelte ich. »Aber ich glaube, nach dem Fauxpas ist er dann auch direkt abgereist. Er schrieb so was, und ich meine, ich hab sein Auto auf dem Zug gesehen.«

»Na immerhin. Wo ist denn seine Freundin?«

Ich hob die Schultern. »Im Nachhinein habe ich mich das auch gefragt. Vielleicht hat sie schneller als ich realisiert, mit wem sie es da zu tun hat, und hat längst wieder das Weite gesucht.«

»Möglich. Wie dreist aber auch, dass er dann zu dir zurückkehrt und versucht, einfach da weiterzumachen, wo es endete.« Insa schüttelte den Kopf. »Was hat er erwartet? Also die Karma-Punkte, die er in seinem Leben sammelt, die lassen sich an einer Hand abzählen. Wenn überhaupt.«

»Ich hoffe, das Schicksal strickt ihm das passende Leben zu seinem Verhalten«, stimmte ich Insas Aussagen zu.

»Grad macht es ja den Anschein. Gut, dass du nicht eingeknickt bist.«

Empört schaute ich Insa an. »Niemals! Weil es einfach eine widerlich dreiste Idee von ihm ist, mich zurückzuerobern, indem er mit genügend Geld wedelt. Und weil ich Alva noch immer von Herzen wünsche, dass es weitergehen darf mit dem *Zuckerhüs*.«

»Das wäre das Schönste, da gebe ich dir recht. Wobei da ja Johann noch am wenigsten mit zu tun hat.«

»Trotzdem, sein Verhalten ekelt mich regelrecht an.«

»Man kann es ihm nicht verübeln, dass er dich nicht gehen lassen will. Auch wenn er selbst schuld ist, hat er vielleicht erst jetzt gemerkt, was er an dir verloren hat.«

»Tja, das mag sein. Aber nun ist es zu spät. Leider aber wohl auch für mich und das *Zuckerhüs*.«

»Warum?«

»Nun, Peer wird seine Schlüsse gezogen haben. Wahrscheinlich denkt er, ich wusste davon, stecke mit Johann unter einer Decke und habe ihn nur ausgenutzt und mir sein Vertrauen erschlichen. Und wer weiß, was Johann ihm noch so erzählt hat. Nach den letzten Wochen behaupte ich, ihm ist alles zuzutrauen. Peer wird denken, ich habe ihn belogen.«

»Aber das kannst du doch klären! Sprich mit ihm, bevor er

sich noch in irgendeine unbegründete Wut hineinsteigert. Unbedingt.«

»Das würde ich gerne, leider geht er nicht an sein Handy. Er antwortet mir auch nicht. Ich hatte ihm ja schon vor dem Maklertermin geschrieben, dass ich mit ihm reden will. Er denkt garantiert, dass ich ein schlechtes Gewissen habe. Ich hätte mich vielleicht doch schon gestern Abend mit ihm treffen sollen. Jetzt bin ich wohl zu spät.«

»Ach, Marla. Ich muss dir recht geben, dass die ganze Sache jetzt ganz schön kompliziert ist. Aber ich glaube, dass das mit euch und auch mit dem *Zuckerhüs* noch eine Chance hat.«

Seufzend schaute ich meine Freundin an, die mich noch immer zuversichtlich anlächelte. »Ich wünsche es mir so sehr!«

»Dann gib nicht auf. Versprich mir das, okay?«

»Ich gebe mir Mühe. Aber nun erzähl du mal, wie deine Zeit mit Thore war?«

Sofort breitete sich auf Insas Lippen ein verklärtes Lächeln aus.

»Okay!« Wissend nickte ich.

»Es ist gemein, dir jetzt hier einen von meinem Date vorzuschwärmen«, bemerkte Insa, dabei fand ich das nicht.

»Liebes, wenn es einen Menschen gibt, dem ich das allergrößte Glück der Welt gönne, dann bist das du. Und deshalb will ich alles hören! Ich kann es kaum erwarten!« Ich griff nach Insas Hand und drückte sie sanft.

»Thore und ich waren essen, danach sind wir noch einen kurzen Weg am Strand entlanggegangen. Jetzt muss er wieder arbeiten, daher bin ich schon zu Hause.« Sie lächelte schüchtern. »Es tat mir gut, mit ihm zu reden. Und wenn ich ehrlich bin, nicht nur das. Mich hat es einfach so richtig erwischt, Marla. Es ist unfassbar, was das mit mir macht.«

»Das ist wundervoll! Ich freue mich so sehr für dich, Liebes! Für euch!«

»Jetzt muss dein Liebesglück nur auch noch wahr werden, und dann starten wir hier so richtig durch.«

»Das wäre toll! Vielleicht ist es auch einfach zu viel verlangt, dass ich hier gleich in Liebe und Job das große Glück suche«, überlegte ich. »Zwischenzeitlich hatte ich nur das Gefühl, dass es ganz besonders gut passte und sich das beides vereinen ließe.« Ich winkte ab.

»Und das lässt es auch! Vertrau mir!«

Wir saßen noch eine ganze Weile so da, und Insa erzählte mir alles über ihren Abend und Thore. Ihr zuzuhören fühlte sich an, als schütte sie über uns einen Korb glitzernden Glücksstaub aus, der uns beide einhüllte und wie mit einem Zauber versah. Insa strahlte so viel Liebe aus, als könne sie damit den langsam dunkel werdenden Garten um uns erhellen. Weil ich sie so gernhatte und ihr diese Freude von Herzen gönnte, sprang dieses große Glücksgefühl auf mich über.

Nach unserem gemeinsamen Abend ging ich schon viel ruhiger ins Bett.

Weil ich es selbst gerade nicht in der Hand und bis zu diesem Punkt alles in die Wege geleitet hatte, was ich tun konnte, musste ich abwarten.

Würde Peer mir morgen auch weiterhin nicht antworten, würde ich zu ihm fahren und persönlich mit ihm sprechen.

19.

Ich fuhr gleich am Morgen zum *Zuckerhüs*. Noch in der Nacht hatte ich entschieden, dass ich nicht darauf warten wollte, ob Peer sich zurückmelden würde. Ich musste so schnell wie möglich mit ihm sprechen.

Mein Herz schlug mir bis zum Hals, so aufgeregt war ich beim Gedanken, Peer zu begegnen. Alva und Flora hatten gerade die Tür aufgeschlossen, als ich eintrat. Flora begrüßte mich gewohnt freundlich. Auch Alva versuchte dies, jedoch wirkte ihr Lächeln verkrampft.

»Wie geht es dir, Marla?«, erkundigte sie sich. Ihr Blick war besorgt.

»Es geht so, Alva. Und dir?«

»Ach, es ging mir auch schon besser. Hast du dich mit Peer gestritten?« Sie griff nach einem Glas glänzender, bunter Bonbons und schraubte den Deckel ab, um mir eine Süßigkeit anzubieten. Dankbar angelte ich mir ein Herzchen aus dem Glas.

»Danke, Alva. Nein, wirklich gestritten haben wir uns nicht. Aber ich muss dringend mit ihm reden. Ich fürchte, es gab ein paar Missverständnisse, die ich aufklären muss, und ich will euch einen Vorschlag machen. Aber leider meldet er sich nicht bei mir.« Ratlos zuckte ich die Achseln. »Er antwortet auf keine meiner

Nachrichten, will offenbar auch nicht mit mir telefonieren. Ich bin ehrlich gesagt ratlos, was ich tun soll.«

»Flora? Wir würden mal kurz in der Küche verschwinden«, erklärte Alva und legte mir sanft die Hand auf den Rücken. Flora nickte.

»Ich hab alles im Griff.«

In Alvas uriger Friesenküche angekommen, setzten wir uns jede auf einen der Holzstühle mit den blau-weißen Kissen.

Mein Puls beschleunigte, weil ich nicht wusste, was Peer Alva über den Termin gestern Vormittag erzählt hatte.

»Marla, Peer hat immer wieder neue Interessenten, wie er mir erzählt. Der letzte klang im Vorhinein schon sehr konkret, doch es schien dann doch nicht zu passen.« Sie zog die Schultern hoch. »Da verlasse ich mich auf ihn. Wenn er meint, da ist jemand unsympathisch, dann soll es nicht sein. Und insgeheim bin ich ja nur froh über jeden geplatzten Termin. Auch wenn ich meinem Enkel grundsätzlich mein Okay gegeben habe, weil ich ihn verstehe. Er macht sich ja nur Sorgen, und es hat eben alles seine Zeit. Die vom *Zuckerhüs* ist jetzt vielleicht einfach vorbei.«

Ich schluckte, weil es mir leidtat, dass mein skrupelloser Ex-Freund hier mit der Gutmütigkeit und der Vertrauensseligkeit dieser lieben alten Dame und der Verzweiflung von Peer spielte, indem er auftrat wie ein Großgrundbesitzer, für den es ein Leichtes war, die Miete für ihren Laden zu bezahlen. Dennoch atmete ich innerlich auf. Peer wollte Johann also keinen Zuschlag geben.

»Ich fürchte aber auch, ich mache es Peer ganz schön schwer damit, dass ich so am *Zuckerhüs* hänge.« Jetzt blickte sie mich aus wässrigen Augen an. »Aber ich weiß einfach, dass mein Herz es nicht schadlos überstehen wird, wenn es das Ende meiner geliebten Manufaktur noch miterleben muss. Das spüre ich einfach. Es bricht schon jetzt in Etappen. Da kann Peers Fürsorge noch so lieb gemeint sein. Das, was er vorsieht, ist nicht das, was ich brauche. Zu dir kann ich ehrlich sein, das weiß ich.« Ein Zittern lag in ihrem Blick voller Sorge. Ich nickte ergriffen, konnte jedoch nicht reden, zu sprachlos traurig machten mich Alvas Worte.

»Du bist doch auf der Suche nach einem Geschäft. Dass das hier auf Sylt für eine junge Frau wie dich kaum zu bezahlen ist, ist mir klar. Wir haben ja bereits über so was gesprochen«, setzte sie an. »Unsere Idee mit den zusätzlichen Produkten hat dir Flora ja bereits vorgestellt. Du hast nun auch schon so viel gelernt und bist schon beinahe fit beim Bonbonzaubern. Ich möchte dich um etwas bitten. Wärst du bereit, mit in unser Boot zu klettern? Flora und mich zu unterstützen und mir ein wenig Arbeit abzunehmen? Kann ich auf dich bauen, wenn ich Peer bitte, diese Möglichkeit in Erwägung zu ziehen?« Alvas Mundwinkel bebten, und die zahlreichen Lachfältchen in ihrem Gesicht überspielten die Unsicherheit, die in dieser Bitte mitschwang.

Fassungslos starrte ich sie an.

»Ich weiß zwar, dass es ihm darum geht, mich in seiner Nähe zu wissen. Aber ich spekuliere darauf, dass es ihm genügen würde, wenn ich hier weitere Entlastung bekäme und mich im Alltagsgeschäft mehr und mehr zurückziehen könnte«, fuhr sie fort.

Mein Herz krampfte, so gerne hätte ich einfach euphorisch zugestimmt und Alva offenbart, wie nah sie mit ihrer Bitte an meine Überlegungen heranreichte. Ihre traurigen Augen ließen einen Hoffnungsschimmer durchscheinen.

Konnte ich einfach so zusagen, ohne vorher mit Peer gesprochen zu haben? Was dachte er nach seinem Treffen mit Johann von mir? Was würde er denken, wenn er von meiner Mutter erfuhr?

Ich seufzte, was Alva fälschlicherweise als Zögern deutete. »Entschuldige, Marla. Ich überrumpele dich hier mit meiner Idee.

Dass das keine Entscheidung ist, die man mal so eben trifft, sollte mir klar sein. Verzeih mir, ich bin ein wenig konfus derzeit.«

»Nein, Alva. Alles gut! Wenn ich ehrlich bin, kommst du mit deinem Vorschlag sehr nah an die Überlegungen, die ich mir zurechtgelegt habe.« Jetzt endlich nahm ich meinen Mut zusammen und erzählte ihr von dem Konzept, von dem ich träumte. »Ich würde dich wahnsinnig gern unterstützen und dir helfen, das *Zuckerhüs* zu behalten. Ich hatte nur großen Respekt davor, das Peer oder gar dir anzubieten. Es steht mir nicht zu, mich da einzumischen oder dir Hoffnungen zu machen, die er dann wieder zerstören muss, denn ich weiß, wie viel ihm daran gelegen ist, dich in seiner Nähe zu wissen. Er will dich doch nur entlasten.«

Alva stieß Luft durch die Lippen aus. »Das ist mir alles klar. Nur leider tut er das mit seinen Plänen nicht.« Sie atmete tief ein und aus. »Eher im Gegenteil. Ich habe zugestimmt, und trotzdem spüre ich jeden Tag mehr, wie sehr mich die Trennung von der Insel und meinem Laden schmerzen wird. Ich kann nicht glauben, dass das in seinem Sinne ist. Es fühlt sich an wie mein kleiner Tod auf Raten.«

Mein Magen zog sich zusammen. »Nein, Alva. Keinesfalls. Und du hast vollkommen recht. Das sollte man ihm noch einmal sagen und ihm dann einen Weg aufzeigen, mit dem womöglich beide Seite leben können.«

Ich senkte den Blick.

Weil Alva mich so mitfühlend und aufrichtig besorgt anschaute, erzählte ich nun auch ihr, was vorgefallen war und dass ich vermutete, dass Peer deswegen nicht mehr mit mir sprechen wollte. Alva lauschte meinen Ausführungen und wirkte sichtbar ergriffen.

»Ich verstehe nun, was Peer womöglich verärgert. Aber dich hier so zu sehen bestärkt mich einmal mehr darin, dass du mit ihm reden musst. Denn für euch beide geht es um mehr als um das *Zuckerhüs*. Das höre ich zwischen jedem deiner Worte und sehe es in deinen Augen, Marla.«

In mir tobte ein Wirbelsturm, und ich nickte. »Ja, Alva. Ja.«

»Was hältst du davon, wenn du mit uns eine Runde Bonbons fertigst? Das wird dir guttun. Und mir auch. Peer wollte mit Levke heute mal nach Dänemark rüberfahren. Er wird erst am Abend wieder hier sein.«

»Danke dir, das ist eine gute Idee. Ich freue mich!« Traurig dachte ich daran, dass Levke mich vor einigen Tagen noch gefragt hatte, ob ich mitkommen wolle in das Nachbarland. Der Gedanke war meilenweit entfernt. Aber Ablenkung in der Bonbonküche war nun genau das Richtige.

In der Küche hinter der Scheibe hatte Alva bereits einiges vorbereitet. Ich entdeckte eine Zeichnung verschiedener Bonbonideen vom Herz in einem Kreis über die Muschelform bis hin zu Eheringen. Heute schien Alva mit der Bonbonwalze arbeiten zu wollen.

Wir reinigten unsere Hände, legten Kittelschürzen an, zogen Handschuhe an und machten uns ans Werk. Wie beim letzten Mal fertigten wir eine zähe, rosafarbene Teigmasse, die wir dieses Mal durch die Walze pressten, die dank der Muster auf den Rollen für einzelne kleine Bonbonkissen in Muschel- oder Herzform sorgte. Die Bonbons glänzten so schön, als seien sie aus Glas und Edelsteinen gefertigt. Dass man direkt im Herstellungsprozess so wundervolle kleine Kunstwerke in die Hand nehmen konnte, faszinierte mich einmal mehr.

Alva gab behutsam, aber eindringlich Tipps zum optimalen Gelingen des Bonbonpressens. Ich war erstaunt, wie leichtgängig sich die schwere, gusseiserne Maschine bedienen ließ. Mir gefiel, wie bewundernd sie auch mit dem umging, was ich hier in meinen ersten Versuchen kreierte. Was mir heute jedoch auch auffiel, war, dass ihre Bewegungen fahrig waren. Manchmal zitterte sie, was sie mit einem Lächeln oder einem lockeren Spruch überspielen wollte. Ich schluckte, und der Anblick tat mir weh. Die wertschätzenden Worte, die sie für meine Arbeiten fand, schoben jedoch jeden traurigen Gedanken beiseite.

Als es vorn im Laden voller wurde, entschied Alva, dass sie Flora ein wenig zur Hand gehen wollte, und kurz darauf konnte ich durch die Scheibe sehen, dass sie die Kasse übernahm, während Flora die Kunden beriet und durch das Geschäft wuselte.

Ich freute mich, dass Alva es mir zutraute, allein weiter Bonbons zu fertigen, und es stimmte. Ich hatte alles im Blick und stellte ohne Probleme weitere kleine Köstlichkeiten her. Mit einem breiten Lächeln im Gesicht arbeitete ich. Meine Laune war so gut, als könnte mich nichts mehr erschüttern.

Ich fuhr zusammen, als mit einem Mal die Tür aufging und Peer darin auftauchte. Wie angewurzelt stand ich mit meiner Schürze, Puderzucker im Gesicht und vor lauter Engagement roten Wangen in Alvas Küche und starrte Peer durch die Scheibe an.

Mein Lächeln gefror, als spiegele es den eiskalten Blick, den er mir zuwarf.

Am liebsten hätte ich ihn sofort in den Arm genommen, ihn gebeten, mir zuzuhören, um ihm alles zu erklären. Aber nicht nur die Glasscheibe, die die Bonbonmanufaktur vom Verkaufsraum trennte, verhinderte dies. In seinem Blick lag in diesen Sekunden kein Funken Zärtlichkeit mehr, nichts Liebevolles. Der Mann, den ich kennengelernt und in den ich mich verliebt hatte, schien verschwunden. Er schaute mich an, aber dieser Blick ging wie durch mich hindurch. Als sei die Scheibe von seiner Seite aus verspiegelt.

»Peer, du bist schon zurück?«, hörte ich Alva sagen und sah, wie sie überrascht um den Tresen herumkam. »Wo ist denn Levke?«

Peer deutete auf die Tür. »Sie sitzt nur kurz draußen auf der Bank und arbeitet in einem neuen Stickerbuch«, antwortete Peer. Während er sprach, wandte er den Blick nicht von mir ab. Dann trat er in die Tür zur Bonbonküche und kam schließlich auf mich zu. »Findest du das nicht ziemlich dreist?«, zischte er und deutete über die Arbeitsfläche, bevor seine Augen meine mit einem stechenden Blick fixierten.

»Peer, das verstehst du ganz falsch. Ich muss es dir erklären«, stammelte ich.

In dem Moment kam eine Kundin in den eben noch leeren Verkaufsraum, und Peer drehte sich wieder zur Tür. »Ich schaue mal nach Levke.« Dann ging er raus.

Ich klammerte mich mit beiden Händen an der Arbeitsfläche fest und rang nach Worten. Alva begrüßte die Kundin, die sich umschauen wollte, und kam dann zu mir. »Geh zu ihm, Marla. Und schickt mir Levke rein. Ich kümmere mich um sie.«

»Danke.« Meine Knie fühlten sich an wie Wackelpudding, als ich die Schürze ablegte, noch schnell die Hände wusch und mit zerzausten, mit Puderzucker bestäubten Haaren zur Tür ging. Ich griff noch nach dem Freundebuch, welches ich Levke wieder mitgebracht hatte.

Alva nickte mir aufmunternd zu, und diese kleine Geste gab mir Kraft.

Peer saß neben Levke auf der Bank und schaute mich von unten an. Seine Stirn legte er dabei in Falten wie ein junger Hund, und dieser Blick berührte mich. Er sah so gut aus. Meine Hormone spielten sofort verrückt. Für den Hauch einer Sekunde war alle Wut aus seiner Miene verschwunden, und ich meinte, er lächelte sogar.

»Marla!« Levke sprang auf und zeigte mir ihr Heft. Mit beiden Händen streckte sie es mir entgegen. »Guck mal, das hab ich neu. Hier, das ist Amas Laden. Den gestalte ich gerade. Ich wollte Ama noch mal fragen, welche Sticker sie hier noch schön findet.« Die Kleine strahlte und war ganz euphorisch.

»Wow! Das hast du wunderschön gestaltet, Levke«, lobte ich das stolze Kind. »Hier habe ich übrigens auch dein Freundebuch wieder für dich.« Sie strahlte.

»Dann frag Oma doch mal, ob sie noch einen Tipp für die Ladenausstattung in deinem Heft hat. Damit kennt sie sich doch super aus. Und bestimmt liest sie dir auch Marlas Eintrag vor«, sagte Peer zu Levke. »Wir sehen uns dann später mit Oma in der Wohnung zum Essen. Sag ihr das, ja?«, rief Peer ihr noch hinterher.

»Okay.« Levke nickte und hüpfte mit den Büchern unterm Arm freudig ins Haus. Peer und ich waren allein, was mein Herz klopfen ließ, als rase es direkt aus meinem Körper hinaus.

»Peer, ich muss mit dir reden.«

Er sagte nichts, senkte den Blick, als müsse er sich erst überwinden, mir wieder in die Augen zu sehen.

»Ich möchte nicht, dass Levke das mitbekommt«, erklärte er, und ich wusste nicht, ob das jetzt ein »Okay, aber ...« oder ein »Nein danke, kein Bedarf« sein sollte.

»Lass uns ein paar Meter gehen«, schlug er dann vor.

»Danke.« Er stand auf und ging los, unsicher folgte ich ihm.

»Peer, ich habe nicht gewusst, dass mein Ex noch einmal auf die Insel gekommen ist und was er vorhat. Unser letztes richtiges Gespräch war das im Restaurant.«

»Aber davon erfahren, dass er hier war, hast du dann ja offenbar recht schnell. Dafür, dass ihr keinen Kontakt mehr habt.« Mit zusammengekniffenen Lippen drehte Peer sich zu mir und schaute mich an.

»Ja, und ich kann dir auch erklären, warum. Ich habe auf deine Nachricht gewartet. Konnte es den ganzen Tag vor Spannung kaum aushalten, was du mir erzählen würdest, wenn wir uns sehen – spätestens zum Abendessen mit Levke. Und dann habe ich diesen Zettel an der Haustür gefunden, mit einer Einladung zu einem Essen. Nur ein Ort und eine Zeit, was kaum lesbar war, weil der ganze Zettel nass war. Ich dachte, er wäre von dir.« Ich erntete ein irritiertes, diesmal aber weniger boshaftes Stirnrunzeln von Peer. »Doch es warst nicht du, der dort auf mich gewartet hat, sondern Johann. Und du kannst mir glauben, wenn ich dir sage: Er hat es gerade so geschafft, mir von seinen absurden Hirngespinsten zu erzählen, bevor ich ihn mit seinem Champagner habe sitzen lassen.«

Wir liefen nebeneinanderher, und ich suchte Peers Blick. Dieser war jedoch nun wieder stur geradeaus gerichtet, auf einen kleinen Pfad, der zwischen zwei Grundstücken mit prachtvollen Reetdachhäusern Richtung Watt führte. Seine Mimik ließ keine Deutung zu.

»Ja, wir hatten vor, hier einen Laden zu eröffnen, und vor wenigen Tagen hab ich daran auch noch geglaubt. Aber das ist vorbei. Es wird diesen gemeinsamen Laden nicht geben, nicht auf Sylt und erst recht nicht im Haus deiner Oma.«

»Nein, Marla. Das würde ich auch nicht zulassen.«

Ich schluckte. Peer war tief verletzt, das klang in den wenigen Worten, die er sprach, mehr als deutlich durch.

»Und was ist jetzt mit Johann?« Peers Stimme zitterte, und in seinen Augen, die mich sorgenvoll anschauten, erkannte ich ein Flackern.

»Mit Johann? Ich hoffe, er hat die Insel wieder verlassen. Und ich bin überzeugt, dass er es so schnell nicht wagt, mir wieder unter die Augen zu treten.« Nachdruck lag in meiner Stimme, und mein Ärger flammte erneut auf.

»Ihr seid also kein Paar mehr?«

»Nein!« Meine Stimme klang grell. Entsetzt schaute ich ihn an. Ich griff nach Peers Hand, was er zuließ. »Davon sind wir *so* weit entfernt – ich finde kaum Worte dafür, wie weit. Wie kommst du darauf? Was hat er dir über uns erzählt?«

»Er sagte, der Laden sei der Grundstein für eure Zukunft. Euer gemeinsames Ziel, der nächste Step in eurer Beziehung. Er habe erkannt, dass er einen großen Fehler gemacht habe. Aber du hättest ihm verziehen.« Peer senkte den Blick, und ich spürte, dass seine Hände feucht waren vor Nervosität. »Dass eure Hochzeit bevorsteht, nach der ihr hier nun endlich die nächsten Schritte gemeinsam plant.«

»Bitte was? Unsere Hochzeit?« Meine Stimme klang hysterisch schrill und überschlug sich beinahe. »Ich fasse es nicht!« Vor Wut schlug ich mir auf den Oberschenkel, und das Brennen dort verstärkte noch meinen Zorn. »Das ist echt die Höhe! Dann verstehe ich, warum du nicht mit mir sprechen wolltest. Das war vor diesem Hintergrund ja nahezu anständig.« Ich stieß erschüttert Luft durch die Lippen aus und fuhr mir verzweifelt mit der freien Hand durch die Haare.

Peer grinste schief, dann wurde seine Miene wieder ernst.

»Es tut mir leid, dass ich so überreagiert habe, als dein Ex bei mir auftauchte. Ich war einfach vollkommen überfordert mit der Situation. Sein Auftreten, die Art, wie er geredet hat. Es klang so selbstbewusst und als ob ihr direkt übermorgen vor den Traualtar tretet. All seine Aussagen zu dir – ich hätte durchdrehen können. Allein mein Anstand hat verhindert, dass ich mich strafbar gemacht habe. Ich habe in meiner Verzweiflung hilflos darauf gehofft, dass er ein verdammter Lügner ist, was mich nicht direkt aus der Haut hat fahren lassen. Aber er hat das perfide Spiel so widerlich perfekt gespielt. Ich Idiot hab mich durch ihn am Ende echt verunsichern lassen. Und auch dafür muss ich mich bei dir entschuldigen.«

Sanft drückte ich seine Hand, blieb stehen und griff auch nach der anderen. Zärtlich zog ich ihn an mich.

»Lass mich dir beweisen, dass nichts von dem, was er da behauptet hat, wahr ist, Peer. Seit ich hierhergekommen bin, hat sich alles, an was ich vorher geglaubt habe, gedreht. Johann hatte seine Chance, die hat er vertan. Und zwar unwiderruflich und endgültig. Nicht erst, seit er euch belügen wollte, um sein schäbiges Ziel zu erreichen, mich mit eurem traumhaften Laden zurückzugewinnen. Er hat mein Leben und meine Träume auf den Kopf gestellt.« Ich schüttelte angeekelt den Kopf. »Wie kommt er dazu?« Ich zitterte, konnte kaum weiterlaufen, so sehr regte ich mich auf.

»Erst sehe ich euch im Restaurant, dann dieses Treffen mit ihm. Es klang so verdammt echt, Marla.« Peer schaute mich noch immer nicht an. Seine Stimme bebte, sein Körper schien wie unter Strom.

»Das ist es nicht, Peer. Es war ein letzter, billiger, hilfloser Versuch von ihm, unsere Beziehung zu retten. Dabei war es dafür schon längst zu spät. Unser Schiff lag bereits auf dem Grund. Motor und Antrieb zerstört, irreparabel.« Ich schüttelte den Kopf. »Da ist nichts mehr zwischen uns außer großer Hass – zumindest meinerseits. Ich bin unendlich enttäuscht, dass er diesen Weg gegangen ist. Es ist einfach nur ekelhaft.«

Verächtlich stieß Peer Luft durch die Lippen aus und schüttelte ebenso den Kopf. »Das ist es, ja.«

»Dich, Levke und Alva mit ihrem *Zuckerhüs* hier kennenzulernen war das, was mein Leben wieder geradegerückt hat. Du weißt doch, wie sehr ich dafür plädiere, Alvas Lebensinhalt aufrechtzuerhalten. Niemals stünde ich hinter einem Plan, der das Ende des *Zuckerhüs* besiegelt, nur um meinen eigenen Wunsch zu erfüllen – für kein Geld der Welt. Im Gegenteil! Ich wäre so gerne Teil dieses zauberhaften, einmaligen Unternehmens und des Teams *Zuckerhüs* aus Flora und Alva.«

Jetzt starrte Peer mich fassungslos an. »Was soll das heißen? *Du*? Gemeinsam mit Alva und Flora? Wie stellt ihr euch das vor?«

Ich sammelte meine Kräfte und versuchte, die Nervosität in meinem Bauch zu ignorieren.

»Darüber will ich schon länger mit dir reden, aber ich habe mich nicht getraut, wollte mich nicht in deine Entscheidungen einmischen. Trotzdem konnte ich nicht verhindern, dass sich meine Träume verselbstständigt haben, als Flora mir vor Kurzem davon erzählte, dass sie neben den Bonbons gern weitere Produkte mit ins Programm nehmen würden. Das hat in meinem Kopf etwas angestoßen. Ich habe mir überlegt, wie man so etwas umsetzen könnte – wie ich das gemeinsam mit Alva und Flora umsetzen könnte, als eine Art Variante dessen, was ich ursprünglich hier eröffnen wollte. Ich habe mich an Alvas Erzählung von früher erinnert. Von den Anfängen ihres Bonbonladens, als sie nur ein Regal im Geschäft der Eltern bestückt hat. Es könnte einen kleinen Laden im Laden geben, der mir gehört, den ich finanziere und für den ich Alva eine Miete zahle oder einen Anteil am Gewinn. So würde sie durch den Zustrom von Kunden profitieren, wäre aber von der Pflicht der zusätzlichen Arbeit und den zusätzlichen Kosten befreit.«

Einen Moment hielt ich inne, holte Luft, und Peer wartete geduldig, bis ich weitersprach.

»Der Gedanke an deinen Vater, an das Finanzielle und daran, dass du unbedingt eine Lösung haben wolltest, in der Alva hier von der Arbeit befreit wird, und das Gefühl, wir kommen uns gerade näher, hielt mich immer davon ab, ein klares Angebot zu machen. Zwischen uns war es so toll. Es begann etwas. Ich hatte Angst, meine Ideen machen das vielleicht kaputt. Ich habe ja gemerkt, dass du kämpfst mit all dem, was passiert.«

Peers Blick ging über das Watt, wo sich auf dem seichten Wasser das Sonnenlicht wie Tausende von Diamanten spiegelte. Es sah so friedlich und schön aus, dass mein Herz krampfte. »Ich habe nicht gewusst, ob ich es dir anbieten soll. Ich weiß ja, dass du Sorge um Alva hast und sie lieber bei dir in der Nähe wissen willst. Und dass da auch dein Vater mit zu tun hat.«

Peer nickte, und das tat weh, weil ich so sehr hoffte, dass es auch einen anderen Weg gab. »Ja, das möchte ich auch, und ja, leider ist das so.« Er klang so hart in dem, was er sagte. So, als wolle er sich gar nicht mehr die Mühe machen, mir zuzuhören.

»Aber denkst du dabei nicht an Alva? Sollte sie nicht ganz oben stehen bei diesen ganzen Überlegungen?«, fragte ich in meiner Verzweiflung. Ich hatte nicht über die Worte nachgedacht und erschrak beinahe selbst, als sie ausgesprochen waren. Doch ich hatte nicht mit der Reaktion gerechnet, die dann folgte.

»Wie bitte? Du wirfst mir also ernsthaft vor, dass ich in all dem, was ich hier gerade versuche auf die Beine zu stellen, nicht an meine Oma denke? An wen denn sonst? Meinst du, ich tue mir damit einen Gefallen, mir all das hier auszudenken und meine Zeit mit irgendwelchen Schwachköpfen zu verschwenden, die versuchen, ihre kranke Beziehung zu retten, indem sie mir meine Zeit stehlen?« Peer bebte vor Wut. Er war völlig außer sich.

»Entschuldige, nein. Ich versichere dir, dass ich mir mit dir Gedanken um Alva mache. Ich kenne Alva noch nicht lange, doch ich bin mir sicher, dass sie in einer schicken Hamburger Seniorenwohnung eingehen würde wie eine Blume ohne Wasser. Vielleicht steht mir dieses Urteil nicht zu, aber ich habe Alva ins Herz geschlossen. Sie ist mir wichtig, und ich möchte, dass sie glücklich sein kann. Und wenn es irgendeinen Sinn hat, dass ich ausgerechnet jetzt auf Sylt gelandet bin, dann den, das *Zuckerhüs* und Alva kennenzulernen, die hier ihren Traum lebt. Noch dazu einen, mit dem ich mich so sehr identifizieren kann. Vielleicht bin ich genau im richtigen Moment hierhergekommen, um ihr zur Seite zu stehen.«

»Ach, und ich hatte in einer irrwitzigen, offenbar vollkommen idiotischen Sekunde tatsächlich gedacht, dass dir auch etwas an mir, an *uns* liegt. Aber da habe ich mich wohl getäuscht. An mich denkt hier ja offenbar niemand in diesem ganzen Theater. Jeder redet nur davon, dass er seinen Traum leben will. Offenbar schmiedest du hier sogar hinter meinem Rücken noch Pläne mit Alva und Flora. Aber auf wessen Schultern?« Peer war stehen geblieben, die Arme vor der Brust verschränkt und sichtbar angeschossen. Seine Stimme war vor Verzweiflung lauter geworden. Er hielt kurz inne, bis er wieder leiser weitersprach. »Immer muss *ich* schauen, wie ich bei all den Plänen wegkomme. Schon mein Vater denkt nur an *seinen* Traum, an das, was *er* sich vornimmt. Meine Probleme interessieren hier doch niemanden mehr. Ich kann nicht mit dem Risiko leben, ständig in Rufbereitschaft zu sein, wenn es Alva schlecht geht. Sie geht auf die achtzig zu. Es wäre idiotisch, die Augen davor zu verschließen. Aber das will offenbar keiner außer mir sehen. Ich habe eine Tochter, für die ich da sein muss, und genügend eigene Baustellen. Levke kann ich nämlich nicht so einfach entwurzeln und hier nach Sylt verpflanzen, weil ich für sie da sein will. Und das will ich. Denn *ich* will mich nicht einfach aus der Verantwortung ziehen, wie es schon meine Mutter getan hat und nun auch mein Vater. Und auch die Mutter von Levke bis vor wenigen Monaten. Nein, *ich* übernehme

Verantwortung für meine Tochter. Und für Alva. Deswegen habe ich mir all das doch erst überlegt und all diese Baustellen aufgemacht. Aber es ist deswegen vielleicht besser so, dass wir die Baustelle einer neuen Liebe gar nicht erst eröffnen.«

»Peer, ich bin auf deiner Seite, ich versuche, dir die Entscheidung zu erleichtern, die dir so schwerfällt.«

»Tja, Marla, genau das ist das Problem. Ich bin mir nicht mehr sicher, ob das wirklich so ist. Bevor du hier aufgetaucht bist, waren wir auf einem guten Weg, eine Lösung zu finden, und jetzt ist alles nur noch komplizierter.«

Seine Worte trafen mich. Wenn er wirklich so dachte, hatte es keinen Sinn, weiter mit ihm zu diskutieren. Ich machte auf dem Absatz kehrt und lief, so schnell ich konnte, ohne zu rennen, den Weg zurück. Peer hielt mich nicht davon ab.

Tränen rannen mir über die Wangen, und es war mir egal, dass einige Spaziergänger mich fragend anschauten.

Ich wusste nicht mehr, was ich denken sollte, hatte keine Ahnung, was ich mir wirklich von dem Gespräch erhofft hatte, sondern fühlte mich leer. Aber zumindest hatte ich zum Thema *Zuckerhüs* alles gesagt, was ich längst hätte sagen sollen. Welche Schlüsse Peer nun daraus zog, das lag ganz bei ihm, und darauf hatte ich nun keinen Einfluss mehr.

Am liebsten wollte jetzt zu Insa, mich von ihr in den Arm nehmen und trösten lassen. Aber sie arbeitete noch. Weil ich nicht allein in ihrer Wohnung sitzen wollte, fuhr ich ans Meer auf der Westseite der Insel.

Auf dem Weg dorthin rief ausgerechnet meine Mutter an. »Das hat mir gerade noch gefehlt«, murmelte ich und überlegte, ob ich rangehen wollte.

Aber weil sie so selten anrief zurzeit, nahm ich das Telefonat an. »Mama, hi«, begrüßte ich sie.

»Marla, hallo, mein Schatz! Wie geht es dir?«

Weil sie gar nicht von meinen Plänen erfahren hatte, war sie auch nicht auf dem neusten Stand, was meinen Aufenthaltsort anging. Zumindest die Tatsache, dass ich auf Sylt war, wollte ich ihr jedoch nicht vorenthalten.

»Danke, Mama. Ich besuche Insa«, erklärte ich. Das zumindest stimmte, auch wenn ich einen Großteil der Wahrheit wegließ.

»Du bist auf Sylt?« Die Stimme meiner Mutter klang überrascht.

»Ja. Es ist herrlich sommerlich hier«, sagte ich, konnte aber offenbar nicht verbergen, dass das nur die halbe Wahrheit war.

»Aber?« Meine Mutter kannte mich einfach zu gut.

»Ach, es ist kompliziert.«

»Bist du allein bei Insa?«

»Ja, Mama. Jedenfalls ohne Johann.«

»Oh nein, das klingt nicht gut. Das tut mir leid«, erklärte meine Mutter. »Willst du reden?«

»Ehrlich gesagt, nicht so gerne. Aber du hast angerufen, das hat doch bestimmt einen Grund. Wie geht es dir denn?«

»Es fühlt sich jetzt nicht so wirklich gut an, dir davon vorzuschwärmen, aber ich bin sehr glücklich«, sagte sie.

»Das ist doch toll.«

»Ole und ich – es ist traumhaft. Dass das Leben selten gradlinig verläuft, musste ich ja schon häufiger erleben. Aber nun erfahre ich, dass auch auf Umwegen immer wieder Höhen da sind, die es lebenswert machen und die die Tiefen relativieren. Und wir haben beide festgestellt, dass man im Leben jede Gelegenheit am Schopfe packen sollte.« Unsicher schwieg ich. Ich ahnte, dass das, was meine Mutter mir gleich erzählen würde, auch meine Situation hier auf Sylt nicht unbedingt leichter machen würde.

»Wir wollen heiraten, Liebes. Und du bist die Allererste, die davon erfährt.«

»Mama!« Meine Stimme klang dünn. Am liebsten hätte ich geheult. »Das ist …« Mir fehlte das richtige Wort dafür.

»Und wie gut das gerade passt – weißt du, wo wir heiraten wollen?«

»Ich kann es mir fast denken«, gab ich zu.

»Ganz genau! Wir holen nun endlich meine Hochzeit auf Sylt nach – nur diesmal mit dem richtigen Mann!« Sie kicherte wie ein verliebter Teenie, und mein Magen fuhr Achterbahn.

»Mama, ich freue mich für euch.« Ich war mir sicher, dass meine Stimmlage nicht zum Inhalt meiner Aussage passte.

»Alle Details besprechen wir noch, aber es war mir wichtig, dass du die Erste bist, die das erfährt.«

»Das ist lieb.«

»Wie lange wirst du denn auf Sylt sein?«, wollte sie wissen.

»Das weiß ich grad nicht«, platzte es aus mir heraus, und im selben Moment bereute ich diese Aussage. Nun war klar, dass meine Mutter Details haben wollte dazu, wie es um Johann und mich stand.

»So ernst?«

»Sehr ernst, Mama. Ehrlich gesagt ist es vorbei.«

Stille entstand am anderen Ende der Leitung. Ich hörte die Fassungslosigkeit auch ohne Worte. »Aber das soll dir nicht deine gute Laune verderben«, schob ich zur Beruhigung nach. »Es sollte alles so sein, Johann ist offenbar einer anderen Liebe begegnet. Ich komme klar und bin mittlerweile halbwegs fein damit.«

»Ach, Marla. Warum hast du mich nicht viel eher angerufen?« Sie klang besorgt.

»Mama, es ist okay. Ich hielt es nicht für den besten Zeitpunkt, dich damit zu belasten«, antwortete ich ausweichend.

»Du kannst mich immer anrufen, Liebes. Es tut mir so leid. Wenn einer mitfühlt, was eine verlorene Liebe angeht, dann bin das ich.«

»Das weiß ich Mama. Deine Situation war sicher noch schwerer. Wenigstens erwarte ich kein Kind von ihm.« Ich lachte matt.

»Du warst das Beste an dieser ganzen Misere, mein Schatz«, erklärte meine Mutter.

»Aber wenn ich das richtig sehe, bin ich doch hier genau am richtigen Ort, um einer neuen Liebe zu begegnen, hab ich recht?«

Sie lachte leise. »Das hätte ich damals auch nicht für möglich gehalten, aber, ja! Sylt hielt für mich jedenfalls ein Wunder bereit. Ich wünsche es dir ebenso so sehr von Herzen!«

»Deshalb bleibe ich auch erst mal hier bei Insa«, erklärte ich.

»Und euer Laden? Du hattest doch angedeutet, dass ihr plant, woanders durchzustarten.«

»Das wird sich alles finden, Mama. Lass uns das ein andermal besprechen. Mach dir keine Sorgen!«

»Liebes?« Ertappt zuckte ich zusammen.

»Ja?«

»Hatten eure Pläne was mit Sylt zu tun? Wolltet ihr gemeinsam auf die Insel ziehen?«

»Möglich«, druckste ich herum, und eine Pause entstand. »Ich wollte dich damit überraschen, dass wir hier deinen, euren Traum von damals fortführen und hier leben.« Ich lachte hell auf. »Leider hat sich eher der Albtraum fortgesetzt, und ich stehe wie du damals, kurz vorm Ziel, allein da.«

»Das ist unheimlich, mein Schatz!« Sie machte eine Pause. »Ihr trennt euch ebenso kurz vor einem Neustart auf Sylt? Das darf doch nicht wahr sein!«

»Unheimlich ist in jeglicher Hinsicht das richtige Wort«, brummelte ich und überlegte, was sie wohl sagen würde, wenn sie erst erfuhr, wer mir seit meiner Ankunft hier den Kopf verdrehte. Ich musste ihr es nun einfach sagen.

»Mama, was ich dir jetzt erzähle, ist etwas heikel. Ob es richtig ist, dich damit zu belasten, weiß ich nicht. Aber es beschäftigt mich zu sehr.«

»Dann bitte ich darum, mein Schatz.«

»Du weißt, dass Oles Familie auf Sylt das *Zuckerhüs* betreibt, oder?«

Sie wirkte verwundert, wenn ich die Pause, die entstand, richtig deutete. »Ja. Ich fürchte, das ist grad alles ein wenig kompliziert. Er hat mir erzählt, dass unsere Pläne zu Hause für Furore sorgen, was das *Zuckerhüs* angeht. Seit Ole mit dem Gedanken spielt, seine Heimat zumindest immer mal wieder für ein paar Wochen am Stück zu verlassen und nicht länger im Betrieb zu arbeiten, gibt es wohl Streit. Aber woher kennst *du* die Manufaktur?«

Ich erzählte meiner Mutter davon, wie ich zuerst Peer und dann das *Zuckerhüs* kennen- und beides lieben gelernt hatte. Sprachlos lauschte sie meiner Erzählung.

»Marla, das ist unfassbar«, fasste sie zusammen, und ich hörte ihre Überraschung durchs Telefon. »Ich muss mich grad auch ein wenig sortieren«, gestand sie. »Ich kann mir nicht vorstellen, dass das, was Peer von seinem Vater denkt, der Wahrheit entspricht. So ist er nicht. Es muss ein Missverständnis vorliegen, und das sollten wir unbedingt klären. Liebes, gib mir etwas Zeit, mir ein paar Gedanken zu machen, okay?«, bat sie mich. »Diese Steilvorlage des Schicksals, die muss einfach für irgendwas gut sein. Vertrau mir. Ich bin zuversichtlich.«

»Danke, Mama. Bis bald. Und wenn ich hier vor Ort schon irgendwas für eure Planung machen kann, dann lass es mich wissen.«

»Du bist ein lieber Schatz. Mein starkes Mädchen! Sei dir sicher, deine Löwenmama ist immer für dich da. Bis bald, und lass dich nicht unterkriegen.«

»Niemals. Ich hatte schließlich die beste Lehrmeisterin.« Wir legten auf, und ich kam am Parkplatz zum Strand in Kampen an. Es fühlte sich gut an, mit meiner Mutter gesprochen zu haben. Befreiend, was auch immer nun geschah. Auch auf die Gefahr hin, dass Peer über seinen Vater womöglich schneller von dieser familiären Verbindung erfahren würde, als mir lieb war.

Zunächst trat ich auf die Holzplattform oberhalb des Strandabschnittes, um von dort aus den Blick über das blaugrüne Meer und die weite Dünenlandschaft schweifen zu lassen, in die sich malerisch das Haus *Kliffende* einfügte. In dem traditionsreichen Sylter Domizil unweit der Abbruchkante hatten schon berühmte Dichter und Promis residiert und die einmalige Lage am Strand genossen.

In dieser Umgebung wurde ich sofort ruhiger. Dennoch gelang es mir nicht, die vielen Bilder in meinem Kopf beiseitezuschieben.

Da war meine Mutter mit ihrem Verlobten, Peer mit wütender Miene, Alva verzweifelt und mittendrin die kleine Levke, die ihr Strahlen auf gar keinen Fall verlieren durfte. Und ich schwankte zwischen all den Akteuren. Wie als bewegten wir uns wie Matrosen auf Segelbooten im stürmischen Meer, ohne Halt, jederzeit in Gefahr, von einer der Wellen umgestoßen zu werden, die an uns und unserem Kurs rissen, um uns umzustoßen oder davon abzubringen. Mal gingen wir über Bord, tauchten unter, retteten uns gegenseitig wieder über Wasser, trieben aber manchmal zu weit voneinander weg, um dauerhaft füreinander da zu sein. Ich seufzte.

Das Meer lag, trotz sommerlicher Temperaturen, tosend vor

mir. Der Wind zerrte an meiner Kleidung, und mein Kopf fühlte sich langsam leichter an, als würden all die Sorgen mit den Böen davongetragen. Die kabbeligen Wellen rangen miteinander in einem unermüdlichen Kräftemessen, ähnlich wie die Gefühle in mir. Um mein Herz blieb diese Schwere, die ich kaum ertragen konnte. Ich überlegte, wie Peer und ich uns wieder begegnen sollten.

Höhnisch lachte ich auf bei der Vorstellung, dass wir im Schweigen auseinandergingen, um uns erst auf der Hochzeit unserer Eltern wiederzusehen. Da konnte ich ja fast nur hoffen, dass er sich mit Ole so sehr überwerfen würde, dass er nicht einmal mehr dessen Hochzeit beiwohnen wollte.

»Es ist doch alles nicht zu fassen«, stellte ich fest und legte den Kopf in die Handflächen, die Arme hatte ich auf das Geländer gestützt.

Erst nach einiger Zeit rappelte ich mich wieder auf, lief über den Parkplatz in Richtung des Strandüberganges und weiter durch den Sand bis ans Wasser. Meine Schuhe nahm ich in die Hand und ging an der Wasserkante entlang gen Norden. Auch hier wimmelte es wieder von entspannten Familien, die in Strandkörben, auf Handtüchern und bunten Luftsofas lagen, sich sonnten oder mit Kindern und Hunden tobten.

Eine kunterbunte Sommer-Sonnen-Atmosphäre. Leicht, verspielt, verträumt. Ich sehnte mich nach diesem Zustand rund um mein Herz. Ich beneidete die Leute um ihre Sorglosigkeit, und doch war ich mir gleichzeitig bewusst, dass dieses Bild auch nur den Anschein machen könnte, sie seien unbekümmert.

Betrachtete man mich hier aus der Ferne, sah man eine Frau im Sommerkleid, die einen Strandspaziergang für sich allein genoss. Man konnte nicht sehen, dass die Augen vom Weinen rot waren, nicht hinter ihre Fassade schauen, wo sich die Reste finsterer Grübelwolken befanden, die auch die Meeresatmosphäre und der Wind nicht ganz auflösen konnten. Ich blickte über den Strand, die blau-weißen Strandkörbe mit Blick zur Sonne oder Richtung Meer gedreht. Überall lagen Menschen auf bunten Handtüchern, lasen, schliefen oder unterhielten sich. Ein Paar, das gerade Hand in Hand zum Wasser schlenderte, blieb stehen, umarmte sich und küsste sich so leidenschaftlich, dass ich den Blick senkte, so sehr berührte mich dieser Anblick.

Vor wenigen Tagen hätte man Peer und mich so sehen können. Und jetzt war dieser Gedanke plötzlich so meilenweit entfernt. Ich überlegte, was diese Menschen hier wohl alle für Sorgen und Verluste mit sich herumtrugen. Auch Anita, die mir erzählt hatte, dass sie hier ans Meer kam, um ihrem Sohn, der in der offenen See seine letzte Ruhestätte gefunden hatte, näher zu sein, ging hier entlang, als sei sie sorglos. Die Frau mit dem fröhlichen Rotschopf und einem Lächeln, das stets ihre rot geschminkten Lippen umspielte, ließ diesen traurigen Hintergrund ebenso nicht vermuten.

Einige Leute waren in einer großen Runde hier, andere Personen ganz allein, wie ich. Jeder hier trug sein Päckchen mit sich. Der eine ein größeres, der andere ein ganz kleines. Manch einer konnte es ignorieren, der andere drehte beinahe durch beim Gedanken daran, was um ihn herum geschah. Sicher waren einige auch gerade sehr glücklich, hier an diesem sonnigen Herzensort, mit lieben Menschen und tollem Wetter, die Arbeit fernab, alle Sorgen für die Urlaubswochen beiseitegeschoben.

Wenig später, an einem Strandabschnitt, der weitaus weniger besucht war, fand ich mich in einem Strandkorb wieder, die Knie fest an mich gezogen. Im Schutze des Korbes stellte ich einen neuen Rekord auf, wie viele Verzweiflungstränen man innerhalb einer Stunde, verdeckt hinter einer riesigen Sonnenbrille, direkt aufgefangen durch Unmengen an Taschentüchern, weinen konnte. Hatte ich noch gerade so viel Hoffnung und Energie gehabt, kam ich mir vor wie auf Entzug. Zum Glück war ich hier an diesem fast leeren Strandabschnitt, wo das Meer, den Gezeiten folgend, sanft an Land plätscherte, halbwegs allein. Ein Sommersturm zog auf. Die Sonne schien hell und groß am knallblauen Himmel, aber die Wellen wurden aufbrausender mit jeder Minute. Sie krochen immer näher und brachen mehr und mehr an Land. Und wie als stünde das Wasser für all die Zuversicht, schwemmte mich dieser Gedanke mit neuer Kraft und gab mir Halt.

Ich lief weiter. Mir half der Weg am Meer, um die Gefühle von Stress und Überforderung durch die Situation abzuschütteln. Hier und da fand ich ein Stück Seeglas, weich und rund geschliffen von den Naturgewalten aus Wasser und Wind. Hin und wieder hob ich eine besonders schöne Muschel oder einen Stein auf, der mich an Bernstein erinnerte. In meiner Tasche ließ ich das Seeglas durch meine Finger gleiten. *Schmeichelsteine* hatte meine Mutter derlei weiche Formationen genannt, die man fand und die sich in der Hand angenehm anfühlten. Ich stellte mir vor, dass das Glas einmal scharfkantig und gefährlich gewesen war. Wäre man hier barfuß am Strand entlanggelaufen und in eine dieser Glasscherben getreten, man hätte sich verletzt. Aber dann nahm sich das Meer der Scherbe an und formte die Kanten weich und rund, entschärfte sie und machte sie zu diesem besonderen Schatz, der eine Geschichte erzählen könnte, die seine Entwicklung beschrieb. Ich hoffte, dass auch meine kantige Welt hier am Meer wieder rund wurde und die Ecken weicher und schmeichelnd. Ich sammelte diese kleinen Scherben wie eine Art Glücksbringer in meiner Tasche und hoffte auf ganz viele Seeglasmomente für mich.

So lief ich, bis meine Muskeln in den Beinen vor Anstrengung kribbelnd brannten. Es war ein leichter Schmerz, der mich jedoch fühlen ließ, wie lebendig ich war und wie viel Kraft in meinem Körper steckte, jede Strecke zu bewältigen.

Heute war es gelungen, und das Meer hatte mir mit seiner Magie und diesen vielen kleinen Geschenken herausgeholfen aus meinem Tief, durch das mich die Ereignisse und Erkenntnisse dieses Tages trieben. Ich atmete wortwörtlich auf, und der Blick nach vorne schien mir wieder möglich.

In meinem Kopf hörte ich Insa, die mich auf jeden Fall darin bestärken würde, nicht aufzugeben. In ihrer Wohnung hatte sie das reflektierende Mobile aus Seeglas und bunten Glasperlen aufgehängt, an das ich gerade dachte.

20.

Zurück fuhr ich über Keitum nach Archsum. Kurz überlegte ich, ob ich noch eine Runde durch das Dorf gehen sollte, entschied mich dann aber dagegen. Keitum war mein Ort, wenn ich Ruhe suchte, zum Nachdenken. Das wollte ich jedoch nun nicht mehr. Ich hatte mich gerade halbwegs erfolgreich ablenken lassen, und das hatte gutgetan. Jetzt brauchten meine Beine ein wenig Ruhe.

Am Ortsausgang Richtung Archsum, am Beginn einer viel und schnell befahrenen Landstraße, sah ich ein Kind entlanglaufen. So gefährlich nahe der Fahrbahn, dass ich erschrak. Erst recht, als ich genauer hinschaute. Der Sonnenhut und das blonde Haar, das zerzaust darunter hervorlugte, kamen mir sofort bekannt vor. Ich setzte den Blinker und fuhr rechts ran. In einer Ausweichmulde stellte ich den Wagen ab und stieg aus. Eilig lief ich dem Kind hinterher, das schnurstracks weiter geradeaus ging.

»Levke?«

Die Kleine drehte sich um. Im hochroten Gesicht des Mädchens breitete sich ein Lächeln aus. Ich sah ehrliche Freude und Erleichterung.

»Marla!« Sie kam auf mich zu und nahm mich in den Arm. Ihre kleinen Ärmchen umklammerten meine Taille, als suchte sie – eben noch verloren – bei mir Geborgenheit. Die Geste rührte mich mehr, als ich erwartete hatte. Ich hielt sie ganz fest, dankbar, sie in Sicherheit zu wissen.

Ich schaute mich um und konnte niemanden entdecken, mit dem Levke unterwegs sein könnte. »Wo willst du denn hin, kleine Maus?«, erkundigte ich mich.

»Zu dir! Aber du bist ja hier.« Sie sagte das, als sei das das Normalste der Welt, dass ein Kind allein an einer Landstraße entlangspazierte.

»Ach, was für ein Glück! Das trifft sich ja ganz wunderbar.« Bemüht ruhig lächelte ich, obwohl mein Puls beschleunigte, als ich ihre Worte wirken ließ. »Weißt du denn, wo ich wohne?«

»Papa hat gesagt, in Archsum.«

»Stimmt.« Ich schluckte. »Wo ist denn Papa?«

Sie zuckte die kleinen schmalen Schultern und machte ein beleidigtes Gesicht.

»Mir egal.«

»Und Alva?«

»Im Laden.«

»Weiß sie, dass du mich besuchen willst?«

»Nein, ich hab es nur Ferdinand erzählt.« Schelmisch grinste die Kleine. »Der hält dicht! Er ist mein Freund. So wie du!«

Ich schluckte gerührt. »Wollen wir Oma dann nicht lieber Bescheid sagen, wo du bist? Sonst macht sie sich Sorgen.«

»Mir egal«, kam es erneut. Ich hatte bereits mein Handy gezückt und wählte die Nummer des *Zuckerhüs*. Leider ging niemand dran. Alvas Handy war besetzt. Dann versuchte ich es bei Peers Nummer. Aber auch er nahm meinen Anruf weiterhin nicht an.

»Komisch, grad kann ich niemanden erreichen. Wollen wir kurz nach Hause zu euch fahren und dich abmelden? Dann kannst du gerne zu mir mitkommen, wenn du magst.« Levke schüttelte energisch den Kopf. »Ich hätte dann aber echt ein besseres Gefühl, kleine Maus«, erklärte ich. Levke verschränkte die kleinen Ärmchen und zog eine Schnute.

»Hast du dich mit Alva gestritten?«

Sie schüttelte die blonden Locken.

»Mit Papa?«

Ein Nicken folgte.

»So schlimm?« Wieder nickte sie. Ich sah, dass ihr die Tränen in den Augen standen, hörte in meiner Erinnerung wieder Peers Worte, dass er als Vater genügend Baustellen hatte, um Zeit für meine Vorwürfe zu haben. Offenbar schienen ihm gerade all diese Baustellen über den Kopf zu wachsen. Hatte unser Streit das ausgelöst und ihn sich auch mit seiner Tochter zanken lassen?

»Komm, steig mal in mein Auto ein und erzähl mir, was los ist, einverstanden? Hier an der Straße ist es viel zu gefährlich für uns beide.«

Widerwillig folgte sie mir. »Aber ich will nicht zu Papa. Und zu Mama auch nicht. Soll er doch auch nach Hause fahren. So wie Mama. Vielleicht findet er ja auch eine neue Familie. Ich bleibe hier bei Ama. Und bei dir.«

»Du Süße! Aber Oma Alva muss sich auch darauf verlassen, dass du ihr erzählst, was dich traurig macht. Nur so kann sie dir doch helfen.«

»Dann ist sie aber auch traurig«, erkannte Levke mit zarter Stimme. »Das will ich ja nicht. Sie ist doch schon alt. Da darf man sich nicht so viele Sorgen machen.«

Sie war so ein lieber kleiner Mensch. Wieder drückte ich sie an mich, und mir kamen die Tränen. Schnell blinzelte ich sie weg, damit Levke das nicht mitbekam. »Aber glaub mir, das Wichtigste ist ihr, dass sie für dich da sein kann.«

»Und du auch?«

»Klar! Ich bin auch für dich da.«

»Okay. Dann sagen wir Ama Bescheid.« Wir waren am Auto angekommen, und ich öffnete die Tür. Levke nahm ihren kleinen Rucksack ab, aus dem die langen Ohren eines Hasen ragten, und kletterte auf den Sitz.

»Ich sehe ja grad, du bist ja überhaupt nicht allein«, erkannte ich und schlug mir lächelnd vor die Stirn. Dann deutete ich auf den Rucksack, und Levke lachte wieder.

»Stimmt! Hasi ist dabei. Er ist der mutigste Hase weit und breit. Er hätte mich schon beschützt«, erklärte Levke überzeugt. Ich strich ihr über die Wange. Da fiel mir ein, dass ich ganz vergessen hatte, Levke das Pferd aus Anitas Laden zu schenken. Das würde ich gleich nachholen.

Ich wendete und fuhr zum *Zuckerhüs*. Vor dem Haus stand Flora, die die Hände faltete, als sie sah, welchen kleinen Fahrgast ich dabeihatte.

»Es ist alles gut«, rief ich noch im Aussteigen. »Kleines Gespräch unter Frauen. War sehr dringend.« Ich zwinkerte Flora, von Levke unbemerkt, zu.

»Levke, Marla! Gott sei Dank!« Sie nestelte nach ihrem Handy. »Alva? Ach, du bist schon am Garten. Levke ist da! Komm gleich vors Haus, es ist alles in Ordnung!« Erleichtert lächelte Flora. »Levke, kleiner Schatz!« Sie nahm das Mädchen in den Arm. »Schön, dass du wieder da bist. Wir haben uns große Sorgen gemacht.«

In dem Moment kam auch Alva aus Richtung des Gartens, ihre Bewegungen waren ganz fahrig, sie war sichtlich angestrengt.

»Levke-Maus! Der Ferdinand wollte mir doch tatsächlich nicht verraten, wohin du dich auf den Weg gemacht hast!« Sie nickte bestätigend und machte ein hilfloses Gesicht. »Also das ist ein Kumpel – auf den kannst du dich echt verlassen!« Alva lachte, und ich staunte, mit welch liebevoller Gelassenheit Flora und sie, trotz all der Sorge, dem Mädchen gegenüber reagierten. Ihre Reaktion war die beste, die ich mir hätte vorstellen können. Die Kleine lächelte, wirkte aufgeregt, aber nicht eingeschüchtert. Levke ging auf Alva zu und umarmte sie.

»Es tut mir leid, Ama. Wirklich! Ich wollte euch nicht erschrecken.«

»Und wen wolltest du so spät noch besuchen?« Alva hob interessiert die Augenbrauen. Levke zeigte auf mich. »Dann hat Marla aber mich gefunden.«

»Na, was für ein Zufall!« Alva lachte. Ich hörte heraus, wie die Anspannung von ihr abfiel.

»Habt ihr Papa verraten, dass ich weg war?« Levke flüsterte die Worte.

Empört schüttelte Alva den Kopf. »Ich wollte doch erst mit Ferdinand reden«, erklärte Alva. »Als er auch keinen Tipp für mich hatte, wollte ich grad Papa um Hilfe bitten, da rief zum Glück Flora an.« Alva hob die Handflächen und nahm das Mädchen in den Arm. Levke erwiderte ihre herzliche Umarmung und kuschelte ihren Kopf an Alva. Auch sie wirkte erleichtert, wieder zu Hause zu sein.

»Levke, wollen wir uns mal einen heißen Kakao machen?«, schlug Flora vor, und Alva reichte ihr den Schlüssel zu ihrer Wohnung. »Oma ruht sich noch kurz hier auf der Bank aus, und wir warten mit einem Kakao auf dem Sofa.«

»Das ist eine gute Idee. Danke, Flora«, sagte Alva und setzte sich auf die weiße Holzbank neben der Manufaktur. Sie klopfte auf den freien Platz an ihrer Seite. »Setzt du dich zu mir?«

»So gerne, liebe Alva.« Unsicher schaute ich mich um. »Nur für den Fall, dass Peer gleich kommt, wäre das wohl keine gute Idee. Er ist vermutlich nicht so gut auf mich zu sprechen.« Ich lächelte gequält. »Leider haben wir uns nun wirklich gestritten.«

»Aber wenn er wüsste, dass du uns seine Tochter zurückgebracht hast, wäre er dir unendlich dankbar!« Alva tippte wiederholt auf die Bank, und ich setzte mich. »Außerdem ist das hier meine Bank, und dahin darf ich einladen, wen ich möchte!«

»Vielleicht wäre aber auch das Gegenteil der Fall, wenn sie erklärt, dass sie auf dem Weg zu mir war. Nicht dass er denkt, ich hätte sie dazu animiert. Was, wenn unser Streit irgendwas damit zu tun hat, dass er auch mit Levke gestritten hat? Er hat sich so aufgeregt. Ich habe ein ganz schlechtes Gewissen.«

»Ihr sollt euch nicht streiten. Das bricht mir das Herz.«

»Mir doch auch, Alva. Ich wünsche mir doch auch, es wäre anders.«

»Er steht neben sich, Liebes. Er meint es nicht so. Im Gegenteil. Er meint es besonders gut, und damit macht er es uns nicht leichter. Dir nicht, mir nicht und Levke offenbar auch nicht.« Erst jetzt, wo Levke im Haus verschwunden war, sah ich Alva an, wie sehr ihr der Schreck in die Glieder gefahren war. »Ich bin so froh, dass du sie gefunden hast, bevor ich Peer informiert habe. Er hätte sich die Schuld gegeben an ihrem Verschwinden, womöglich wäre noch etwas passiert.«

»Gab es Streit zwischen ihm und der Kleinen?«

»Levke bekam mit, wie ich mit ihm gestritten habe. Es tut mir so leid. Aber ich habe versucht, Peer davon zu überzeugen, dass es hier weitergehen kann und er ganz beruhigt sein darf. Dass niemand verlangt, dass er ständig von Hamburg hierherreisen muss. Außer ihm selbst, der sich damit Stress macht. Flora ist da, und ich habe auch dein Angebot, dich hier zu engagieren mit einem Zusatzsortiment im *Zuckerhüs*, angesprochen. Aber darauf reagierte er fürchterlich angepikst. Ich konnte ja nicht ahnen, dass so viel gekränkter Stolz ihn bewegt.«

»Das tut mir leid. Wahrscheinlich ging eurer Diskussion unser Streit voraus. Ich habe etwas gesagt, was ihn verletzt hat.«

»Mag ja sein. Aber so kenne ich ihn gar nicht.« Alva saß so zart und zerbrechlich vor mir. Die Entwicklungen der letzten Zeit schienen auf ihr zu lasten. »Peer sagte, alle würden nur an sich denken, niemand an ihn.« Alva nickte, wirkte dabei unheimlich wissend und milde beruhigend.

»Mit meinem Sohn habe ich ja auch schon versucht zu reden.« Sie zuckte die Schultern. »Aber an ihn kommt man zurzeit auch nur schwer heran.«

Mein Herz stolperte. Ich musste Alva die Sache mit meiner Mutter anvertrauen, also holte ich tief Luft und erzählte.

Alva reagierte erstaunt über diesen unheimlichen Zufall.

»Nach der Trennung von Peers Mutter war für ihn eine Welt zusammengebrochen. Jedes Licht war wie ausgelöscht. Sie fehlte den beiden sehr. Während Peer sich halbwegs fing und seinen Weg ging, stürzte Ole sich in die Arbeit und lenkte sich mehr ab, als dass er etwas verarbeitete. Er hat nie wirklich einen Abschluss von dieser Geschichte gefunden.« Alvas Blick ging ins Leere. »Doch als er deine Mutter traf, blühte Ole wieder auf. Gestand sich ein, dass auch er Glück fühlen und zulassen durfte. Arbeitete weniger, wollte endlich wieder reisen. Weißt du, wie wundervoll das Gefühl ist, wenn ein Mensch, den man liebt, vor lauter Glück überzusprudeln scheint? Es ist, als verdoppele sich dieses Glück und lege sich über alles, was vorher war.« Sie lachte leise auf.

»Oh ja. Mir geht es mit meiner Mama tatsächlich ähnlich. Ich weiß, was du meinst.«

Alva nickte. »Dieses Glück habe ich gefühlt, als Ole mir von deiner Mutter erzählte. Auch wenn mir das Herz dabei brach, dass er die Bonbonmanufaktur für sie verlassen wollte.« Milde lächelnd nickte sie. »Aber wenn man einen Menschen liebt, dann will man für ihn die Umgebung schaffen, in der er sein Glück findet.«

»Ich bewundere dich für deine Haltung, Alva. Einmal mehr.«

»Ach, Liebes. Ich bin eine alte Schachtel. Wenn das Alter für irgendwas gut sein soll, dann, dass man ein klein wenig weise wird. Das Leben zeigt einem schon, worauf es ankommt.« Sie lachte, dann schaute sie mich an. »Weißt du, dass ich es vom ersten Moment geahnt habe?«

»Was? Dass ich *ihre* Tochter bin?«

Alva lachte. »Nein, das nicht. Aber dass du diese Frau für meinen Enkel bist.«

Gerührt rang ich nach Worten und atmete tief durch. »Wow, danke!« Ich fühlte mich echt geschmeichelt.

»Er kam hier an und erzählte von eurem Zusammentreffen auf dem Zug. Das Leuchten in seinen Augen, das hatte ich zuletzt bei seinem Vater gesehen, wenn er von seiner Tina sprach.« Aus hellblau wässrigen Augen schaute Alva mich an und nickte vielsagend.

Alva rang die Hände. Was sie sagen wollte, bewegte sie sichtlich. »Meine Schwiegertochter war Oles erste Liebe. Sie war sein Leben, und er hatte sein Lachen verloren, als sie ging. Der Grund für ihren Weggang war ein schlimmer Unfall mit Peer, bei dem er beinahe ums Leben gekommen war, an dem sich Peers Mutter die Schuld gab und den sie nicht verkraftete. Dabei machte niemand sonst ihr diesen Vorwurf. Es war einfach Schicksal. Ole war so furchtbar enttäuscht. Wir alle waren es. Er war immer da für seinen Sohn und tat alles, damit er nichts von der Schwere mitbekam, die das Leben als alleinerziehender Vater mit sich brachte. Aber ich habe das echte Lachen, die wirkliche Freude am Leben jahrelang bei ihm vermisst.« Alva wirkte ergriffen von der Erinnerung an diese Zeit. »Und obwohl er jeden Kummer von Peer fernhalten wollte, merkte Peer, dass die Trennung damals etwas mit ihm zu tun hatte. Sein Leben lang beschäftigte ihn das, und er schwankte zwischen Schuldgefühlen, Verlustängsten und einer großen Skepsis zwischenmenschlichen Beziehungen gegenüber. Nur wir, der *Inner Circle* der Familie, waren ihm heilig, darauf vertraute er. Und jetzt fühlt er sich von seinem Vater im Stich gelassen, in einem Moment, in dem er ihn so sehr braucht. Das verletzt und enttäuscht ihn.« Alva seufzte. »Wir hatten gerade festgezurrt, dass Ole hier im *Zuckerhüs* bleibt und ich mich nach und nach herausziehen kann aus dem Tagesgeschäft, da traf er deine Mutter.« Alva lachte leise. »Die Frau mit den bunten Kleidern und demselben Traum vom Camperleben.«

Ich lächelte und hob nachdenklich die Augenbrauen. »Und obwohl das unsere Pläne nun wieder veränderte, weil diese Begegnung Ole die Augen öffnete, dass er die Welt sehen und fremde Orte erkunden wollte, so war ich doch froh darüber.«

»Aber du warst dann wieder allein hier mit dem *Zuckerhüs?*«

Milde lächelte sie und nickte. »Und für mich war das vollkommen in Ordnung. Mein Sohn war endlich wieder glücklich, aufgeblüht. Mit Liebe aufgetankt und lebensfroh. Was könnte schöner sein als dieses Gefühl?«

»Du hast so recht, Alva«, stimmte ich ihr zu.

»Niemals hätte ich gewollt, dass er mir zuliebe bleibt und seinen Traum nicht lebt. Das hätte niemanden glücklich gemacht. Zuallerletzt mich! Nur Peer kommt mit dieser Entwicklung nicht klar. Er fühlte sich so verantwortlich für mich – so war er immer schon. Außerdem für Levke. Er hat Angst, dass er seiner Vaterrolle nicht mehr ausreichend gerecht werden kann, wenn er hier Oles Platz einnehmen muss. Dabei habe ich das nie verlangt. Ich hätte hier einfach bis ans Ende meiner Tage weitergemacht. Das wäre schon gut gegangen.« Sie zuckte ratlos die Schultern. »Aber ich will für niemanden eine Last sein, also habe ich schweren Herzens Peers Vorschlag zugestimmt. Auch damit ich Ole finanziell etwas bieten könnte, damit er nun endlich das nachholt, was er all die Jahre vermisst hat.« Matt lachte sie. »Ach, was für ein Chaos.«

»Und doch hast du dir nicht anmerken lassen, wie schwer es dir fällt, es allen recht zu machen. Machst weiter wie bisher. Das finde ich sehr stark«, erkannte ich.

»Ich habe darauf vertraut, dass das Schicksal die Fäden in die Hand nimmt und am Ende alles richten wird. Wir Insulaner sind wohl so. Boy sitzt auch noch immer auf dem Kutschbock, obwohl sein Orthopäde ihm davon abraten würde.« Alva lachte leise. »Wir haben immer gesagt, dass wir einfach nicht mitmachen, wenn sie alle alt werden.« Sie lachte. »Aber irgendwann holt einen die Realität eben doch ein. Und doch habe ich zu jedem Zeitpunkt daran geglaubt, dass das Schicksal mir irgendwann einen Menschen schicken wird, der den Laden mit Herzblut weiterführen möchte. Daraus zog ich eine Zuversicht und Gelassenheit, die mir oft half, wenn das Fahrwasser wieder einmal unruhig war.« Nun war ihr Lächeln für mich bewundernd. »Und dann kam Peer hier an und erzählte von dir. Ich hörte Levke, wie sie von dir sprach, und dann lernte ich dich ja auch schon kennen. Und auch wenn das für dich gerade nicht danach aussehen mag. In diesem Moment wusste ich, dass meine Zuversicht über all die Jahre hinweg begründet war. Alles wird gut. Und das mit deiner Mutter und Ole ist ja nun besonders klasse.« Sie legte die Handflächen aneinander, als sende sie ein dankbares Stoßgebet gen Himmel.

Verwirrt schaute ich sie an. »Warum?« Ich dachte daran, dass meine Mutter auch etwas in diese Richtung gesagt hatte.

»Na, wir sind eine große Familie. Peer ist zwar der Meinung, dass es deine Mutter ist, die seinem Vater irgendwelche Hirngespinste eingeredet hat. Aber ich glaube, dass wir alle viel zu sehr aneinander vorbeireden und dadurch Missverständnisse entstanden sind. Weder Ole noch deine Mutter können wollen, dass ihre Kinder unglücklich sind, ihre Träume aufgeben oder verbiegen, nur damit sie die ihren leben können. Das passt nicht zu meinem Jungen. Jeder von uns will doch, dass die Menschen, die wir lieben, glücklich sind. Ich bin sicher, wir werden eine gute Lösung für uns alle finden.«

»Oh, Alva.« Ich stockte, gerührt nahm ich die alte Dame in den Arm. »Es wäre so schön«, flüsterte ich. »Ich habe mit meiner Mama schon über das Dilemma gesprochen. Sie sagt auch, dass sie nicht glauben kann, dass Ole solche Forderungen gestellt hat. Sie selbst hat mit ihm jedenfalls nicht über dergleichen geredet.«

»Das ist gut, Liebes. Lass uns mal reingehen. Levke wartet bestimmt schon auf uns«, vermutete Alva und rappelte sich auf.

»Wäre es nicht besser, ihr habt ein wenig Zeit miteinander?«

»Peer ist heute Abend nicht da, falls du das meinst.«

Ich senkte den Blick. »Alles klar. Ich möchte nur nicht hinter seinem Rücken Zeit mit Levke verbringen, wenn er das nicht möchte. Aber wenn es in Ordnung ist für dich, komme ich gerne noch mit rein. Ich hole schnell noch was aus dem Auto.«

Das Pferd aus Anitas Laden in der Hand, kam ich zurück. Der süße Duft nach Bonbons zog mir in die Nase, als wir das Haus über den Flur betraten, der auch zum *Zuckerhüs* führte. Es war friesisch eingerichtet, an den Wänden hingen Bilder aus vergangenen Zeiten, einige schwarz-weiß. Durch die Wohnungstür gelangten wir direkt in einen weiteren Hausflur, von dem die Küche abging: blau-weiß gekachelte Fliesen mit kleinen Schiffen darauf, Ankern und Steuerrädern. Auch hier waren Bilder zu sehen, die von einer langen Familiengeschichte zeugten.

Flora und Levke saßen auf einer gepolsterten Eckbank. Vor sich hatte das kleine Mädchen eine Tasse heiße Schokolade. Ein

Bärtchen aus Sahne und Schokolade prangte auf ihrer Oberlippe. Sie wirkte höchst zufrieden. Sofort entdeckte sie das Pferd und sprang auf.

»Ooh! Wie süß! Das ist ja Ferdis Fohlen! Ich hab das mal gesehen beim Einkaufen. Ist das für mich?«

Ich nickte. »Ganz genau. Und wenn du das nächste Mal Sehnsucht nach mir hast, drückst du erst mal das Pferdchen und sagst jemandem Bescheid, damit man mich anruft. Und dann komme ich vorbei und hole dich ab.«

Levke nickte mit strahlenden Augen und presste das Pferd an sich. Dann steckte sie es direkt neben Hasi in den Rucksack.

»Magst du auch eine Tasse?«, bot Flora an. Sie bewegte sich, als sei sie hier in Alvas Wohnung zu Hause. Jeder Handgriff vertraut, jedes Öffnen der Schubladen selbstverständlich.

»Sehr gerne, danke.« Flora reichte mir auch einen Becher Schokolade.

»Danke. Wo wohnst du eigentlich, Flora?«

Unsicher drehte sich Flora um, als Alva in diesem Moment antwortete. »Es ist hier leider derzeit etwas schwierig, eine Wohnung zu finden, geschweige denn, sie zu halten. Und obwohl Flora in ihrer Wohnung nun schon etliche Jahren gewohnt hat, hat der Vermieter dem Reiz des Geldes nicht widerstanden und das Haus verkauft. Es dauerte nicht lange, da gab es neue Pläne für die Immobilie. Deshalb hab ich Flora erst einmal angeboten, hier zu wohnen.« Alva und Flora warfen sich einen herzlichen Blick zu.

»Das ist sehr schön und traurig zugleich«, stellte ich fest. »Nicht nur, dass es mich entsetzt, was die Eigentümer hier mit dem Wohnraum für Menschen anstellen, die seit Jahren auf Sylt leben und arbeiten. Auch, dass ihr womöglich beide eure Heimat verlieren könntet, wenn hier wirklich eine Veränderung stattfinden soll. Das kann doch einfach keine Option sein!«

»Danke, Marla«, sagten Flora und Alva wie aus einem Mund. »Wir hoffen es auch nach wie vor. Und wenn wir ehrlich sind, bist du so was wie das Wunder, auf das wir in den letzten Wochen gehofft haben.« Alva war es, die diesen Gedanken fortgesetzt hatte, während Flora zustimmend genickt hatte.

»Hört mal auf«, mahnte ich die beiden. »Ihr macht es mir doppelt schwer!« Ich lächelte gequält, aber als Levke auf meinen Schoß kletterte, die kurz zur Toilette verschwunden war, und nun strahlte, weil ich mich neben ihren Platz auf die Bank gesetzt hatte, war mein Lächeln sofort versöhnlich.

»Wo ist Papa?«, fragte Levke die Frage, die auch mich interessierte.

»Er ist mit Mama unterwegs. Sie ist heute noch mal hierhergekommen und will mit ihm besprechen, wie es weitergeht für euch drei.«

Levkes Blick ging ins Leere. »Wusste ich's doch! Sie können es vergessen, dass ich mit denen mitgehe. Ich. Bleibe. Hier!« Entschieden verschränkte sie die Arme, und ich strich ihr sanft über den Rücken.

»Ich bin mir sicher, dass deine Eltern nur das Beste für dich wollen, kleine Maus. Vertrau ihnen, dass sie eine gute Lösung finden.«

Wir saßen noch eine Weile zusammen, tranken Kakao, aßen Kekse und spielten eine Runde Memory, in der uns Levke deutlich zeigte, wer hier das fitteste Gehirn besaß.

Als Alva irgendwann durchklingen ließ, dass Peer und Cara sich ankündigten, verabschiedete ich mich.

»Insa wartet auf mich«, erklärte ich und nahm Levke in den Arm. Diese erwiderte meine Umarmung dankbar und innig. »Bis bald, Kleines. Und wenn du Kummer hast, ruf mich an. Alva hat meine Nummer«, raunte ich ihr zu, und sie nickte mit einem verschwörerischen Grinsen.

Alva brachte mich zur Tür. Ich bemerkte, dass sie schwankte beim Gehen. »Alva, ist alles in Ordnung?«

»Danke«, sagte sie, um einen starken Blick bemüht. »Bin wohl zu schnell aufgestanden.« Sie deutete in Richtung Küche, wo Flora sich mit Levke unterhielt. Ohne dass die Kleine uns hören konnte, erklärte mir Alva die Situation. »Levke ist vorhin weggelaufen, weil sie unter anderem hörte, dass Cara sie mit zurück nach Hause nehmen will, wenn das hier noch länger dauert und wir nicht vorankommen. Sie habe jemanden organisiert, der sich unter der Woche um unser Mädchen kümmert, wenn sie arbeitet.« Alva seufzte. »Das ist gut gemeint, aber nicht das Richtige für Levke. Da ist sie aus lauter Verzweiflung losgelaufen und dachte, bei dir ist sie sicher.«

»Das rührt mich sehr. Aber es tut mir leid, dass sie sich offenbar solche Sorgen macht. Gut, dass ich sie zufällig gefunden habe. Nicht auszudenken, wenn sie wirklich bis nach Archsum gewandert wäre.«

Sie schüttelte den Kopf. »Diese Unruhe bringt uns alle durcheinander. Aber Peer ist wie verbohrt in seiner Fürsorge. Wenn er so weitermacht, sind am Ende alle unglücklich, dabei ist das das Letzte, was er will. Das weiß ich.« Alva wirkte ganz verzweifelt. »Wirst du mit Peer noch mal über alles reden?« Alvas Frage kam unvermittelt.

»Wenn er das will, ja«, antwortete ich. »Mach dir keine Sorgen. Wir finden einen Weg.« Ich nahm die zerbrechlich wirkende Frau in den Arm. »Ich werde deinen Traum hier nicht enden lassen, Alva. Das verspreche ich dir. All diese Zuversicht der vergangenen Wochen – die war nicht umsonst.«

»Das wäre das größte Geschenk. Deine Mama macht meinen

Schatz wieder glücklich, und du mich, Liebes. Ihr seid unsere Engel für Sylt. Und sei dir sicher, das tust du schon jetzt. Egal wohin die Reise am Ende gehen wird. Es war ein Geschenk, dass wir uns kennengelernt haben, Marla. Du mit deiner Begeisterungsfähigkeit und deinem Sinn für die feinen Dinge im Leben, du bist ein Geschenk.«

»Das kann ich nur zurückgeben«, erklärte ich. »Danke!«

Wir umarmten uns, und es war, als tankten wir beide dadurch Kraft, um die Herausforderungen, die vor uns lagen, zu meistern. Alvas unerschütterliche Zuversicht sprang auf mich über, und ich fühlte mich leichter.

Insa war offenbar zu Hause gewesen. Darauf deuteten die köstliche Bolognese und die Spaghetti hin, die noch auf dem Herd standen. Ein Zettel lag für mich bereit: *Thore und ich sind noch unterwegs. Lass es dir schmecken. Kuss, Insa.*

Dankbar stellte ich den Herd an, um alles noch einmal aufzuwärmen. Ich war zwar ein wenig enttäuscht, dass ich nun allein hier sein würde und noch immer nicht mit Insa reden konnte, aber das köstlich duftende Essen entschädigte dafür und würde meiner aufgewühlten Seele fürs Erste guttun. Ich hatte mir gerade ein Glas Wein auf den Tisch gestellt, dazu Parmesan für die Nudeln und ein wenig Weißbrot, da klingelte mein Telefon. Eine unbekannte Nummer. Unsicher, ob der Anruf mit meinen Bewerbungen zu tun haben könnte oder irgendwas passiert war, ging ich dran.

»Ja?«

»Marla?«

»Ja, aber wer ist denn da?« Aufgeregt lauschte ich. Es war eine mir unbekannte Frauenstimme.

»Bitte nicht wundern. Und auch bitte nicht direkt auflegen«, erklärte sie freundlich. »Hier ist Cara. Levkes Mama. Ich habe deine Nummer von Alva. Ich hoffe, das ist okay. Ich würde gerne mit dir reden. Bitte!«

»Cara, wenn es wegen Levke ist – ich weiß nicht, warum sie ausgerechnet zu mir gehen wollte. Das solltet ihr nicht überbewerten, es ...«

»Ich weiß zwar nicht, was du meinst, aber ich würde mich freuen, wenn wir uns sehen könnten. Passt es zufällig heute Abend noch bei dir?«

Perplex starrte ich den vorbereiteten Tisch an. »Also, ich wollte grad etwas essen, ansonsten bin ich heute Abend allein. Die Nudeln stehen bereits vor mir.« Verwirrt schaute ich mich um und überlegte, wo wir uns treffen könnten.

»Wo wohnst du denn? Kann ich zu dir kommen?«

Die Vorstellung, dass die Ex des Mannes, der mir derzeit den Kopf verdrehte, mich besuchen wollte, war skurril und die allerletzte Idee gewesen, die ich mir für den Ausklang des heutigen Tages hätte vorstellen können.

»In Archsum. Und wo bist du?«

»Ich sitze grad im Auto und wäre in zwanzig Minuten da. Dann kannst du ganz in Ruhe noch essen. Magst du mir die Adresse nennen? Lass uns doch eine Runde spazieren gehen, ja? Der laue Sommerabend lässt das heute ja noch ganz gut zu.«

»Okay«, stammelte ich, obwohl mir nach Essen nach diesem Vorschlag fast gar nicht mehr zumute war. Ich nannte Cara die Adresse, und wir legten auf.

Ich aß tatsächlich ein paar Bissen und trank das Glas Wein dazu. Mein Kopf fühlte sich dadurch ein wenig nebelig an, was mir gerade aber ganz gelegen kam, so verwirrt und nervös war ich. Was wollte Cara von mir? Wollte sie Peer zurück oder mich bitten, mich von Levke fernzuhalten? Aber wäre sie dann so freundlich?

Sie würde mich ja kaum in einen Hinterhalt locken und gleich mit eifersüchtigen Boshaftigkeiten konfrontieren. Das glaubte ich einfach nicht. Dafür besaß sie zu viel Stil – zumindest schätzte ich sie so ein.

Ich hatte gerade die Küche fertig aufgeräumt und noch einen Blick in den Spiegel geworfen – schließlich wollte ich der Frau, die der Mensch an Peers Seite gewesen war, nicht wie eine zerrupfte Vogelscheuche gegenübertreten –, da fuhr bereits ein Auto vor. Das Zuschlagen einer Autotür erklang.

Nervös strafffte ich die Schultern, atmete tief durch und öffnete die Tür.

Vor mir stand Cara, aufrecht und bildhübsch. Diese einschüchternde Ausstrahlung, die ich noch vor zwei Tagen bei ihr empfunden hatte, hatte sie heute allerdings verloren. Eher wirkte es, als hätten wir die Rollen getauscht. Meine Gegenwart schien sie einzuschüchtern.

»Danke, Marla, für deine Zeit.«

»Wollen wir ein paar Schritte durch den Ort gehen?«, schlug ich vor, und Cara nickte. »Gern.«

Wir liefen los, vorbei an den vorwiegend alten Bauernhäusern, in deren Fenstern jetzt in der Dämmerung gemütliche Lichter zu sehen waren. Einige Menschen saßen noch vor den Häusern auf den Holzbänken, lehnten an den Klöntüren oder lachten gemeinsam in den weitläufigen Gärten.

»Marla, ich habe mich vorhin mit Alva unterhalten«, begann Cara, und mein Herz rutschte mit jedem Schritt weiter in meine Hose, bevor sie fortfuhr. »Irgendwie gab es Stress mit Levke. Die kleine Maus hatte sich so aufgeregt, dass Peer und ich uns gestritten hatten, was auch zu Streit zwischen Alva und ihm führte. Da hat sie wohl ein wenig überreagiert. Vielleicht ist es auch verständlich, dass ihr alles zu viel wird. Genau weiß ich es nicht, was passiert ist. Alva sagt, das bleibt ihr Geheimnis. Und das ist auch in Ordnung für mich. Ich habe ihr strahlendes Lächeln in Alvas Arm gesehen und muss zugeben, dass ich mein Mädchen in der letzten Zeit selten so glücklich erlebt habe wie in den vergangenen Tagen hier auf Sylt.«

Unsicher lächelte ich. Ich wusste nicht, worauf sie hinauswollte.

»Alva hat mir anvertraut, dass sie darunter leidet, dass Peer sich so verpflichtet fühlt, sich um sie zu kümmern. Wir sprachen darüber, dass sie glücklich ist, wenn ihr Sohn es ist, und eine gute Mutter würde niemals an ihrem Kind zerren, sondern es gehen lassen, wenn sie spürt, dass es auf dem Weg zu seinem Glück ist.«

Ich schaute Cara abwartend von der Seite an.

»Was Alva sagte, hat mich wachgerüttelt und mir die Augen geöffnet, was meine Tochter und dich angeht.«

»Mich?« Meine Stimme klang hoch. »Levke und ich, wir mögen uns gern«, gab ich zu und dachte an die Zeit mit Ferdinand im Garten und unsere Gespräche, die dankbare Umarmung, nachdem ich sie am Straßenrand aufgelesen hatte. Was ich sagte, klang wie eine Rechtfertigung.

»Sie schwärmt von dir. Du bist gerade so eine Art Superheld für sie.« Cara lachte unsicher. »Schon ein wenig komisch dieses Gefühl für mich als Mutter, vor allem, weil ich im Moment oft das Gefühl habe, sowieso nichts richtig machen zu können. Aber was wünscht man sich nach einer Trennung mehr?« Sie machte eine Pause. »Also, dass das Kind die Frau ins Herz schließt, an die auch der Papa sein Herz verloren hat, das darf man dann wohl als großes Glück für diesen kleinen Menschen bezeichnen. Und genau wie Alva will ich als ihre Mama, dass mein Kind glücklich ist. Ich behaupte, bei euch hat sie die Chance dazu. Dann ist euer Glück, wenn ich an Levke denke, am Ende vielleicht auch ein Stück weit meins.« Ihr Lächeln wirkte zerbrechlich.

»Cara, was du sagst, ehrt mich sehr.« Ich machte eine Pause. »Aber ich weiß nicht genau, was du mir damit mitteilen möchtest. Es sieht nicht danach aus, als sei es zwischen Peer und mir so, wie du denkst.« Energisch schüttelte ich den Kopf. Bedauernd hob ich die Schultern.

»Er strauchelt. Will alles unter Kontrolle haben, für jeden alles richtig machen und da sein. Nicht die Fehler machen, die seine Mutter in seinen Augen machte, indem sie ihn allein ließ. Aber alles richtig zu machen wird ihm nie gelingen. Auch weil er mir natürlich, als Vater meiner Tochter, immer etwas bedeuten wird, hab ich mir viele Gedanken darüber gemacht, was ich tun kann, um das Chaos in seinem Kopf und seinem Leben ein wenig zu ordnen.« Wir waren am Ortsrand angekommen und gingen in stillem Einvernehmen noch ein wenig weiter geradeaus durch das satte Grün der angrenzenden Wiesen, auf denen rote Blümchen im Abendlicht strahlten.

»Ich möchte nicht an Levke zerren und darauf pochen, dass sie bei mir ist. Auch wenn es mir das Herz zerreißt, sie nicht in meiner Nähe zu wissen, so weiß ich, dass sie bei Peer gut aufgehoben ist. Er war immer für sie da – vor allem, als ich es nicht war, weil ich taumelte, alle anderen Menschen um mich herum vergaß und nur noch mein eigenes Glück im Sinn hatte. Er hat große Stärke bewiesen, und die Angst, er könnte sein wie seine Mutter, ist vollkommen unbegründet. Er würde niemanden, den er liebt, je im Stich lassen.«

»Das sind sehr starke Worte, Cara.«

»Ich habe viele Fehler gemacht in den letzten Jahren. Levke gegenüber und auch Peer. Ich habe diese auch damit bezahlt, dass unsere Beziehung am Ende nicht mehr funktionierte. Ich möchte nicht noch mehr zerstören. Erst recht nicht in Levkes Leben. Ich sehe jetzt mit ein wenig Abstand, was alles falschlief, und merke, was Peers Verhalten bei Levke bewirkt. Wir müssen beide viel mehr aufpassen und den besten Weg finden für unsere Tochter.«

»Ich verstehe nicht ganz, worauf du hinauswillst. Wenn Peer mit Levke nach Hamburg zurückkommt, wird die Kleine doch auch weiterhin in deiner Nähe sein, oder?«

Cara blickte über die Felder und schwieg. Ich spürte, wie sie nach den richtigen Worten suchte.

»Ich muss schauen, wie das alles wird. Ich werde Levke nicht länger in Hamburg festhalten. Sie liebt ihre Ama, die Insel und das Leben hier, und ich möchte ihr das nicht durch meinen Egoismus zerstören. Es ist mir wichtig, dass du das weißt. Wie es letztendlich weitergeht, das muss Peer entscheiden. Aber das soll nicht deine Sorge sein.« Was sie sagte, klang nicht schroff, sondern fürsorglich. »Ich habe versucht, zu verstehen, warum Alva gar nicht damit hadert, dass ihr Sohn die Bonbonmanufaktur verlassen hat und sie deshalb überhaupt mit Peer diese unsäglichen Diskussionen um ihr Lebenswerk führen muss. Ole lässt sie im Stich. Das war anders geplant. Ihre Gelassenheit darüber ist erstaunlich, wie ich finde. Sie ging sogar so weit, sich auf die Schließung ihres *Zuckerhüs* einzulassen. Sie wirkt so klar und mit sich im Reinen, so selbstlos, obwohl man das Unsägliche von ihr verlangt, nämlich ihre Heimat zu verlassen.« Cara lachte leise auf. »Alva hat mir davon erzählt, dass sie ihren Sohn für die Liebe hat gehen lassen müssen. Das ist die Herausforderung, die wir als Eltern zu meistern haben. Unser Leben lang. Es ist unsere Pflicht, sich unseren Kindern nie in den Weg zu stellen. So schwer es uns fällt. Ob sie jung sind oder selbst erwachsen.« Matt lächelte sie, von einem Nicken untermalt. »Ich werde mich nicht querstellen und Peer so die freie Wahl lassen, ob er Alva von hier fortreißen oder zu ihr auf die Insel ziehen möchte. Nicht zuletzt, weil er dich hier getroffen hat, Marla.«

Wir gingen weiter, die Straße zurück, die auf Insas Haus zuführte. Über dem Ort lag eine unbeschreibliche Stille. Und obwohl ich das Gefühl hatte, ganz viel sagen zu wollen, fühlte es sich richtig an, zu schweigen.

In diese Stille hinein klingelte Caras Handy. Sie zögerte, schien unser Gespräch nicht unterbrechen zu wollen, nahm den Anruf nach einem Blick auf das Display aber doch an.

»Peer?« Mein Herz schlug höher, als Cara seinen Namen sagte. Dann presste sie die Hand vor den Mund, und ich wurde schlagartig nervös. »Bist du bei ihr?« Caras Stimme klang zittrig, und ich bekam Angst. Entweder war mit Levke etwas passiert, oder aber es ging Alva nicht gut. Wie gebannt starrte ich Cara an, die sich nun mit der Hand durchs lange Haar fuhr. Ich konnte jedoch aus dem angespannten Gesichtsausdruck, den zusammengekniffenen Lippen und einer tiefen Sorgenfalte auf der Stirn nichts lesen. »Ich fahre zum Haus. Wenn Flora bei ihr ist und sie schläft, ist es erst mal gut. Bleib du bei Alva.«

Ich schluckte.

Cara legte auf. »Ich muss nach Keitum. Alva hatte vielleicht einen Herzinfarkt. Peer ist bei ihr und wartet auf neue Infos«, schoss es aus Cara heraus, und ich schlug beide Hände vor den Mund. Das Blut sackte mir in die Beine. »Oh nein, wie schrecklich. Was kann ich tun?«

»Danke. Grad weiß ich es auch nicht. Ich denke, ich werde erst mal zum *Zuckerhüs* fahren und bei Levke sein. Das kann ich Flora nicht zumuten. Die Kleine schläft zwar jetzt, aber spätestens morgen früh wird es stressig.«

»Sag Flora doch bitte, dass ich mit ihr morgen den Laden aufmache, wenn sie ihn nicht geschlossen lassen will, was ja auch völlig in Ordnung wäre.«

»Ich sage es ihr und würde ihr auch deine Nummer geben, okay?«

»Klar.«

»Peer ist im Krankenhaus bei Alva. Da kann ich jetzt nichts tun. Die Ärzte checken sie, und dann müssen wir abwarten. Was Peer immer befürchtet hat, ist wohl nicht allzu weit hergeholt.« Cara rieb sich verzweifelt die Stirn. »Es wird nun nicht leichter werden, einen Weg zu finden, wie es hier weitergehen kann.«

»Cara, ich habe eine Idee, wie vielleicht beide Seiten beruhigter sein können. Auch Alva selbst hat ein ähnliches Konzept vorgeschlagen. Wenn Alva wieder stabil ist, dann müssen wir dringend noch mal reden. Und vorher werde ich mit der Bank sprechen, um das bestmögliche Angebot für meine Idee an Alva machen zu können.«

In mir schwelte drückend die Angst, dass es Alva so schlecht ging, dass es eine ganz andere Lösung geben müsste. Die Sorge, dass ihr die Entscheidung, ob sie weiterhin in ihrem *Zuckerhüs* leben und arbeiten könnte, abgenommen wurde und ein Heimaufenthalt oder ein Wohnen in Peers Nähe nicht mehr abzuwenden war, war riesig.

Wir waren vor Insas Haustür angekommen. Unbeholfen rang ich mit den Händen, unsicher, was ich zur Verabschiedung sagen sollte.

»Cara, danke. Und ich bin da, wenn ihr mich braucht, okay?«

»Dank dir!« Cara nahm mich in den Arm, und diese Berührung fühlte sich merkwürdig befreiend an. Es war ein komisches Gefühl, den blumig eleganten Duft ihres Parfüms zu riechen, der Peer sicher ganz vertraut war.

»Bis bald, Marla. Und danke.« Cara lächelte und stieg ins

Auto. Sie startete den Motor und fuhr los. Einige Sekunden starrte ich ihr hinterher. In dem Moment erschien wieder Scheinwerferlicht, und Insas Auto bog um die Kurve. Beinahe hätte Insa mich angefahren.

»Marla! Warum stehst du hier im Dunkeln? Ist alles in Ordnung?« Insa hatte kurz das Auto abgestellt und eilte auf mich zu. Besorgt legte sie den Arm um mich.

»Nein, also, ja, schon. Mir geht es gut.«

»Marla, sicher?« Sanft schob sie mich Richtung Haustür. »Bist du betrunken? Du wirkst ganz apathisch.«

»Cara war hier. Sie ist grad wieder gefahren, weil Alva einen Herzinfarkt hatte, also vielleicht, und sie bei Levke sein will.«

»Wie bitte? Und Cara hat dir das höchstpersönlich mit einem Besuch mitgeteilt?« Insas Stimme klang schräg. »Okay, dann verstehe ich, dass du hier stehst, als wärest du einem Geist begegnet. Und wie geht es Alva jetzt?«

Ich zuckte die Schultern. »Peer ist bei ihr.«

»Dann schreib ihm mal!«

»Meinst du, das soll ich tun? Er wollte ja nichts von mir hören.«

»Klar sollst du das! Jetzt erst recht. Da geht's nicht um eure Befindlichkeiten. Jetzt geht es um Alva, meine Liebe.« Sie nickte ernsthaft.

»Okay.« Ich nestelte nach meinem Handy. Dann stockte ich ratlos.

»Ich bin da, wenn du mich brauchst«, schlug Insa vor.

»Danke, Insa«, sagte ich und tippte die Worte.

Es dauerte keine Minute, da kam eine Antwort. *Danke. Ich melde mich. Gruß Peer.* Was er schrieb, konnte alles heißen.

Und auch wenn gerade alles, was zwischen uns war, in den Hintergrund rückte, erzählte ich Insa von meinem heutigen Tag.

Von Levkes Ausflug, dem Gespräch mit Alva und warum Cara hier aufgeschlagen war. Sie staunte und war ähnlich sprachlos wie ich. »Tja, also. Hm«, war das Einzige, was ihr dazu einfiel.

»Nun warten wir erst mal ab, wie es bei Alva weitergeht«, entschied ich. »Wie war denn dein Abend, Insa?«

Insa schwebte wieder einmal auf Wolke sieben. Das Ereignis am Strand hatte die beiden wieder näher zusammengebracht und war wie der Startschuss zum Neubeginn ihrer Beziehung.

21.

Peer hatte am Abend nicht mehr geschrieben, sodass für mich der folgende Morgen mit dem Dauergrübeln weiterging, mit dem ich den Großteil des Vortages bereits beendet hatte. Auch in der Nacht hatte mein Kopf nicht aufgehört, rastlos zusammenzufügen, was er an dem Tag alles erfahren hatte, während mein Herz sich schwer, müde und überfordert anfühlte.

Also war ich früh aufgestanden und hatte Insa mit frischen Brötchen überrascht. Von einem gemütlichen Frühstück mit Insa erhoffte ich mir Kraft für den Tag. Mein Magen fühlte sich allerdings wie zugeschnürt an. Ich bekam kaum einen Bissen herunter.

Erst einmal wollte ich jedoch zu Flora ins *Zuckerhüs* fahren, um ihr unter die Arme zu greifen. Sie hatte mir geschrieben, dass sie zunächst die Manufaktur normal öffnen wollte. Insa hatte erklärt, dass sie das Büro, in dem ich ja derzeit schlief, in der Zeit nutzen wollte, um ein paar Dinge abzuarbeiten.

Als ich das *Zuckerhüs* betrat, war der Laden bereits gut besucht, und Flora kassierte.

»Moin«, sagte ich, und einige Kunden erwiderten meinen Gruß. Flora begrüßte mich ebenso mit einem »Moin« und schenkte mir ein dankbares Lächeln. Mit den Lippen formte sie lautlos meinen Namen und ein »Danke«. Ich brachte schnell meine Tasche in die Küche, legte mir eine Schürze um, wusch die Hände und trat in den Verkaufsraum.

»Die Gläser neben den Bonbonschütten sind leer. Würdest du die einmal auffüllen? Ein paar Bonbons habe ich heute früh schon gefertigt. Die sind für die Lücke in dem Regal dort. Sie müssten nur noch abgepackt werden.« Flora zeigte parallel zu ihren Worten auf die Arbeitsfläche und die Regale.

»Alles klar! Ich mache mich an die Arbeit.« Gläser für die Bonbons standen im Lager, diese waren schnell gefüllt. Auch ein paar Tüten mit dem Logo legte ich dazu und stellte fest, dass nicht mehr viele vorhanden waren.

Weiter ging es mit den fertigen Bonbons, die ich in kleine Tiegel mit Deckel und Logo darauf füllte und in dem leeren Regalfach drapierte.

In der Bonbonküche lag noch der Duft nach Aprikose in der Luft, mit deren Aroma Flora die Bonbons versehen hatte. Die gelb-orange glänzenden Kugeln sahen verführerisch lecker aus, und schon als ich die ersten Gläser mit den Kreationen in das Regal gestellt hatte, griff bereits eine Frau danach und ließ sie sich einpacken.

Flora arbeitete mit einer bemerkenswerten Ruhe und ließ sich weder durch einen immer voller werdenden Verkaufsraum noch ständige Nachfragen zu Alva aus dem Konzept bringen. Erst als keine Kunden mehr da waren, nutzte ich die Gelegenheit und sprach Flora auf Alva an.

»Hast du etwas gehört?«

Flora nickte, und mit einem Mal verfinsterte sich ihre Miene. »Ja, Marla. Als Cara vorhin mit Levke losfuhr zum Einkaufen, habe ich kurz mit ihr geredet. Es geht Alva nicht gut. Sie hat es offenbar vor uns verborgen, aber sie muss sich schon länger etwas schwach fühlen. Dieser Verdacht auf einen Infarkt scheint nur die Spitze des Eisberges zu sein. Zum Glück sieht es danach aus, als bestätige sich dieser nicht, und es war einfach nur alles zu viel für sie. So schwer ihr das fällt und auch mir – Peer hat leider recht damit, dass sie einen Gang zurückschalten muss.«

»Das ist nicht schön. Aber in dem Alter auch keine Schande«, bemerkte ich. Ich dachte daran, dass Alva am Abend bereits einen angeschlagenen Eindruck auf mich gemacht hatte. Ich machte mir Vorwürfe, nicht direkt darauf gedrängt zu haben, dass sie sich ausruhte.

»Das nicht. Aber du weißt, in welcher Lebensphase sie gerade steckt. Dass sie einlenken muss, gerade jetzt, wo sie dafür ihre Existenz aufgeben soll, das bricht ihr das Herz. Wäre das so gewesen, als Ole noch hier war, wäre es etwas anderes. Aber nun muss sie sich an Peer orientieren, der ja verständlicherweise auch seinen Lebensmittelpunkt nicht mal so eben verlagern kann. Er muss in der Nähe seiner Tochter bleiben.«

Ich nickte, doch in meinem Kopf arbeitete es. Cara war bei mir gewesen und hatte davon gesprochen, dass sie Peer zugestehen wollte, dass Levke bei ihm blieb, egal wo er wohnte. Würde er nun doch darüber nachdenken, ganz nach Sylt zu ziehen und Levke hier einzuschulen? Schließlich konnte er von überall aus arbeiten. Aber war er selbst überhaupt bereit, sein Leben in der Stadt aufzugeben? Er war kein Student mehr, der mal eben seine Tasche packte und weiterzog. Er hatte sicherlich einen Freundeskreis, den er zurückließ. Und was, wenn Alva irgendwann einmal nicht mehr da war? Würde Sylt für Peer und auch für Levke dann noch dasselbe sein?

Trotzdem hoffte ich auf diese Möglichkeit, einfach, weil es dann vielleicht auch für uns weitergehen durfte. Caras Gespräch mit mir zeigte mir, dass sie für Peer und mich eine Zukunft sah. Doch galt das auch für ihn?

»Peer ist bei ihr, und ich bin mir sicher, dass er sich nun erst recht Gedanken macht. Wir haben nur kurz gesprochen. Er war angespannt, und es war ihm deutlich anzumerken, dass er ratlos ist. Ich hatte in den letzten Tagen den Eindruck, dass sehr wohl bei ihm angekommen ist, dass Alva das *Zuckerhüs* braucht, und um ehrlich zu sein, glaube ich nicht, dass es die Arbeitsbelastung im Laden ist, die Alva so zusetzt, sondern viel mehr die Angst, ihre Heimat zu verlieren.«

Ich schluckte. Das waren harte Worte, die Flora da fand.

»Er weiß, wie ich denke und dass ich es ihm sehr übel nehme, wie er hier mit Alvas Leben umgehen wollte, weshalb wir wohl auch kaum richtig unbeschwert miteinander umgehen können. Vielleicht spielt mit hinein, dass auch ich mein Zuhause und meine Aufgabe verliere, wenn hier die Türen geschlossen werden, aber ich konnte nicht anders. Ich musste es ihm letztens endlich einmal ganz deutlich sagen.«

»Flora, jetzt lass uns eins nach dem anderen abwarten. Jetzt ist es erst mal wichtig, dass Alva wieder auf die Beine kommt, dann reden wir mit Peer, und danach schauen wir weiter. Glaub mir, auch ich habe mir viele Gedanken gemacht in den letzten Tagen, und mit Alva habe ich auch schon dazu gesprochen. Wir kämpfen.« Flora bedachte mich mit einem lieben Blick und widmete sich einer Familie, die soeben das *Zuckerhüs* betrat. Weitere Leute kamen, und auch deren Wünsche konnten Flora und ich allesamt erfüllen.

»Der heutige Tag klappt ja dennoch ganz gut«, stellte Flora fest. »Ich habe nur Angst, dass die Leute sauer sind, dass ich einen Kinder-Workshop absagen muss, der heute Nachmittag stattfinden sollte.«

Ich stutzte. »Was muss man denn dafür wissen? Besteht die Chance, dass ich übernehme?«

Überrascht schaute mich Flora an. »Ach, das denke ich schon! Klar! Ich wäre ja auch da. Nur nicht mit ganzer Kraft, weil der Verkauf weiterlaufen soll.«

»Na, zwei halbe Kräfte sind dann doch eine wunderbare volle Kraft, und wir zaubern den Kindern einen Workshop, den sie nie vergessen werden!« Ich verspürte eine riesengroße Euphorie. »Zeigst du mir gleich, wie das abläuft und was zu tun ist? Wenn du mein Back-up bist, dann übernehme ich das nachher!« Meine Wangen glühten augenblicklich.

»Okay!« Staunend schürzte Flora die Lippen. »Im Prinzip ist es das, was du neulich mit Alva in der Küche gemacht hast. Wir formen aus den Zutaten, die ich bereits vorbereitet habe, lange Stränge, legen sie immer wieder so über den Haken, bis die Masse fest und formbar ist, dass sie sich zum Lolli legen lässt. Und am Ende packen wir es noch niedlich ein. All das unter den staunenden Augen und mit der tatkräftigen Unterstützung der Kinder. Sie dürfen alles ausprobieren und mithelfen – und dabei naschen.« Sie hob die Handflächen. »Eigentlich ganz simpel!«

Ich lachte. »So weit würde ich nicht gehen, aber es klingt machbar.«

»Wenn du magst, form doch schon mal ein paar Lollis, während ich hier weitermache. Dann hast du die Basis-Handgriffe verinnerlicht. Dass du mit Kindern umgehen kannst, hast du ja hinreichend bewiesen«, lobte Flora und lächelte sanft.

Aufgeregt machte ich mich an mein Werk. Ich zauberte lange Schlangen in verschiedenen Farbkombinationen, deren Grundmasse Flora bereits vorgefertigt hatte, und formte daraus Lollis. Dann ließ ich mir eine Liste der kleinen Teilnehmer geben, schrieb die Namensschilder und legte Schürzen bereit.

Ich stockte, als ich Levkes Namen las. »Ist das unsere Levke?«, fragte ich, und Flora nickte.

»Sie wollte eigentlich mitmachen, aber jetzt, wo Alva nicht da und alles durcheinander ist ... Wir bereiten es erst mal so vor. Sie ist mit Cara unterwegs.«

Ich legte kleine Tüten und bunte Bänder zurecht, in denen die Kinder nachher ihre Lollis verpacken würden. Dazu sollte jeder kleine Zuckerbäcker ein Gläschen bekommen, in dem sich das Kind am Ende des Kurses seine persönliche Lieblingsmischung zusammenstellen konnte. Flora hatte erklärt, dass sie sich dafür an den Schütten im Verkaufsraum bedienen durften. Dort nach Herzenslust zuzugreifen klang für mich wie ein wahr gewordener Kindheitstraum. Ich freute mich schon jetzt auf die leuchtenden Kinderaugen und konnte es kaum erwarten.

Schon die Vorbereitung dieser Aktion ließ mich den Zauber des *Zuckerhüs* kribbelnd spüren. Ich verstand einmal mehr, was es für Alva bedeuten musste, über Jahrzehnte tagtäglich hier zu sein und ihren Traum und den vieler Kinder und Erwachsener zu leben.

Mittags schloss Flora die Manufaktur.

»Ich würde ein wenig die Beine hochlegen«, erklärte sie. »Eine Entwarnung von Peer habe ich bisher noch nicht bekommen, deswegen will ich vorerst nicht ins Krankenhaus fahren. Sicher strengt ein Besuch Alva noch zu sehr an. Aber wenn sich das mit dem Infarkt nicht bestätigt, darf sie bestimmt auch recht schnell wieder nach Hause. Wir öffnen erst wieder um fünfzehn Uhr. Dann kommen auch direkt um fünfzehn Uhr dreißig die Kinder.«

»Ich freue mich und bin dann auch zum Mittag unterwegs. Wenn ich dir irgendwas mitbringen kann, lass es mich wissen«, bot ich an.

»Danke dir! Alles gut! Ich bin heute tatsächlich froh über ein wenig Ruhe und mit einem Brot zufrieden. Nach Essen ist mir kaum zumute. Ganz spurlos geht die Aufregung doch nicht an mir vorbei.«

»Verständlich!«

»Ich hoffe, Peer meldet sich, damit wir bald wissen, wie es Alva geht.«

Ich guckte auf mein Handy. »Bisher habe ich auch noch nichts von ihm gehört. Aber ich sage dir Bescheid, wenn ich was höre.«

»Danke dir, Marla.« Flora lächelte müde und verabschiedete sich in die Wohnung.

Das Wetter war mild, aber dennoch windig und bewölkt. Um den Kopf freizubekommen, lief ich einige Schritte am Watt entlang, heute in Richtung Munkmarsch. Schilfgras bog sich leicht im Wind, es herrschte gerade Flut, und das Wasser plätscherte in sanften Wellen an Land. Mein Blick folgte einem Schwarm Vögel, der sich bei meiner Ankunft am Weg aus dem satten Grün erhob und flatternd, wie in einer eingeübten Formation, über die ruhige Wasseroberfläche aufstieg. Im Wasser hatten sich kleine Inseln aus Grün gebildet, die während des Hochwassers komplett eingeschlossen waren. Das zarte Geräusch der niedrigen, kaum sichtbaren, aber beständig anrollenden Wellen klang wie beruhigende Musik in meinen Ohren. Genau wie der in Grün- und Ockerfarben schimmernde Glanz der Umgebung, den die Sonne hervorbrachte. Ich setzte mich auf eine Bank am Rande des Wassers, hielt das Gesicht in die Sonne, spürte die Wärme auf der Haut und lauschte den Wellen. Dann lief ich weiter in Richtung der *Lügenbrücke*, ließ die Ruhe an diesem magischen Ort im Osten der Insel auf mich wirken. Da hörte ich jemanden meinen Namen rufen. Ich drehte mich, und meine Augen suchten den Weg ab. Keine hundert Meter entfernt aus Richtung Keitum entdeckte ich Peer. Er kam auf mich zugelaufen.

»Marla, warte bitte«, klang es noch einmal, und ich ging einige Schritte zurück und ihm entgegen. Kaum war er bei mir, wurden meine Knie wieder weich, und in meinem Bauch wirbelte ein Sturm. Peer fuhr sich durchs Haar, war angestrengt und stützte die Hände auf den Knien ab, um wieder zu Atem zu kommen.

»Bist du so gerannt? Was ist los? Geht es Alva schlechter?«

»Nein«, japste er und schüttelte den Kopf. »Es geht ihr besser. Es war kein Infarkt, sondern einfach nur ein bisschen zu viel Aufregung. Sie wird noch ein wenig beobachtet, man checkt ein paar Werte, und dann darf sie schon wieder nach Hause«, brachte er mich endlich auf den neusten Stand. Mir purzelten Steine vom Herzen, und ich spürte, wie ich vor Anspannung die Hand vor meine Brust gepresst hatte.

»Zum Glück! Das freut mich so sehr!« Vor lauter Euphorie umarmte ich Peer. Erst merkte ich, wie sein Körper verkrampfte, dann erwiderte er meine Umarmung und entspannte sich. Diese Nähe weckte bei mir sofort die Sehnsucht nach mehr dieser Zärtlichkeiten.

»Aber ich muss zu einem sehr dringenden Termin, und Cara ist vorhin schon abgereist.« Ein flehender Blick traf mich. »Du weißt, meine Tochter liebt dich. Und du warst die, die mir sofort einfiel. Meinst du, du könntest dich nachmittags um Levke kümmern?«

»Bestimmt. Also, wenn ich das richtig weiß, wollte sie sowieso an dem Bonbon Workshop teilnehmen. Ich habe Flora versprochen, dass ich den heute übernehme.«

»Du machst den Kurs?« Überrascht sah Peer mich an. »Wow! Danke. Flora wird erleichtert sein. Und Alva ist sicher stolz auf dich!« Anerkennend lächelte Peer. »Dann wird Levke ganz sicher mitmachen wollen. Sie war erst traurig und wollte ohne Alva nicht hingehen.«

»Ich bin ein wenig aufgeregt, aber zuversichtlich. Wo ist Levke denn jetzt?«

Peer deutete mit einer Handbewegung in Richtung des *Zuckerhüs*.

»Sie ist grad beim Nachbarn. Flora hat die Tür nicht geöffnet, da ging ich davon aus, dass sie sich ein wenig ausruht. Die Nachbarn haben ein Enkelkind in Levkes Alter. Sie kommt nachher auch zum Kurs.« Peer lächelte.

»Schön. Dann ist sie ja in guten Händen«, erkannte ich.

»Es tut ihr gut, wenn sie einfach spielen kann und abgelenkt ist.« Peer nickte, dann wirkte sein Blick besorgt. »Bist du mir böse? Was ich gesagt habe, war unfair. Ich war so verletzt, dabei hattest du wahrscheinlich recht. Es tut mir sehr leid.«

Sein Blick ging direkt in mein Herz, verfing sich dort und sorgte für Wärme im ganzen Körper.

»Nein, Peer, ich bin dir nicht böse, war ich nie. Ich freue mich sehr, dass wir endlich wieder sprechen.« Wir schauten uns in die Augen, und mit einem Mal war da wieder so viel Zuneigung und Kribbeln. Als hätte es nie diesen Abstand gegeben. Mein Herz hüpfte zaghaft. Einige Sekunden standen wir einfach nur so da.

»Marla, ich möchte mich für das, was ich gesagt habe, entschuldigen.« Ich blickte in Peers Augen, in denen ich echte Reue erkannte. »Du bist ein bemerkenswerter Mensch. Und es ist mir eine große Hilfe, dass du in Levkes Nähe bist.«

»Natürlich bin ich für Levke da. Schick sie nachher einfach mit dem anderen Kind zu mir ins *Zuckerhüs*. Oder soll ich sie abholen?«

»Ich sage dem Nachbarn Bescheid, dass er die Mädchen nachher rüberbringt. Danke, Marla.« Peer deutete den Weg hinunter. »Wolltest du noch ein paar Schritte gehen?«

»Ja, noch bis zur Brücke, dachte ich. Kommst du mit?«

»Wenn es in Ordnung ist, gern. Wenn du allein sein willst, sag es aber ganz ehrlich.«

»Ich freue mich, wenn du mitkommst.« Unsicher lächelte ich.

Peer trat einen Schritt auf mich zu, vorsichtig, als hielte ein unsichtbares Band ihn zurück. Oder als fürchte er, sich in meiner Nähe zu verbrennen. Mit vor Aufregung weichen Knien baute ich ihm eine Brücke und streckte ihm eine Hand entgegen, die er dankbar griff, sanft drückte und mir dann folgte, als ich weiterging. Auf der Brücke blieben wir stehen. Zufällig fiel mein Blick auf ein verrostetes Liebesschloss am Brückengeländer. Eingraviert waren die Buchstaben M und P. Ich deutete darauf, und Peer lächelte.

Peer löste seine Hand von meiner, und ich spürte sie am Haaransatz in meinem Nacken. Sanft fuhr er meinen Hals hinunter, weiter über die Schulter, wo seine Berührung eine kribbelnd prickelnde Spur hinterließ, als habe er winzig kleine Glückspartikel wie Puderzucker darüber verstreut. Wieder wanderte seine Hand zu meinem Hals, während die andere um meine Hüfte griff. Er zog mich an sich, und ich spürte seine Nähe wie eine wohlige Decke, die mich einfing und umarmte. Unsere Gesichter näherten sich, die Lippen trafen sich, und unser Kuss, in den wir taumelnd verfielen, kam mir vor, als schlügen unsere Herzen im Körper des anderen Wurzeln. Wurzeln, die mich hielten und mir dennoch Freiheit schenkten. Die grüne Welt hier am Watt um uns herum verschwamm, und wir standen mitten in dieser magischen Zauberwelt aus Landschaft, Wasser, Ruhe und Stille. Wie auf einer Bühne, die uns endlich Raum füreinander gab, uns nahe zu sein und miteinander zu sprechen.

Ich lächelte, Peers Augen funkelten, und ich versank darin. Wir umarmten uns, waren uns körperlich so nah, und auch meine Seele fühlte sich, als schaue sie in einen Spiegel. Es kam mir vor, als atme sie auf, um sich nun in ein Netz fallen zu lassen, das ihr alle Sicherheit gab.

Schließlich hob ich das Kinn, um Peer von unten anschauen zu können. »Jetzt geht es erst mal um Alva«, sagte ich.

»Woher wusstest du gestern, als du mir geschrieben hast, eigentlich davon, was mit Alva passiert ist?«, überlegte Peer, als dieser unsere Umarmung löste.

»Cara war bei mir, als du sie anriefst.«

Peer war sichtlich erstaunt über diese Information. Verwirrt zog er die Stirn kraus. »Cara? Bei dir?«

»Ja. Sie hat Alva um meine Nummer gebeten und mich angerufen. Sie wollte mit mir reden«, erklärte ich. »Glaub mir, ich war ähnlich überrascht wie du jetzt. Und ich hatte erst einmal großen Respekt vor einem Aufeinandertreffen. Sie ist deine Ex. Die Mutter von Levke. Außerdem hatte ich mit dir gestritten. Mir ging ganz schön der Puls.«

Peer hörte mir schweigend zu, die Augenbrauen hochgezogen. »Hätte ich davon gewusst, wäre es mir wohl ähnlich ergangen.« Er lächelte schief.

»Sie hat unheimlich stark gesprochen, Peer. Sie schätzt dich sehr und scheint absolut im Sinne von Levke handeln zu wollen.«

Unsicher wich Peer meinem Blick aus. »Danke, Marla. Dass du das sagst, beruhigt mich. Darum geht es unter anderem gleich in meinem Termin.« Nervös warf er einen Blick auf seine Uhr. »Vielleicht wird alles gut.«

»Du weißt, dass man hier auf der *Lügenbrücke* nur die Wahrheit sagen sollte?«, neckte ich ihn, und er lächelte unsicher.

»Selbstverständlich.«

Wir umarmten uns, und diese Nähe tat einfach nur gut.

»Du sagtest, du musst nachmittags los?«, fragte ich Peer.

»Ja. Ich werde mich gleich auf den Weg machen. Dann sage ich dem Nachbarn von Alva Bescheid, dass er die Mädels um fünfzehn

Uhr dreißig zu euch rüberbringt. Sie können es sicher kaum erwarten.«

»Das freut mich! Fröhliche Kinder zu seinen Kunden zählen zu dürfen ist das größte Geschenk.«

»Total! Sie staunen, freuen sich, lieben das Süße und das Bunte – im Prinzip kannst du fast alles nur richtig machen!« Peer strahlte. »Für Levke sowieso. Sie liebt dich sehr! Kommst du mit, oder willst du noch bleiben?«, fügte er mit schräg gelegtem Kopf hinzu.

»Ich komme mit Richtung *Zuckerhüs*. Schon ein bisschen was vorbereiten, bevor die Meute gleich eintrifft.« Wir drehten um und gingen den Weg am Watt zurück bis zu dem Übergang, der in die kleine Gasse, die durch Keitum führte, mündete, an deren Ende das *Zuckerhüs* lag.

Ich hatte den Eindruck, dass der anstehende Termin Peer beschäftigte. Er wirkte angespannt und nachdenklich, war eher wortkarg, wenn auch freundlich.

»Wirst du auch Alva noch mal besuchen? Braucht sie noch irgendwas?«

»Ich fahre später zu ihr. Wenn ihr Zustand sich nicht noch negativ verändert, dann nehme ich sie auch gleich wieder mit nach Hause. Andernfalls hole ich nachher noch Sachen für sie.«

»Alles klar. Grüß sie bitte ganz lieb von mir. Ich denke an sie, und wir wuppen hier alles in ihrem Sinne. Sie soll sich darum keine Sorgen machen.«

»Danke, Marla. Das hilft ihr bestimmt. «

»Mach's gut, Peer. Bis später. Ich werde mir beim Bäcker noch einen kleinen Snack holen.«

»Ich hab dich ganz von einem Mittagessen abgehalten, sorry! Das mache ich wieder gut!« Peer hob entschuldigend die Hände, und ich lachte.

»Alles gut! Keine Ablenkung wäre mir lieber gewesen.« Peer trat vor mich, und mit einem liebevollen Kuss verabschiedete er sich von mir. Ich schwebte weiter zum Bäcker und bestellte irgendwas, obwohl mein Appetit von allen Schmetterlingen im Bauch verdrängt worden war.

22.

Trotz der Begegnung mit Peer war es noch früh, als ich wieder am *Zuckerhüs* ankam. Wir würden erst in einer guten Stunde öffnen, sodass ich mich noch ein wenig vorbereiten und auf das Event einstimmen konnte.

Schon beim Öffnen der Tür zog mir der verführerische Duft der Bonbons entgegen, und der farbenfrohe Raum empfing mich mit seiner Leichtigkeit und positiven Energie. Ich ließ diesen Zauber einfach auf mich wirken. Es kam mir vor, als tanke ich Glückshormone inmitten all der bunten Süßigkeiten. Ich legte kleine Schürzen bereit für die Zuckerbäckerinnen und -bäcker, die hier gleich eintreffen würden. Ich dachte an die Pläne, die ich mit Alva geschmiedet hatte und die sie vielleicht nun noch einmal mit Peer besprechen würde.

Mein Herzschlag beschleunigte sich. Gedanklich sah ich Alva im Hintergrund des *Zuckerhüs*, wie sie beruhigend sanft lächelte und sich zurücklehnte, während ich hier sozusagen meine Meisterarbeit ablieferte. Denn Kinder waren, so wunderbar sie zu begeistern waren, auch die größten Kritiker. In ihrer entwaffnenden Ehrlichkeit würden kein Makel, keine unzureichende Erklärung und kein unerfüllter Wunsch unerwähnt bleiben. Bestand ich diese Prüfung, würde ich souverän jedem Erwachsenen meine Kreationen anbieten und verkaufen können.

Um zu überprüfen, ob etwas aufgefüllt werden musste, ging ich noch einmal die Schütten ab, in denen neben Fruchtgummi und Bonbons auch Lakritz zum Zusammenstellen auf die Kunden wartete. Dies bezogen Alva und Flora aus Dänemark oder Holland. Die Auswahl war überragend, und ich war mir sicher, dass hier jeder beim Genießen auf seine Kosten kam. Für jeglichen Geschmack war etwas da.

Dann sortierte ich die Flyer im Regal neu, die beim Stöbern der Kunden ein wenig durcheinandergekommen waren. Einer fiel mir ganz besonders auf. Er pries Spezialanfertigungen an, die man im *Zuckerhüs* bestellen konnte. Diese reichten von personalisierten Lollis für Firmen oder Privatleute über Logo-Ausarbeitungen auf kleinen Wunderwerken aus Zucker bis hin zu Hochzeits- oder Taufmitgebseln, in die Initialen eingearbeitet waren. Ich nahm mir vor, Flora zu fragen, ob sie mir zeigen konnte, wie sie diese herstellten. Diese Artikel würde man ganz wunderbar auch über einen Onlineverkauf anbieten können, schoss mir eine Idee durch den Kopf.

Ich musste an die Prospekte denken, die Flora mir gegeben hatte. Die Verbindung zum *Zuckerhüs* würde auch bedeuten, dass mein Angebot an schönen Dingen um zahlreiche Accessoires zum Thema Süßigkeiten das Sortiment erweitern würde. Bonbongläser mit besonderem Deckel und kleine handbemalte Schälchen aus Porzellan, in denen die Naschereien angerichtet werden konnten, würden bestimmt gut ankommen. Da war ich mir ganz sicher.

Als Flora eine Viertelstunde vor Ladenöffnung herunterkam, schwelgte ich noch immer in meinen Träumen und Ideen. Ich brachte sie auf den neusten Stand zu Alvas Gesundheit. Interessiert hörte sie zu, als ich von Peer und einem wichtigen Termin sprach, weshalb wir Levke am Nachmittag unter unsere Fittiche nehmen sollten.

»Nichts lieber als das«, erklärte sie. »Dann kann's ja losgehen!« Sie rieb sich die Hände.

Punkt halb vier klangen von draußen helle Kinderstimmen durch die offen stehende Ladentür. Einige kleine Gesichter linsten neugierig durch die Butzenfenster. Sie plapperten fröhlich durcheinander, und innerhalb weniger Minuten war der Laden voll mit strahlenden Kindern. Sie schleiften ihre Eltern zu all den bunten Regalen, um ihnen zu erklären, ohne welche Süßigkeit sie keineswegs auch nur einen einzigen Tag länger leben konnten. Mit einem ehrfürchtigen und freudigen Lächeln verfolgte ich die Szenerie. Levke kam zu mir und umarmte mich einmal ganz fest. Ich drückte sie sanft an mich und erntete ein dankbares Lächeln. Dann hüpfte sie wieder zu ihrer Freundin.

Flora gab den Eltern noch ein paar Hinweise zur Abholzeit, alle verabschiedeten sich, und ich zog mit der Kinderschar um in die gläserne Manufaktur. Hier gab ich ihnen eine kurze Einführung in Sachen Hygiene, woraufhin sich alle Kinder artig die Hände wuschen, ihre teils langen Haare zusammenbanden und sich jeweils eine kleine Zuckerbäckerhaube aufsetzten. Ich zog mir selbst noch Handschuhe an, und die Kinder taten es mir gleich. Dann reihten sie sich in der Bonbonküche so auf, dass jeder einen guten Blick auf den Arbeitstisch hatte. Ich war gerührt, wie motiviert sie direkt ans Werk gehen wollten.

»Ihr Lieben«, setzte ich an. »Ich bin mir sicher, dass ihr schon eine ganze Menge gute Laune mitgebracht habt. Da sind die Bonbons also genau das Richtige. Man bekommt gute Laune, wenn man sie isst, das wisst ihr längst. Aber wenn man sie mit einem Lächeln herstellt, dann schmecken sie ganz besonders gut! Spaß und Freude dürfen also in keinem Bonbonrezept fehlen. Sie sind außerdem viel, viel wichtiger als die perfekte Form oder die richtige Anzahl an Streifen.« Ich blickte in erwartungsvoll große Kinderaugen. »Habt ihr denn einen Lieblingsgeschmack?«, erkundigte ich mich, um das Eis zu brechen, was wunderbar klappte. Jedes Kind nannte mir mit leuchtenden Augen seine Favoriten-Sorte. Ich notierte mir diese, um ihnen dazu später ein kleines Geschenk machen zu können. »Heute sind wir ein Team. Weil das Kochen der Zuckermasse etwas länger dauert und ihr ja sicher direkt loslegen wollt, hab ich diese Arbeit schon vorher erledigt. Das heißt, als Nächstes seid ihr dran.« Aufgeregt ehrfürchtiges Nicken folgte.

»Das, was ich hier habe, ist die sogenannte Rohmasse. Damit wir gut damit arbeiten können, müssen wir sie erhitzen. Dadurch wird sie weich, und wir können unser gewünschtes Aroma hinzugeben, also den Geschmack, den euer Traumbonbon dann später haben soll, genauso wie die Farbe. Und dann wird geknetet und geformt. Wir teilen uns jetzt in zwei Gruppen.« Ich zählte ab, und die Kinder stellten sich dementsprechend auf. Ich trat zu der einen Gruppe. »Ihr färbt die eine Masse rot und zaubert wunderbaren Erdbeergeschmack hinzu.« Dann ging ich zu den anderen Kindern. »Und ihr bereitet die weiße Glitzermasse zu. Neben dem Sahnegeschmack soll in den weißen Teig nämlich eine ordentliche Portion Feenstaub.«

Ich schwenkte lächelnd die Fläschchen mit dem Aroma und die Döschen mit dem Glitzerzucker und reichte den Grüppchen ihre jeweiligen Zutaten. Mit leuchtenden Augen machten sie sich ans Werk. Als es verführerisch nach frischen Erdbeeren duftete und die Bonbonküche wirkte, als sei sie mit glitzerndem Puderschnee bestäubt, ließ ich einen Löffel zart an ein Glas klingen und hatte sofort die Aufmerksamkeit der Kinder, die eben noch fröhlich durcheinandergeplaudert und gelacht hatten.

»Ihr habt fantastische Arbeit geleistet. Nun geht es weiter mit dem nächsten Schritt.« Ich deutete auf den Haken an der Wand. »Ich mache euch das einmal mit der Masse vor, die wir gemeinsam vorbereitet haben und aus der ihr auch gleich die Lollis macht. Aus einem Teil zaubern wir die Lollis, aus dem anderen die Bonbons. Und so werden die Bonbons später aussehen.« Ich zeigte Bonbons derselben Sorte, die bereits fertig waren, und reichte jedem Kind einen davon. Dann legte ich die Masse über den Haken und führte vor, was mir Alva noch vor wenigen Tagen auch zum ersten Mal gezeigt hatte.

»Die Masse ziehe ich so lange über den Haken, bis sie sich immer schwerer bewegen lässt. Dann ist sie bereit, zum Bonbon verarbeitet zu werden«, erklärte ich. Ich legte verschiedene Stränge auf der Arbeitsplatte zusammen, sodass ein kleines Muster im Innern der noch dicken Rolle entstand. Ein Herz sollte es in diesem Fall sein. Diese Rolle rollte ich, mithilfe der Kinder, immer weiter und zog sie in die Länge, bis der Strang so dünn war, dass wir daraus kleine Bonbons schneiden konnten, die am Ende ein winzig kleines Herz enthielten. Mit offenen Mündern staunten die Kinder, als ich ihnen erst die große Rolle mit dem Riesenherz im Innern zeigte und schließlich das Ergebnis, einen Bonbon mit einem Miniherz in der Mitte, in die Hand legte.

»Die dürft ihr direkt genießen! Und am Ende bekommt auch jeder ein paar Herzbonbons, versprochen«, erklärte ich. Die Kinder fackelten nicht lange, Bonbons wanderten in grinsende Münder, Kinderlachen erklang, und ich blickte in zufriedene Gesichter.

Jetzt bekam jedes Kind einen Platz zugeteilt und dazu eine gewisse Menge zweierlei Sorten der Zuckermasse, die für die Lollis bestimmt war. Diese rollten und zogen sie nach meiner Anleitung ebenfalls zu dünnen Strängen, verschlangen sie miteinander und rollten dies wiederum zu einer farbigen Stange, die wir anschließend zu Lollis formten.

Konzentriert werkelten die Kinder, gaben sich viel Mühe und formten mit glühenden Wangen wunderschöne kleine Lolli-Kunstwerke. Mal entstand eine Schnecke, ein anderer wurde zum Herz. Bei einigen war gar keine Form zu erkennen, was der Schönheit des Lollis jedoch keinen Abbruch tat. Jeder für sich war ein individuelles Kunstwerk. Die Zeit verging wie im Flug, und vor allem Levke wirkte so glücklich, dass mir das Herz aufging.

Mir gefiel, wie wenig sie sich aufgrund der Nähe zum Geschäft ihrer Oma in den Vordergrund spielte. Wusste man nicht, dass sie Alvas Enkelin war, wäre man nie darauf gekommen, denn sie verhielt sich zurückhaltend wie jedes der anderen Kinder.

Als alle ihre Lollis zum Aushärten beiseitegelegt hatten, durften die Kinder den Laden stürmen und sich ihre persönliche Lieblingsmischung zusammenstellen. Eifrig tigerten sie los, um sich, unter Floras Anleitung, an den Schütten voller Köstlichkeiten zu bedienen.

Einige Eltern waren schon ein paar Minuten früher da und freuten sich über den Anblick der begeisterten Kinder. Sie stöberten ebenso im Verkaufsraum, und bei einigen wanderten weitere Gläser mit Bonbons mit in den Einkaufskorb.

»Sie können uns gleich für den nächsten Sommer vormerken«, erklärten direkt zwei Mütter. »Da sind wir wieder hier, und wenn wir das Leuchten in den Augen unserer Töchter sehen, kann man das auch ein zweites Mal fest einplanen! Mia und Lisa sind unsere Mädchen. Nächstes Jahr können sie Emma auch gleich dazuschreiben. Dann ist sie auch alt genug«, fügte sie hinzu und strich dem kleinen Mädchen, das schüchtern ihre Hand hielt, über das Haar. »Kann man ihre wundervollen Leckereien auch online bestellen? Der Vorrat darf einfach nie leer werden!«

Ich lachte. »Danke, das freut mich sehr! Gerne notiere ich das bereits jetzt. Die beiden hatten großen Spaß und haben das wunderbar gemacht. Nachwuchssorgen muss man sich in dem Beruf jedenfalls keine machen. Und aktuell gibt es den Onlineshop noch nicht. Es kann aber sein, dass sich da bald etwas tut.« Mein Herz schlug aufgeregt bei diesem Gedanken. »Sie sollten dazu immer mal auf unsere Homepage schauen, die wir gerade aufsetzen. Wir werden unsere Kunden darüber auf dem Laufenden halten.«

Floras Blick war erstaunt, aber fröhlich, als sie zustimmend nickte.

Jedes der Kinder hatte sein Glas zusammengestellt, und ich machte mich daran, die mittlerweile ausgehärteten Lollis in die vorbereiteten Tütchen zu packen, sodass jedes sein eigens kreiertes Kunstwerk mit nach Hause nehmen konnte.

Freudestrahlend verabschiedeten sich die Kinder mit den Eltern, bis nur noch Levke, Flora und ich im Laden waren. Erschöpft ließ ich mich auf das Sofa fallen, das in einer Ecke des Raumes stand.

»Das war toll«, freute sich Levke und kuschelte sich neben mich. Sie schmiegte ihren kleinen Kopf an meine Seite, und ich legte den Arm um sie. »Du hast das ganz großartig gemacht. Oma wäre sehr stolz auf dich«, erklärte ich.

»Du hast das auch super gemacht, Marla. Fast so gut wie Ama. Ich bin traurig, dass sie nicht da ist«, erklärte Levke und machte ein betrübtes Gesicht.

»Das verstehe ich. Das bin ich auch. Aber bald ist sie bestimmt wieder hier, und du kannst ihr zeigen, was du gelernt hast.«

Levke nickte, wirkte aber sehr nachdenklich. »Hat Ama wegen mir Schmerzen? Weil sie sich so über mich aufgeregt hat?«

Erschrocken schaute ich das Mädchen an und drückte es tröstend an mich. »Nein, Liebes! Das hat überhaupt nichts mit dir zu tun! Mach dir bitte keine Gedanken! Deine Oma ist einfach nicht mehr so jung, und es gibt im Moment viel zu planen und erledigen. Das hat sie sehr angestrengt. Das passiert älteren Menschen schon einmal. Sie müssen dann nur ein bisschen mehr betüddelt werden und auf sich achten, und manchmal müssen wir Jüngeren sie ein bisschen dazu zwingen, dass sie sich auch mal eine Pause gönnen, wenn sie zu unvernünftig sind.« Ich zwinkerte ihr schelmisch zu. »Das macht dein Papa gerade, und die Ärzte haben sie von Kopf bis Fuß untersucht, damit sie nichts übersehen.«

»Okay. Dann geht es ihr jetzt besser?« Ich hatte den Eindruck, es arbeitete hinter der Stirn des blonden Lockenschopfes.

»Ja, mein Schatz«, beruhigte ich sie.

»Aber eigentlich ist es auch gut, wenn Papa hierbleiben muss bei Oma. Dann können wir länger auf Sylt sein. Wenn es Oma wieder gut geht, muss ich bestimmt wieder nach Hause. Aber das will ich gar nicht. Ich bin viel lieber hier.«

»Lass uns doch mal abwarten, wie es alles weitergeht. Ich bin mir sicher, dein Papa denkt bei seiner Planung auch an dich.« Ich sprach das aus und hoffte, dass dem wirklich so war, weil ich es mir selbst wünschte. Wenn ich etwas nicht wollte, dann war es, Levke leere Versprechungen zu machen. Dass sie so nachdenklich war, war schlimm genug. Die Kleine, die hier bei ihrer Oma Alva und im *Zuckerhüs* so aufging vor Freude, traurig zu sehen missfiel mir absolut.

Weil es bereits auf den Feierabend zuging, schlug Flora vor, dass Levke und ich schon einmal in den Garten gingen, um nach Ferdinand zu sehen, während sie aufräumte und den Tagesabschluss machte.

Levke freute sich und lief voran in den Garten.

»Man kann wirklich nur hoffen, dass Peer in seinem unabdingbaren Willen, für alle nur das Beste zu wollen, dieses kleine

Wesen nicht unglücklich macht.« Flora sprach mit ernstem Tonfall.

»Ich glaube nicht, dass er das wird. Nicht mehr«, nahm ich Peer in Schutz. »Alles wird gut, Flora.« Ich sagte das, weil ich wirklich den Eindruck hatte, Peers Haltung hatte sich verändert, dabei wusste auch ich längst noch nicht so recht, wie es weitergehen könnte.

In diesem Augenblick piepste mein Handy. Eine Nachricht von Peer, die mein Gefühl bestätigte. *Ich würde gerne mit dir reden*, schrieb er und fragte, ob wir gemeinsam essen wollten.

Gerne. Bis gleich, schrieb ich zurück und freute mich über die Aussicht auf einen Abend mit Peer. Aufgeregt, was er besprechen wollte, rief ich direkt Insa an, damit sie Bescheid wusste. Sie freute sich für mich und darüber, dass es Alva offenbar besser ging.

Levke und ich waren noch mitten in das Spiel mit Ferdinand im Garten vertieft, als die Pforte aufging und Peer auf uns zulief.

»Papa!« Freudig hüpfte Levke vom Rücken des Holzpferdes und rannte auf ihren Vater zu. Dieser wirkte angestrengt, aber glücklich, als habe er einen kräftezehrenden Dauerlauf hinter sich, den er erfolgreich und stolz absolviert hatte. Er kniete sich hin und breitete die Arme aus, in die sich seine Tochter sofort hineinfallen ließ. Beinahe wären sie gemeinsam umgekippt. Levke lachte. »Es war so toll! Soll ich dir mal meinen Lolli zeigen?« Ohne eine Antwort abzuwarten, flitzte Levke zur Bank, auf der wir ihre Tüte mit den gefertigten Werken abgestellt hatten.

»Danke, Marla! Sie ist ja total aus dem Häuschen«, stellte Peer anerkennend fest.

»Es war großartig! Auch mir hat es unheimlich viel Freude gemacht«, gestand ich und blickte zufrieden zu Levke, die gerade schon wieder angerannt kam. Vor lauter Aufregung verlor sie beinahe den Inhalt, so sehr wirbelte sie die Tüte herum.

»Mach langsam, mein Schatz«, warnte Peer lachend. »Wow! Wie ich sehe, habe ich noch eine Bonbon-Künstlerin in der Familie. Du kommst wohl ganz nach der Oma«, staunte Peer.

»Absolut! Levke hat das ganz toll gemacht!« Ich nickte anerkennend, und Levkes Wangen glühten wieder so rot wie bei der Arbeit an den Bonbons. Dann war sie schon wieder Richtung Ferdinand davongehüpft.

»Alva durfte also noch nicht mit nach Hause?«, erkannte ich besorgt, stellte aber fest, dass Peer lächelte.

»Nein, aber nur, weil sie auf Nummer sicher gehen wollen. Die Ärztin war sehr zufrieden mit ihr, meinte jedoch, noch eine weitere Nacht Beobachtung wäre sinnvoll. Alva hat das eingesehen, und ich bin auch der Meinung, dass das nicht verkehrt ist. So können wir ganz in Ruhe noch ein paar Dinge besprechen. Für die eine Nacht hat sie auch noch alles da, was sie braucht, und ich muss nicht nochmal zum Krankenhaus fahren.«

Ich verspürte ein nervöses Grummeln im Bauch. Flora kam aus der Tür. »Wie wäre es mit Schleifchennudeln mit Sahnesoße und Käseschnee, und danach noch ein Schälchen frische Erdbeeren?«, bot sie Levke an, die begeistert nickte. »Au ja! Mmh!« Sie rieb sich den Bauch.

»Na dann! Wollen wir deinen Papa und Marla jetzt mal losschicken, und wir machen uns einen Mädelsabend, was sagst du?« Flora hob fragend die Handflächen und schaute uns vielsagend an.

»Tschüss, ihr zwei«, rief Levke anstelle einer Antwort und rannte ins Haus.

»Danke, Flora«, sagte Peer, und die nickte ernst. Ihr Blick ruhte auf Peer.

»Ich baue auf dich, Peer«, fügte sie hinzu und verschwand dann ebenso im Haus.

»Flora war die letzten Tage nicht besonders gut auf mich zu sprechen«, erklärte Peer. »Verständlicherweise.«

»Aber dass sie sich dann um Levke kümmert, sieht mir doch nach einem Friedensangebot aus, oder?« Fragend schaute ich Peer an. »Ich habe ihr angedeutet, dass du etwas Wichtiges mit mir besprechen willst«, erklärte ich. »Sie hofft, dass es dabei in gewisser Form auch um sie geht.« Mein Herz klopfte schneller.

»Also meinst du, es ist nicht ganz uneigennützig, dass sie die Babysitterin spielt?« Peer lächelte und blickte zum Haus.

»Möglich. Wo wollen wir denn hingehen?« Ratlos schaute ich an mir hinunter. »Ich bin zwischen den engagierten Zuckerbäckern echt ins Schwitzen gekommen, und wahrscheinlich klebe ich überall ein wenig.«

Peer trat ganz dicht an mich heran. »Du bist wunderschön und duftest nach Zucker, Erdbeere und Vanille. Bleib bitte genau so, wie du bist! Du wärest hier in jedem Laden die Schönste!« Er griff nach meiner Hand und gab mir einen Kuss auf den Handrücken. Auf die Gefahr hin, dass jeden Moment Levke hier auftauchen oder aus dem Fenster schauen könnte, blickte ich mich um.

»Alles gut! Levke würde es feiern, uns hier zusammen zu sehen! Sie wünscht sich nichts mehr, als dass sie hierbleiben darf. Und wenn ihr Papa sich in eine Frau verliebt, die hier lebt, wäre das ganz in ihrem Sinne.«

»Soso! Und wie stehen dafür die Sterne?« Ich legte den Kopf schief und schaute Peer an. Er sagte nichts, doch sein Lächeln war Antwort genug.

Sanft legte er die Arme um mich, zog mich zu sich und küsste mir zärtlich den Hals. Kribbeln am ganzen Körper versetzte mich wie in einen Schwebezustand. Ich seufzte vor lauter Sehnsucht und übermannt von der Hoffnung, dass das hier kein Traum, sondern Wirklichkeit war, als er mein Gesicht in beide Hände nahm und mich küsste, wie ich es noch nie zuvor in meinem Leben erlebt hatte. Dieser Kuss war wie ein Ankommen, die erste Blüte einer zarten Pflanze, die ihre Wurzeln immer tiefer grub. Nicht mehr klein und schwach und von Sorgen niedergedrückt, sondern genährt durch die Hoffnung, die ich in unser Gespräch setzte. Ich war so verliebt, dass ich den Moment anhalten, den Wind und das goldene Abendlicht um uns herum konservieren und dieses Fleckchen Erde umarmen wollte. Es war wie ein kleines Aufwachen, als Peer mich sanft an der Hand zog.

»Lass uns gehen. Ich habe uns einen Tisch bei Erik reserviert. Ich muss dir etwas erzählen.«

»Ich freue mich.«

Obwohl ich vor Neugier beinahe platzte, schwiegen wir auf dem Weg. Wir gingen Hand in Hand, und es fühlte sich plötzlich so selbstverständlich und leicht an. Dankbar lächelte ich Peer an. In seinen Gesten, der gelassenen Art, in der er sich bewegte, und jedem Blick von ihm lag heute so viel Zuversicht.

Im Restaurant angekommen, begrüßte uns Erik überschwänglich und lotste uns an einen Tisch im Garten. Umrandet von hohen Buchsbaumkugeln, inmitten eines Lichtermeeres aus Solarleuchten und Windlichtern, nahmen wir Platz. Mir gefiel dieses Lokal mit der verwunschenen Terrasse, die sich an das historische Friesenhaus schmiegte. Der milde Sommerabend rundete die Atmosphäre romantisch ab.

»Wie schön es hier ist«, schwärmte ich.

»Freut mich, dass es dir auch so gut gefällt. Erik und ich sind lange schon befreundet. Es schmeckt einfach superlecker hier, und die Stimmung ist herrlich entspannt, leise und locker.«

»Das stimmt. Das kann ich heute wirklich gut gebrauchen. Der Tag hat mich ganz schön gefordert.«

»Levkes Laune und ihrem Stolz nach zu urteilen, hast du dich grandios geschlagen«, stellte Peer anerkennend fest. »Sie war ganz erfüllt.«

»Es war auch für mich toll. Es macht mir einfach große Freude und ist genau mein Ding. Ich liebe diese Arbeit, das *Zuckerhüs*, den Kontakt mit Menschen. Vor allem Kinder und Bonbons sind natürlich eine wunderbare Kombination für Glücksgarantien.« Ich lächelte.

»Marla, weshalb ich mit dir reden will«, setzte er an und drehte nervös das Glas in seinen Händen. Dabei rutschte sein Hemdärmel herunter, und zum Vorschein kam wieder das Armband, welches mir ganz am Anfang bereits aufgefallen war. Weil ich zwischendurch auch bei Thore und Anita ein solches entdeckt hatte, hielt ich es für etwas, was hier auf Sylt offenbar einfach dazugehörte. Seine Mimik wirkte angespannt. »Es geht um das *Zuckerhüs* und irgendwie auch um uns.« Er schaute mir in die Augen. »Ich habe heute im Krankenhaus lange mit Alva gesprochen. Heute Morgen schon einmal. Und nachmittags hatte ich dann einen Termin mit Alva und meinem Vater, wo wir per Videocall zu dritt einige wichtige Dinge besprochen haben.«

Was Peer begann zu erzählen, ließ mich den Atem anhalten. Keinesfalls wollte ich ihn unterbrechen.

»Du weißt, dass ich sehr damit kämpfe, dass mein Vater es sich in meinen Augen so leicht macht und sich unter dem Deckmantel einer neuen Liebe vom *Zuckerhüs* verabschiedet.«

Ich schluckte, denn damit ging das Gespräch in eine Richtung, die auch mir Bauchweh bereitete. Vermutlich musste ich heute das Geheimnis um meine Mutter lüften.

»Als ich nun erfahren habe, dass er der Frau sogar bereits einen Heiratsantrag gemacht hat, hat es mich ganz schön kalt erwischt. Ich war verzweifelt, hing in meiner eigenen Vergangenheit fest, fühlte mich für alles verantwortlich und wurde am Ende einfach nur noch wütend vor hilfloser Ratlosigkeit. Und meine Wut hat am Ende alle Menschen um mich herum irgendwie betroffen.« Er lächelte gequält. »Jetzt weiß ich, dass das von mir nicht fair war. Nicht fair, meine Oma mit meiner übertriebenen Sorge unter Druck zu setzen, nicht fair, Levke zu verunsichern, und nicht fair, meinem Vater sein Glück nicht zu gönnen. Ich habe früh akzeptieren müssen, dass meine Mutter kein Teil unserer Familie sein möchte und ich mich nicht auf sie verlassen kann. Mein Vater hingegen war immer für mich da, hat alles für mich gegeben und vieles aufgegeben. Das weiß ich eigentlich, und doch konnte ich es in den letzten Wochen nicht sehen. Stattdessen habe ich ihm nicht einmal jetzt, wo ich erwachsen bin und auf eigenen Beinen stehe, zugestanden, dass er endlich wieder an sich denkt. Das war kindisch. Zumal Alva in keinem Moment von ihm verlangt hat, bei ihr zu bleiben. Ich hab mich um sie gesorgt und hatte Angst, dass sie allein hier überfordert wäre. Mein Vater hat erkannt, dass seine Mutter gar nicht ständig einen Aufpasser benötigt und das hier alles wunderbar meistert. Ich habe dann mit meinen übersteigerten Sorgen einiges vollkommen in den falschen Hals bekommen. Es war nicht so, dass es mein Vater war, der Geld verlangt hat, sondern Alva, die glaubte, ihn unterstützen zu müssen. Das führte zu schweren Missverständnissen und Enttäuschung. Aber am Ende kamen meine Wut oder Verzweiflung viel eher daher, dass ich Gefahr lief, aufgrund dieser Situation mein Kind im Stich zu lassen. Ich fühlte mich wie in der Zwickmühle, wollte meiner Oma zur Seite stehen, aber Levke nicht aus ihrer gewohnten Umgebung und dem reißen, was von ihrer Familie noch übrig war. Nach der Trennung war ich ihr Fels in der Brandung, der immer da war, verlässlich und unumstößlich – genau wie mein Vater damals für mich. Ich hatte plötzlich das Gefühl, zu scheitern und mein Kind zu enttäuschen. Ich musste meine Zeit zwischen ihr und Alva aufteilen und überlegte, ob sie womöglich bei Cara besser aufgehoben wäre als zwischen all dem Stress und Drama um ihre Ama und meinen Vater. Gleichzeitig fühlte sich diese Überlegung absolut falsch an.« Sein Blick ging ins Leere.

Ich nickte, unsicher, was ich darauf sagen sollte, als er bereits fortfuhr.

»Du kennst nicht alle Details meiner Geschichte, aber dazu gehörte leider, dass ich mir immer Vorwürfe machte, dass meine Mutter uns meinetwegen verließ.«

Mit gerunzelter Stirn blickte ich ihn an. »Warum? Wie kommst du darauf?«, flüsterte ich eher, als dass ich sprach. Ich dachte an meinen eigenen Vater, und mein Herz wurde schwer.

»Es gab einen Vorfall, bei dem ich mich in Gefahr gebracht habe. Ich war noch klein. Keine vier Jahre alt. Ich war ein Träumer, vollkommen in meine Welt und mein Spiel vertieft, sodass ich die Gefahr nicht erkannt habe. Für mich ging es am Ende gut, hätte aber schlimm enden können. Meine Mutter hat sich nie damit versöhnt, dass sie nicht rechtzeitig zur Stelle war.«

»Das ist schrecklich«, sagte ich. Ich dachte an die Geschichte von Insa und Thore, und mir wurde schwindelig dabei. »Es tut mir leid, was du erlebt hast.« Ich drückte seine Hand.

»Jeder verarbeitet eine solche Erfahrung sicher anders. Meine Mutter zerbrach daran. Und damit unsere Familie. Ich stehe seitdem permanent zwischen Schuldgefühlen und Verlustängsten. Ich kämpfe bis heute mit der Schuld. Wäre ich nicht so unvorsichtig gewesen, vielleicht wäre sie dann noch bei uns. Und ohne es zu realisieren, hätte ich genau diese Ängste beinahe an Levke weitergegeben, obwohl das das Letzte war, was ich wollte. Ich wollte bei meiner Tochter alles besser machen. Und schon mit unserer gescheiterten Beziehung ist mir das nicht geglückt. Dann hat mein Vater sich anders verhalten, als ich es erwartet oder mir von ihm gewünscht hätte, und hat mich damit unbeabsichtigt enttäuscht und verletzt. Ich habe mich so sehr damit abgemüht, die Kontrolle zu behalten, mich dafür verantwortlich gefühlt, dass es allen gut geht. Immer getrieben von der Wut auf meinen Vater.« Er machte eine Pause. »Und dabei habe ich alle – auch mich selbst – aus den Augen verloren und nur noch mehr Sorgen geschaffen. Aber weißt du, wer mir die Augen geöffnet hat?«

Ein Lächeln zuckte über seine Lippen, als ich unwissend den Kopf schüttelte.

»Du, Marla.« Er griff nach meiner Hand. Es war mir unangenehm, dass diese feucht war vor Nervosität.

»Ich?« Meine Kehle war trocken, weshalb meine Frage rau und erstickt klang.

»Ja. Marla, du! Du warst in dieser Entwicklung die Erste, die den Mut hatte, mir offen zu sagen, dass ich einen Fehler mache. Das hat mich verletzt. Natürlich hat es das. Ich wollte derjenige sein, der alles im Griff hat, und habe dabei nicht bemerkt, dass dem längst nicht mehr so war. Du hast mir geholfen, das zu erkennen. Und noch etwas: Alva hat mir erzählt, wer meinen Vater so glücklich macht.« Kurz stockte er. »Sei ihr nicht böse, sie sagte, eigentlich wolltest du es mir selbst sagen. Aber sie ahnte, dass es dir schwerfallen würde, und war überzeugt, ich muss es wissen.«

Ich lachte, wollte etwas sagen, doch der Ton, der meinen verkrampft schmalen Lippen entwich, war kaum zu deuten.

»Peer, ich wollte dir das längst sagen«, setzte ich an, als Peer seine warme, weiche Hand auf meine legte.

»Dass du bei meinen emotionalen Schwankungen nicht unbedingt auch noch dieses Fass aufmachen wolltest, kann ich gut verstehen. Ich habe dir mit meiner Reaktion auf deine Ehrlichkeit sicher nicht gerade Mut gemacht und auch kein Vertrauen erweckt.«

Ich nickte. »Ich hatte ehrlich gesagt Sorge, du brichst jeden Kontakt mit mir ab, wenn du erfährst, dass ich die Tochter der *dahergelaufenen Touristin* bin, die deinem Vater den Kopf verdreht und dir diesen Haufen Probleme bereitet hat. Als ich es erfahren habe, warst du so wütend wegen Johanns Auftritt mit dem Makler. Ich wusste nicht, was ich tun soll. Erst recht, als ich von den Heiratsplänen erfuhr.«

»Ich bin dir nicht böse, Marla. Im Gegenteil! Ich sollte dir dankbar sein, dass du mich wachgerüttelt hast. Du gönnst deiner Ma ihr Glück und lässt sie ihre Liebe leben, auch wenn sie dir fehlt und du sie gern an deiner Seite hättest, in einer Zeit, in der du selbst Schwierigkeiten hast. *Das* ist wahre Größe! Mein wilder, beleidigter Aktionismus hat hier für so viel Kummer gesorgt. Damit habe ich niemandem geholfen. Inzwischen habe ich verstanden, dass ich das nicht allein entscheiden muss. Nein, dass ich es nicht darf. Wir müssen alle gemeinsam darüber sprechen, unsere Wünsche und Vorstellungen auf den Tisch legen und dann die richtige Lösung finden – auch Levke. Ich habe mich bei Alva entschuldigt dafür, dass ich vor allem *ihr* Sorgen verursacht habe, indem ich die Verantwortung an mich gerissen habe. Doch jetzt endlich habe ich es verstanden. Habe Alva zugehört. Sie hat dich sehr gern und bewundert deine Art und deine Einstellung. Auch mit Cara hat sie gesprochen, hat versucht, ihr Levkes Sicht zu vermitteln, denn in dem ganzen Trubel um unsere zerbrochene Liebe haben wir unsere Leitplanke aus den Augen verloren, und das ist unser Kind. Wir mussten wieder auf die richtige Spur gebracht werden.«

Ich dachte daran, was Cara gesagt hatte.

»Jeder von uns war erstarrt in seiner Position, wollte mit dem Kopf durch die Wand – wie so oft in unserer Beziehung. Cara hielt daran fest, Levke bei sich behalten zu wollen. Es war ihre Idee, dass Alva mit nach Hamburg ziehen könnte, und es erschien mir als die einzige Chance, mein Kind weiter bei mir zu haben, wenn ich mich um meine Oma kümmern wollte. Deshalb habe ich mich vollkommen darin verrannt. Erst du hast mich wachgerüttelt und Alva mit deiner neuen Sicht von außen Mut gemacht, mir von ihren und Levkes Bedürfnissen zu erzählen, mich – uns – wachzurütteln. Sie hat Cara gezeigt, dass es manchmal wichtig ist, seine Kinder loszulassen, um ihrem Glück nicht im Weg zu stehen.« Er machte eine Pause, und ich schaute ihn abwartend an.

»Weshalb ich all das sage, ist, dass du mit den größten Anteil an einer Lösung trägst, mit der wir alle leben können. Alva wurde durch ihre Gesundheit daran erinnert, dass alles endlich ist und meine Sorge nicht komplett unberechtigt. Dass sie dich kennengelernt hat und sah, wie sehr du nicht nur sie, sondern auch mich und Levke für dich eingenommen und wie du in so kurzer Zeit das *Zuckerhüs* lieben gelernt hast, hat ihr Zuversicht gegeben. Das, was ihr größter Wunsch war, nämlich dass noch zu ihren Lebzeiten ein neuer Wind durch ihr *Zuckerhüs* wehen darf, der nichts von dem Zauber mitnimmt, sondern ihn weiter in sich trägt, scheint ihr plötzlich wieder möglich. Durch dich. Das *Zuckerhüs* muss nicht schließen, nicht einmal, wenn sie sich zurücknimmt, jetzt, wo mein Vater ausfällt. Sie ist bereit, die Zukunft des *Zuckerhüs* in jüngere Hände zu legen, die es in ihrem Sinne fortführen. Sie möchte die Einarbeitung übernehmen und dabeibleiben, ein Teil davon bleiben. Sie sagt, mit dir wäre das möglich.«

Ich hörte zwar, was Peer sagte, aber es war, als säße ich in einer Glasglocke unter Wasser, und der Inhalt kam nur verschwommen und verzerrt bei mir an. Offenbar zeigte das auch mein Gesichtsausdruck.

»Marla? Ist alles in Ordnung?« Peer legte auch die andere Hand auf meine und schaute mich besorgt an. Ich starrte auf sein Armband. »Du wirkst ganz abwesend. Hab ich etwas Falsches gesagt?«

Ich schüttelte hektisch den Kopf. »Nein, entschuldige. Ich glaube, es braucht ein paar Sekunden, damit ich all das, was du gerade gesagt hast, begreife.«

»Das verstehe ich, aber bitte lass mich noch eines sagen. Ich möchte dir etwas anbieten.« Peer standen Schweißperlen auf der Stirn, und er war selbst sichtbar bewegt von dem, was er mir sagen wollte.

»Marla, ich muss mich bei dir entschuldigen. Und bei deiner Mutter Tina, unbekannterweise. Es tut mir leid, was ich über sie gesagt habe, ohne sie zu kennen. Dass ich so böse über deine Mutter gesprochen habe, das lag einzig an meinem Groll gegen meinen Vater und dem Missverständnis um die Auszahlungssumme. Es ging ihm nie um einen bestimmten Betrag, sondern schlicht darum, dass wir das Lebenswerk von Alva nicht unter Wert verscherbeln, nur weil es schnell gehen soll und wir eine Lösung brauchen. Deine Mutter hat es geschafft, zu vermitteln, hat ihm vor Augen geführt, wie es mir geht und warum. Und deshalb haben wir eine Entscheidung getroffen: Wir, mein Vater und ich, werden weiterhin Inhaber von Haus und Laden bleiben, aber wir wollen dir anbieten, im *Zuckerhüs* federführend, mit Alva und Flora an deiner Seite, einzusteigen. Über einen Betrag oder ein mögliches Konzept werden wir uns ganz sicher einig, jetzt, wo die Sache mit meinem Vater geklärt ist. Einzige Bedingung wäre, dass du Alva in ihrer geliebten Manufaktur weiterhin ihren Raum gibst.« Er lächelte, weil er wusste, dass Alvas weiteres Wirken im *Zuckerhüs* etwas war, worauf ich sowieso größten Wert legte.

»Peer, ich ...«, setzte ich an, suchte dann nach Worten, fand aber kaum welche. »Ich bin sprachlos.« Mehr brachte ich nicht zustande. Stattdessen starrte ich ihn nur fassungslos an.

»Wenn dir das zu viel ist oder zu eng an meiner Familie, verstehe ich das natürlich. Fühl dich nicht verpflichtet. Aber nach dem, was du mir von deinen Plänen und Träumen erzählt hast, könnte das eine Möglichkeit sein, sie weiterleben zu lassen. Und ich gestehe, ich fände es ... besonders traumhaft!«

»Es ist traumhaft«, stammelte ich. »Ist das alles wahr? Wo ist der Haken?« Ich lachte hoch und nervös. »Aber Alva wird älter. Du hast ja recht. Was wird dann sein, wenn es ihr irgendwann schlechter geht? Soll das der Haken sein, dass sich ihr Umzug nur zeitlich verschiebt?«

»Vorausgesetzt, es klingt für dich nach einer passablen Option, dass ich mich darum kümmere, dass Levke hier eingeschult wird und ich meinen Lebensmittelpunkt nach Sylt verlagere, gibt es keinen Haken. Die Sterne stehen also ganz gut für Levkes Wünsche, um deine Frage von vorhin zu beantworten.«

Ich schlug die Hände vor den Mund und schüttelte zaghaft den Kopf. »Ihr wollt nach Sylt ziehen? Du und Levke? Ernsthaft? Ihr auch?«

»Wie du vielleicht in Levkes Freundebuch gesehen hast, ist das mein Wunschwohnort. Schon immer. Wie deiner auch, hab ich gelesen. Nur kann ich das, seit es Levke gibt, nicht mehr allein entscheiden.«

Ich nickte sprachlos, als Peer fortfuhr. »Cara hat ihr Okay gegeben. Sie ist mit Hamburg nicht aus der Welt und kann sich ihre Zeit so einteilen, dass sie regelmäßig auf die Insel kommen kann. Es steht einem Neustart hier also nichts mehr im Wege. Vorausgesetzt, du willst das.« Er machte eine Pause und schaute mich an. »Willst du das?« Peer strahlte wie ein kleines Kind an Weihnachten und Ostern zusammen, so glücklich und erwartungsvoll sah er aus. Und das, was in diesem Moment ganz langsam in meinem

Kopf ankam, ließ auch bei mir prickelnde Glückshormone durch meinen Kreislauf jagen.

Wie in einer Champagnerflasche beim Öffnen sprudelte plötzlich alles über und bahnte sich in einem haltlosen Lachen, irgendwas zwischen Freude und Ungläubigkeit, seinen Weg. Tränen kullerten über meine Wangen, und ich schlug die Hände vors Gesicht, wissend, dass das unweigerlich dazu führen würde, dass mein Augen-Make-up mich in schwarzen Schlieren zum Panda verwandeln würde. Doch das war in diesem Moment egal, in dem nur zählte, dass mein Traum wahr wurde. Ich durfte mich im *Zuckerhüs* verwirklichen und auf Sylt bleiben. Mit Peer an meiner Seite.

»Darf ich das als ein ›Ja, ich will‹ deuten?« Peer konnte sich ein breites Grinsen nicht verkneifen, als er bemerkte, dass er vom Nachbartisch neugierig verzückte Blicke erntete. Die anderen Gäste glaubten ganz offensichtlich, Zeugen eines Heiratsantrages zu werden, und blickten mich erwartungsvoll an. Ich lachte. »Peer, es ist alles so verrückt! Ja! Und wie ich will!« Peer sprang auf und nahm mich in den Arm.

Das Pärchen am Nachbartisch applaudierte, und der Mann rief den Kellner zu sich. Dieser brachte kurz darauf eine Flasche Champagner. »Mit den besten Wünschen der anderen Gäste. Alles Gute für Sie!«

»Oh, wow, Peer! Das ist verrückt!« Peer und ich standen auf und hielten unsere Gläser hoch und prosteten den Tischnachbarn zu. »Herzlichen Dank!« Wir sagten die Worte gleichzeitig.

Peer grinste und beugte sich vor. »So schnell ist man in den Augen der anderen verlobt! Lassen wir sie in dem Glauben?« Er zuckte die Schultern.

»Fühlt sich alles ganz wunderbar an, Peer«, flüsterte ich, kicherte und vergrub meinen Kopf an seinem Hals. »Wir lassen sie in dem Glauben.« Wir hatten uns nach einigen Sekunden wieder hingesetzt und hielten uns nur zärtlich an einer Hand.

23.

Der ganze restliche Abend, das Essen mit Peer, verlief unwirklich schön. Ich ließ immer wieder die Bilder der letzten Tage wie in einem Film, der zurück- und wieder vorgespult wurde, an mir vorbeiziehen. Ich war jedes Mal aufs Neue fassungslos, was alles passiert war und welch fantastische Wendung all diese Entwicklungen genommen hatten.

Auch die Tatsache, die wir nicht unmittelbar in der Hand hatten und verändern konnten, nämlich, dass es Alva dauerhaft wieder gut ging, war nun so in unseren Plan vom Glück eingebaut, dass immer jemand für sie da wäre. Privat und auch beruflich. Auch an Flora dachte ich, die wahrscheinlich mit klopfendem Herzen und voller Aufregung Levke hütete.

»Peer, wir müssen Flora informieren. Sie hat ernsthaft Angst um ihre Zukunft und in den letzten Tagen ganz schön gezittert. Erst die Sorge um die Manufaktur, den Verlust ihrer Wohnung, und jetzt auch noch Alvas Zustand. Ich glaube, das war heftig für sie.«

Peer nickte geknickt. »Ich hab das gar nicht so bedacht, und es tut mir sehr leid. Bemerkenswert, wie souverän sie weiterhin jeden Tag so freundlich und fröhlich in der Manufaktur stand.«

»Sie lebt und liebt ihre Arbeit einfach, Peer. Und sie fühlt sich Alva sehr verbunden. Was sie da gemeinsam Tag für Tag schaffen, ist so wertvoll und so viel mehr als nur das Chefin-Angestellte-Verhältnis.«

»Du hast recht. Ich hatte irgendwie Scheuklappen vor den Augen und habe vor Sorgen nichts anderes mehr gesehen.« Er schüttelte den Kopf. »Und dann kommt ein Mensch, der mit einem Mal all diese Probleme viel kleiner erscheinen lässt und am Ende die Lösung ist. Und ich Idiot erkenne das erst in Zeitlupe.« Er hob mit schuldbewusstem Blick die Augenbrauen. »Du bist die Tochter der Liebe meines Vaters, bist mutig genug, hier nach diesem Dilemma mit deinem Ex dennoch einen Neuanfang zu wagen. Du bist bereit, Wege zu gehen, die so ganz anders sind, als du sie ursprünglich geplant hattest, und du hast dich auch noch in das *Zuckerhüs* verliebt. Ich kann es noch immer nicht glauben, Marla. Diese Lösung ist so perfekt, dass ich sie vielleicht deshalb so lange nicht erkannt habe, weil sie mir wie ein utopischer Traum erschien.«

»Nicht nur das *Zuckerhüs*«, raunte ich Peer zu, der verwirrt guckte. »Nicht nur in die Manufaktur habe ich mich verliebt«, fuhr ich fort. Peer lächelte, und jedes Lachfältchen um seine warmherzigen Augen schien gegen die Sorgenfalte auf seiner Stirn zu arbeiten. Ich war dankbar, ihn so glücklich zu sehen.

Im Laufe unseres Gesprächs drehte Peer immer wieder an dem Band an seinem Handgelenk, das mit dem kleinen Anker.

»Mein Glücksbringer. Offenbar hat es geklappt, und er hat mir dich geschickt.« Ich schaute lächelnd auf das Band.

»Es hat eine bestimmte Geschichte und Bedeutung?«

»Oh ja. Es wird mich immer an diesen Moment erinnern, in dem ich fast gestorben wäre. Auch wenn ich mich an vieles selbst gar nicht erinnern kann und es nur aus Erzählungen weiß, weil ich einfach zu klein war. Vielleicht verdränge ich es, weil das, was danach geschah, für mich als Kind noch viel gravierender war, denn meine Mutter verließ uns.« Peer starrte auf das Armband. »Meine

Mutter und ich waren damals gemeinsam am Strand. Irgendwann ging ich unbedacht ins Wasser, wo größere Kinder spielten. Ich konnte zwar schwimmen, aber überschätzte mich wohl. Es ging alles ganz schnell, und um ein Haar hätte es tödlich für mich enden können. Der Typ, der mich damals rettete, war ein Surfer. Er war immer dort am Strand. Schon damals war es so, dass am Übergang zum Strand selbst geknüpfte Armbänder und solche Kleinigkeiten als Souvenir verkauft wurden. Es war ein wunderschöner Sommertag, und dieser junge Kerl, den wir so bewunderten, ja regelrecht anhimmelten, weil er der coolste Surfer weit und breit war, er schenkte mir und ein paar anderen Kindern diese Bänder. Wir waren so stolz!« Peer lachte anerkennend, aber auch wehmütig. »Das war kurz bevor das Unglück geschah. Ich konnte gerettet werden, doch der Surfer, mein Retter, verlor sein Leben. Ich habe das Band seitdem behalten und kaum einmal abgelegt. Später habe ich es mit Leder verstärkt, weil es mir so viel bedeutet und ich es nie verlieren will. So wie das Band, dass du Levke geschenkt hast. Ich bin mir sicher, das wird sie ewig in Ehren halten.«

Fassungslos schüttelte ich den Kopf, als die Puzzleteile an ihren Platz fielen. Es konnte kein Zufall sein. Peer sprach von dem Tag, der auch Insa und Thore ihr Leben lang beeinflusst hatte.

»Alles okay?«

»Ich weiß nicht genau. Ich glaube, es schließt sich hier gerade ein Kreis.« Und dann erzählte ich ihm, was meine beste Freundin mir von jenem schrecklichen Moment erzählt hatte. Dass dieses Erlebnis auch bei anderen Menschen Wellen geschlagen hatte, bewegte Peer. Auch dass die Eltern von Thore ebenso Schuldgefühle hatten, weil sie seine Mutter abgelenkt hatten. Er war nicht allein mit den Folgen dieses Tages, und er war nicht der Einzige, der noch immer dieses Armband trug. Es machte ihn nachdenklich und traurig, aber zugleich fühlte er sich weniger allein.

»Hast du von der Familie des Surfers denn mal wieder was gehört?«, fragte ich.

Peer schüttelte traurig den Kopf. »Leider nicht. Meine Mutter hatte den Kontakt anfangs wohl gesucht, hielt es aber nicht aus und hat bald jede Verbindung abgebrochen. Sie hat mir keine Adresse oder Telefonnummer weitergegeben. Die Familie kam nicht von der Insel, und ich habe mich nie getraut, weiter nachzuforschen. Zu oft hinderten mich meine eigenen Schuldgefühle und die Angst vor der Reaktion der Familie daran. Die Schuldgefühle meinem Retter gegenüber und darüber, dass unsere Familie zerbrach, blieben für immer. Und auch eine tiefe Verbundenheit zum Meer, trotz allem. Oder gerade deshalb?« Er zuckte matt die Schultern. »So schlimm die Situation damals war – ich war zu jung, um das alles vollends zu begreifen. Weit schlimmer traf mich, dass meine Mutter ging.«

Was Peer mir soeben erzählte, berührte mich zutiefst. Es war ein wunderschöner Abend, voller intensiver, tiefgehender Gespräche, der von mir aus nie hätte enden dürfen. Aber irgendwann gestand Peer, dass er Levke nicht zu lange bei Flora lassen wollte. Außerdem juckte es mich in den Fingern, mit Flora zu sprechen, um Entwarnung zu geben. Also machten wir uns irgendwann auf den Weg zurück zu Alvas Haus. Wir fanden Flora und Levke gemütlich unter eine Decke gekuschelt mit einem Buch auf dem Sofa.

»Seid ihr schon wieder da?« Levkes Miene war eher enttäuscht, woraufhin Flora lächelte.

»Wir haben es sehr gemütlich hier, wie ihr seht.« Sie legte den Arm um das kleine Mädchen, und dieses schmiegte sich an sie. »Hattet ihr auch einen schönen Abend?«

»Einen wundervollen«, erklärte ich. »So viele Wunder an einem Abend. Die mussten wir mit euch teilen. Deshalb sind wir auch schon wieder da.«

Irritiert blickte Flora mich an. »Darf ich wohl eine Flasche Prosecco öffnen? Oder gleich Champagner?« Verschmitzt grinste sie.

»Also, wenn der Gedanke daran, dass ich hier das Team dauerhaft verstärke, Anlass zum Toast für dich ist, ja!« Ich lachte, und Flora klatschte in die Hände. »Oh, ihr Lieben! Was für bezaubernde Neuigkeiten! Es darf also wirklich weitergehen?« Schlagartig glänzten Tränen in Floras Augen, und ein freudiges Strahlen zog über ihr Gesicht.

»Unbedingt. Und Alva bleibt genau so häufig und lange mit an Bord, wie sie es möchte und leisten kann. Wir sind jetzt ja jederzeit an ihrer Seite. Und wenn sie mal ein wenig Ruhe braucht, bist du nie allein, denn ich bin da. Und ich kann nebenbei auch schauen, was sich noch Schönes mit ins Sortiment einbauen lässt.« Ich schmunzelte vergnügt.

»Das ist unfair«, klang es mit einem Mal von Levke. Verblüfft drehte ich mich zu ihr.

»Was meinst du, Prinzessin?«

»Du darfst also hierbleiben und ich nicht?« Ihre blauen Augen schauten mich unendlich traurig an. Ich blickte zu Peer, unsicher, ob ich verraten durfte, wie es weiterging.

»Weißt du, bevor ich dir etwas verspreche, was dann vielleicht nicht klappt, wollte ich zuerst mit Marla reden, ob sie bei meinem Plan mitmacht«, erlöste er mich aus der Unsicherheit. Ein Grinsen breitete sich auf seinem und meinem Gesicht aus. Levkes Blick ging von Peer zu mir und zurück, blieb aber skeptisch. »Und weil Marla Ja zu meinem Plan gesagt hat, Ama hier im *Zuckerhüs* zu unterstützen, kann ich auch dir eine große Überraschung erzählen: Du und ich, wir werden hierbleiben in Amas Nähe. Und in

Marlas und Floras. Du wirst auf Sylt zur Schule gehen, und Mama wird, sooft es geht, hier sein, um dich zu besuchen, mein Schatz.« Die Kleine riss die Augen auf, sprang vom Sofa und schoss mit geöffnetem Mund auf Peer zu, der sich zu ihr herunterkniete und die Arme ausbreitete. Sie schlang ihre kleinen Ärmchen um Peers Hals und juchzte und jubelte. Dann kam sie zu mir und umarmte auch mich, und diese liebe Geste brachte mich zum Weinen.

»Ich freue mich auf unsere Zeit, kleine Maus«, flüsterte ich in ihr Ohr.

»Und wenn ihr hochzeitet, versprecht ihr mir dann eine Kutsche?«, wisperte sie ganz leise in mein Ohr, woraufhin ich lachen musste.

»Auf jeden Fall!« Verschwörerisch legte ich den Finger auf die Lippen. »Papa verraten wir das natürlich nicht!«

Gespielt empört stemmte Peer die Hände in die Hüften.

»Soso! Da gibt's also gleich die ersten Geheimnisse unter Frauen?« Mit ernstem Blick hob er eine Augenbraue, konnte aber dem Kieksen seiner Tochter nicht länger standhalten, sondern hob sie hoch und wirbelte sie durch die Luft.

»Damit wirst du in Zukunft wohl leben müssen«, erklärte ich und hob die Hände. Wir lachten.

»Champagner führt unser bescheidener Haushalt leider nicht. Aber ich denke, das ist okay?« Flora hatte tatsächlich eine Flasche Prosecco geholt und schenkte uns je ein Glas ein. »Danke, ich muss noch fahren«, sagte ich.

»Willst du nicht hierbleiben? Alva hat hier ein unheimlich bequemes Sofa. Das bereite ich dir gerne vor oder biete mein Bett an und wechsele aufs Sofa«, erklärte Peer.

Ich lächelte unsicher. »Wenn das in Ordnung ist, gerne. Ich muss nur Insa Bescheid sagen, damit sie kein Suchkommando nach mir aussendet.«

Für unser Telefonat trat ich kurz aus dem Raum. Insa war begeistert von den Neuigkeiten, die ich ihr in Kurzform erzählte, und auch sie hatte von ihrem Abend mit Thore nur Positives zu berichten. Ich hatte den Eindruck, sie war nicht allzu böse, mit Thore allein zu sein.

Als ich ihr dann auch noch von meiner Erkenntnis berichtete, dass Peer der Junge gewesen war, dessen Rettung sie damals miterlebt hatten, schaffte ich das fast Unmögliche. Es verschlug Insa die Sprache.

»Ich muss es unbedingt Thore erzählen«, sagte sie nach einer Weile fast flüsternd, dann legten wir auf.

Irgendwann wurde es Zeit für Levke, ins Bett zu gehen. Flora erklärte sich ohne Umschweife bereit, das Ritual, das dafür notwendig war, zu übernehmen, und verabschiedete sich gleich selbst in die Nacht. Levke wollte heute bei Flora im Gästezimmer übernachten, das hatten die beiden vor Peers und meiner Rückkehr schon ausgeheckt.

Peer und ich nutzten die einkehrende Ruhe und kuschelten uns auf Alvas bequemem Sofa aneinander. Er hatte den Arm um mich gelegt und strich sanft über meinen Oberarm. Wir genossen die laue Luft und die Geräusche der milden Sommernacht, die durch das offene Fenster zu uns hereinwehten. Wir unterhielten uns leise, schwiegen dann und formten neue Träume inmitten all der Herausforderungen, die uns in den nächsten Tagen und Wochen bevorstehen würden. Wir bestärkten uns gegenseitig darin, dass wir uns Halt geben würden, auch wenn es hin und wieder Schwierigkeiten geben würde.

Erst mit der Zeit würden sich Hürden und Stolpersteine zeigen, die das rosarote Gefühl verblassen lassen würden, welches uns gerade trug, dessen waren wir uns bewusst, und das konnten und wollten wir nicht leugnen, trotz aller Euphorie. Dennoch waren wir uns sicher, dass das *Zuckerhüs* mit seiner pastellfarbenen, hell-süßen Atmosphäre uns immer wieder ein schützendes Dach bieten würde und einen Antrieb, für den es sich lohnte zu kämpfen.

»Dann ist es nun wohl an der Zeit, dass einer von uns aufs Sofa umzieht?«, fragte ich, als Peer und ich uns schließlich aufrappelten, um den Abend zu beenden. Mein Grinsen konnte nicht verbergen, dass ich mich eigentlich kaum von ihm trennen mochte.

»Nun, da Levke ja heute bei Flora übernachtet ... ich wollte es dir vorhin nicht anbieten, falls es dir unangenehm ist, aber jetzt, wo neben mir ein Platz frei ist ...«, erklärte Peer, und sein Blick sagte auch ohne Worte, dass er sich vorstellen konnte, dass ich diesen Platz einnehmen könnte.

»Und was ist, wenn Levke nachts Heimweh bekommt und mich an deiner Seite findet?«

»Meinst du wirklich, das würde sie schockieren?«, fragte Peer. »Ich würde vermuten, sie kuschelt sich eher noch an dich, als dich zu verscheuchen.« Wir lachten. »Davon abgesehen glaube ich nicht, dass sie auf Wanderschaft geht. Levke liebt es, woanders zu schlafen, und Flora ist ihr so vertraut.«

Sanft griff er nach meiner Hand und zog mich hinter sich her. Bemüht, niemanden aufzuwecken, stiegen wir die Holztreppe hoch zu Peers Zimmer. Die Holzdielen knarzten leise unter unseren Füßen, und es fühlte sich prickelnd heimlich an, hinter ihm herzuschleichen, und dabei so richtig. Mir war, als sehe ich Alvas verzücktes Lächeln. Sie würde sich freuen, uns hier so zu sehen.

Wir erreichten Peers Zimmer, welches genau so war, wie ich mir immer mein Traumzimmer in einem ursprünglichen Friesenhaus vorgestellt hatte. Der Boden war aus rustikalen Holzdielen gestaltet, dicke, weiche Teppiche führten zum Bett und vor einen großen Lesesessel, der neben dem Kleiderschrank stand. Eine Leselampe und eine leichte Decke über der Armlehne wirkten auf mich gemütlich, und ich stellte mir vor, dass ich hier gerne ein Buch lesen würde. Ein Butzenfenster unter den Schrägen des Friesengiebels führte zum Garten hinaus. Es war dunkel, ich konnte nur an den runden Lampen, die den Garten abends in ein warmes orangefarbenes Licht tauchten, erahnen, welcher Blick sich hier tagsüber bot. In der Mitte des Raumes, der nur durch den schwachen Schein einer Nachttischlampe erhellt wurde, stand ein riesengroßes Bett. Daneben eine Art Kinder-Luftbett, das mit einer Schar Kuscheltiere bevölkert war, die Wache hielten. Auch Hasi, den ich bei Levkes kleinem Ausflug kennengelernt hatte, konnte ich entdecken und schmunzelte. Das neue Pferdchen hatte sie zum Schlafen mitgenommen.

Dicke Vorhänge machten es möglich, morgens das Licht auszusperren.

Ich trat ans das gekippte Fenster und wartete einen Moment, bis meine Augen sich an die Dunkelheit draußen gewöhnten. Ein seichter Windhauch zog herein und umschmeichelte mich zärtlich. Peer stellte sich hinter mich und legte die Arme um meine Schultern. Ich griff nach seinen Händen und umfasste sie. Ein Gefühl von Geborgenheit und Wärme zog wie ein liebevoller Zauber durch meinen Körper.

Ich spürte seinen Atem warm und zart an meinem Nacken, fühlte, wie er mir immer näher kam, bis seine Lippen meinen Hals berührten und ihn über und über mit sanften Küssen verwöhnten, als wollten sie jeden Quadratzentimeter mit Liebe fluten. Ich schloss die Augen und drehte mich langsam in seinen Armen zu ihm um. Mit jedem Hauch einer Bewegung darauf bedacht, nicht zu unterbrechen, was ich gerade so genoss. Peer sorgte auf fantastische Weise dafür, dass ich mich fühlte wie in einem schönen Traum. Er verfolgte meine Drehung mit ununterbrochener Berührung. Zu keiner Sekunde musste ich auf das aufregende Prickeln auf meiner Haut verzichten.

Ich hob die Lider und blickte ihm direkt in die Augen, in denen ich eine Spiegelung der Lichter im Garten sah. Ich versank im dunklen Blau dieser Augen, und der Kuss, der folgte, schien mich in die Wolken zu heben. Ich hörte, wie Peer die Vorhänge zuzog, ohne sich von meinen Lippen zu lösen, bevor er mich sanft in Richtung Bett führte.

24.

Erschrocken riss ich die Augen auf, als etwas schwer auf mir landete. Mit einem großen Satz war Levke laut juchzend und hellwach in unser Bett gesprungen. In Sekundenschnelle war ich ebenso munter. Zum Glück hatte ich mir wegen des kühlen Luftzugs, der heute Nacht durchs Fenster geweht war, eines von Peers Shirts übergezogen, schoss es mir durch den Kopf.

Bevor ich realisierte, wie mir geschah, quasselte Levke bereits auf uns ein: »Moin, ihr Schlafmützen. Ihr verpasst Ama gleich«, rief das Mädchen, und mit einem Mal war es Peer, der kerzengerade im Bett saß.

»Wie bitte?«

»Sie ist gleich da, sagt Flora«, erklärte Levke und war bereits wieder vom Bett geklettert, und wir hörten, wie sie die Holztreppe nach unten rannte.

»Alva ist gleich da?«, fragte ich verwirrt, und Peer zuckte die Schultern.

»Schade eigentlich«, platzte es aus ihm heraus, und er presste sich die Hand vor den Mund. »Entschuldige. Das klang blöd, aber ich meinte …«, setzte er zu einer Erklärung an. Ich legte ihm jedoch den Zeigefinger auf die Lippen und schüttelte sanft den Kopf. »Ich hoffe, wir haben von nun an ganz oft Gelegenheit, gemeinsam aufzuwachen und das Beste aus dem Start in den Morgen herauszuholen.«

Peer lächelte zweideutig und legte die Decke über uns. »Nur eine Minute«, raunte er mir zu, und wieder sorgten seine zärtlichen Küsse auf meiner Haut für eine Explosion aus Glücksgefühlen und Sehnsucht.

»Peer, wir sollten uns fertig machen, für den Fall, dass Alva wirklich gleich da ist«, riet ich ihm irgendwann, auch wenn ich gerne weiterhin hier mit ihm unter der Bettdecke geblieben wäre.

»Du hast wohl leider recht«, erkannte auch Peer. Er stand auf. »Ich bin gleich wieder da. Brauchst du irgendwas? Eine Zahnbürste habe ich. Duschgel und Co. sind im Bad.«

»Dann habe ich alles, danke«, erklärte ich und ließ mich, als Peer den Raum verlassen hatte, in mein Kissen fallen. Das Lächeln in meinem Gesicht war wie zementiert. Ich konnte nicht anders, als zu grinsen, so glücklich war ich.

Vom Bett aus konnte ich durch einen Spalt im Vorhang aus dem Fenster heraus den Giebel eines weiteren Friesenhauses sehen. Dort stand eine Jahreszahl. Es war ausgerechnet mein Geburtsjahr. Das Jahr, in dem meine Mutter nach Sylt hatte ziehen wollen, als dann doch alles anders kam.

»Das ist ein Zeichen«, flüsterte ich zu mir selbst und kuschelte mich unter die Decke, die noch immer den Duft von Peer trug, was mich genießerisch weiterträumen ließ.

Ich musste eingeschlafen sein, als ich merkte, wie jemand mir sanft über den Rücken streichelte. Ich schreckte hoch und war erleichtert, dass Peer neben mir auf der Bettkante saß.

»Du kannst jetzt ins Bad. Alva ist jede Minute hier. Sie hat sich tatsächlich ein Taxi gerufen, die verrückte Nudel. Dabei hätte ich sie doch jederzeit abgeholt.« Er schüttelte den Kopf, hob aber lächelnd die Hände. »So ist sie halt. Damit du dich ganz in Ruhe fertig machen kannst, bin ich schon einmal unten, okay?«

»Danke«, sagte ich und hauchte ihm einen Kuss auf die Wange.

Ich ging ins Bad, wo ich duschte und dabei immer wieder die letzte Nacht Revue passieren ließ.

Ich trat vor den Spiegel und betrachtete mich, als mein Blick an einem Mobile hängen blieb, das die durchs Fenster fallenden Sonnenstrahlen einfing. Aus buntem Seeglas gefertigt, ließ es mein Herz erst recht hüpfen. Meine Augen folgten dem Lichtspiel aus Rosa, Grün, Blau und Weiß, welches die Sonne an die Wand projizierte. Ich bildete mir ein, ein Herz darin zu erkennen.

»Seeglasmomente«, flüsterte ich und packte all die schönen Bilder gedanklich in ein Bonbonglas, welches ich fest zuschraubte, um sie nie wieder gehen zu lassen.

Mein Blick fiel auf das Fensterbrett. Dort lag das Glücksbringer-Armband von Peer. Ich würde es ihm später mit nach unten bringen.

Als das warme Wasser der Dusche meinen Körper entlangfloss, breitete sich eine wohlige Zufriedenheit in mir aus. Mein Herz schlug fröhlich, aber ruhig. Gelassen, als sei es angekommen. Es war ein schönes Gefühl.

Wie erwartet, fiel Alvas Verzückung nicht weniger groß aus als meine.

»Ihr macht es mir ganz besonders schön, wieder zu Hause zu sein, ihr Lieben! Tausend Dank«, freute sie sich und faltete dankbar die Hände. Levke umarmte sie und schmiegte ihr kleines Gesicht an Alvas Seite. Diese streichelte ihr zärtlich über das Haar. Es war keine Spur mehr von der zerbrechlichen Frau zu sehen, die noch vor wenigen Tagen vom Krankenwagen abgeholt worden war.

Mitten in unser Willkommen hinein fuhr ein Wagen vor, und zu meiner Überraschung stiegen nur wenig später Anita und ein Mann in ihrem Alter mit Latzhose und Schiffermütze aus, unter der weißes Haar lockig hervorwuschelte. Ich mochte ihn auf Anhieb.

»Ach, da kommen Anita und Till«, stellte Alva fest.

Verblüfft ging ich zur Tür, um sie hereinzubitten.

»Hallo, Marla«, begrüßte mich Anita. »Marla, das ist Till, mein Mann. Till, das ist Marla, Alvas neues Goldstück«, stellte sie mich vor. »Ich habe ihr schweren Herzens geraten, doch lieber hier im *Zuckerhüs* anzufangen statt bei mir. Aus gutem Grund, wie sich jetzt bestätigt.«

»Oh, danke! Freut mich, Till.«

»Moin! Mich auch. Dann bist du die Tochter der Braut?«

Irritiert schaute ich ihn an und nickte. »Ja, die bin ich wohl.«

Alva kam auch zur Tür und lachte. »Kommt doch rein, ihr Lieben. Nun bin ich wieder hier, und wir können an die Planung gehen.«

»Jetzt gibt's aber erst mal Frühstück!«, ließ Levke sich lautstark vernehmen und führte uns alle in Alvas verwunschenen Garten, wo sie mit Flora liebevoll den Frühstückstisch gedeckt hatte. »Ich hole noch zwei Teller«, verkündete sie dann und verschwand im Haus, während wir Erwachsenen uns setzten.

»Till restauriert leidenschaftlich Autos«, erklärte Alva. »Ole hat sich vor langer Zeit mal einen alten Camper gekauft. Peers Mutter hat das Campen allerdings gehasst. Sie hat ihn gerne daran werkeln lassen, aber ein Urlaub mit einem solchen Mobil war nie in ihrem Sinne.« Peer lachte leise.

»Was ich absolut verstehen kann. Mein Ding ist es auch nie gewesen.« Alva nickte bestätigend und schmunzelte.

»Ole hat den Wagen nie wieder angerührt, nachdem sie gegangen ist. So stand er sich in einer Garage hier im Ort Jahr für Jahr die Reifen platt.«

Gespannt lauschte ich Alvas Erzählungen. Sofort dachte ich daran, dass die Leidenschaft fürs Campen etwas war, das Ole und meine Mutter zu teilen schienen. Auch für mich klang eine Reise in einem Wohnmobil nie wirklich attraktiv. Ich wusste aber, dass meine Eltern ursprünglich einmal geplant hatten, hier in einem Wohnmobil auf dem Campingplatz zu wohnen – nicht im Urlaub, sondern dauerhaft. Für mich hatte das immer verrückt geklungen, nach einem Sylt der Siebzigerjahre, wo man nackt am Strand feierte. Wo man die freie Liebe und das ebenso freie Leben zelebrierte und sich, mit Blumen im Haar und bunten Kleidern, gegen jede Konvention sträubte. Meine Mutter liebte das Campen, hatte aber aufgrund der traurigen Assoziationen diese Leidenschaft auch hintangestellt.

»Meine Mutter liebt es auch so«, sagte ich und nickte.

»Das hat mir Ole erzählt. Und weil die beiden nun schon viel zu lange das Leben gelebt haben, was übrig blieb, als ihre Partner nicht mehr da waren, hielt ich es für eine gute Idee, diesen alten Traum wieder aufleben zu lassen.« Till nickte Alva bekräftigend zu. »Und es ist mir eine Ehre, den Camper bis zum Termin der Hochzeit so herzurichten, dass sie damit die ganze Welt erkunden können. Mit meinem Sohn habe ich damals einen solchen Wagen wieder aufbereitet.« Sein Blick wurde wehmütig. »Daher kenne ich mich damit aus.«

Ich war sprachlos. Das war eine so tolle Idee, dass ich keine Worte dafür fand.

»Ihr seid der Hammer«, erkannte ich gerührt und nahm Alva

in den Arm. Auch Till und die zufrieden lächelnde Anita drückte ich kurzerhand.

»Wow!« In Peers Augen stand ebenso absolute Bewunderung.

Till zog sein Handy hervor. Auch seine Augen leuchteten voller Faszination. »Schaut mal, einen ersten Eindruck könnt ihr hier schon bekommen.« Er scrollte durch seine Fotos, und wir erblickten einen pastellgrün gestrichenen Bulli mit weißem Dach. Vorhänge verbargen den Blick auf das Innere des Wagens, aber schon das äußere Erscheinungsbild des Klassikers ließ auch mein Herz hüpfen. Es strahlte Sommer, Lebenslust und Freiheit aus.

»Meine Mutter wird ausflippen vor Freude«, stellte ich fest.

»Das bequemste Reisemobil ist er nicht. Er ist laut, poltert über die Straße und verlangt auch dem Fahrer so manchen Kraftakt ab. Aber da Ole das Teil so geliebt hat, wird er sich hoffentlich freuen, dass wir ihn wieder zum Leben erweckt haben«, sagte Till.

Die Frühstückstafel bog sich förmlich unter handgemachten Marmeladen, frischem Rührei aus Eiern aus dem Ort, Käse und Wurst vom hiesigen Metzger. Der Duft von Kaffee wehte zu uns herüber, und die Sonne schien.

Es war noch angenehm kühl an diesem frühen Sommermorgen, doch der wolkenfreie Himmel versprach einen warmen Tag.

»Möchtest du Insa nicht noch einladen?«, schlug Peer vor. »Ich würde mich freuen, sie und Thore wiederzusehen.«

»Klar, eine liebe Idee.« Insa sagte sofort zu, und schon eine Viertelstunde später ging die Gartenpforte mit einem leichten Quietschen der Scharniere auf, als Insa mit Thore auf uns zukam.

Ich stand auf und begrüßte die beiden.

»Setzt euch, wir haben gerade erst begonnen. Es ist genug für uns alle da.«

»Hey, Peer!« Thore ging mit einem Lächeln auf Peer zu.

»Unfassbar, dass ihr es seid. Ich hab so oft an euch gedacht, und daran, wie es euch wohl geht seit dem Unglück am Strand mit unserem Surfer-Helden«, erklärte Peer und nahm Insa und Thore kurzerhand in den Arm. Die Szene berührte mich.

»Wahnsinn, dass wir uns hier wiedersehen«, bestätigten Insa und Thore gleichzeitig und lachten. Insa deutete auf Levke. »Eigentlich hätte ich beim Anblick der süßen Maus sofort diese Ähnlichkeit bemerken müssen! Sie sieht genauso aus wie du damals.« Peer lächelte.

Als ich zum Tisch trat, um alle gegenseitig vorzustellen, fiel mir Anitas irritierter Blick auf. Vor allen anderen wollte ich sie jedoch nicht darauf ansprechen, und so genossen wir alle den Sonntagmorgen in geselliger Runde im Schatten der knorrigen Apfelbäume in Alvas Garten.

»Hast du eine Minute?«, hörte ich Anita irgendwann fragen. Sie stand hinter mir und beugte sich zu meinem Ohr hinunter.

»Klar.« Ich stand auf und folgte ihr ins Haus. Dort angekommen zog Anita eine Kette mit zwei Anhängern aus ihrer Bluse. Es war die, zu deren Anhänger sie neulich am Strand gegriffen hatte. Ein Anhänger war ein kleiner silberner Anker.

Ich schnappte nach Luft, als ich das Schmuckstück erkannte.

»Anita, kann es sein, dass Thore und Peer auch genau einen solchen Anhänger an ihrem Armband haben?«, fragte ich, und sie nickte.

»Das ist es, worüber ich mit dir reden will. Und ich weiß auch, woher sie die Kette haben.«

Verwundert starrte ich sie an. »Aus deinem Laden?«

Sie lachte leise. »Nicht ganz. Diese beiden Anhänger haben ursprünglich nicht zusammengehört. Die kleine, aus Gold gearbeitete Welle habe ich meinem Sohn damals zu seinem bestandenen Surfschein geschenkt.« Sie lächelte und strich über das Amulett. »Der andere Anhänger, der Anker, stammt von einem Armband, das mein Sohn trug, als er verunglückte. Es stammte von einem kleinen Verkaufsstand direkt am Strand.« Mein Herz schlug augenblicklich schneller.

»Und Thore und Peer haben einen ähnlichen Anhänger«, stellte ich fest, und mit einem Mal schob sich ein Puzzleteil in meinem Kopf in ein anderes. »Anita, dein Sohn starb im Meer? War er der Surfer, der Peer das Leben rettete? Der coole Typ, den die Kinder so sehr bewundert haben?«

Anita lachte leise. Ihr Nicken ließ mich fassungslos staunen. »Haben sie das?«, fragte sie, als sei diese Tatsache das eigentlich besondere an meiner Feststellung.

»Ja, sehr sogar. Das hat Insa mir erzählt. Sie war damals dabei und musste es miterleben. Sie erinnert sich bis heute daran, wie toll sie den Surfer fanden und dass er ihnen super Tricks auf dem Wasser gezeigt hat. Und Peer hat mir erst gestern erzählt, wie stolz er war, als dieser coole Typ ihnen diese Armbänder geschenkt hat.« Anita nickte.

»Das war mein Sohn.« Ihr Blick ging ins Leere. »Er liebte Kinder. Über alles. Sein größter Wunsch war ein eigenes Kind. Leider war ihm das nicht vergönnt. Ich bedauere es ebenso sehr. Denn auch Oma zu sein wäre mein Traum gewesen.« Sie zuckte die Schultern.

»Ich fasse das nicht, Anita. Was für ein wahnsinniger Zufall. Und weißt du, was, wenn ich mir eine Oma wünschen könnte, wärest das du«, erklärte ich, und sie nahm mich in den Arm.

Zurück am Frühstückstisch sprach Anita Insa, Thore und Peer auf ihre Armbänder an und zeigte ihnen ihre Kettenanhänger. Die drei waren ebenso überwältigt von der Neuigkeit und erstaunt darüber, Anita hier auf Sylt wiederzutreffen. Sie unterhielten sich lange, und es war eine Freude, zu sehen, wie stolz Anita von ihrem Sohn »TJ« sprach. Sein richtiger Name war Titus gewesen. Ihre

Augen leuchteten, als sie die begeisterten Geschichten von Insa, Thore und Peer hörte und wie viele schöne Stunden sie am Strand mit ihrem Sohn verbracht hatten.

Peer wirkte aufgewühlt von diesen Informationen. Nachdenklich, aber auch, als habe es sein Herz erleichtert, dass er sich persönlich bei der Mutter des Mannes bedanken konnte, dem er sein Leben zu verdanken hatte.

Als Peer mich in den Arm nahm, trat Anita zu uns und strich uns beiden über die Schultern.

»Liebes, nicht nur, dass mein Sohn Peer das Leben gerettet hat, gibt mir ein stolzes und dankbares Gefühl, sondern auch, dass er dir damit die große Liebe ermöglicht hat und wir euch hier so sehen dürfen, berührt mich nun besonders.«

»Das stimmt, Anita. Auch ich bin deinem Sohn unendlich dankbar, neben Ole, Alva und allen, die Peer lieb haben.«

Ich blickte mich um, und eine tiefe Zufriedenheit ergriff mich beim Anblick all der glücklichen Gesichter.

Ich war selten glücklicher gewesen als in diesem Moment, in dem ich hier im malerischen Garten von Alvas historischem Friesenhaus saß, all die lieben Menschen um mich herum, die ich schätzte, altbekannt oder neu kennengelernt. Nur meine Mutter fehlte in dieser Runde, Doch ich wusste, dass sie glücklich war.

Ich war sehr dankbar und endlich angekommen.

Epilog

Die letzten Wochen vor der Hochzeit herrschte in der Manufaktur eine geschäftige Hektik, in der wir all die kleinen Besonderheiten vorbereiteten, die den Tag unvergesslich werden lassen sollten.

Ich verbrachte viel Zeit mit Anita, bewunderte sie für ihre warmherzige Art, mit der sie den Menschen um sich herum begegnete. In den Stunden, die wir gemeinsam am Camper werkelten, sprachen wir viel über ihren Sohn. Ich hatte den Eindruck, dass es ihr guttat, von ihm zu erzählen. Und was sie mir anvertraute, klang nach einem starken, sympathischen jungen Mann, dessen mutiges und unternehmungslustiges Leben ein viel zu frühes Ende genommen hatte.

Alva ging es gut. Wann immer ich sie entlasten konnte, tat ich das, sodass wir uns alle sehr zufrieden in der neuen Situation einfanden, in der jeder seinen Platz hatte und wir als Team wunderbar funktionierten.

Einige Tage vor der Hochzeit trafen endlich auch meine Mutter und Ole auf Sylt ein.

Neben der größten Überraschung, dem Camper, der nach dem Standesamt auf das Brautpaar warten würde, welches den Hinweg zur Trauung von Boys Kutsche aus würde erleben dürfen, hatten wir in der Manufaktur eine eigene Bonbonkreation mit den Initialen des Hochzeitspaares und niedlich verpackte Bonbonglaser für jeden Gast gezaubert. Über allem stand der Trauspruch des Paares: *Rüm Hart, klaar Kiming*, was so viel bedeutete wie: Weites Herz, klarer Horizont.

Damit meine Mutter auch einen Blick auf die geplante Deko ihrer eigenen Hochzeit werfen konnte und wir nicht alles an ihr vorbei planen mussten, trafen wir uns an einem Sommervormittag bei Anita im Laden. Anita werkelte gerade noch im Lager, sodass ihre neue Mitarbeiterin, die sie mittlerweile gefunden hatte, uns freundlich in Empfang nahm.

Interessiert schauten wir uns um, und genau wie mir gefiel auch meiner Mutter das Sortiment besonders gut. Umso mehr erschrak ich, als ich ihr nach einigem Stöbern ein Produkt zeigen wollte. Ihr war alle Farbe aus dem Gesicht gewichen.

»Mama, ist alles in Ordnung?« Unsicher schaute ich mich um. Sie sah aus, als sei sie einem Geist begegnet, allerdings war, bis auf die Mitarbeiterin, niemand im Laden.

»Ist dir nicht gut?«

Sie antwortete nicht, sondern schüttelte nur fahrig den Kopf und starrte auf einen Punkt rechts der Theke. Ich folgte ihrem Blick und entdeckte neben der Tür zum Lager ein Foto. Es zeigte Anita, Till und ihren Sohn. Eine Schwarz-Weiß-Aufnahme vor einem Haus. Sie lächelten alle drei, und dennoch wirkte die Szene traurig auf mich. Vielleicht, weil ich wusste, dass der Sohn nicht mehr am Leben war. Vielleicht aber auch, weil die fehlenden Farben dem Bild etwas Melancholisches verliehen.

»Kennst du die Leute?«, fragte meine Mutter mit zittriger Stimme, und ich nickte.

»Das ist Anita. Die wirst du gleich kennenlernen. Und daneben ihr Mann Till, in der Mitte ihr Sohn. Er ist vor vielen Jahren bei einem schlimmen Unfall ums Leben gekommen, bei dem er Peer das Leben gerettet hat. Eine Verbindung, die wir erst vor Kurzem entdeckt haben. Kannst du das glauben?« Ich löste mich von dem Bild, als ich merkte, dass meine Mutter schwankend zu einem Stuhl eilte und sich darauf niedersinken ließ.

Kaum war ich bei ihr, stand Anitas Mitarbeiterin neben mir, in der Hand ein Glas Wasser. Sie musste die Szene beobachtet und entsprechende Schlüsse gezogen haben.

»Vielleicht hilft das?«

»Oh, danke! Sehr aufmerksam«, sagte ich und lächelte nervös.

In dem Moment kam auch Anita wieder in den Verkaufsraum und auf uns zu. Auch sie erfasste die Situation sofort.

»Was ist passiert?« Anita war sichtlich erschrocken.

»Anita?« Meine Mutter flüsterte Anitas Namen, und diese nickte, sichtlich verunsichert.

Mir kam es vor, als sei auch Anita ein wenig neben der Spur, was ich ihr beim Anblick meiner Mutter kaum verübeln konnte. Deshalb holte ich einen weiteren Stuhl dazu und brachte Anita mit sanftem Druck dazu, sich ebenfalls zu setzen. Sie nahm darauf Platz und starrte meine Mutter an.

»Hallo? Ist alles in Ordnung?« Unsicher schaute ich von der einen zur anderen. Die Blicke der beiden hatten sich ineinander verhakt.

»Hm?«, kam es piepsig von meiner Mutter, als habe ich sie aus einem Traum geweckt. Anita drehte den Kopf und schaute mich aus ihren großen, grünen Augen an, dann sah sie wieder zu meiner Mutter, und für einige Sekunden herrschte gespanntes Schweigen.

»Du bist die Mutter von Julian?«, flüsterte meine Mutter schwach.

»Julian, mein Vater?« Fassungslos irrten meine Augen von der einen zur anderen, in der Hoffnung, Antworten auf all die Fragen in meinem Kopf zu bekommen, die gerade in Sekundenschnelle entstanden waren. »Aber hieß dein Sohn nicht Titus?« Nun merkte ich, dass auch meine Beine nachgaben. Ich kniete mich kurzerhand neben meine Mutter auf den Boden. So konnte ich wenigstens nicht tief fallen, falls ich ohnmächtig wurde. Ein schwaches Nicken meiner Mutter hatte sich alles in meinem Körper drehen lassen, und mein Kopf fügte herumfliegende Puzzleteile zusammen, erkannte aber noch nicht das ganze Bild.

Auch Anita und ich bekamen von ihrer Mitarbeiterin ein Glas Wasser. Es war so still, dass ich meinte, die drei würden mein Herz klopfen hören.

»Titus Julian«, flüsterte Anita.

»TJ«, erkannte ich, und sie nickte.

»Wir waren die Einzigen, die ihn bei seinem ersten Namen nannten. Dem Namen meines Vaters. Das war irgendwie immer so. Er mochte den Namen als junger Mann nicht mehr so gerne. Die meisten seiner Freunde nannten ihn ›TJ‹ oder Julian. Für mich blieb er mein Titus. Das Bild. Hast du ihn darauf erkannt?«, hakte Anita an meine Mutter gewandt nach und deutete mit fahrigem Fingerzeig auf das Porträt der Familie. »Du kanntest Titus?«

»Er ist … tot?« Die Stimme meiner Mutter war kaum hörbar, so dünn klang sie.

Anitas Augen blickten tieftraurig. »Seit dreiunddreißig Jahren, ja. Ein schrecklicher Unfall.«

»Unglaublich«, flüsterte meine Mutter, und Anita nickte.

»Er war in der Zeit vor seinem Tod so glücklich gewesen. Wir ahnten, dass das mit der Frau zusammenhing. Einer, die er endlich mit nach Sylt nehmen wollte, auf seine Insel. Ich habe gespürt, dass es etwas Ernstes war. Er hatte sich freigeschwommen vom Leben irgendwelcher gesellschaftlichen Zwänge, voller Liebe, aber immer auf der Suche nach Freiheit. So wollte er es. Nichts durfte ihn einengen. Er wollte surfen, leben und lieben.«

Sie zuckte matt die Schultern. »Und heute bewundere ich ihn so sehr dafür. Er fehlt mir jeden Tag unendlich.«

Meine Mutter schlug die Hände vor den Mund und presste sie über ihre Lippen, als wolle sie damit verhindern, dass ein Schrei herauskam.

Ich starrte wie paralysiert auf das Bild, als präge sich jeder Zentimeter seines Gesichts tief in mein Gedächtnis ein. Titus Julian. Bis heute war er für mich immer gesichtslos geblieben, weil meine Mutter in ihrer Enttäuschung und Wut alle Erinnerung an ihn vernichtet hatte. Nun hatte ich beides. Ein Gesicht, einen Namen, und dazu noch all die wertschätzenden Erzählungen von Anita und die unfassbare Erkenntnis, dass mein eigener Vater sein Leben für den Menschen gegeben hatte, den ich heute meine große Liebe nennen durfte. Er war nicht gegangen, weil er der Verantwortung entflohen war. Vielmehr hatte er so verantwortlich gehandelt, wie es nur möglich war, auch wenn er sich dabei selbst in Gefahr gebracht hatte. All diese Erkenntnisse waren überwältigend für mich. In meinem Kopf rauschte es, als wolle mein Kreislauf jeden Moment versagen.

»Wann ist er gestorben, an welchem Datum?«, flüsterte meine Mutter.

»Am 1. September. An seinem Geburtstag.« Meine Gedanken rasten wie in einer Achterbahn. Am 31. August hatte meine Mutter Geburtstag. Sie hatte mir erzählt, dass sie ihren dreiundzwanzigsten Geburtstag unter Tränen im Bad verbracht hatte, Freudentränen, weil sie einen Schwangerschaftstest nach dem nächsten gemacht hatte. Eine Nacht hatte sie darüber schlafen, das Glück ganz allein für sich genießen wollen, bevor sie es ihrem Freund an seinem Geburtstag sagen wollte, am 1. September. Es war der Tag, an dem sie für mich in ihr Tagebuch schrieb.

Die Nachricht von meiner Ankunft hatte ihn nie erreicht.

Anita schaute mich an mit einem Blick, den ich noch nicht bei ihr gesehen hatte.

»Heißt das …?«, stammelte sie, während ihre Augen auf mir ruhten und meine Mutter unter Tränen nickte.

Ich griff, mein Blick ebenso durch Tränen verschleiert, nach Anitas Hand und hielt meine neben ihre. Die Ähnlichkeit unserer kleinen Finger war frappierend.

Ungläubig schaute Anita mich an.

»Wir hatten alles für meinen Umzug nach Sylt vorbereitet. Ich hatte noch einige berufliche Termine in Hamburg, er war schon auf der Insel. Deshalb war ich an meinem Geburtstag allein, wollte ihm die tolle Nachricht an seinem Ehrentag überbringen. Mein größtes Geschenk für ihn. Doch ich erreichte ihn nicht. Ich ging fest davon aus, dass er kalte Füße bekommen hatte, also fuhr ich nach Sylt und suchte ihn. Ich fand sein Auto auf dem Campingplatz. Seinen Bulli. Doch ihn nicht. Ich hinterließ ihm eine Nachricht, dass es etwas gibt, was ich ihm sagen muss, und dass ›wir‹ ihn brauchen. Den Zettel klemmte ich hinter den Scheibenwischer. Einen Tag später war sein Auto weg. Meine Nachricht blieb unbeantwortet.« Meine Mutter schluchzte. »Ich konnte doch nicht ahnen, dass er sie nicht einmal bekommen hat! Er war weg, hat nicht reagiert. Da dachte ich, dass er das alles nicht will, dass er mich nicht will. Den Neustart mit mir auf Sylt, ein Baby. Wir waren ja auch erst so kurz ein Paar und noch so jung. Er liebte seine Freiheit, und ich dachte, vielleicht war ihm alles zu viel geworden.« Ihre Stimme klang laut und verzweifelt, als Anita ihr liebevoll über den Rücken strich. »Ich konnte doch nicht ahnen, dass er … dass er tot ist!«

Auch Anita kämpfte mit den Tränen. »Nein, das konntest du nicht. Niemand rechnet mit so einem Schicksal. Und er wäre nicht der Erste, der nicht zu seinem Kind steht.« Sie schluckte. »Wir haben den Zettel gefunden, als wir seinen Wagen abholen ließen. Ich sah ihn manchmal vor meinem inneren Auge. Las ihn immer wieder. Das Wörtchen ›wir‹ verursacht bei mir bis heute Bauchschmerzen, denn ich habe geahnt, dass es da eine Frau gibt, die ein Kind von meinem Sohn erwartet. Aber es stand kein Name darauf, keine Nummer, unter der wir es hätten versuchen können. Nur ein ›T.‹. Ich habe all seine Freunde kontaktiert, doch niemand kannte dich. Auf seiner Geburtstagsparty wollte er dich ihnen vorstellen. Sie sagten mir, er habe dich angekündigt als die Frau, mit der er Kinder in die Welt setzen will und mit der er hier auf Sylt leben möchte.«

»Tina«, hauchte meine Mutter. »›T.‹ stand für Tina. Und meine Tochter, Julians und meine Tochter, deine Enkeltochter, ist Marla.«

»Er hat dich geliebt, Tina. Und dich hätte er vergöttert, Marla.« Meine Mutter weinte und Anita schüttelte immer wieder ungläubig den Kopf. Mühsam schien sie ihre Gedanken und Emotionen zu sortieren, während sie weitersprach. »Hätte er uns nur mehr von dir erzählt, dann hätten wir dich informiert, versucht, dich kennenzulernen. Wir hätten dich unterstützt und miterleben können, wie Marla aufwächst. Nicht einmal deinen Namen kannten wir. Wir wussten nur, dass er sehr glücklich war mit dir.«

Draußen herrschte traumhaftes Sommerwetter, Vögel zwitscherten, und Licht fiel durch die Butzenfenster, doch in meinem Herzen tobte ein Sturm. Ich dachte an Insa, ihr Trauma, von dem ich schon so lange wusste, an Anitas krummen kleinen Finger, den ich wahrscheinlich über meinen Vater von ihr geerbt hatte. Daran, dass Anita meine Oma war und dass mein Vater uns nicht im Stich gelassen hatte. Er hatte einfach nie die Chance gehabt, sich über mich zu freuen und an meiner Seite zu sein.

»Kinder wären sein größtes Glück gewesen, Tina. Das musst

du mir glauben«, versprach Anita und nickte mit dem liebevollen Blick einer Mutter.

»Und weißt du, was, Anita? Ich wusste, dass Juli sich ein Kind gewünscht hat. Ich hätte ahnen müssen, dass etwas nicht stimmt, habe nie begriffen, warum er wortlos gegangen ist. Es passte nicht zu ihm, und doch erschien es mir logisch. Es war alles so schnell gegangen. Er war ein Freigeist gewesen. Dann kamen die Wut und die schreckliche Enttäuschung darüber, mich so sehr in ihm geirrt zu haben. Vielleicht habe ich zu früh aufgegeben, nach ihm zu suchen. Habe zu wenig auf mein Gefühl gehört.« Ihre Stimme brach, doch Anita schüttelte den Kopf.

»Hadere nicht damit, Tina. Deine liebe Tochter hat dir am Ende die Antworten gebracht. Und so wie es aussieht, hast auch du endlich dein Glück gefunden.« Anita bewies wieder einmal unheimliche Größe, und ich strich ihr sanft über den Rücken. »Unser TJ hat dem Mann, der jetzt an der Seite deiner Tochter ist, das Leben gerettet. Sein Tod war nicht umsonst. All unser Kummer hat einen Sinn. So makaber es irgendwie klingt.«

Fassungslos und sichtlich berührt nickte meine Mutter, und in den wässrigen Augen erkannte ich ein Lächeln, welches sich in einem zarten Zucken der Mundwinkel ausbreitete. Ich nahm meine Mutter fest in den Arm und brach damit den Damm, der die Tränen zurückgehalten hatte. Liebevoll legte Anita die Arme um uns beide. Und drückte uns an sich. Ich hatte von Anfang an gespürt, dass es wertvoll war, Anita getroffen zu haben, und doch nie erwartet, wie viel uns wirklich verband.

Dank

Danke an den Ullstein Verlag, der meinen Geschichten ein Zuhause gibt. Danke an das Team und meine großartige Lektorin für das Vertrauen, die Wertschätzung, den Blick für Ideen und das Denken in Möglichkeiten. Es ist so wertvoll für mich, Teil der Ullstein-Familie sein zu dürfen.
Ein besonderer Dank geht auch diesmal an Christiane Branscheid. Mit viel Engagement, einem großen Herz für die Inselliebe und einem feinen Gespür für das geschriebene Wort haben Sie, gemeinsam mit dem Ullstein-Team, aus meinem Manuskript ein Buch gezaubert. Danke für die tolle, wertschätzende und bereichernde Zusammenarbeit.

Danke an meine Familie. Ihr seid meine Herzensmenschen.
Danke dafür, dass Ihr immer an mich glaubt.

Danke an meinen lieben Mann für Dein unendliches Verständnis für meine Schreibleidenschaft und Deine Unterstützung in all meinen Plänen. Deine Art, Dich mit mir zu freuen, tut so gut. Danke, dass es für mich die große Liebe gibt.

Danke an meine wundervollen Kinder. Zu diesem Roman habt Ihr mir so viele tolle Tipps und Ratschläge gegeben, und wir haben gemeinsam zauberhafte Bonbonmanufakturen kennenlernen dürfen. Ohne Eure leuchtenden Augen wäre dieser Roman womöglich nie entstanden. Ihr zeigt mir jeden Tag, dass ein Traum gelebt werden kann, wenn man dem Kurs seines Herzens folgt. So geht Glück. Ihr seid mein Ein und Alles und meine Welt.

Danke an meine Eltern – für das gute Gefühl, dass Ihr mein Heimathafen seid und immer an mich glaubt. Ihr habt mir gezeigt, die Segel zu setzen, egal welcher Wind mir begegnet. Ihr gebt mir Wurzeln und Flügel. Ihr seid die Besten!
Danke für jede Umarmung und dafür, dass Ihr immer da seid.

Danke an meine Schwester. Du gehst mit mir auf jede Reise, bist mit grenzenlosem Optimismus an meiner Seite, setzt mit mir die Segel und steuerst immer gen Sonnenschein. Danke für jedes Gespräch, jeden Spaziergang, die Zeit mit unseren Kindern, Deine Umarmungen, unser Lachen und unsere unersetzliche Seelenverwandtschaft. Danke, dass Du mehr als meine beste Freundin und zu jeder Zeit für mich da bist.

Danke an meinen Schwager, der uns mit einer unvergesslichen Reise nach Dänemark einen ganz besonderen Ort gezeigt hat, der mich auch zu diesem Roman unheimlich inspiriert und begeistert hat. Die Bonbonmanufakturen in Dänemark kennenzulernen war eine fantastische Inspiration. Eine einmalige Zeit als große Familie. Ich freue mich auf den nächsten Urlaub mit Euch.

Danke an die weltbeste Schwiegermama. Du fehlst so sehr. Ich hätte so gerne noch unendlich viele Bücher von mir mit Dir besprochen und werde es im Herzen weiter tun. Dein Stolz und Deine Freude über meine Bücher waren mit die wertvollsten Kom-

plimente für mich und werden mich für immer begleiten und motivieren.
Ich trage sie in meinem Herzen und bin unendlich dankbar dafür, dass es Dich für mich gab und immer auch weiter geben wird.

Danke an meine liebe Omi, die die Liebe zum Schreiben fest in meinem Herzen verankert hat und die bestimmt stolz wäre, dass ich ihren Traum lebe. Ihre Kreativität, ihre Fantasie und ihre Liebe zum geschriebenen Wort sind Basis meines Schreibens, und ich bin unendlich dankbar dafür.

Danke an meine lieben Freunde. Euer Interesse an meinen Geschichten, Eure Freude und unsere Zeit sind tägliche Inspiration für mich. Ich weiß das sehr zu schätzen.

Danke an all die großartigen Menschen hinter den Instagram-Accounts, die mich mit ihren wundervollen Bildern, Storys und Beiträgen täglich mit nach Sylt nehmen – jede kleine Gedankenreise auf meine Herzensinsel tut so gut und ist Inspiration für mich.

Und dann geht mein Dank an Euch, meine lieben Leserinnen und Leser. Danke für das Wertvollste – Eure Zeit –, die Ihr Euch für meine Bücher, jedes Wort und jeden Gedanken dazu nehmt. Ihr seid Motivation, Antrieb, meine Traumverwirklicher und meine größten Kritiker. Dass Ihr mir schreibt, wenn Euch meine Bücher gefallen und meine Geschichten Euch berühren, ist ein großes Geschenk für mich. Ich danke Euch für jede Empfehlung, jede Nachricht und Euer Interesse. Das bedeutet mir unendlich viel, und ich weiß es sehr zu schätzen.

Eure Julia Rogasch

Julia Rogaschs winterliche Sylt-Romane mit *Glücksgarantie*

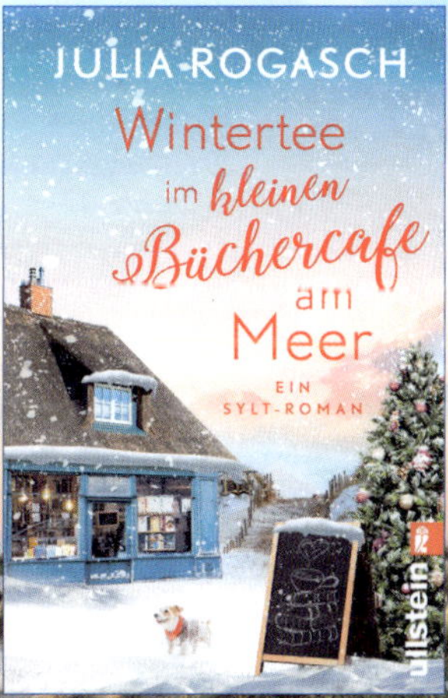

ET: Oktober 2024

Seewind und Süßes,

auf Sylt wird es romantisch

Nach einer herben Enttäuschung wünscht sich Marla nichts sehnlicher, als auf ihrer Lieblingsinsel Sylt neu anzufangen – und dafür gibt es keinen besseren Ort als das *Zuckerhüs*! Der kleine Bonbonladen und seine Besitzerin wachsen Marla schnell ans Herz, und so geht sie der älteren Frau gerne zur Hand und kommt auch deren charmantem Enkel Peer immer näher. Doch dann erfährt Marla: Das *Zuckerhüs* soll verkauft werden. Peers Oma kann den Laden nicht mehr allein führen, und Peer selbst ist an Hamburg gebunden. Plötzlich steht alles auf dem Spiel – vor allem Marlas Herz ...

978-3-548-06827-5
€ [D] 12.99
www.ullstein.de